대하소설

주 원 장(3)

(朱元璋)

오함 원작 정철 저작

지성문화사

차 례

목

"성급한 꽃이야."

밤에 비가 좀 내렸지만 씻은 듯이 파아란 이른봄의 아침이었다.

주원장은 왕후 마씨의 대꾸가 없자 또 중얼거렸다.

"저 매화나무일세."

"아!"

그러고 보니 매화는 잎사귀도 피기 전에 나뭇가지에 꽃부터 피운다. 그리하여 지금 봄비로 잎사귀만 겨우 젖은 가지엔 파아란 열매가 다닥다닥 붙어 있다.

"저 매실(梅實)이 언제 익지?"

"네, 더울 때입니다. 6월이면 익습니다."

왕후 마씨는 대답하면서 주원장의 느닷없는 말에 고개를 갸웃했다.

"그럼 여름이 한창인 때로군."

당연한 일을 감탄조로 말하고 있다.

"네."

마씨는 그 다음의 궁금증을 나타내지 않았다. 남편의 이런 때가 가장 위험하다. 평소 자연에 대해 무관심한 원장이 전혀 엉뚱한 말을 할 때에는 마음속에 격렬한 감정을 숨기고 있는 것이다.

"전하, 꾀꼬리가 울고 있습니다."

"음, 그렇군."

원장은 어디에 정신이 팔려 있다가 얼떨떨해 하며 새삼 귀를 기울이는 눈치였다. 확실히 여느 때와 다른 그의 태도였다. 화를 내고 있다.

아니, 침착을 잃고 있는 것 같다.

"믿는 도끼에 발등 찍힌 격이군!"

주원장의 중얼거림은 또 비약했다. 그러나 마왕후는 이미 놀라지 않고 있다.

서쪽의 진우량은 이미 멸망했지만 동쪽의 장사성은 아직도 건재하다. 그런 사성이 제2의 진공 목표로 등장했다. 그런데 모든 것이 순조롭다 생각되었을 때 뜻밖의 사태가 일어났던 것이다.

원장은 그 사태에 대한 보고를 받았을 때 격노했다. 그런 격노가 안으로 맺혀지면서 매화나무를 바라보게 한 것이다.

마침내 그는 이를 으드득 갈며 신음했다.

"빌어먹을! 사재흥(謝再興)놈!"

마씨는 섬뜩하여 몸을 떨었다. 사재홍이라면 원장의 조카인 주문정의 장인. 남편에겐 부모 형제도 일찍 죽어 버렸기 때문에, 또 친척도 극소수라 사재홍은 일족이나 다름이 없었다.

(그런 사재홍이 대체 어쨌다는 것일까? 믿는 도끼에 발등을 찍혔다고 한다. 무엇인지는 모르지만 끔찍한 일이 벌써 벌어지고 있다.)

마씨는 가슴부터 아팠다. 궁금하지만 묻지는 않았다. 그녀는 남편이 밖에서 하는 일에 일절 간섭하지 않는다. 정치엔 관여하지 않는 것이 그녀의 신조다.

다만 마씨는 남편의 격렬한 성격을 너무도 잘 알아 그것을 어루만지듯 부드럽게 하려고 힘쓴다. 그래서 그녀가 굳이 관여하는 정치 문제라는 것도 죄를 지은 제장에게 자비를 베풀라고 권하는 정도였다.

또 꾀꼬리가 울었다. 봄을 상징하는 아름다운 울음소리, 그것은 생명의 기쁨과 희망을 티없이 맑게 울려 주고 있다.

시녀 여리(余理)가 쟁반에 아침식사를 받쳐들고 나타났다. 전족을 한 발걸음이라 몹시 위태롭게 보인다. 그러나 그 발걸음은 성숙한 여인의 자태를 더욱 돋보이게 해주고 있다.

원장은 그런 시녀의 모습을 물끄러미 바라보고 있다.

"새로 들어온 제 수양딸로 이곳 금릉 아이죠."

"왕비의?"

여리는 귀인 앞에서 몹시 긴장하고 있었다. 조심스럽게 쟁반의 아침식사를 식탁에 옮긴다. 일반이채(一飯二菜), 밥 한 그릇에 찬이 두 가지인 간소한 것이다.

"네, 여리는 16세의 소녀이죠. 꾀꼬리처럼 이른봄의 인생을 꽃피려는 아이랍니다."

"음."

원장의 시선은 소녀에게서 떨어지지 않았다. 마씨의 뜻대로 일이 될 것 같다. 여리는 식사 준비를 마치자 말없이 고개 숙이며 물러가려 했다.

"잠깐 기다려라."

마씨는 시녀를 불러 세우더니 원장을 쳐다보며 물었다.

"전하, 주효를 올릴까요?"

"으음, 그렇게 하시구료."

아침 반주는 원장의 일과에 없는 일이다. 그는 사치와 낭비를 극히 싫어했다.

검소하고 검약하는 생활은 왕이 되고서도 마찬가지였다.

어떤 위구르족 상인이 값비싼 향료를 주원장에게 헌상했다.

"대왕님, 이는 장미로(薔薇露)라고 하여 심장병에 잘 들고 부인의 분에 섞어서 쓰시면 미용에도 좋습니다."

"그런 것은 우리에게 필요 없다. 공연한 사치만 조장할 테니까."

또 얼마 전에는 진우량이 사용했다는 황금의 침상을 강서 행성에서 헌상한 일이 있었다. 그것을 보더니 원장은 버럭 화를 내었다.

"이따위는 맹창(孟昶)이 만들게 했다는 요강과도 같다. 당장 때려 부수어라."

맹창은 후당(後唐)의 황제로 칠보제의 뇨기(尿器)를 만들게 했다는 인물이다.

질박, 검약을 힘쓰며 사치를 싫어한 그는 자기에게도 엄했을 뿐 아니라 남에게도 그것을 강요했다.

어느 날 한 내시가 새 신을 신고 빗속을 걷고 있는 것을 보았다. 또 어떤 사인(舍人＝벼슬아치의 하나)이 화려한 의복을 입고 있음을 보았다. 이 두 사람은 원장에게 불려가 단단히 훈계를 받았었다.

그런 만큼 아침 반주 따위도 호사로 생각했다. 그런데 오늘 아침은 이를 선뜻 승낙한다.

(여리의 청초한 색향에 관심을 가진 탓일까?)

마왕후로서 그것은 아무래도 좋다. 그렇게 만든 것은 그녀이다. 그것보다 총명한 왕후는 남편의 단속적인 중얼거림과 태도로 원장의 마음을 알았다.

(남편은 지금 가슴에서 부글부글 끓고 있는 독즙(毒汁)과도 같은 감정의 소용돌이에 빠져 있다. 그것을 풀어 주자면 아무래도 몇 잔의 술

과 젊고 싱싱한 아이를 품게 해주어야 한다.)

왕후 마씨는 한껏 명랑한 목소리로 여리에게 분부했다.

"얼른 가서 전하의 주효를 가져오너라."

"네."

여리는 긴장으로 얼어붙어 있던 몸을 초봄 계곡의 은어처럼 재빨리 움직였다. 가는 허리 아래 풍만한 볼기가 굽이치듯이 흔들리며 걸어나갔다.

그 뒷모습을 쫓는 원장의 뜨거운 시선에 왕후는 미소를 짓고 있다.

꾀꼴…… 꾀꼴……. 꾀꼬리 울음소리가 아까보다 가까워졌다.

"잘도 우네요."

"그런가 보군."

"그런데 꾀꼬리에도 여러 가지가 있나 봅니다."

"종류 말인가?"

"그런 것은 아녀자라 모릅니다. 하지만 이곳 금릉에서 듣는 꾀꼬리 소리와, 제가 전에 시골에서 듣던 꾀꼬리 소리는 다른 것 같사옵니다."

"다르다고?"

"네. 이런 말을 하면 전하께 꾸중을 들을지 모르죠. 시골 꾀꼬리 소리는 거칠고 시끄럽기만 했는데 이곳 꾀꼬리 소리는 목소리가 곱군요."

"허허! 꾀꼬리도 사는 고장에 따라 사투리를 쓰는 모양이구료……."

"호호호."

하고 마씨는 입을 가리며 꾀꼬리처럼 웃었다.

"전 이곳에 처음 왔을 때 꾀꼬리 울음소리를 듣고 황홀한 느낌마저 들었지요. 서울의 꾀꼬리는 울음소리에 채(彩)와 염(艶)이 있어요. 시골의 투박한 꾀꼬리 소리와는 달리 세련된 느낌이었죠."

"서울 꾀꼬리 울음이 아름답다면 물 탓이겠지."

"그게 틀림없어요. 하지만 그것이 봄의 긴 낮과 봄의 짧은 밤을 더욱 애닯게 만들어……."

"애닯다구?"

"네. 그 무렵만 해도 전하께서 자주 정전(征戰)을 나가셔서 저희들
은 몹시 쓸쓸했답니다."

"호오!"

원장은 눈에 광채를 내뿜는 것 같았으나 눈빛은 다시 부드러워졌다.

남편들이 자주 전쟁에 나가 여자들은 공규(空閨)의 적적함을 느꼈다
…… 현부인 마씨답지 않은 술회였다.

그러면서 그것은 원장의 마음에 돌이키고 싶지 않은 불쾌감을 일으
켰다.

본디 남방의 군웅은 두 계통이 있었다. 하나는 홍건당이고 또 하나
는 비홍건당이다.

홍건당은 다시 동서의 둘로 나눌 수 있다. 동파 홍건당은 회수(淮
水) 유역을 중심한 일대가 세력권으로 한임아가 공동의 맹주였다. 곽
자홍은 저주, 화주 일대의 두목이었다. 자홍이 죽자 주원장이 뒤를 잇
고 군사력은 날로 강대해졌다.

서파 홍건당은 한수(漢水) 유역을 중심한 일대가 세력권으로 서수휘
에서 진우량으로 이어졌다. 이 계통에서 갈라져 사천 지방에 할거하는
명옥진이 있었다.

비홍건당 계통으로선 동오의 장사성, 절동(浙東)의 방국진 등이 있
었다.

홍건당의 구성 성분은 다수의 빈농(貧農)과 가내수공업자 및 도시의
일부 건달들이었다. 이들은 원조 통치 아래 몽고인과 한인 지주들의
차별과 착취를 당하고 있어 지배자를 쓰러뜨리겠다는 정치목표를 가지
고 있었다.

비홍건당 계통은 이들과는 물론 다르다. 그 구성 요소는 사염(私鹽)
의 밀매업자, 염부, 중소 지주, 그리고 빈농과 소작농도 참가하고 있
었다. 그들 또한 압박이나 착취의 대상이었지만 반원 기의(反元起義)

동기는 관리와 대지주에 대한 반항이었다.

이 때문에 명확한 정치 목표란 없었다. 지도자는 생활의 향락을 추구하기 바빴고 날로 부패되어 갔다.

그들은 원조의 군대가 당분간 오지 않는 걸 알면 스스로 나라를 세워 왕이라 자칭하고 원조와 대립했다. 그러나 원조의 군대가 밀려오고 형세가 불리해지면 금방 투항했다. 원조는 이들에 대해 회유정책을 썼고, 투항만 하면 관직을 주었다.

이렇듯 관리가 된 자라도 원조가 군사적으로 약세라고 알면 또다시 독립을 꾀하고 왕을 자칭했다. 이런 독립과 투항을 거듭하면서 그들의 개인적 이름과 지위는 높아졌고 세력도 커졌다.

그러면서 홍건당에 대해선 시종일관 강경하게 대립하며 싸웠고 결코 타협하는 일이 없었다. 사성도 원장과는 10여 년을 두고 싸웠으며 항상 대치했다. 또 방국진은 영토도 좁고 병력도 약해 적극적으로 홍건당을 공격할 힘은 없었으나 진심으로 원장과 화친을 맺고 수교(修交)하겠다는 생각도 없었다.

장사성과 원조의 관계 역시 안정된 것은 결코 아니었다. 때로는 대항하고 때로는 투항하는 반복(反覆)이 무상했다.

지정 13년(1353), 원조는 사성에게 투항을 권고했다. 그에게 관직을 주고 호주 및 사주 지방의 홍건당을 치라고 요구했다. 사성은 요리조리 핑계를 대며 출병하지 않았다. 이윽고 태주(泰州)의 수비군이 약세임을 알자 태주를 공격하고 홍화(興化)를 점령했으며 고우(高郵)에 본거지를 두었다.

지원 14년(1354), 스스로 성왕(誠王)이라 칭했고 국호를 대주(大周)라 했으며 천우(天祐)라 개원했다. 이해 11월, 원의 승상 톡타가의 공격을 받아 거의 함락 직전의 위기에 몰렸다.

그러나 갑자기 톡타가가 해임되자 원군은 대혼란에 빠졌으며, 흩어지고 말았다. 사성은 이를 틈타 반격했다.

그는 곤산(昆山), 가정(嘉定), 숭명(崇明), 상숙(常熟), 평강, 상주, 호주, 회안(淮安) 등지를 손에 넣었다.

지정 16년(1356) 3월, 사성은 도읍을 평강(소주)에 두고 강평도(降平都)라고 고쳤다. 역법(曆法)도 고쳤다. 홍문관을 두고 유생을 초빙했다. 음양술(陰陽術)을 잘하는 이행소(李行素)를 승상에 임명했고, 동생 사덕을 평장에 임명하여 각 군의 병마를 통할토록 했다. 또 장휘(將輝)를 좌승에 임명하여 일반 국정을 담당시켰다. 사위 반원명을 좌승에 임명하여 오흥(吳興)을 다스리게 했고 사문병(史文炳)을 추밀원 동지(同知)로 삼아 송강을 다스리게 했다. 군·주·현의 관직을 정하여 군은 태수, 주는 통주(通州), 현은 윤(尹), 동지를 부승(府丞)이라 칭했고 지사는 종사(從事)라고 바꾸었다.

지정 16년부터 사성은 주원장과 싸우기 시작하여 크고 작은 전투를 수백 번이나 했지만 좀체로 승패가 나지 않았다. 이해 6월, 진보이(陣保二)라는 장수가 자기 휘하의 두 부장을 데리고 사성에게 항복했다.

이때 주원장의 주력은 서쪽에 있었다. 원장은 동·서 양면 작전으로 싸우면 불리함을 알고 전략적인 견지에서 사자를 사성에게 보냈다.

"이웃 나라끼리 국경을 침범하지 않고 백성을 쉬게 하자."

그러나 사성은 이 화친 제의를 무시했다. 7월, 수군으로 진강(鎭江)에 진공했고 원장의 군대와 격전을 벌였으나 용담(龍潭)에서 대패했다.

서달은 이때 승리의 여세를 몰아 상주를 포위했다. 사성은 동생 사덕을 급히 구원차 보냈지만 때는 이미 늦어 사덕은 포로가 되었다.

사덕은 용맹스럽고 부하에게 덕망 있는 장수로 사성의 창업을 도운 훌륭한 보좌역이었다. 포로가 된 뒤에도 원장에의 투항을 거부하고 사성에게 은밀히 편지를 보내어 원조에 귀순하라고 전했다. 주원장은 사덕을 죽였다.

지정 17년(1357) 2월, 주원장의 부장 경병문이 장흥을 점령하고 3월에는 상주가 함락됐다. 5월에는 태흥(泰興)이 점령되고 9월에는 조계조(趙繼祖)와 오양(吳良)이 강음을 빼앗았다.

장흥과 강음은 둘 다 중요한 군사요지다. 장흥은 태호의 입구에 있고 육로로 광덕(廣德)의 각 군현과 연락이 되었다.

강음은 장강변에 있고 소주와 통주(通州)로 가는 나루터가 있었다.

주원장은 이런 군사 거점에 유능한 장군을 배치했다. 장흥에 경병문을 두어 지키게 하고, 강음에는 오양을 파견했다.

사성의 보병과 기병은 광덕에서 고립되고 선주(宣州), 흡주(歙州)를 엿보고 있을 정도였다. 또 사성의 수군은 장강을 건너지 못하고 금산(金山), 초산(焦山) 같은 산에 올라 진을 치고 있었다.

이렇듯 사성의 군사력은 열세에 몰렸다. 게다가 동쪽 가흥(嘉興)에는 묘족 양완자(楊完者)의 부대가 버티고 있었다. 이 소수 민족의 군대는 용감했고 사성의 군대는 몇 번씩이나 패하는 쓴 잔을 마셔야만 했다.

"불리할 때에는 큰 집 추녀를 빌리는 것도 한 방법이다. 사덕의 말을 따르자."

간교한 사성은 정세를 재빨리 판단하고 원조에 항복했다. 원은 태위라는 벼슬을 주었다. 사성은 넘어져도 그대로 일어나는 사내가 아니다. 그는 원조에 항복했지만 속셈은 따로 있었다.

사성은 참군부(參軍府)와 추밀원(樞密院)을 설치했고 강절(江浙)과 회남(淮男)의 두 성으로 땅을 나누어 다스렸다. 이백승에게 군사권을 맡겨 6, 7년 동안에 걸쳐 영토를 꾸준히 확장했다. 남으로는 강절에 침입하여 임안〔항주〕, 소흥(紹興)을 점령했고 북으로는 장강과 회수를 넘어 제녕(濟寧=산동성)까지 도달했으며 서로는 여주(汝州=하남성), 영주, 호주(濠洲), 사추 등지를 점령하여 그 땅이 무려 2천 리나 되었다.

사성이 원군에게 항복한 것은 군사적으로 주원장에게 위협을 받았기 때문이었지만 원조도 원조대로의 속셈은 있었다. 홍건당이 반란을 일으킨 이래 화북지방은 극심한 식량난에 빠졌다. 대도 역시 사정은 마찬가지였다.

몽고의 장군 다시테무르는 남방의 식량을 북방으로 나르는 문제를 해결하기 위해 꾸준한 공작을 계속했다. 그리하여 원조의 관직을 주는 대가로 사성에게는 식량을, 방국진에게는 배를 제공하도록 하였다. 그러나 사성과 국진은 서로 의심했다.

"우리가 식량을 내놓으면 국진 놈이 저의 배로 싣고 가서 딴 데 팔아먹는 게 아닐까?"

사성이 의심하면, 국진도 역시 의심했다.

"우리가 배를 제공하면 사성 놈이 그 배를 이용하여 우리한테 쳐들어오지 않을까?"

다시테무르는 이것을 조정하느라고 중간에서 애를 먹었다. 그러나 공작은 성공하여 국진의 배로 사성의 쌀이 대도로 보내졌다.

다시테무르는 임안에 주둔하고 있었다. 임안은 양완자의 묘족 부대에 자주 위협을 받았다. 이들은 특히 잔인했다. 점령지의 여인을 어린 소녀나 노파를 가릴 것 없이 모조리 겁탈했을 뿐 아니라 마을의 사내를 모두 불태워 죽이는 짓을 일삼았다. 이 때문에 다시테무르는 양완자를 칠 것을 결심하고 사성에게 협력을 요구했다. 사성은 병력을 출동시켜 양완자를 죽였다. 완자의 묘족 부대는 뿔뿔이 흩어졌고 대부분이 주원장의 부하가 되었다.

이 토벌로 사성의 발언권은 커지고 다시 테무르의 존재는 희미해졌다. 사성은 마침내 다시테무르를 감금했고 자살하게 만들었다. 지정 23년(1363)의 일로 주원장이 파양호에서 진우량과 사투를 벌이고 있을 무렵이다. 사성은 이때 다시 오왕이라 자칭했고 대도에 보내던 쌀을 중단시켜 버렸다.

사성은 해물이나 소금, 뽕나무와 삼이 생산되는 풍요한 땅을 차지했다. 그런데 사성은 성격이 느긋했고 입이 무거우며 남에 대해선 관대했지만 확고한 줏대가 없었다. 풍요한 땅을 배경으로 매일 유흥하기에 바빴고 문인들과 사귀어 정치를 돌보지 않았다.

동생 사덕이 살아 있을 때에는 정치도 잘했다. 그런데 사덕의 뒤를 이어 승상이 된 사신은 사치만을 일삼고 뇌물이나 받아먹는 무능한 사내였다.

이것이 동오를 멸망케 한 간접 요인이 되었다.

이보다 앞서 지정 18년(1358) 10월 서달과 소영(邵榮)은 의홍(宜興)을 공격했다. 이때 요영안(寥永安)은 수군을 이끌고 태호 깊숙이 침투했지만 후속대가 뒤따르지 않아 여진에게 생포되었다. 그러나 투항하지 않고 옥사했다.

이듬해 정월 호대해가 사성의 요지인 제기를 점령했으므로 임안은 바람 앞의 촛불처럼 되었다. 사성은 사력을 다해 제기를 탈환하려 했다. 6월이 되자 소흥의 주장인 여진이 제기로 몰려와 보를 끊고 성안을 물바다로 만들려는 수공(水攻)을 했다. 그러나 호대해는 역습하여 보를 빼앗고 오히려 적진에 물을 흘려 보냈으므로 여진은 퇴각했다. 지정 20년(1360) 9월, 여진은 다시 제기를 공격해 왔으나 이 역시 실패했다.

사성과 원장의 전략적인 또 하나의 쟁탈 거점은 장흥이었다. 이해 10월, 이백승은 10만 여의 대군을 이끌고 와서 수륙 양면으로 공격했고 장흥을 포위했다. 성을 지키는 수비병은 거의 7천으로 한 달 남짓 결사적으로 지켰다. 이때 상우춘과 소영이 구원차 달려와 적을 무찔렀다.

사실 동오와의 오랜 전투를 통해 소영과 조계조는 많은 전과를 올렸다. 소영과 조계조는 주원장이 홍건당에 몸을 던지기 전부터의 전우였다.

법해였던 원장이 매실 장사로 돈을 벌고 금릉에서 설설을 처음 알게 되었다. 그 뒤 그는 진야선의 추격을 받아 위기에 빠졌을 때 등유와 조계조 등의 구원을 받았었다. 소영은 원장이 고향에 돌아가 모병했을 때 달려온 용사였다.

이리하여 소영은 많은 전공을 올렸고 중서 평장정사라는 지위에 올라 상우춘보다도 앞서고 있었던 것이다.

지정 22년(1361), 소영이 있는 영월에 장중(張中)이란 사내가 찾아왔다. 장중은 도교의 도사로 솥을 머리에 쓰고 다녔기 때문에 철관도사(鐵冠道士)라고도 불렸다.

소영은 장중을 보자 상을 찌푸렸지만 웃는 낯으로 그를 맞았다.

"철관도사께서 웬일로 이곳까지 오셨소?"

소영은 그의 임무를 알고 있었다. 그는 주원장의 신임을 받고 있으며 일종의 암행관(暗行官)이었다.

(이놈이 무엇을 주원장에게 꼬아바치려고 왔을까?)

그런 생각도 소영에겐 있었다. 그가 원장의 부하장군인 것만은 틀림없었지만 주군과 신하라기보다 전우라는 관념이 있었다. 왜냐 하면 명왕 아래 홍건당으로 중서 평장정사라는 관직도 임아가 내려 준 것이기 때문이다.

이날 밤 장중을 환영하는 술잔치가 벌어졌다. 장중은 술이 취하자 주정을 부렸다.

"장군, 여자가 없어 술맛이 없소!"

"지금 장사성과 싸우고 있는 전시이고 또한 군중(軍中)이기 때문에 여자를 부르지 않았소. 도사께서 양해하시구료!"

"홍, 객지에 와서 여자도 없이 무슨 재미로 잔담. 장군은 재미 보는 상대가 있어 좋겠지만 말이오."

주원장은 장군들의 배반을 방지하기 위해 그들의 처자식을 응천부에 두었다. 일종의 볼모이다. 다만 현지에서의 욕망 처리를 위해 소실을 두는 것은 허락하고 있었다.

지금 장정의 주정은 그런 첩이라도 술자리에 나와 기분을 돋우게 해 달라는 빈정거림이었다.

같은 주석에 있던 조계조가 벌컥 화를 냈다.

"이놈, 도를 닦는다는 도사가 계집을 요구해? 점이나 쳐가며 주인 앞에서 꼬리치는 놈이 전선에서 고생하는 장군을 모욕해!"

하고 칼에 손을 댔다.

주원장은 자기의 출신이 천했기 때문에 중이나 도사와 짜고 갖가지 기적을 조작했다. 머리에 쓴 관 속에서 뱀을 꺼내어 용이 자기를 수호한다고 한 일도 있다. 소영도 조계조 못지않게 화를 냈으나 그를 달랬다.

"참정, 참으시오! 이런 녀석은 끌어내어 직사토록 볼기를 때려 허

16

리를 못쓰게 하면 되오. 죽일 가치도 없소."

즉시 군사를 시켜 뜰 아래 끌어내려 볼기를 치게 했다. 장중은 이것에 앙심을 품고 응천에 돌아가자 이를 고발했다.

"소영과 조계조가 반역을 꾀하고 있습니다."

원장은 격노했다. 즉시 그들을 체포 처형하려고 했지만, 확실한 증거도 없이 처벌하는 것은 바람직하지 못하다고 하는 의견도 있었다. 특히 유기가 반대했다.

"전선의 장군을 함부로 처벌하는 것은 좋지 않습니다. 이번 일은 여러 가지로 종합 판단하건대 잘못은 장중에게 있습니다. 신중히 행동하십시오!"

원징은 불쾌한 얼굴빛이었다. 그는 이날 밤 이선장을 불러 그의 의견을 물었다.

"지금 세상에선 조조를 비난하는 사람이 많습니다. 그러나 패업(覇業)을 이룩하자면 그를 본받아야 합니다."

후한(後漢)은 시조인 광무제(光武帝) 이래 유교적 국가 이념을 좇아 전한(前漢)의 동중서부터 비롯된 효렴(孝廉 = 효행과 청렴결백)이라는 덕목(德目)을 중시 여겼다. 효렴이 뛰어난 자를 지방관으로부터 추천받아 관리로 등용했다.

후한은 그 말기에 내려오면서 외척(外戚)이 배척되고 환관이 큰 정치세력으로 등장했다. 조조의 양할아버지 조등(曹騰) 역시 환관인데 1억 전(錢)이라는 돈으로 태위 벼슬을 샀다.

당시는 앞에서도 말했듯이 효렴의 이름을 들을 만한 자를 지방관이 천거시키는 인재등용법이 있었다. 효렴에 들자면 그에 어울리는 명성이 있어야 한다. 이 때문에 지방 지식인 사회에서의 여론 평판이 존중되어 인물평이 성행되었다.

그중에서도 여남(汝南)의 허소(許邵)가 그 방면의 대가로 매달 초하룻날 인물평을 발표했는데, 그것은 '여남의 월단평'이라 불리며 천하의 화제거리가 되었다.

조조는 허소를 찾아가 끈질기게 비평을 졸랐고 '그대는 치세의 능신

(能臣), 난세의 간웅(姦雄)'이라고 평가되었다.

"조조는 이 때문에 세상 사람 입에 오르게 되고 약관 20세로 효렴에 추천되어 관리가 되었던 것입니다. 그는 또 수많은 책을 읽었는데, 특히 병법을 즐겼고 손자 13편에 주(注)를 달기도 했습니다."

원장은 고개를 끄덕였다. 선장의 말에 공감을 한 것이다.

원장은 왕성한 지식욕이 있었다. 많은 지식인을 측근에 두고 문화, 고사, 역사는 물론 병법에 대해서도 배웠다.

이 무렵 그에게 영향을 준 유학자는 유기, 이선장 외에도 범상(范常), 도안(陶安), 하욱(夏煜), 양헌(楊憲), 송렴(宋濂) 등이 있다. 그는 특히 역사를 좋아했고 「한서」・「송사(宋史)」를 좌우에 두고 틈만 나면 애독했던 것이다.

"옛날에는 전술과 주술(呪術)이 혼동되어 점으로 승패를 예측했죠. 이 두 가지를 분명하게 구분한 것이 조조였습니다."

「삼국지」에선 조조가 번번이 제갈공명에게 골탕을 먹고 있다. 그런 제갈공명이 저술했다는 「친서(新書)」・「장원(將苑)」은 후세의 위작으로 「병법비결」에선 전술과 주술을 혼동시키고 있다.

"소영과 조계조 문제입니다만……, 조조가 낙양의 치안을 담당하는 양북도위(陽北都尉)가 되었을 때의 일이 참고가 됩니다. 조조는 부임하자 사방의 성벽을 구축하고 다섯 가지 색깔의 형봉(刑棒)을 40여 개나 만들고 야간 외출금지령을 어기는 자가 있으면 신분을 불문하고 형봉으로 때려 죽였습니다. 며칠 후 황제의 신임을 받는 환관의 숙부가 이 금지령을 어겼는데 조조는 감연히 이 사람을 때려 죽였습니다. 이 때문에 모두 떨고 법을 어기는 자가 없어졌지요."

주원장은 이미 마음을 작정했다. 즉시 밀명을 내려 소영과 조계조를 체포 심문하고 주살하라는 명이 떨어졌다.

이날 밤, 주원장은 손씨의 규방에 있었다. 흐릿한 불빛이 침장 안을 어렴풋이 비춘다.

가을 풀에 명월도 선명한 명주 침구가 어지럽게 흩어진 위에서 원장과 손씨의 널부러진 자태가 요상한 그림 무늬를 연출하고 있다.

손씨는 비에 젖은 봄풀 마냥 농염한 자세였다. 밤기운이 선선하련만 20대의 한창인 여체는 화산처럼 불타고 굽이치고 있는 것이다. 세상에도 드문 미모가 술에 취한 듯이 상기돼 있고, 얇은 흰 명주 잠옷의 한쪽 어깨가 벗겨져 거대한 유방 하나가 드러났다. 그리고 잠옷 자락 부근은 수세미처럼 구겨져 다리 하나에 감겨 있는 꼴이었다.

이 세상의 땅이 두 쪽으로 갈라져도 두 사람만은 절대로 떨어지지 않겠다는 듯 꽉 끌어안고 있었다.

알몸으로 안겨 있는 그녀는 땀으로 번드르르한 얼굴을 원장의 왼 어깨에 밀어붙이고 있었다. 원장은 그러한 손씨의 오른 어깨에서 등골 언저리의 반짝이는 살갗의 윤기를 냄새 맡듯 응시했다.

살갗의 냄새도 뜨거움도 먼 옛날의 애리, 그리고 아내 마씨의 그것과 같았다. 이것은 무릇 여인의 생리가 불타는 열이자 향기일까……
사랑엔 차별이 없고 똑같다는 게 진실이었다.

두 사람의 숨소리를 누벼 가듯이 벌레가 울고 있다. 실내에 귀뚜라미가 들어와 있는 모양이었다.

"귀뚜라미가 울고 있구나."

"네, 뭐라고 하셨지요?"

"가을 벌레가 울고 있다고 했다."

느닷없이 원장의 목에 이빨이 파고들었다. 손씨가 물었던 것이다.

"싫습니다, 싫습니다. 저를 품고 계시면서…… 다른 일에 마음을 보내고 계시면 싫어요."

또 어깨를 물었다.

사내로서 원장은 생각이 많다.

오국공이 되면서 공부(公府)의 살림도 커졌다. 아직은 왕이 아니었지만 격식을 차려 나가자니 뜻밖의 돈이 많이 지출되었다.

그래서 우선 절약하기로 했다. 지나칠 만큼 검소한 생활을 집안의 여자들부터 실시했다. 명주와 같이 고급스런 의상의 착용을 금했던 것이다. 화장도 되도록 얇게 하도록 장려했다.

그리고 그는 소영 문제가 마음에 걸리고 있었다. 지금쯤은 조사와
처벌이 끝나고 사자가 응천부를 향해 달려오고 있으리라.

가을 밤은 길었다.

정사에 지치고 적셔져 시들었던 꽃잎에 다시금 맹수와 같은 욕망이
불타올랐다. 손씨는 백사(白蛇)처럼 몸을 굽이치며 불길과도 같은 혓
바닥을 원장의 목에, 볼에, 입에 날름거렸다.

"아아."

이윽고 깊은 한숨이 사향처럼 그의 코를 찔렀다.

"아……네요."

원장의 귀가 손씨의 빨간 입술을 덮있다.

"무엇이라고?"

"……."

"지금 뭐라고 말했나?"

대답은 없었고 매끄러운 입술이 원장의 혓바닥을 아프도록 빨았다.

"이봐?"

아름답게 불타고 있는 볼을 두 손으로 끼어잡고 위로부터 들여다보
았다. 눈꺼풀을 감았으나 속눈썹은 젖어 있고 콧구멍은 둥글게 부풀어
있다.

"뭐라고 말했지? 괴롭다고 했나?"

"아닙니다."

겨우 대답했고 또 미친 듯이 입술을 빨아 왔다.

"그럼 뭐라고?"

"기뻐요!"

원장을 안고 있는 두 팔에 힘이 주어지며 손씨의 허리가 부러질 듯
이 휘어졌다.

"아뢰옵니다."

밖에서 조심스런 시녀의 목소리가 들렸다.

"무슨 일이냐?"

"승상께서 기다리고 계십니다. 엄주에서 사자가 돌아와 야반인데도

무릅쓰고……."

"알았다. 곧 나가겠다."

원장은 그렇게 말하고 손씨에게 속삭였다.

"급한 일이 생겼다. 자, 일어나서 나가자."

"전 뒤따라 가겠습니다. 부끄러워서……."

"무엇을 이제 와서 새삼……."

"하지만 너무나도 기뻐 저도 모를 소리까지 질렀지요."

원장은 침상에서 먼저 거실로 나가 의자에 앉았다. 이곳은 손씨의 궁전으로 침실, 거실, 객실, 시녀방 등이 갖추어져 있다. 조금 사이를 두고 손씨도 나타났다. 완전히 다른 옷으로 갈아입고 엷은 화장까지 다시 했으며 얌전한 매무새로 걸어나왔다.

아름답다. 활짝 핀 백모란처럼 눈부신 듯이 아름답다. 본래가 아름다운 여인이다. 그것이 오늘 밤 여인의 생명의 꽃을 마음껏 피우게 하고 난 뒤라서 더욱 아름다웠다.

원장은 시녀를 불러 일렀다.

"승상께 이리 듭시라고 전하라."

이윽고 이선장이 들어왔다. 그는 두 손에 작은 항아리를 들고 있다. 그것을 원장의 의자 앞에 놓았다.

"밤중이오나 전부터 명이 계셨기에 사자가 도착하는 대로 가져왔습니다. 부인께서는 자리를 피하게 해주십시오."

원장은 뚜껑이 있는 두 개의 작은 항아리를 노려보고 있다.

"아니다. 여자라도 보는 게 교훈이 되겠지."

"그럼 열겠습니다."

이선장은 항아리 뚜껑을 열었다. 그런데 백지로 엄중히 밀봉이 되어 있다.

선장은 잠시 생각하더니,

"죄송하지만 부인의 비녀를……."

하고 말했다. 손씨가 끝이 뾰족한 비녀를 머리에서 뽑아 주자 선장은 항아리의 봉함을 신중히 뜯어냈다.

22

그리고 백지를 치우자 손씨는 앗 하며 입을 손등으로 가렸다. 항아리 속에 인간의 목이 들어 있었다.

짙고 긴 눈썹이 곤두섰고 이마에 주름살이 잡혀 있다. 눈을 무섭게 부릅뜨고 있는 것이다.

목 둘레 공간에 소금을 채워 넣고 있었지만 썩는 냄새가 확 코를 찔러온다. 그 악취만이 지금 주원장에게 던져지고 있는 무언의 항의 같다.

그러나 원장은 눈 하나 깜박이지 않았다.

"이것은 소영이란 놈이구나."

"그렇습니다. 조계조도 확인하시겠습니까?"

"보자."

조계조는 눈을 감고 있었다. 그래서 그런지 입가에 미소를 띠고 있는 것 같았다.

"덮어라."

"네."

다시 신중하게 종이가 덮여지고 뚜껑을 닫았다.

"그래 이놈들이 죽기 전에 뭐라고 말했느냐! 반역의 이유를 말하고 싶었을 게 아니냐!"

"네, 소영은 이렇게 말했답니다. 매일 전쟁만 하다 보니 가족과 즐겁게 지낼 날도 없었기 때문이라고……."

"뭐라구?"

반역의 이유치고선 너무도 엉뚱하다고 생각되었기 때문이었을까?

"그래, 조계조는?"

"그는 별로 말이 없었다고 합니다."

"알았다. 이놈들의 목을 남문에 효수하고 그 가족을 모두 죽여라. 갓난애라도 하나 남기지 말고 말이다."

병법(兵法)

왕후 마씨는 그때의 일을 기억하고 있다. 소영과 조계조의 가족 50여 명이 남녀 노소 할 것 없이 모두 처형되었다.

아직 젖먹이라도 사정이 없었다. 땅바닥에 매어 때려죽였다.

"엄마, 아빠, 무서워요."

울부짖는 어린아이들을 창으로 찔러 죽였다. 그리고 어른들은 무거운 청룡도로 목을 쳐 죽였다.

(대체 그들에게 무슨 죄가 있었던 것일까? 아버지가 반역했다고 그 가족까지, 특히 아무것도 모르는 어린아이까지 죽여야만 할까?)

여리가 주효를 가지고 돌아왔다. 그것을 식탁에 놓고 물러가는 여리를 마씨가 불렀다.

"나가지 말고 전하께 술을 따라 올려라. 나도 전하의 허락이 계시다면 네가 주는 술을 한 잔 마시고 싶구나."

"부인께서도 술을?"

생각에 잠겼던 원장은 놀란 듯이 마씨의 눈을 쳐다보았다. 몹시도 깊어 보이는 눈빛이었다. 어딘지 슬퍼 보이는 눈이었다. 그러나 입술만은 애써 미소짓고 있다.

"네, 전하께서 허락만 해주신다면……."

"알았소. 술이라도 마십시다."

그러나 마씨는 술잔에 입을 대었을까 말까 했을 정도였다.

원장은 몇 잔 마셨기 때문에 얼굴이 불그레해졌다. 마씨는 손짓으로 여리를 물러가게 하고서 말했다.

"전하께서 찬찬히 보셨겠지요."

"지금 그애 말이오?"

"네, 꾀꼬리. 그것도 이 금릉에서 태어나 금릉에서 자란 서울의 꾀
꼬리입니다. 그런 꾀꼬리를 오늘 밤 품고 정을 쏟아 주십시오."

"부인은 나더러 측실을 하나 더 두라는 말인가?"

"전하는 이제 한 나라의 왕이십니다. 후궁을 수십 명, 수백 명 두셨
다 해도 조금도 이상하지가 않지요."

"……."

"여리를 전하께 바치는 대신 신첩(臣妾)의 부탁이 있사옵니다."

원장의 얼굴이 갑자기 흐려졌다. 마왕후의 마음을 알고 있는 것이
다.

소영과 조계조가 처형된 이듬해, 지정 23년 3월, 금화와 처주에서 묘족의 군졸들이 반란을 일으켰다. 이 때문에 호대해, 경재성, 손염 같은 사람이 살해되었다. 이 기회를 틈타 장사성은 동생 사신에게 1만의 병력을 주어 또 제기성을 포위했다.

제기의 수비 장수는 사재흥. 그는 29일 동안 포위되어 고전했지만 성 밖에 복병을 두어 사신군을 격파했다.

사신은 급사를 보내어 사성에게 구원병을 요청했다. 이에 대해 사재흥도 이문충에게 원군을 보내 달라고 했다.

문충은 호덕제를 구원차 보냄과 동시에 서달과 소영(그의 처형은 비밀에 붙여졌음)이 이미 엄주(영월)를 출발, 대군을 이끌고 진격중이라는 기짓 정보를 사신군에 흘렸다.

사신군은 이때 동요되었고, 철수 계획을 세웠다. 호덕제와 사재흥이 정병을 이끌고 나가 공격했기 때문에 사신군은 혼란에 빠졌고 패주했다.

9월이 되자 이백승이 다시금 대군을 이끌고 제기를 포위했지만 수비가 견고하여 스스로 퇴각했다.

사건은 이런 때 발생했다. 용장 사재흥이 자기 심복과 더불어 주원장을 배반하고 사성에게 투항했던 것이다.

"왕비의 부탁이 사재흥에 대해서라면 말씀하지 마시오!"

사재흥에게도 반역 이유는 있었다. 재흥이 심복 부하 두 사람을 시켜 금제품(禁制品)을 양주(楊州)에 가져다 팔도록 한 일이 발각된 것이다.

원장은 그 두 부하를 체포하여 처형하고 사재흥의 관청 앞에 효수했다.

재흥은 불쾌했다. 그런데 며칠 뒤 자기의 둘째딸을 서달의 후처로 정했다는 소식에도 그는 불만을 가졌다.

"사람을 도대체 어떻게 보고 있어? 먼젓번에는 내 부하를 보란 듯이 관청 앞에 효수를 시키더니 이번에는 내 어린 딸을 서달의 후처로 들여보내!"

정실 부인이라면 체면이 서지만 후처라면 그의 자존심이 허락하지 않았던 것이다.

그런데 원장은 사재홍의 감정을 더욱 건드렸다. 이몽경(李夢庚)이란 사람을 보내고 사재홍을 강등시켜 이몽경 밑의 부장으로 격하시켰던 것이다.

사재홍은 격분해 마침내 적군에게 투항하고 말았다.

"그놈은 적군에게 투항한 놈이야. 나에 대한 배신자다. 일족이라 믿었던 자라서 더욱 분한 것이다."

"알고 있습니다. 전하의 마음이 어떠하시다는 것도. 그렇지만 아무리 반역이라도 죄 없는 사람까지 죽일 필요는 없지 않습니까?"

"호랑이 새끼는 자라서 호랑이가 된다. 반역자의 자식도 마찬가지야. 미리 씨를 없애 버려야 한다."

"그럼 여자는 왜 죽이십니까? 여자도 그럴 염려가 있다고 생각하십니까?"

"으음."

하고 원장은 당장 뭐라고 대답하지 못했다.

"지금, 그의 두 딸이 주문정과 서달의 아내로 있습니다. 적군에게 도망친 반역자의 딸이라고 그들을 처벌하시겠습니까? 그들이 처벌된다면 그들의 남편인 서달도 문정도 처벌해야 되지 않겠습니까?"

주원장은 말없이 뜰의 매화나무를 바라보았다. 꾀꼬리가 울었다. 아마도 꾀꼬리는 그 매화 나뭇가지에 앉아 있는 모양이었다.

여리는 정말 꾀꼬리 같은 여자였다. 처음으로 사내를 맞는 신음소리가 결코 높지는 않았지만 가늘게 여운을 남겼다.

그날 아침 주원장은 정전(正殿)에 나가자 우상국인 이선장을 불렀다.

"사재홍 일족에 대해 처벌을 결정했다. 직계 가족으로 사내는 모두 사형이다. 그러나 여자들은 목숨을 살려 관비(官婢)로 삼아라!"

선장은 뜻밖이다 싶었던지 얼굴을 들었으나 아무 말도 하지 않았다.

선장이 물러가자 원장은 좌상국 서달을 불렀다. 서달은 사재흥 문제로 마음이 불안했다. 그러나 원장의 얼굴은 뜻밖에도 밝았다.

"장군이 또 수고를 해주어야만 하겠소."

"네."

"장사성을 치자면 어디부터 공격해야 한다고 생각하시오?"

서달은 안심이 되었다. 그는 장신인 허리를 구부려 공손히 대답했다.

"그러자면, 소신의 의견으로선 회동(淮東)을 먼저 치는 게 순서일까 합니다."

이 말에 주원장은 기뻐했다.

"장군의 생각이 내 생각과 같소. 즉시 정전 준비를 하시오."

지정 25년(1365) 10월, 서달을 대원수로 한 20만 대군이 회동, 회하 동쪽 지역 점령을 위해 출동했다.

이보다 앞서 장사성은 지정 24년(1364) 10월, 사신을 시켜 장흥을 공격했으나 경병문과 탕화에 의해 격퇴되었다.

그러자 이듬해 2월, 이백승이 병력 20만을 이끌고 제기성을 포위했다.

제기를 지키는 수비 장수는 호덕제였다. 그는 성을 굳게 지키고 경솔히 나가 싸우지 않았으며 급사를 이문충에게 보내어 구원군을 요청했다.

문충은 장빈(張彬)에게 병력 5천을 주어 포강(浦江) 강변에 보내고 자기는 1만을 이끌고 제기를 향해 강행군을 했다. 문충은 원장의 생질이다. 그는 특히 모략을 잘 썼다. 요즘 말로 정보전에 능했다.

「손자병법」에도 용간편(用間篇)이 있다. 여기에 나오는 '간'은 '엿본다'는 뜻이 있고 또한 적국의 정세를 살피는 첩자를 뜻한다. 간인(間人), 간사(間使)는 모두 같은 의미이다.

손자는 첩자의 필요성을 이렇게 강조했다.

'무릇 10만의 군세를 동원하여 천 리나 떨어진 적국 깊이 원정하게 되면 백성이 부담하는 전비나 나라가 소비하는 돈이 하루에 천 금이나 되고, 국내에 남은 국민도, 원정군의 병사도 안정되지를 않을 뿐 아니라 군량 수송에 동원되는 사람은 피로로 걸을 수도 없는 고생이 강요되어 실로 70만 호에 이르는 백성이 본업인 농사를 지을 수 없게 된다.'

주(周)의 정전법(井田法)으로는 8회가 일정(一井)으로, 일정에서 군졸 하나를 내보낼 때에는 나머지 7호가 그 하나의 비용을 부담하지 않으면 안되었다. 따라서 10만 군세를 동원하면 70만 호가 영향을 받는 셈이었다.

'이리하여 몇 년씩 고생을 하는 것도 마지막 하루의 승리를 얻기 위해서다. 그러므로 관작이나 사소한 금전이 사용되는 것을 아까워하며 적정(敵情)을 알려 하지 않는 것은 백성의 노고를 돌아보려 하지 않는 자이다. 그런 자는 장군될 자격도 없거니와 국왕의 보좌역이 될 자격도 없고 도저히 승리를 얻지 못한다. 명군(明君)이나 현장(賢將)이 한 번 군을 일으켰다 하면 곧 승리를 거두고 그것도 뛰어난 승리를 거둘 수 있는 까닭은 무엇보다도 먼저 사전에 적정을 환히 알고 있기 때문이다. 사전에 적정을 알자면 어떻게 해야 하는가? 기도 따위로 신에게 의지하거나 과거의 전투를 본보기로 유추(類推)하든가 별점 따위에 의지해서도 안된다. 반드시 첩자에 의해 적정을 파악해야 하는 것이다.'

손자는 첩자로 다섯 가지를 들었다. 인간(人間), 내간(內間), 반간(反間), 사간(死間), 생간(生間)의 5종류였다.

이런 5종류의 첩자를 동시에 활약시키고 적에게 전혀 눈치를 채지 못하게 하는 것이 최선의 첩자 사용법이고 일국의 군주로서 절대 결여되어선 안되는 일이다.

인간은 일명 향간(鄕間)으로 적국내의 민중을 첩자로 이용하는 것이다.

내간은 적국의 관리를 매수하여 첩자로 쓰는 것이고, 반간은 적 첩자를 역이용하는 것이다. 사간은 고의로 거짓 정보를 흘려 적으로 하여금 믿게 하는 것이고(발각되면 죽기 때문에 사간), 생간은 첩자를 적중에 잠입시켜 정보를 가져오게 하는 것이었다.

이문충은 이때 장빈의 행동에 적군의 이목을 집중시키고 자기는 은밀히 행동하여 하루에 60리를 강행군했다. 그리고 적진과 20리의 거리를 두고 진을 쳤다.

호덕제는 이날 밤 삼경쯤 구원군이 왔음을 알고 은밀히 사자를 보내어 묻게 했다.

"적이 대군으로 성을 겹겹이 둘러싸고 맹공을 가해 와 매우 위급합니다. 그러나 장군의 병력도 적기 때문에 맞서기는 어렵겠지요. 잠시 병력을 물려 이를 피할 것인지 아니면 단숨에 격돌하여 싸울 것인지 알려 주십시오."

문충은 사자에게 말했다.

"적이 대군으로 공격해 오면 물론 아군이 당하지는 못한다. 그러나 아군이 계책으로 이를 맞는다면 적도 우릴 당하지 못한다. 나는 들은 일이 있다. 비수(淝水) 싸움에서 동진(東晉)의 사현은(謝玄)은 고작 8천의 병력으로 전진(前秦)의 부견(符堅) 80만 대군을 격파했다. 이렇듯 전쟁의 승패는 병력의 다소에 따라 반드시 결정되지는 않는다. 단지 계책이 있을 뿐이다. 만일 싸우지 않고 물러난다면 적은 더욱 강성해지고 아군은 더욱 쇠약해질 것이며, 그들에게 기가 눌리고 만다면 비록 대군을 가졌다 하더라도 물러가기도 힘들게 된다. 죽음 속에서 활로를 찾는다는 것은 바로 오늘과 같은 것을 말한다. 오직 싸울 뿐이다."

문충은 곧 삼군에 영을 내려 장병을 격려했다.

"적은 대군이라 오만하고 아군은 소수라 날카롭다. 북소리 한 번 울리는 곳에서 적을 반드시 무찌를 수 있으리라."

제기성의 사자는 이 말을 듣고 기뻐하며 돌아갔다. 이튿날 적의 대군이 몰려왔다. 문충은 외쳤다.

"너희들은 죽음으로써 싸워라."

적이 대군으로, 그것도 정연하게 대오를 짓고 쳐들어왔다면 그런 때에는 적이 가장 소중하게 여기는 것을 빼앗아 버린다. 이를테면 전략적 고지, 군량, 혹은 인질 등. 그렇게 하면 그 뒤는 이쪽의 뜻대로 된다. 신속하게 움직이고 적이 미처 손쓸 틈을 주지 않고, 적이 예상 못한 길을 이용하고 적이 지키지 않는 곳을 공격한다. 이것도「손자병법」에서 말하는 전쟁의 법칙이다.

그런데 손자는 또 이렇게 말한다.

'군세를 막다른 장소에 투입하면 군졸은 죽더라도 도망치는 일이 없다. 죽어 버리면 모든 게 끝장이므로 군졸은 필사적으로 싸운다. 군졸은 절대절명의 경지에 빠지면 담력이 생기고, 달아날 곳이 없다면 더한층 단결한다. 적국 깊이 침입할수록 군졸의 마음은 하나가 되고 쫓기면 필사적으로 싸우는 법이다.'

문충은 아군을 사지(死地)에 투입함으로써 적을 격파하려고 했다. 그가 맨 선두에 서서 말에 채찍질을 하고 장창을 휘두르며 적군 속에 돌입하자 군사들도 함성을 지르며 돌격했다.

이런 맹공에 적의 대오는 흩어졌고 달아나기 시작했다. 적은 수만이 죽어 자빠졌고 진옥과 군량엔 불이 질러져 검은 연기가 하늘에 뻗쳤다.

이때 주양조와 장빈도 좌우에서 적을 협공했다. 그들 역시 6백여 명의 포로와 3천 8백 마리의 말을 얻는 대전과를 올렸다.

한편 서달의 수륙 20만 대군은 장강을 건너 해안(海安)을 점령하고 태주를 공격할 태세였다. 사성은 제장들을 불러 말했다.

"태주는 우리의 북쪽 전략 거점이다. 만일 이곳을 잃는다면 장강 이북이 모두 무너지고 말리라. 따라서 수군을 보내어 적을 측방에서 위협하여 그 병력을 분산시킬 필요가 있다."

사성의 수군은 범채(范蔡)에 이르러 유인술을 썼다.

본격적인 전투는 않고 적군을 꾀어내어 적세를 약화시키는 계책이다. 서달은 역전의 맹장이니만큼 요영충에게 약간의 수군을 주어 그들을 견제하는 한편 대군을 이끌고 곧장 나아가 태주를 포위했다.

태주를 지키는 동오의 장수는 사언충(謝彦忠)이었다. 그는 제장을 모으고 작전을 정했다.

"서달의 군은 대군으로 그 기세가 매우 강하다. 이런 적과 싸우자면 성을 굳게 지키는 일이 상책이다. 다행히도 성안에는 군량이 넉넉하여 6개월이든 1년이든 버틸 수 있다."

공격에는 방어의 세 갑절 병력이 필요한 것이 상식이다. 특히 소수의 병력으로 대군과 싸우자면 농성이 가장 안전했다. 사언충은 농성을 택했고 사자를 소주에 보내어 구원병을 청했다.

서달은 포위를 하고 나자 제장들을 소집하여 의견을 물었다. 그러자 젊은 장수들은 주장했다.

"성의 4문을 동시에 총공격하여 함락시켜야 합니다."

서달은 고개를 저었다.

"안된다. 태주는 성벽이 견고하고 군량도 넉넉하다. 그리고 총공격은 부질없이 장병만 사상케 하여 효과가 없을 것이다. 포위하여 심리적 압박을 주면 반드시 기회가 생길 것이므로 그때까지 기다리자."

이리하여 서달은 매일같이 소부대를 보내어 갖은 욕설을 하며 적을 유인했다. 때로는 북과 징을 요란하게 울려 적에게 불안감을 주기도 하였다.

그러나 사언충은 굳게 성을 지킬 뿐 무슨 욕을 하여도 귀를 틀어막고 듣지를 않았다.

어느덧 포위한 지 10여 일이 지났다.

서달은 부하 제장들을 불러 한 가지 계책을 지시했다. 이날부터 서달의 진에 이상한 광경이 벌어졌다.

군사들이 술잔치를 벌여 가며 떠들썩하게 노래하고 춤춘다. 날라리며 호궁소리가 신명나게 들렸다. 술이 취하여 쓰러져 낮잠을 한가롭게 자기도 한다.

첩자가 이것을 사언충에게 보고했다. 언충은 이 보고를 듣고 비웃었다.

"서달이 병법을 아는 대장인 줄 알았더니 별것도 아니로구나. 규율이 있어야 비로소 승리를 얻을 수 있는 법. 대장으로 그와 같이 즐겨

가며 오만해진다면 군졸도 이를 본받아 진중이 크게 어지러워지리라. 내 이 기회를 틈타 놈을 무찌른다면 손바닥 뒤집듯 승리도 어렵지가 않으리라. 굳이 원병을 기다릴 필요가 없다."

아들 사의(史義)가 말했다.

"하지만 적의 속임수일지도 모릅니다. 다시 첩자를 보내어 자세히 탐지할 필요가 있습니다."

첩자가 나갔다가 서달의 본진까지 잠입하여 제장들이 모여 술 마시고 즐겁게 담소하는 것을 보고 돌아왔다. 사언충은 그 보고를 받자 말했다.

"재차 탐지한 결과 속임수가 아님을 알았다. 내 계책으로 서달을 격파하겠다. 그렇지만 천려(千慮)의 일실(一失)이 될까 염려되니 네가 가서 허실을 한 번 더 탐지하고 오너라."

아들 사의에게 항복서를 들려 서달의 본진에 보냈다. 사의가 종자 몇 사람을 데리고 적진에 가 보았더니 과연 서오군의 진지마다 엉망이었다. 술 마시고 떠들며 보초마저 모습이 보이지 않았다.

이윽고 본진에 안내되었는데 서달은 술에 취한 거슴츠레한 눈으로 말했다.

"태주성에서 항복서를 가져왔다고! 어디 편지나 봅시다."

사의가 편지를 바치자 서달은 쭉 읽어 보고 큰소리로 외쳤다.

"여러분, 우린 이제 전쟁을 할 필요가 없게 되었소. 자, 내일을 위해 즐겁게 술이나 마십시다."

사의를 자기 옆 상석에 앉히고 연신 술을 권했다. 그리고 물었다.

"사성군은 참으로 천명(天命) 시운(時運)을 아는 인물이오. 그런데 언제 성문을 열고 항복하겠소?"

"네, 내일 오시(12시)에 성문을 열고 백기를 들고 나오겠습니다."

서달은 기뻐하고 다시 사의에게 술을 권했다. 사의는 속으로 비웃으며 적당한 기회를 틈타 성으로 돌아왔다.

사의의 보고를 받자 성안이 갑자기 활기를 띠었다. 야습 준비를 서둘렀던 것이다.

사언충은 해가 지고 완전히 어두워지자 성병 2만을 이끌고 동남의 작은 문으로 나와 서달의 본진 가까이 이르렀다. 그런데도 서달의 진은 조용하기만 하고 보초의 모습조차 보이지 않는다.

"이상하다."

사언충은 척후대를 내보냈다. 척후병들이 돌아와 알렸다.

"적병들은 술에 취했는지 정신없이 자고 있습니다."

"그러냐, 그렇다면 잡병은 건드리지 말라. 서달의 본진을 습격하여 서달과 장수의 목을 베고 나면 잡병 따위는 곧 항복할 것이다."

사언충은 먼저 1천 병력을 이끌고 사이를 빠져 나가 멀리 바라보자 본진이 보였다. 그곳엔 등불이 켜 있었고 탁자에 엎드려 잠들어 있는 사람 모습이 보였다.

"돌격! 오직 서달의 목을 노려라! 누구든 그의 목을 얻는 자는 천금의 상을 받게 되리라."

동오병은 앞을 다투어 돌진했다. 그리고 본진 앞에 이르렀을 때 사방의 땅이 갈라지며 인마(人馬)가 모두 깊은 구덩이에 빠졌다.

구덩이는 깊이가 세 길쯤 되었고 바닥에 창칼을 심어 놓아 그곳에 빠지면서 1천의 기병 태반이 죽었다.

서달은 계책으로써 함정을 마련했고 취하여 잠들어 있는 군졸 또한 짚단으로 만든 가병(假兵)이었다.

사언충은 일단 구덩이에 빠졌으나 먼저 빠진 인마를 딛고 뛰어올랐다.

그때 동남북 삼면에서 금고가 울리며 서달의 복병이 일제히 일어났다. 북소리는 급하게 울려 대고 함성은 귀청을 찢는 것만 같아 동오병은 크게 당황했다. 그래서 미처 대항할 겨를도 없이 창에 찔리고 칼에 맞아 무수히 쓰러졌다.

"서쪽으로 달아나라. 서쪽엔 적이 없다."

사언충도 위지를 빠져 나갈 궁리만 하여 부하들에게 외쳤다. 그리고 서쪽 트인 곳을 향해 5리쯤 정신없이 달아났는데 서달은 이들을 맹렬히 추격했다. 그곳엔 또 작은 운하가 있고 이곳에 빠져 죽은 동오병이

수없이 많았다.

언충은 가까스로 패잔병 5백을 이끌고 시체 위를 징검다리 삼아 운하를 건너 숨 돌릴 사이도 없이 도망쳤다. 밤새도록 도망쳐 어느덧 날이 훤하게 밝아 왔다.

그러자 안개 속에서 또한 일대의 군마가 땅에서 솟은 듯 나타나며 언충을 가로막았다.

"사언충, 너를 기다린 지 이미 오래다. 썩 말에서 내려 항복하라."

이는 탕화로 작달막한 몸집에 용맹하기로 이름난 장수다. 언충은 화를 벌컥 내며 외쳤다.

"내 너 같은 소장수 아들에게 항복할 수 있겠느냐!"

장창을 내지르며 곧장 달려가자 탕화는 칼로써 이를 막았다. 그들은 10여 합이나 싸웠지만 승패가 나지 않았다. 그러자 탕화의 부하들이 일제히 돌격하며 나왔다. 언충도 이것에는 당하지를 못하고 겨우 50여 기를 이끌고 태주성 북문 아래 이르러 문을 열라고 외쳤다. 그랬더니 성벽 위에 한 장수가 나타나며 비웃었다.

"성의 주인이 바뀐 줄도 모르고 어리석은 놈."

자세히 보았더니 그것은 주원장 휘하 제일의 맹장 상우춘이었다. 언충은 부끄러움과 분함에 못이겨 검을 뽑자 목을 찔러 스스로 자결했다.

서달은 태주성을 점령하자 즉시 병을 나누어 고우를 점령했다. 이때 호주(濠洲)에는 이제(李濟)라는 자가 지키고 있었다. 호주는 주원장은 물론이고 서달의 고향이기도 하다.

서달은 전투보다 교섭으로 성을 접수하리라 마음먹었다. 그래서 사자를 몇 차례 보내어 항복을 권했지만 이제는 완강히 버티었다.

서달도 할 수 없이 한정(韓政)과 고시(顧時)에게 병력을 주어 공격케 했다. 이리하여 성을 포위하고 며칠 공격했지만 성병의 저항 또한 완강하여 좀체로 함락되지 않았다.

한정은 고시와 상의하여 한 가지 계책을 내놓았다.

"이 성은 견고하여 쉽게 함락이 되지 않는다. 그러므로 운제(雲梯)

를 제작하여 사방에서 동시에 공격하고 높은 사다리를 걸쳐 성벽을 기어오르면 적도 당해 내지 못할 것이다."

"한장군의 의견이 옳소."

이리하여 한정은 부하에게 명하여 운제를 제작토록 했다. 운제는 높은 사다리이며 밑부분에 바퀴가 달려 있어 이동시킬 수도 있다. 이런 것을 수십 대 만들어 성벽에 걸치고 사방에서 동시에 성벽을 기어오르게 했던 것이다.

이 작전은 성공했다.

성병은 적이 사방에서 동시에 공격해 왔기 때문에 막아내지를 못했다. 마침내 성문을 열고 항복했다.

호주가 함락되자 남은 군현들도 속속 서달의 군에 귀순해 왔다. 지정 26년(1366) 4월까지 회하 유역의 회안(淮安), 안풍, 통주, 숙주(宿州), 서주(徐州) 등이 모두 주원장의 손에 들어왔다.

주원장은 특히 호주가 점령되자 기뻐했다. 그는 그동안 입버릇처럼 말했었다.

"호주는 내 고향이다. 그런데 이제가 장사성을 위해 호주를 지키고 있으니 이는 짐에게 나라는 있지만 집이 없는 거나 다름없다."

그런 호주가 탈환되었으므로 원장의 기쁨은 이만저만이 아니었다. 원장은 몸소 호주를 찾아가 부모 형제의 산소도 성묘하고 묘역을 잘 가다듬게 했다. 그는 고향 사람들을 모으고 성대한 잔치를 열었으며 옛날 신세졌던 사람들에게 피륙과 곡식을 주었다.

이때 주원장의 말로「명사」에 기록된 것이 있다.

'짐이 고향을 떠난 지도 10여 년, 갖은 간난을 겪어 가며 적과 수백 번 싸웠노라. 이제 천우신조로 돌아와 부모형제의 분묘를 살피고 향리의 부로형제(父老兄弟)를 또한 볼 수가 있었도다. 지금 오래 머무르며 즐거움을 함께 나눌 수 없음을 슬퍼하노라. 부로이시여, 자제들에게 효도하고 힘써 밭을 갈도록 가르치라. 멀리 나가 장사(행상)하지 않도록 하라. 빈회(濱淮)의 군현은 아직도 해적(왜구)들의 약탈에 신음하고 있다. 부로이시여, 부디 자애(自愛)하라.'

문장만 보면 인간미가 넘쳐 있다. 그리고 이 장면은 한고조 유방이 고향 패(沛)에 들러 향리의 부로를 모아 놓고 대풍가를 지어 노래 불렀다는 고사를 연상시킨다.

주원장은 이때 연회석 한구석에 초라한 승복 차림의 스님을 발견했다. 원장은 첫눈에 그를 알아보았다. 황각사에서 함께 고생을 한 법소였다.

원장은 이때 39세. 법소는 아마 동갑이 아니면 한두 살 아래로 기억된다. 원장이 성큼성큼 그 앞으로 걸어가자 법소가 합장을 하며 맞았다.

그 얼굴은 찌들고 주름살이 깊이 박혀 있다. 어찌나 여위었던지 허수아비에 옷을 입힌 것과 같았다.

"스님은 나를 기억하고 계시오?"

"네, 전하."

"아직도 황각사를 지키고 있소? 어떻소, 응천에 오시지 않겠소?"

"황송하오나 전하, 빈도(貧道)는 스스로 맹세한 것이 있사옵니다. 황각사를 죽을 때까지 지키고 이곳에 있겠사옵니다."

황각사는 홍건적이 처음 일어날 때 원군(元軍)이 불질러 버려 재건되지 않고 있었다. 법소는 그 절터에 작은 암자를 짓고 혼자 살고 있었다.

법소는 합장을 한 채 다시 말했다.

"언제고 전하께서 제가 꼭 필요할 때 응천에 가겠습니다. 그때까지는 아무쪼록 빈도의 응석이라 용서하시고 버려 두시기 바랍니다."

원장은 말없이 법소의 맑은 눈을 쳐다보고 있었다. 누군가의 눈빛과 닮았다고 생각되었다. 처음에는 얼른 생각이 나지 않으나 그 깊고 맑은 눈빛은 마황후의 자비로운 눈빛과 같았다.

원장으로서 진심으로 믿을 수 있는 사람, 안심할 수 있는 눈이었다.

원장은 고개를 끄덕였다.

"그러시오, 그렇게 하도록 하시오."

주원장이 회동을 완전히 점령하고 장사성 세력을 장강 이남으로 밀어냈을 무렵 원조에선 순제와 황태자의 암투가 계속되고 있었다.

차간테무르의 양자 쿠쿠테무르가 산동 일대의 홍건적을 완전소탕하고 병마권을 쥐었다 함은 앞에서 말했다. 쿠쿠테무르의 라이벌은 폴로테무르이다. 폴로테무르는 산서성 일대인 진기(晉冀)를 재차 영우하고자 병력을 움직였지만 쿠쿠테무르에게 격퇴되어 그 목적을 달성하지 못했다.

이 무렵 로테사(老的沙)라는 대신이 박불화를 숙청하려고 꾀하다가 황태자에게 알려져 해임되었고 생명의 위험을 느끼자 폴로테무르의 군영으로 달아났다. 황태자 아율실리다라는 로테사의 인도를 요구했지만 폴로테무르는 이를 거절했다.

이때 박불화와 초센케인(搠思監)은 폴로테무르가 반의를 품고 있다고 순제에게 고발했다. 순제는 이 당시에 정치엔 별 관심이 없어 모든 권한은 아율실리다라가 쥐고 있었다. 따라서 황태자는 폴로테무르의 관직을 삭탈하고 대동(人同)에서의 병마권을 박탈했던 것이다.

그러나 폴로테무르는 이런 명령 따위엔 코웃음을 쳤다.

"칙명은 거짓된 것이야. 간신 초센케인과 박불화가 황후와 황태자를 업고서 부리는 농간이지."

폴로테무르는 부하인 톡켄테무르를 시켜 거용관(居庸關)을 공격했다. 거용관은 야속(也速)이 지키고 있었지만 톡켄테무르에게 대패하고 달아났다.

톡켄테무르는 승세를 몰아 진격했고 대도에서 멀지 않은 청하(淸河)까지 이르렀다. 대도는 크게 동요되었다.

톡켄테무르는 사자를 순제에게 보냈다.

"저희들은 황제께 충성을 다하는 군대입니다. 간신 초센케인과 박불화를 넘겨 주신다면 군을 돌리겠습니다."

아직도 황제에 대한 충성심은 남아 있었다. 순제는 즉시 폴로테무르의 관직을 회복시켜 주고 초센케인과 박불화를 체포하여 넘겨 주었다.

톡켄테무르는 이들을 몽고의 법대로 멍석에 말아 질식시켜 죽이고 강물에 던져 버렸다. 이것은 개를 잡는 방식으로, 주인에게 배반한 자는 개와 같은 운명을 걸어야 한다는 몽고족의 관습이었다.

아무튼 황태자파로선 큰 타격이었다. 아율실리다라는 쿠쿠테무르에게 원조를 요청했다.

쿠쿠테무르는 자기의 부장 관보(關保)를 시켜 대동을 공격했다.

폴로테무르는 일부 병력을 남겨 관보와 싸우게 하고 자기는 대군을 이끌고 대도로 진격했다. 아율실리다라도 군을 이끌고 청하에 나가 진을 쳤다. 그러나 황태자의 부하는 적병을 보자 싸우지 않고 달아났다. 황태자도 도망쳐 산서성 태원(太原)에 있는 쿠쿠테무르에게로 갔다.

폴로테무르는 대도에 무혈 입성했다. 순제는 그에게 우승상의 직을 주었고 로테사는 평장정사, 톡켄테무르는 이사대부에 임명했다. 이깃은 지정 24년(1364) 9월의 일이었다.

폴로테무르는 우승상이 되자 많은 개혁을 실시했다. 먼저 순제의 황음 조력자인 톡로테무르를 체포하여 목을 베었다. 이어 궁중에 들어와 있는 라마승과 환관들을 몰아냈다. 기황후를 궁중 한 곳에 유폐하고 그녀를 위협하여 황태자에게 돌아오라는 편지를 쓰게 했다.

그러나 황태자 아율실리다라는 병력을 모아 반격의 기회를 엿보고 있었다. 폴로테무르는 톡켄테무르를 상도에 파견하여 황태자에게 편든 몽고병을 막도록 하는 한편 야속을 보내어 황태자와 쿠쿠테무르를 치게 하였다.

야속은 명령을 받았지만 대도 남쪽 양향(良鄕)이란 곳까지 가고 더이상 진격하지 않았다.

폴로테무르는 연신 사자를 보내어 독촉했지만 야속은 움직이지 않았다. 오히려 우승상 폴로테무르에게 복종하지 않는다는 장교단의 결의를 하고 각지의 몽고족 왕에게 사자를 보내어 황태자에게 충성을 바친다는 동의를 받도록 공작했다.

폴로테무르는 부하인 야오페엔보카를 보내어 야속을 공격했다. 그러나 야속은 이를 기습하여 패주시켰고 야오페엔보카를 사로잡아 죽였다.

폴로테무르는 스스로 대군을 이끌고 출전했지만 그에겐 운이 없었다. 사흘 밤낮을 두고 퍼붓는 큰비 때문에 모든 작전이 수포로 돌아가고 대도로 철수하지 않으면 안되었던 것이다.

이때부터 폴로테무르는 몰락의 길을 걸었다. 부쩍 의심이 많아진 그는 걸핏하면 부하 장교를 죽였다. 이것은 자기의 팔다리를 자기가 끊는 거나 같았다.

부하를 죽이고 나자 그것을 후회하고 술과 여자로 이를 잊으려고 했다. 그러다가 문득 발작을 일으켜 아무나 마구 칼을 뽑아 죽였다.

이렇게 되자 조정의 사람들은 모두 그를 무서워했고 또한 증오했다. 이리하여 황제의 밀령을 받은 호창(Hochang)이 입궐하는 폴로테무르를 궁문에서 기다리고 있다가 베어 죽였다. 이어 그의 가족과 일당은 모두 살해되었다. 이런 소식이 톡켄테무르의 진에 알려지자 부하 장교들이 톡켄테무르마저 죽여 버렸다.

지정 25년(1365) 9월의 일이었다.

순제는 사자에게 폴로테무르의 목을 주어 황태자에게 보냈고 황태자의 귀경을 명했다. 이리하여 아율실리다라는 대도에 돌아왔고 황태자파가 다시 득세했다.

고소대(姑蘇臺)의 꿈

강남의 봄은 너무도 짧다. 매화가 피었다 지고 복사꽃도 져버려 지금은 녹음이 한창이다.

장사성은 46세. 그로선 철이 바뀐 것도 모를 만큼 바쁜 나날이었다. 장강 이북의 여러 성이 차례로 항복했다는 불쾌한 소식이 들렸기 때문이다.

그 생각을 하자 짜증이 났다.

"에잇, 빌어먹을!"

사성에게 안겨 있던 춘춘은 느닷없이 왕이 노여워하는 데 놀라 겁먹은 눈빛이 되었다. 그녀는 지금 너무도 황홀한 순간이었다. 처음 후궁이 되었을 때, 한 열흘 연거푸 찾아 주더니 몇 년씩 발걸음이 없던 왕이다. 사성은 이상한 기호(嗜好)가 있어 중년여인을 좋아한다. 그것도 동생의 아내였던 천광니에게 이상하리만큼 집착하고 있었다.

춘춘은 그 때문에 얼마나 많은 밤을 눈물로 지새며 베개를 적셨는지 모른다.

(차라리 총애나 받지 않았다면…….)

처녀적에도 비슷한 경험이 있었다. 그녀가 15세 되던 해의 봄이다. 물론 고소대(姑蘇臺)의 이 왕궁에 들어오기 전의 일이었다.

그녀의 아버지는 큰 가게를 하고 있어 집엔 점원들이 많았다. 춘춘은 자기보다 몇 살 위인 이설(李泄)이란 키가 크고 얼굴도 검붉은 젊은이에게 어느 사이 젖가슴 언저리가 쑤석거릴 만큼 반해 버렸다. 공연히 얼굴이 붉어지고 좋아 견딜 수가 없었다.

그런 이설에게 느닷없이 끌어안겨져,

"어머?"

하고 놀랐지만, 금방 눈물이 핑 돌 정도로 기쁜 놀라움이었다.

이설의 팔은 믿음직스런 힘으로 춘춘의 뼈가 으스러져라 하고 안아주었다. 그리고 씩씩한 사내다운 흰 잇몸이 엿보이는 입으로 놀라는 춘춘의 입을 틀어막았다.

순간 춘춘은 몸서리를 치면서 안겨 갔고 쪽쪽 소리내며 이설의 혀를 빨았다. 차라리 이대로 죽여 달라고 외치고 싶은 정감이 끓어올랐다. 춘춘의 처녀꽃이 이때 여기서 부풀며 피었던 것이다.

"난 이제 아무래도 좋다…… 아무래도 좋아."

푸른 잎사귀도 싱싱한 복숭아나무 아래였다. 이설은 속삭였다.

"아가씨, 지금은 안됩니다. 누가 부르고 있어요."

춘춘의 몸종이 부르고 있었다.

"그럼 이따가…… 꼭 만나요."

"이따가 언제?"

"밤에."

"꼭입니까?"

"응. 여기서."

두 사람은 한번 더 입을 맞추고 이설은 살며시 사라졌다. 춘춘은 그 자리에 털썩 주저앉아 넋을 잃고 있었다. 몸종이 나타나 짓궂은 눈으로 자기를 빤히 보고 있다는 것도 깨닫지 못했다.

춘춘은 그날 밤 그 약속을 지키지 못했다. 어미니가 그녀 곁을 떠나지 않고 틈을 주지 않았던 것이다.

이상했던 것은 이설의 모습을 다시 보지 못한 일이었다. 춘춘의 꽃은 이슬을 머금고 간절히 기다리고 있었건만 봄이 다 지나도 이설의 모습은 춘춘 앞에 나타나지 않았다.

그녀는 밤마다 침상에서 혼자 공상에 잠겼다. 사내의 으스러지도록 죄어 온 팔 힘과 파아란 풀잎과도 같은 입냄새가 언제까지나 춘춘의 감각에서 사라지지 않았다.

낮동안은 그래도 몰랐지만 밤이 괴로웠다. 혼자 자는 침상에서 구부려 가슴에 얹은 팔에 이설의 감촉이 되살아났다. 생생한 미각과 취각이 입 안에 군침을 고이게 했다. 그리고 그녀는 며칠이나 사내의 꿈을 꾸었다.

이런 춘춘을 부모가 서둘러 천광니의 도관에 보냈다. 그곳에서 여자로서의 예의범절을 배우게 하려는 것이었는데 영광스럽게도 사성의 후궁이 되었던 것이다.

규방에서 처음으로 안겼을 때 춘춘은 사성 가슴에 꽃향기를 파묻으며 흐느꼈다. 실감이 나지 않았던 것이다.

"이런 몸이 되어도 남의 아내가 될 수 있습니까?"

"바보 같은 소리. 넌 내 후궁이 된 것이다. 평생을 두고 부귀영화를

누리게 된다."

사성은 그것을 증명하듯 춘춘을 총애해 주었다.

그러나 그뿐이었다. 사성도 이설처럼 날아가 버리고 춘춘을 찾아 주지 않았다. 애닲은 여자의 기쁨만 가르쳐 주고 발길을 끊었다.

그리고 벌써 몇 년을 지났을까? 생각할 수조차 없을 정도였다. 그런 사성이 오늘 저녁엔 무슨 바람이 불어 찾아 주었을까?

춘춘은 고개를 조아리고 있었다. 가슴이 두근거린다. 자기가 오왕의 후궁이라는 것도 믿어지지 않고 마치 낯선 사내의 갑작스런 방문을 받은 것처럼 가슴이 떨렸다.

"잘 있었소?"

굵직하고 약간 쉰 듯한 남성적인 목소리였다. 사내의 목소리를 들은 지도 오래였다. 어쩌면 사내 목소리를 잊었다 하여도 지나친 말은 아니었으리라.

여자만이 수백 명 들끓고 있는 깊은 후궁에서 새장의 새처럼 갇혀 사는 그녀의 생활이다. 그런 만큼 굵직한 사성의 목소리가 가슴도 찡하게 귀청을 울려 주었다.

"네. 전하께서도 그동안 옥체 강녕하셨습니까?"

깊은 후궁 안까지는 바깥 세계의 전쟁 소식도 들려오지 않는다. 소주는 지금 동요하고 있었다. 하지만 세상이 어떻게 돌아가고 있는지 도무지 모르고 있는 그녀였다.

"음. 몇 년이나 혼자서 쓸쓸했겠네."

"네."

눈물이 핑 돌았다.

(나, 나는 이분의 후궁이었다.)

그런 것이 새삼 실감되며 뜨거운 눈물이 넘쳤다.

"자, 그만 얼굴을 들고 내 옆 의자에 와서 앉아라."

춘춘은 시키는 대로 했으나 아직도 얼굴을 들어 사성의 얼굴을 똑똑히 보지 못했다. 지금은 부끄러워서가 아니다. 눈물을 왕에게 보일 수가 없었기 때문이다. 사성은 자연스럽게 그녀의 손을 잡아 주며 물었다.

"울고 있구나. 그래, 매일매일 어떻게 지냈느냐?"

"별로…… 특별히 하는 일도 없이……."

왕이 다정할수록 약해지는 여자의 마음이었다. 목소리가 목구멍으로 기어들어가 끝말은 들리지가 않았다.

"그럼 심심했겠구나."

"네. 하지만 이제는 익숙해졌습니다."

가까스로 응대할 수 있는 여유가 생겨 얼굴을 들었다. 사성은 웃고 있었다. 춘춘도 눈에 이슬을 반짝이며 미소 지으려고 애썼다.

"심심할 때는 고금의 시를 읽는 것도 좋지. 시를 더러 지어 보았느냐?"

"네. 변변치 않으나 흉내 정도는."

"호오! 보고 싶구나."

"부끄러워 전하께 도저히 보여 드릴 수 없습니다."

하고 춘춘은 다시 고개를 숙였다.

"나중에 보기로 하자. 그것보다 너의 마음이 궁금하다. 화조풍월(花鳥風月)…… 춘하추동(春夏秋冬), 너는 어느 쪽을 더 좋아하느냐? 말하자면 꽃과 달, 봄과 가을…… 사람에 따라 어느 한쪽을 더 좋아하고 그에 따른 노래도 나오는 법이니까."

춘춘은 고개를 들었다. 왕의 얼굴을 빤히 쳐다보았다. 사성은 평소 말이 적다는 평판이 나 있다.

그런데 오늘은 넘칠 만큼 다정하고 말이 많았다.

"아직 거기까지는 이르지 못했습니다."

"그런 일은 없을 게다. 세살 먹은 아이라도 좋아하는 계절이 있게 마련이다. 봄과 가을 중 어느 쪽이 좋으냐?"

춘춘은 고개를 갸웃했다. 이제는 슬픔도 잊어 한결 싱싱한 색향이 넘쳐 보인다.

"봄도 좋습니다만……."

"가을이 좋다는 뜻이로군."

하고 사성은 짧게 웃었다.

"아름답지 않은 네 하소연을 듣는 것 같아 내가 미안하다. 그동안 너를 혼자 버려 두어 그런 마음이 생겼을 것이다."

잠자코 고개를 떨구는 춘춘의 가슴 밑바닥부터 훈훈한 것이 치밀었다.

"밤도 깊었다. 자리에 들도록 하자."

사성이 먼저 일어나 그녀를 안아 주었다. 춘춘도 일어섰지만 너무도 감격하여 다리가 휘청거렸다.

밤이 깊었다.

춘춘은 사내의 정을 받는 여자의 기쁨과 욕망을 굽이치는 육체로 표현했다. 그리고 사내의 가슴에 상기된 얼굴을 묻어 가며 행복에 겨워 눈을 감고 있었다. 그런 때 느닷없는 사성의 짜증을 들었던 것이다.

"전하!"

"음."

사성은 생각에 팔렸다가 문득 정신이 든 것처럼 대답했다.

"전하. 제가 너무도…… 철없는 여자라고……?"

"아무것도 아니다. 나 혼자 해본 소리다. 주원장놈이 아무리 설쳐도 나에겐 아직도 부강한 강남 천리의 땅이 있고 십조룡(十條龍)의 용사들이 있다. 걱정할 것 없다."

십조룡은 전법과 무예를 잘하는 자만 선발하여 편성한 그의 친위대였다. 걱정하지 말라 하면서 이런 말을 지껄이고 있는 것을 보면 사성도 몹시 고뇌하고 있는 모양이었다.

"하지만 저는 두렵습니다."

"무엇이?"

하고 사성은 목소리가 높아졌다.

"철없고 버릇없는 여자라고 노여워하시지 않을까 걱정되어……."

"네가 말이냐?"

사성의 목소리는 다시 부드러워졌다. 여자는 사내의 고뇌와는 다른 것을 생각하고 있다. 그런 바깥 세계의 일은 알려고도 하지 않는다.

오히려 모르는 게 행복일지 모른다.

"어째서 그렇게 생각하느냐? 노엽다면 이렇듯 너를 품고 있겠느냐?"

"여자로 꼴불견인…… 너무 방자한 태도를 보인 것 같습니다."

"무슨 뜻인지 모르겠다. 규방에서의 이것 말이냐?"

"네. 욕심 많고 천박한 여자라고 여기셨겠지요."

"하하하. 난 또 무슨 소리라고."

사성은 더욱 힘껏 포옹했다. 춘춘은 한결 상기된 얼굴을 밀어대며 속삭였다.

"선 부끄럽게."

사성도 애무에 열중하면서 별것도 아닌 치화(癡話)를 주고받았다.

"무엇이?"

"부끄럽게 소리를 질렀습니다."

"난 못 들었다."

"정말 모르셨어요?"

"몰랐다. 전혀 몰랐다."

"그럼 기뻐요!"

사성쯤 되는 사내가 품고 있는 여인의 마음을, 그 그늘진 그림자까지 모를 리는 없었다. 춘춘은 잠자리에 들어 포옹한 순간부터 환희를 육체뿐 아니라 목소리로도 나타내고 있었다. 그리하여 몇 번이고 욕망을 호소해 마지않았다.

그것이 사성에겐 사랑스러웠다. 천광니와는 다른 이 여인의 매력이었다.

"여자로 기쁨을 나타내는 것은 조금도 부끄럽거나 꼴불견인 짓이 아니다. 오히려 그렇게 하지 못하는 것이 여자로 불행할지도 모른다."

"……"

"옛날 이곳 고소대에서 서시(西施)라는 절세의 미녀가 이 세상의 환락을 만끽했다. 나도 부차(夫差)처럼 너희들과 더불어 영화를 누리고 싶은 것이다."

사성의 이 말은 자기 마음의 불안을 애써 부인하는 것이었다. 서시는 월나라 구천이 부차에게 바쳐, 마침내 오나라를 멸망케 한 여자였다.

사성도 그것은 알고 있었지만 쾌락의 대가보다는 당장의 환락에 몰입(沒入)하고 싶었다.

"오 그대는…… 울고 있구나."

사성은 안고 있는 춘춘을 두 손으로 밀어냈다. 감고 있는 그녀 눈꺼풀에 은빛 이슬이 반짝인다. 사성은 그것에 입술을 가져다 핥아 주었다. 춘춘은 몸서리를 치듯 몸을 떨면서 사내의 입술을 찾았고 야생마처럼 머리를 흩뜨리며 다시 불붙었다. 몇 번째의 큰 폭풍이 지나간 뒤에도 또 숨가쁘게 입을 놀렸다.

"전하."

"오!"

"언제까지나 언제까지나."

"뭐라구? 무엇을 언제까지?"

"저버리면 싫습니다. 이번엔 전처럼 기다릴 수 없을 거여요."

지정 26년(1366) 8월 주원장은 장사성에 대한 제2차 공격을 명했다. 이번에도 서달이 대원수였다.

공격에 앞서 상우춘은 말했다.

"이때를 놓치지 말고 소주를 직격하도록 하십시오."

그러나 원장은 이 계책을 쓰지 않았다. 소주의 날개인 호주(湖州)나 임안을 먼저 공격하고 이를 점령한 뒤 소주를 포위한다는 전략 방침을 세웠다. 시간이 걸릴지 모르지만 그것이 안전하고 틀림없는 전략이었다.

서달은 20만 대군을 이끌고 상주를 지나 장흥을 거쳐 태호(太湖)에 이르렀고 호수 서안에 진을 길게 쳤다.

사성의 수군 대장 윤의(尹儀)는 호수 동쪽에 진을 치고 병선 1천여 척으로 진격로를 가로막았다.

이 사실을 알자 서달은 곽영을 불러 명했다.

"장군은 급히 장흥에 가서 경병문과 함께 수군을 이끌고 이리로 오시오. 태호는 동오의 인후(咽喉)와 같은 요지니 이곳만 제압한다면 승리는 이미 우리의 것이 될 것이오."

며칠 뒤 곽영과 경병문이 배를 3천 척이나 준비해 갖고 오자 전군이 배에 올라 태호를 건너기 시작했다.

태호는 옛이름이 진택(震澤)인데 북쪽은 장강과 이어졌고 서쪽에서 전당강(錢塘江)이 흘러들며 중국 오대 호수 가운데 첫째 경승지로 꼽는다.

서달의 대군이 병선의 대열을 지어 가며 호수에 진입하자 북소리는 하늘에 울렸고 기치는 햇빛을 가리듯이 나부꼈다. 이윽고 호수 동안이 가까워지자 동오의 수군도 윤의의 지휘 아래 질서 정연하게 병선을 늘어세우고 기다리고 있었다.

이어 접전이 벌어졌다. 서달 휘하의 유통해, 유통연, 유통원, 요영충, 장흥조 등이 맨 먼저 각각 수군을 이끌고 나가 적을 공격했다.

윤의는 수군 지휘에 능통한 자로 배를 자기의 손발처럼 움직여 가며 서오의 수군 선본대를 협격했는데, 이로 인해 많은 사상자가 발생했다.

유통해는 이를 보자 화를 내며 크게 외쳤다.

"아군이 대군으로서 적에게 포위되다니 말도 안된다. 너희들은 죽음으로써 적을 무찔러 소호 수군의 이름을 빛내라!"

이리하여 유통해의 선대가 물러나지 않고 맹공을 퍼붓자 적의 선대도 무너졌고 달아나기 시작했다. 윤의는 아군의 패세를 돌이킬 수 없다 생각하고 배를 돌려 달아났는데 한 척의 쾌선이 달려오며 한 장수가 외쳤다.

"너는 어디로 달아나려 하느냐!"

하고 목영이 철편을 휘두르자 윤의는 이를 피하지 못하고 바다에 떨어졌다. 그러자 목영의 부하들이 갈고랑이 달린 밧줄을 던져 윤의를 건져 결박해 버렸다.

한편 윤의의 부하들은 배를 버리고 기슭에 올라 달아났지만 서달이 제장을 시켜 추격했고 호주 비산(毗山)이란 곳에서 따라잡아 이를 격파했다.

그러나 동오의 승상 장사신이 정병 10만을 이끌고 와서 구관(舊館)에 진을 치고 서달의 퇴로를 막았다.

그러자 상우춘은 급히 병력을 이끌고 동간(東邗)으로 우회하여 오히려 적군의 배후로 나갔다. 그리고 병력을 2대로 나누어 좌우 측방에 진출시키고 주력으로 흙을 파서 옹항구(甕港口)를 메워 적의 퇴로를 끊어 버렸다.

사신은 상우춘의 병과 싸웠지만 역시 우춘의 적수는 아니었다. 사신군이 패하여 삼방으로 달아나자 동오의 장군 서의(徐義)가 또 5만 군을 거느리고 달려와 오룡진(烏龍鎭)이란 곳에 진을 쳤다. 그러나 서의역시 상우춘의 공격을 막아내지 못하고 퇴각했다. 우춘은 승세를 몰아호주성을 포위했다.

동오군은 군량 수송을 배로 하고 있었다. 우춘의 전술은 흙으로 운하를 메워 버려 뱃길을 끊고 식량 반입을 막는다. 그리고 지성(支城)을 공격하여 주성(主城)을 고립시키는 전법을 썼다.

호주성 공격에도 먼저 군졸을 시켜 청항(淸港)을 메워 보급로를 끊었다. 이어 설현을 시켜 덕청(德淸)을 공격했다. 설현은 격전 끝에 덕청을 점령하고 병선 40척과 적장을 생포했다. 그는 다시 나아가 승산(昇山)을 공략했다.

호주를 지키는 동오의 대장 이백승은 아군이 도처에서 격파된다는 보고에 마침내 분을 참지 못하고 성 밖으로 쳐 나왔다. 우춘이 이를 맞았다.

이백승은 언월도를 비껴 들고 문기(門旗) 아래 나오자 우춘도 천천히 말을 몰며 백 보의 거리까지 접근했다.

우춘이 먼저 설전(舌戰)을 시작했다.

"장군이 성문을 열고 우리에게 항복한다면, 우리의 주상 전하께서는 반드시 그대를 무겁게 쓰리라. 그러나 우리 군과 맞서 감히 싸우겠다면 아깝도다, 그대의 목숨도 오늘이 마지막이다."

백승은 코웃음을 쳤다.

"도둑이 와서 오히려 큰소리 친다. 너희들이야말로 순순히 물러가지 않는다면 몸을 망치고 나라까지 망치게 되리라."

이리하여 두 맹장은 언월도와 장창으로 싸우기 시작했고 수십 합을 주고받았지만 승부가 나지 않았다. 그러자 우춘은 철편(鐵鞭)을 들어 백승을 때렸다. 철편은 가죽 채찍에 쇳조각이 달려 있다. 백승은 이것을 어깨에 맞자 심한 통증으로 언월도를 제대로 쓸 수가 없어 말머리를 돌려 달아났다.

우춘은 부하 장병들과 추격하여 약간의 적을 베어 죽이고 다수의 병선을 노획했다. 백승은 성안에 들어가자 성문을 굳게 닫고 나오지를 않았다.

사성은 호주성이 서달과 상우춘에게 포위되어 몹시 위급하자 제장들을 모아 의논했다. 장사신이 먼저 발언했다.

"전하께서 대군을 주신다면 이번에야말로 적을 무찌르겠습니다."

그러자 이백청(李伯淸)이 반대했다.

"지금 서오병은 몹시 강성하여 승리를 얻기가 매우 어렵습니다. 전하께서 사신을 금릉에 보내어 화의를 요청한다면 주원장도 이를 거절하지는 않겠지요."

사성은 기뻐하고 많은 예물을 이백청에게 주어 금릉으로 보냈다. 그러는 한편 사신을 대장으로, 여진을 부장, 장규를 선봉으로 삼아 병력 10만을 주어 호주를 구하게 했다.

이백청은 소주를 떠나 길을 재촉했는데 호주 방면에는 적병이 득시글거려 길을 바꾸었다. 그는 임안에서 전당으로 나아갔고 강을 건넜는데 거기서 서오병에게 잡혀 이문충 앞에 끌려갔다.

이문충은 이백청의 얼굴을 알고 있었다. 즉시 결박을 풀어 주고 진막 안에 들어가 마주앉았다.

"이공께서 무슨 일로 은밀히 동오를 출발하여 강을 건너오셨습니까?"

문충의 물음에 백청이 대답했다.

"주명을 받고 금릉에 가서 화의를 맺기 위해서입니다."

그러자 문충은 백청을 설득했다.

"화의를 성립시키겠다는 그 뜻은 참으로 좋습니다. 그러나 이미 때는 늦었고 우리 주상께서는 동오를 멸망시키겠다고 하늘에 맹세하셨습니다. 그러니 이공께서도 천하 인심이 돌아가는 것을 잘 헤아려 마음을 결정토록 하십시오."

백청은 묵묵히 앉아 있었다. 문충은 항복을 권하고 있는 것이다.

문충은 여러 가지로 이치를 들어 가며 설득했다. 마침내 백청이 탄식했다.

"주군을 배반하는 것은 불충이고, 뻔히 패하는 쪽을 섬김은 부지(不智)이다. 그렇지만 내 일찍이 동오왕의 두터운 은혜를 입었으니 어찌 이를 배반하여 불충인이 되겠는가. 어차피 한번 죽을 목숨 조금인들 연장시켜 무엇하랴."

연신 탄식을 하고 있다가 자리에서 슬그머니 일어났다. 문충은 수상히 여기고 물었다.

"공께서 무슨 일로 자리를 일어서려 하십니까?"

"장군, 잠깐 생각할 여유를 주시구료. 밖에 나가 강바람이라도 쐬며 머리를 식히고 돌아오리다."

그러나 백청은 쉽게 돌아오지 않았다. 문충이 나가 보았더니 그는 진막 옆의 바위에 스스로 머리를 부딪쳐 자결해 있었다.

문충이 좋은 나무로 관을 만들고 백청을 후히 장사지내 주자 첩자가 돌아와 적정을 알린다.

"지금 전당강 남안에 사재홍이 병력 5만을 이끌고 포진하고 있습니다."

사재홍은 바로 적군에게 넘어간 반장(叛將)이었다.

문충은 이 보고를 받자 맹세했다.

"사재홍은 주군을 배신한 자로 주상의 원수이고 또한 우리의 원수이다. 더욱이 우리의 길을 막고 있으니 원한이 골수까지 사무친다. 내

강을 건너 이 도적을 잡지 않는다면 다시 강을 건너 돌아오지 않겠다."

하며 화살을 가져다가 맹세의 표시로 꺾었다.

문충은 삼군을 진발시켜 바로 강을 건넜고 사재홍의 진을 맹공했다. 문충이 창을 들고서 맨 선두로 달리자 사재홍도 이를 보고 칼을 춤추며 공격해 왔다.

그리하여 3, 4합에 문충의 창이 마침내 사재홍의 가슴을 찔러 말 아래로 떨어뜨렸고 그 말을 빼앗아 타고서 적진 안으로 돌입했다. 적은 이 바람에 사방으로 흩어져 달아났다.

사재홍은 아들이 다섯으로 사청, 사홍, 사양, 사유, 사준이었다. 이들이 아버지의 원수라며 군을 이끌고 결사적으로 몰려왔지만 문충이 쏜 화살이 사청의 왼쪽 눈을 맞춰 말에서 떨어뜨려 죽이자 그들도 흩어져 달아났다.

문충은 다시 총군을 이끌고 이를 추격했으며 마침내 임안 경계까지 이르렀다.

이때 항주를 지키는 장수는 사성의 사위 반원명이었다. 그는 부장 방이(方彝)를 보내 항복할 것을 제의했다. 문충은 처음에 이를 믿지 않았으나 방이의 사람됨을 보고 그 의심을 풀었다. 이리하여 반원명은 싸우지도 않고 성문을 열어 문충에게 항복했던 것이다.

문충은 입성하여 약탈을 일체 금지하고 백성을 위무(慰撫)했다.

이때 문충은 병력 3만, 말 6백 필을 얻고 승리의 첩보를 즉시 응천에 알렸다.

한편 동오의 대장 장사신은 병력 10만을 이끌고 호주에 이르러 성 동쪽 홉림(鳦林)이란 곳에 진을 쳤다.

서달은 제장들을 모아 의논했다.

"내 일찍이 듣건대 장사신은 동오 제일의 맹장이라고 한다. 지금 이 백승이 견고한 성에 있어 쉽게 떨어지지 않고 있는 터에 장사신이 또 와서 이를 구한다면, 아군은 안팎으로 적을 맞아 승리하기가 어려우리

라. 만일 병력을 발하여 사신을 맞아 싸운다면 백승이 반드시 병력을 끌고 나와 우리 뒤를 칠 것이다. 만일 또 성을 공격하면 사신이 와서 우리를 역포위하고 말리라. 진퇴양난에 빠진 꼴이다. 그러나 아군의 대장으로 누군가 사신의 군을 막아 그들을 한 발도 움직이지 못하게 한다면 싸움은 아군의 승리가 된다."

그러자 상우춘이 나섰다.

"소장에게 병력을 나누어 주신다면 반드시 사신을 저지하겠소."

서달은 기뻐하고 우춘에게 곽영, 목영, 요영충, 유통해, 정덕홍, 강무재, 조용의 제장과 병력 7만을 주었다.

상우춘은 7만 중에서 병력 2만을 요영충에게 주며 말했다.

"요장군은 먼저 적진에 가서 싸움을 돋우도록 하시오. 사신이 출격한다면 거짓으로 패하여 달아나시오. 내 그들이 온다면 기병(奇兵)으로 무찌르겠소."

요영충이 2만 병력을 이끌고 먼저 출발했다. 우춘은 다시 곽영과 목영에게 2만을 주며 말했다.

"양 장군께서 병력을 나누어 큰길 양쪽에 매복하시오. 만일 적이 온다면 단숨에 일어나 협격하도록."

우춘은 또 유통해와 정덕홍에게 2만 병력을 주며 말했다.

"양 장군은 후진에 있으면서 아군의 구응(救應)을 하도록 하시오. 나는 병력 1만을 이끌고 나아가리다."

우춘은 조용, 강무재와 더불어 호수가의 작은 길로 나가 흡림을 가로 지르고 곧장 나아가 적의 본진을 찌를 계획이었다.

요영충은 10여 리를 전진하여 흡림 앞에 이르자 진을 쳤다. 사신이 얕보고서 공격해 나왔다. 요영충은 사신과 어우러져 10여 합을 싸웠는데 함성이 일어나며 동오의 보병이 좌우에서 공격해 왔다. 그것은 여진과 장규의 군사였다. 영충은 말머리를 돌려 달아나기 시작했다.

사신은 기고만장하여 외쳤다.

"요영충, 네가 가면 어디까지 갈 수 있겠느냐!"

하며 10리를 쫓았을 때 석포가 울리며 일대의 군마가 가로막았다. 사신이 보니 그것은 상우춘의 인마였다.

사신은 우춘을 향해 맹렬히 돌진하여 싸웠는데 이때 연락 장교가 달려와 급한 소식을 알렸다.

"서오병이 본진에 밀어닥쳐 아군을 쫓아 버리고 불을 질렀습니다. 장군은 빨리 위급을 구해 주십시오."

사신이 뒤돌아보니 과연 맹렬한 불길이 본진에 오르고 있었다. 싸울 마음이 당장 없어지며 그는 말머리를 돌려 달아났다. 우춘과 영충은 사신을 추격했다.

사신은 허겁지겁 달아나는데 석포가 또 울리며 이번에는 복병이 일어났다. 왼쪽엔 목영이 있고 오른쪽엔 곽영이 있다. 이들이 추격해 온 우춘과 영충의 병과 더불어 공격하자 10만 대군도 태반이 죽고 나머지는 거의 달아나 버렸다. 사신은 단기로 이 포위망을 뚫고 달아났지만 그를 기다리고 있는 것은 함정이었다. 말과 함께 구덩이에 떨어져 마침내 생포되고 말았다.

이것은 우춘의 계책을 받은 정덕홍과 유통해가 성공시킨 전공이었다.

서달은 잡혀 온 사신을 즉각 참형에 처하고 다음 작전을 상의했다.

한편 동오의 대장 여진과 장규는 패잔병을 이끌고 구관에 가서 굳게 진을 수비했다. 그리고 사신이 잡혀 적에게 살해되었다는 보고를 소주에 알렸다.

사성은 이 보고를 받자 크게 통곡했다.

"우리 사형제가 병을 일으켜 부귀영화를 누리고자 했는데 동생 셋이 원수의 손에 죽고 말았다. 그런데 이백청은 금릉에 간 뒤 소식이 없고 반원명도 적에게 항복했다. 대체 이 국난을 무엇으로 막겠는가?"

그때 서의가 의견을 말했다.

"동오에는 아직도 충성스런 사람들이 있습니다. 그들 중에서 숨은 장재(將才)를 찾아내어 막도록 하십시오."

"그런 사람이 있을까?"

그러자 한경지(韓敬之)라는 자가 말했다.

"제가 알기로는 두 사람의 장수가 있습니다. 하나는 김진원(金鎭遠)이고 또 하나는 기세웅(紀世雄)이라 합니다."

"그들을 즉시 부르도록 하라."

김진원은 키가 8자이고 기세웅은 키가 9자나 되었다. 특히 기세웅은 천하장사로 5백 근의 바윗덩이라도 두 손으로 번쩍 들어 던질 수 있다고 한다.

사성은 기뻐하고 20만 대군을 새로이 일으켰다. 총대장은 사성이 되고 전군 원수로 장표(張彪), 부원수로 장표(張豹), 선봉장으로 김진원, 부선봉에 기세웅이 임명되었다.

이들이 구관에 이르자 여진과 장규가 나와 장사성을 맞아 현황을 설명했다.

"앞으로는 적을 확실히 알고서 싸우도록 하라."

사성은 일장 훈시를 하고 여진의 병력 6만을 합쳐 30만 대군이라 호칭하며 흡림을 공격하여 탈환했다.

서달은 이 급보를 받자 제장들을 모으고 격려했다.

"호주를 공략하려는 이때 장사성이 동오의 국력을 모두 기울여 출전했다. 제장들은 힘을 합쳐 동오왕을 사로잡고 대공을 세워라."

탕화에게 병력 7만을 주어 경병문, 오양과 더불어 호수성을 포위케 하고 서달은 본대를 이끌고 흡림 전면에 나아갔다.

그날은 이미 해거름이었기 때문에 전투는 않고 이튿날 새벽부터 행동을 개시했다. 전투는 동오의 새 장수 김진원이 진전에 나타나 싸움을 걸어옴으로써 시작되었다. 서오병들은 진원을 보자 모두 놀랐다. 거인이 말을 타고 있는 게 아니라 사타구니에 말을 끼어잡고 있는 것처럼 보였던 것이다.

상우춘이 용감히 나가 결투했다. 그러자 목영이 잇따라 달려나가 우춘을 도왔다.

진원은 대도를 풍차처럼 돌리다가 목영을 향해 내리찍었는데, 목영은 철퇴로 이를 맞았다. 진원의 대도는 철퇴와 쨍그렁 부딪치며 뚝 부러지고 말았다. 우춘이 이를 틈타 창으로 진원의 왼쪽 옆구리를 찔렀다. 천하 장수 진원도 말에서 거꾸로 떨어졌고 동오병이 크게 동요되었다. 이 틈을 타서 서달은 전군에게 총공격을 명했다.

혈전은 오시부터 유시(6시)까지 오후 내내 계속되었지만 좀체로 승부가 나지 않았다. 양군 모두 엄청난 사상자가 발생했다. 그러나 저녁때가 되면서 서오병이 약간 우세했으며 동오병은 마침내 달아났다. 서달은 징을 울려 추격을 금했다. 피로할 때 적을 추격하다가 복병을 만나든가 하면 대패하기 때문이다.

사성은 홉림의 본진에 돌아오자 침통하게 말했다.

"우리는 오늘 싸움에서 적에게 피해를 주었다고는 하나 장수 김진원과 병사 6만을 잃었다. 어떻게 하면 좋을까?"

그러자 기세웅이 나섰다.

"서달은 오늘 싸움에 이겨 마음이 오만해지고 방비가 허술할 것입니다. 겸하여 병사들도 지쳐 잠이나 자려고 긴장이 풀려 있을 것입니다. 그것을 야습하면 우리가 결정적 승리를 얻을 것입니다."

사성은 고개를 끄덕이고 야습준비를 시켰다. 하지만 서달 역시 야습의 가능성을 모르고 있었던 것은 아니다. 연환계(連環計)로 적을 방비하기로 하고 제장들에게 경계 태세를 엄중히 하라고 명했다.

연환계는 적이 어떤 진을 공격하더라도 꿴 구슬처럼 아군이 상호 협력하며 적을 막는 진형이었다.

사성은 만전을 기하여 공격 제대(梯隊)를 편성했다. 기세웅에게 병력 3만을 주어 전대를 지휘시키고 장균에게 병력 3만을 주어 중대를 맡게 했다. 그리고 여진에게도 병력 3만을 주어 후대를 지휘케 했다.

제대는 사다리 꼴로 강력한 공격력을 발휘한다. 사성은 이들에게 작전을 지시했다.

"만일 전대가 위태롭다면 중대, 후대로 이를 구응하여 적을 무찔러라. 결코 흩어져선 안된다."

때는 이경쯤으로 수마가 가장 극성할 무렵이다. 기세웅이 서달의 본진 가까이 이르자 적진이 몹시 시끄러웠다. 이상히 여기고 척후대를 보내어 적정을 탐지시켰다.

척후대가 돌아와 보고했다.

"적군은 우리의 야습이 있음을 알자 자다 말고 허둥지둥 달아나고 있습니다."

기세웅은 이 보고를 받자 기뻐했다.

"추격해라, 추격해라! 짓밟아 버려라."

이들이 추격하여 새벽쯤 되었을 때 전방에 강이 있고 서달의 부대 후미가 건너가는 모습이 보였다.

"강물의 깊이를 아느냐?"

"네, 2자 밖에 안됩니다."

"그렇다면 단숨에 도하하여 섬멸하라."

동오병이 앞을 다투어 강을 건널 때 상류쪽에서 석포가 울렸다.

동오병들은 강을 건너다 말고 놀라며 주춤했다. 공격할 것인가, 철수할 것인가? 그러나 벌써 막아 놓았던 강물이 터져 탁류가 되어 무섭게 닥쳤다. 이 때문에 동오병은 빠져 죽는 자가 수없이 많았다.

기세웅은 말을 돌렸지만 이런 때는 큰 몸집이 오히려 방해였다. 그는 물에 빠져 죽고 말았다.

기세웅의 전대는 이 때문에 전멸하고 나머지는 모두 포로가 되었다.

한편 장규의 중대와 여진의 후대는 아직 강에 이르지 못하고 있었다. 그러나 전방에서 기세웅의 패잔병이 돌아와 아군의 전멸을 알렸다.

장규와 여진은 크게 놀라며 즉시 군을 돌려 구관으로 가서 진지를 굳게 지켰다.

한편 서달의 명을 받은 곽영과 목영은 병력 1만을 이끌고 사성의 본진 앞에 나타났다. 그들은 동오의 기치를 세우고 군졸에게는 동오병 시체에서 벗긴 군복을 입히고 있었다. 그리고 수십 명을 사성에게 보내어 급히 알리게 했다.

"전하 기세웅의 전대는 강을 건너다가 서달의 계책을 만나 모두 죽었습니다. 저희들은 서달의 맹추격을 받아 가까스로 도망쳐 와 급함을 알리는 것입니다. 전하께서도 아무쪼록 위급함을 피하도록 하십시오."

사성은 이 말을 듣자 크게 놀라고 이미 맞서 싸울 기력을 잃었다. 그는 친위대인 십조룡과 참모를 대동하고 급히 본진을 철수하여 소주로 달아났다.

남아 있는 동오군은 이 소식을 듣자 모래성처럼 그대로 무너져 버렸다.

싸울 명분이 없어져 뿔뿔이 흩어지고 달아나기 바빴다. 이들은 각처에서 서달의 매복병을 만나 다수가 죽임을 당했다. 아무리 대군이라도 한번 대장을 잃고 나면 이처럼 걷잡을 수가 없는 것이다.

상사성이 달아나자 구관의 여진, 장규도 크게 동요되었다. 그런 이들을 상우춘이 와서 맹공했다. 우춘이 크게 부르짖었다.

"장규와 여진에게 말한다. 너희들은 어찌 순역(順逆)과 시운(時運)을 모른단 말이냐! 너의 주인 장사성은 이미 막다른 곳에 몰려 멸망이 멀지 않다. 우리 주상 전하께서는 인명영무(人明英武)하시며 천하를 통일하실 날도 가깝다. 그를 안다면 속히 항복하여 부귀를 길이 누려야 할 게 아니냐?"

이리하여 여진과 장규도 진문을 열고서 항복했다. 이 밖에 지섬(枝暹)이 병력 6만을 이끌고 항복해 왔다.

서달은 매우 기뻐하고 여진으로 하여금 호주성의 이백승을 설득시켜 성문을 열게 하였다. 이때가 지정 26년 11월의 일로써 사성의 거점은 소주 하나만을 남기게 되었다.

대의명분(大義名分)

주원장은 사성의 마지막 거점 소주를 함락시키는 공세를 준비했다. 3단계 작전의 마지막 대공세이다.

"선양(禪讓) 형식으로 전한 왕조를 찬탈한 왕망(王莽)은 겨우 15년 만에 멸망했습니다. 일찍이 한비자는 법이 시대와 더불어 고쳐진다면 세상은 다스려지고 정치가 시대에 적응한다면 효과가 있다고 했습니다. 왕망은 그것을 역행하여 멸망했던 것입니다."

한비자는 그의 현학편(顯學篇)에서 정치의 자세를 이렇게 규정했다. '지금 학자로 정치를 논하는 자는 가난뱅이에겐 베풀고 밑천이 없는 자에겐 보태 주라고 주장하는 일이 많다. 지금 이곳에 다른 사람과 비슷한 조건의 한 사람이 있건만, 풍년도 별 수익도 없는데 그 사람만이 완전한 자급자족을 할 수 있다는 것은 그가 노력했거나 아니면 검약했기 때문이다. ……사치스럽고 게으른 자는 가난해지고, 노력하고 검약하는 자는 부유해지는 것이다. 지금 위에 있는 자가 부유한 자로부터 걷어들여 가난한 자에게 베푸는 것은 낭비로, 게으른 자를 조장할 뿐이다. 이렇다면 백성에게 열심히 일하여 경비를 절약하라고 외쳐도 소용없는 일이다.'

이것은 지주 전제정치를 지향한 한비의 정치 철학이었다. 진우량을 멸망시키고 천하 통일을 목표한 주원장의 수뇌부는 정권의 성격, 대의 명분을 밝히지 않으면 안되었다.

주원장은 본격적인 장사성 토벌을 시작하면서 지정 26년 5월 토벌의 격문을 내놓았다. 그는 또한 같은 무렵 지주의 관민에게도 선유(宣

諭)를 공포했는데 이 두 가지 문서는 같은 성격의 것이었다. 원장은 격문에서 미륵교를 요술(妖術)이라 규정하며 요술로선 천하를 다스리고 백성을 구하지 못한다고 선언했다. 이것은 미륵교와 홍건당에 대해 공개적으로 결별(訣別) 선언을 한 것이다.

나아가 미륵교를 부정한 데 그치지 않는 사상적 전환이었다.

'이번 진격의 목적은 죄 있는 자를 벌주고 백성을 구하며 백성이 저마다의 생업(生業)을 안심하고 할 수 있도록 하는 데 있다.'

쉽게 말하여 주원장은 혁명이 아닌 구제도 옹호를 정치 목표로 삼았다. 봉건지주제의 질서를 지키고 관료와 지주와 서민이 저마다의 본분을 지켜 갈 때 평화롭고 안정된 생활이 보장된다고 명시했던 것이다.

이와 같은 정치 철학은 그의 측근에 있던 유기, 이선장 등의 영향이 컸다.

"한조 타도를 외친 황건란이 일어났을 때 조조는 이를 토벌했으며, 제남(濟南)의 상(相)이 되자 관리의 수뢰 독직(受賂瀆職)을 과감히 적발했고 무지한 백성이 믿는 사교 음사(邪敎淫祀)를 금했습니다. 이 때문에 악인은 달아나거나 숨어 버려 온 고을이 잘 다스려졌습니다."

조조는 외척인 하진(河進), 원소(袁紹) 등이 환관 주살 계획을 세웠을 때 실패할 것을 미리 알고 참가하지 않았다. 환관제도는 필요한 것으로, 황제가 그들에게 권력을 주지 않으면 해결될 문제다. 제도가 나쁜 것이 아니라 운영에 문제점이 있는 것이다. 과연 조조의 선견대로 동탁(董卓) 같은 효웅(梟雄)을 불러들여 사태만 악화시켰다.

"조조는 동탁의 유혹도 물리치고 단기를 타고 고향으로 달아났습니다. 이것은 조조가 당시의 시대와 제도, 인물을 잘 꿰뚫어 보는 비범한 재주가 있었기 때문입니다. 그리고 거병한 그는 인재를 널리 모으는 데 힘썼습니다. 순욱(荀彧), 순유(荀攸), 정욱(程昱), 모개(毛玠), 곽가(郭嘉) 등은 그에게 10만 병력보다 더 귀중한 인재였습니다."

조조의 전술·전략은 대체로 손자·오기의 병법을 답습한 것이었으나 임기응변으로 기병(奇兵)을 쓰고 적을 기만하여 승리를 얻었다. 그러나 조조는 대패를 하여 겨우 목숨 하나만을 건져 달아난 일도 몇 번 있다. 패전이나 실책의 시행착오를 거듭하면서도 8년마다 발판을 구축해 나갔다.

38세 때 조조는 연주(兗州) 태수가 되고 황건적의 투항병 30여 만, 남녀 백여 만 중에서 정예를 뽑아 이를 청주병(靑州兵)이라 했다.

그 뒤 조조는 순욱과 정욱의 진언을 좇아 허(許)에 헌제를 맞이했고, 천자의 권위를 배경삼아 정치적 주도권을 쥐었다. 조조는 사공(司空) 겸 거기장군에 임명되고 적대하는 타세력을 타파하는 명분을 손에 넣은 것이다.

배경은 달랐으나 주원장도 비슷한 방법을 썼다. 그는 안풍에서 패한 명왕 임아를 저주에 맞아 궁전을 지어 주고 극진히 대접했다. 미륵교와 홍건당의 정신적 명분을 위해서는 그것이 필요했다.

그러나 진우량이 멸망되고 홍건당과 결별을 선언한 이상 명왕의 존재는 불필요하다.

'하늘에 두 해가 없고 나라에 두 임금이 있을 수 없습니다.'
하고 누군지 말했을지도 모른다.

이것은 유교 사상과 합치되는 말이다. 원장은 지정 26년 12월, 요영충을 파견하여 명왕을 응천에 데려오게 했다. 그리하여 과주(瓜州)에서 장강을 건널 때 배 밑바닥에 구멍을 뚫고 가라앉게 하였다. 명왕은 물에 빠져 죽고 홍건당의 송은 멸망했다.

그 뒤 주원장은 두 번 다시 홍건당에 대해선 입에 올리지도 않았다. 송의 연호인 용봉(龍鳳)이 기재된 문서는 모두 없애 버렸다. 원장이 명왕의 봉작을 받은 신하였다는 것은 엄연한 사실인데 역사에서 모두 말살되었다.

신년이면 중서성에 옥좌를 마련하고 명왕에게 백관이 배례를 하는 의식이 있었다. 그러나 유기만은 배례를 하지 않았고 아예 참석도 하지 않았다.

명왕 문제가 거론되었을 때 유기는 씹어 뱉듯이 말했다.

"목수(牧豎)일 뿐, 이를 받들어 무엇하겠습니까?"

목수란 소치는 아이란 뜻이다. 한산동이 처음에 난을 일으켰다가 관군에 잡혀 죽었을 때 임아는 어머니와 같이 무안(武安)의 산속에 몇 년 숨어 있던 일이 있었다. 그때 소를 쳤는지도 모른다.

그러나 왕망 말기 폭동을 일으킨 적미군(赤眉軍)이 받든 유분자(劉盆子)는 소치는 소년이었다. 유기는 적미군과 홍건당을 동일하게 보았고 임아를 가리켜 그런 말을 했다.

명목적 존재에 지나지 않는 애송이를 받들어 무얼 하겠느냐는 뜻도 들어 있다. 이것은 주원장에게 이름뿐인 천자보다 스스로 제위에 오르라는 암시였다.

'내년으로 오나라 원년을 삼는다.'
는 포고가 곧 이어 내려졌다.

원장은 이미 왕위에 오른 뒤 종묘나 궁전을 응천에 짓고 있었다. 제위에 오를 준비를 착착 진행시키고 있었던 것이다.

같은 지정 26년 12월, 소주성 공격명령이 하달되었다. 원장은 왕명으로 전장병에게 유시를 내렸다.

'성이 함락되는 날 살육과 약탈을 하지 말라. 사원과 도관을 파괴해선 안된다. 무덤을 파헤치지 말라. 사성의 어머니는 평강(소주) 성밖에 파묻혀 있다. 이를 침범하지 말라.'

서달은 즉시 20만 대군을 진발시켰다.

이윽고 무석(無錫)에 이르자 성의 수비장수 막천우(莫天祐)가 굳게 성문을 닫고 아무리 권해도 항복을 하지 않았다. 상우춘은 화를 내며 공격하자고 주장했다. 서달이 이를 달래며 말했다.

"이번에 전하께서 유시를 내린 것은 동오 백성을 위무하기 위해서다. 즉, 완강히 저항하는 적은 소성법(銷城法)을 쓰고 백성은 되도록 다치지 말아야 한다."

소(銷)는 무쇠를 녹인다는 뜻이다. 성을 포위하고 주위에 방벽을 쌓아 수비를 단단히 하여 성안과 밖의 연락을 차단하는 방법이 소성법이다.

포위군은 그동안 둔전이라도 하며 유유히 자멸하기를 기다리는 것이다.

원장은 벌써 몇 년 전부터 둔전제를 도입하고 있었다.

조조도 둔전에 찬성한 인물이었다. 그는 헌제를 허도에 모셔 오자 소하천이나 호소가 많은 주위 일대에 둔전을 개간했다.

당시는 전란 때문에 우마(牛馬)의 도살, 약탈이 계속되어 질병이 유행하고 농업 생산이 줄어 황제마저도 그날 끼니를 곤란받을 정도였다. 원소군은 하북(河北)에서 뽕 열매인 오디를 따먹었고 원술군은 강회에 있을 때 조개를 먹고 연명했다. 서민들은 서로 잡아먹어 마을엔 인적조차 드물었던 것이다.

조조는 둔전을 일으킬 때 이렇게 말했었다.

'나라를 안정시키는 방법은 군사력을 강화하고 식량을 넉넉히 하는

데 있다. 진시황제는 농업에 힘써 천하를 통일하였으며 한 무제는 둔전으로 서역을 평정했다. 이것은 선대의 좋은 본보기다.'

둔전이라 해도 한나라 때는 군둔(軍屯)이었으나 조조는 군둔도 있었지만 황폐한 토지에 유민을 정착시켜 개간하는 민둔(民屯)도 병행했다.

그 방식은 관으로부터 소를 빈 자는 수확의 6할, 소를 가진 자는 수확의 5할을 상납케 하는 소작방식이다.

조조는 이런 둔전에 의해 백성들의 곳간을 약탈하지 않고 군비를 조달할 수 있었다. 게다가 이 법을 시행하자 식량을 운반할 인부가 필요 없게 되어 사회의 혼란도 수습되고 부국강병책은 성공했다. 조조의 둔전제도는 당나라에 계승되었고 주원장도 많은 참고를 했던 것이다.

38세로 연주 태수가 된 조조는 46세 때 관도(官渡) 싸움에서 10배인 원소군을 무찔러 화북통일의 길을 열었다.

관도 싸움 뒤 조조는 북정(北征)하여 원씨 일족을 멸망시키고 기주(冀州)를 평정했다. 이때 그는 조세를 면제해 주었고 호족의 토지 다소유를 엄격히 금지하여 민생안정을 꾀했다. 또 원씨에 가담한 자를 처벌하지 않고 원수를 사사로이 갚는 사투(私鬪)를 금하였으며 사치스런 장례식도 금하는 등 모든 것을 법으로 규제했다. 그리고 그는 이런 포고령을 내렸다.

'무리를 짓고 한편을 추키는 것을 옛 성인은 미워했다. 듣는 바에 의하면 기주에선 부자가 따로따로 살며 헐뜯거나 칭찬하거나 한다고 한다. 옛날 직불의(直不疑 = 한의 명신)는 형이 없었는데도 형수와 간통했다는 소문이 났다. 제오백어(第五伯魚 = 한의 명신)는 장가든 처 셋 모두 아비가 없었건만 장인을 때렸다는 중상을 받았다. 왕봉(王鳳 = 한의 재상)은 권력을 멋대로 휘둘렀건만 곡영(谷永)이 신백(申伯 = 주의 현상)과 비유하고 있다. 왕상(한의 재상)의 간언은 충의심에서 나온 것이었는데 장광(張匡)이 사도(邪道)라고 매도했다. 이것들은 모두 콩을 팥이라 하며 하늘을 속이고 군주를 홀리는 자이다. 나는 풍속을 하나로 다듬고 싶다. 네 가지 악이 제거되지 않는다면 이는 나의 수치

다.'

이렇듯 화북을 거의 통일한 조조는 관도 싸움에서 8년이 지난 54세 때 승상이 되었다. 그는 이때 천하를 통일하고자 남하했고 형주(荊州)를 손에 넣었다. 그러나 양자강 하류 양주(楊州 = 안휘, 강소성)에 근거지를 둔 손권 및 제갈공명의 군사를 맞은 유비에게 적벽 싸움에서 대패했다.

적벽 싸움으로 조조의 천하통일은 좌절되고 중국은 완전히 남북으로 이분되었다. 이것은 주원장의 형세와 아주 비슷한 것이다. 조조는 이 당시 중국 13주 가운데 예주(豫州)·연주·기주·청주·병주(幷州)의 5주를 영유하여 인구로 본다면 천하의 절반을 제패하고 있었다. 이 무렵부터 조조는 패업 완성을 향해 일보를 내디디고 있었다.

주원장 역시 장사성을 바야흐로 평정하여 천하통일에 일보 다가서고 있었다.

서달은 무석을 그대로 두고 전진했다. 이들이 지나가는 곳마다 주민이 술과 양고기를 바쳤고 꽃과 향을 사르며 환영했다. 소홍(紹興), 가흥(嘉興) 등이 성문을 열고 항복했다. 그리고 마침내 소주성 10리 밖까지 이르렀다.

소주성에선 회의가 거듭되었다. 장사성은 크게 한숨 쉬며 말했다.

"믿었던 제장들이 모두 적에게 항복하고 적이 성밖까지 밀려왔으니 내 무엇으로 이를 막겠는가."

평장정사 도존의(陶存義)는 항복을 건의했다. 그러나 사성의 세 아들 장용(張龍), 장표(張彪) 등이 이를 강력히 반대했다.

"적이 나타나자 싸워보지도 않고 항복을 하겠다니 이는 말도 안됩니다. 지금 성안에 아직도 10여 만의 군사가 있고 식량도 몇 년을 먹고도 남을 만큼 넉넉합니다. 항복이라니, 당치도 않습니다."

십조룡의 용사들도 결사적으로 싸우자는 주장이었다. 그 가운데 조진(趙珍), 백용(白勇), 양청(楊淸), 오진(吳鎭), 황철(黃轍), 방세(方世), 이헌(李獻) 등은 혈기왕성한 장수들이었다.

사성은 결전을 결심하고 보물광을 열어 금은 재보를 꺼내 오게 하더니 말했다.

"너희들 가운데 누구라도 죽음으로써 나라에 보답하고 적을 무찔러 공을 세우려는 자는 마음껏 이 금은 재보를 가져라. 다행히 적을 물리친다면 짐은 너희들을 태수나 왕으로 봉하여 부귀를 오래오래 함께 하리라."

이리하여 일곱 장수들이 5만의 병력을 이끌고 성밖으로 나갔다.

서달은 이것을 보자 역시 곽영, 장홍조, 탕화, 요영충, 호덕제, 운룡, 유통해의 일곱 장수를 내보내어 대적시켰다.

양진은 함성을 질러 가며 혈투를 벌였다. 그러나 이윽고 곽영이 창으로 양청을 찔러 죽였고 장홍조는 양날창으로 조진을 찔러 죽였으며 탕화는 칼로서 백용을 쳐죽였다. 요영충도 철편으로 오직을 때려 죽이고 호덕제는 도끼로 황철을 찍었다. 또 운룡이 검으로 방세의 가슴을 찔렀고 유통해는 언월도로 이헌의 목을 공중 높이 날려보냈다.

일곱 장수가 모조리 죽어 버리자 성병은 앞을 다투어 성안으로 달아났다.

서달은 성을 포위하고 즉시 소성법을 써서 장위가(長圍架)를 쌓도록 했다. 그리고 화포로 성을 공격했지만 사성도 결사적으로 이를 막았다. 이 포위전은 지정 26년 12월부터 이듬해 9월까지 10개월이나 계속된다.

포위전이 오래 끌자 부작용도 생겼다. 남쪽의 방국진, 진우정 등이 병을 움직였다. 서달은 이것을 염려하여 제장들과 상의하고 이문충에게 전당의 병력 5만을 주어 동쪽 방국진을 치게 하고, 호덕제와 경천벽에게 영월·금화의 병력 10만을 주어 진우정을 막게 했다.

이들의 움직임은 모두 무석의 막천우를 돕기 위해 견제작전을 해 왔던 것이다.

막천우는 매우 용맹하여 막노호(莫老虎)라는 별명이 있었다. 그는 키가 구척 장신이고 얼굴은 피를 칠한 것처럼 검붉었으며 지용을 겸비한 장군이었다.

또 겸하여 서주 방면을 지키는 부사덕은 쿠쿠테무르의 군과 대치하고 있어 빨리 작전을 종료할 필요가 있었다.

서달은 이런 정세를 곽영과 검토하고 있었는데 부하 장교가 들어와 알렸다.

"수관을 지키는 초병이 수상한 자를 체포했습니다. 대장군께서 직접 심문하시겠습니까?"

서달이 묻자 그는 목숨만 살려 달라고 하며 순순히 자백했다.

"저는 무석 막천우의 부하로 양무(楊茂)라고 합니다. 막장군이 저를 소주에 보내어 오왕께 표를 바치라고 했습니다."

양무는 품안에서 기름종이에 싼 편지를 꺼내어 서달에게 바쳤다.

서달은 그 편지를 읽을 생각도 않고 양무를 뚫어져라고 응시하더니 불쑥 물었다.

"그대는 가족이 있겠지?"

"네, 있습니다요. 칠십 노모와 아내, 그리고 아들이 있습니다."

"그렇다면 쉽게 죽을 순 없겠구나."

"미물이라도 살려고 버둥거리는데 인간으로 태어나 어찌 죽기를 바라는 자가 있겠습니까."

"알았다."

서달은 양무의 결박을 풀어 주고 유통해의 막하에 가 있으라고 했다. 이어 운룡을 불러 은밀히 지시했다.

"그대는 군사 20명을 데리고 무석에 잠입하여 양무의 가족을 데려오라."

"대장군께선 양무가 달아날 것을 겁나 하십니까? 그런 자를 위해 가족을 볼모로 삼을 필요가 없을 텐데요."

그러나 서달은 웃고 명령대로 하라고 시켰다. 운룡은 양무에게 주소와 아들 이름을 묻고서 무석에 잠입했다.

운룡은 부하를 성밖에 대기시키고 혼자 장사꾼으로 가장하여 서문 안에 사는 양무의 집을 찾아갔다. 그리고 아들 양명(楊銘)을 만나 걱정스런 듯이 말했다.

"조금 전 서문 밖에서 너의 아버지가 갑작스런 병으로 쓰러져 있는 것을 보았다. 그러니 조모와 모친을 모시고 빨리 가 보도록 하라. 임종이 가까운지 연신 가족을 찾고 있더라."

양명은 놀라 가족 전부를 데리고 안내하는 운룡을 따라나섰다. 그들이 무석의 서문을 나서 10리쯤 갔을 때 길가 버드나무 아래에서 20여 명의 장정이 수레를 끌고 뛰어나왔다. 운룡이 그들을 안심시켰다.

"노모는 놀라지 마오. 우리들은 모두 금릉의 서달 원수 부하들이다. 노모의 아들 양무는 막천우의 사자가 되어 소주성으로 가다가 우리에게 잡히고 지금 귀순하여 우리 군중에 있다. 서원수께서 가족에게 보복이 있을까 겁내어 우리를 보내고 마중하러 온 것이니 어서 수레에 오르도록 하시오."

양무의 가족은 처음엔 의심했으나 마침내 수레에 올랐다. 운룡 등은 이들을 보호하며 쏜살같이 길을 달렸다.

서달은 운룡이 돌아오자 양무를 불러 말했다.

"그대가 우리에게 항복한 뒤 나는 너의 가족이 막천우에게 죽임을 당할까 겁내고 있었다. 다행히도 사람을 보내어 무사히 데려왔으니 만나 보도록 하라."

서달은 양무를 가족과 만나게 해주었다. 양무는 눈물을 흘려 가며 기뻐하고 서달에게 무수히 절했다.

"저는 줄곧 노모를 생각하며 고뇌하고 있었는데 이제 대장군의 배려로 가족을 구해 주시니 이 은혜는 죽어도 다 갚을 수가 없습니다."

서달은 그날 양무에게 가족을 돌려보내 하루 편히 쉬라고 했다. 그이튿날 다시 양무를 불러 물었다.

"나는 그대에게 부탁하여 한 가지 계책을 쓰려 하는데 들어주겠나?"

"여부가 있겠습니까? 소장이 대장군의 막중한 은혜를 입고 어찌 사양하겠습니까. 불 속에 들어가라 하셔도 마다하지 않겠습니다."

서달은 기뻐하고 한 통의 봉함편지를 내밀며 말했다.

"이것을 줄 테니 진막을 나가 5리쯤 가다가 뜯어보게."

"알겠습니다."

그러나 양무는 궁금했다. 대체 무슨 계책이기에 이렇듯 신중할까 하며 5리쯤 가자 급히 편지를 뜯어보았다. 그리고 크게 웃었다.

"무슨 계책인가 싶었더니 막천우를 꾀어내라는 것이군. 이것이라면 식은죽 먹기다."

그는 무석에 이르러 막천우를 만났다.

"그래 주군께서 표를 읽어 보시고 뭐라고 하시더냐?"

"네, 전하께서 구두로 재삼 일러주셨습니다. 지금 서달의 병은 도화오(桃花塢)에 주둔하고 있다. 내일 8월 18일 성중에서 봉화가 오르는 것을 신호로, 전하께서 친히 서달의 진을 강습하겠다. 장군은 병력을 출동하여 서달의 후진을 습격하고 군량을 불실러라 하고 명하셨습니다."

천우는 이 말을 조금도 의심하지 않았다. 병력 1만은 성에 남아 지키게 하고 자기는 몸소 병력 1만을 이끌고 이튿날 새벽에 출동했다.

그리고 저녁 해질 무렵 도화오 가까이 이르렀는데 해가 지자 소주성 쪽에서 불길이 올랐다.

"신호인 봉화다. 즉시 도화오 후진을 공격하라!"

천우가 병을 이끌고 달려가려 할 때 석포가 울리며 사방에서 복병이 나타났다.

천우는 그제야 계책에 빠진 것을 알고 군을 돌려 달아났지만 전면에 유통해가 나타났다. 천우는 부하를 시켜 일제히 화살을 쏘게 했다.

유통해는 선두에 서서 적병을 무찌르고 있다가 이 화살을 10여 대나 맞아 전사하고 말았다.

이때 양군은 전사하는 자가 많아 피는 흘러 내가 되고 시체는 즐비하게 들에 깔렸다. 천우는 사력을 다하여 적군을 돌파하고 잔병 1천여 기를 이끌며 무석까지 가까스로 돌아왔다. 그러나 성벽에는 이미 서오의 기치가 꽂혀 있었다.

"거듭 분하다, 양무의 간을 씹어도 시원치가 않다!"

그러고 있는데 곽영, 유통연이 병력을 이끌고 공격해 왔다. 그들은 천우를 야유했다.

"우리는 서달 원수의 영을 받아 무석을 무혈 점령했다. 그대는 어찌 아직도 항복을 않느냐?"

천우는 말없이 이들에게 달려들었는데 마침내 곽영의 창에 찔려 죽고 말았다. 서달은 무석이 함락되었다는 소식을 듣고 기뻐했다.

"이제는 뒷근심이 없어졌다. 온 힘을 기울여 소주를 함락시키자."

그러나 소주는 끄덕도 하지 않았다. 성벽만이 높게 솟아 있다고 느껴질 뿐이었다.

벌써 아침 저녁으로 서늘한 9월이었다. 사성과 춘춘은 한 베개를 베고 있다. 조금 전까지 욧잇을 깔아 뭉개며 낭자하리만큼 흰 꽃과 붉은 꽃을 지게 하는 사내의 거친 숨소리와 여자의 달콤한 콧소리만 높았던 침상이었다.

춘춘은 숨을 죽이고 있다. 주위의 어둠은 짙기만 하여 사성이 지금 어떤 표정을 짓고 있는지 알 길이 없다.

연못에서 물새가 날카롭게 우는 소리가 들렸다. 춘춘은 그런 울음소리에도 오싹하며 심장이 얼어붙은 것처럼 단단해졌다.

얼마쯤 있으려니까 또 '딱!' 하는 소리가 들렸다. 이것은 궁전 밖을 순찰하는 순라군의 딱다기 소리였다.

포위전이 시작되면서 왜 그런지 자기의 손바닥으로 두 젖가슴을 꽉 움켜잡는 버릇이 생겼다.

며칠만 사성의 모습을 볼 수 없어도 불안이 앞선다.

(어찌 된 일일까?)

깊숙이 있는 후궁의 그녀까지도 바깥 세계의 일들이 피부로 느껴지고 있었다. 성벽을 울리는 포소리. 적군의 함성이 고소대의 궁전까지 들려와 귀를 막고 있어도 몸이 덜덜 떨렸다.

"전하, 전하."

춘춘은 마침내 온몸으로 부딪치듯이 하며 불렀다.

"잠이 드셨습니까?"

사성은 생각에 잠겨 있었다. 그는 남달리 교만한 사내였다. 자존심이 극도로 강했다. 그렇기 때문에 그는 소주성이 포위되었을 때 스스로 목을 매고 죽으려고 했다. 그것을 부하인 조세웅(趙世雄)이 발견하고 재빨리 올가미를 끊어 안아 내렸기 때문에 무사했다.

그러나 보기 흉한 밧줄 자국은 남았다. 사성은 그것을 감추기 위해 여름에도 명주목도리를 목에 감았다. 후궁의 여인을 총애할 때에도 목만은 만지지 못하게 했고 불을 꺼버렸다.

그 정도로 자존심이 강한 사성이었다.

"음, 자고 있지 않다."

"전 슬퍼요."

"무엇이 슬프다는 것이냐?"

"아녜요, 쓸쓸해서 밤마다…… 전하가 오시지 않으면……."

무섭나는 뜻이었으나 사성은 쓴웃음을 짓고 있었다. 여자들은 모두 비슷한 소리를 하고 있다. 저만이 자기를 독점하고 싶어서였다. 그것이 그나마 자존심 많은 그에게 위로가 되고 있었다.

"아, 전하!"

눈물로 얼룩진 얼굴이 사성의 가슴에서 어린애처럼 도리질을 하였다.

"이 세상엔 전하와 저뿐이겠죠? 죽더라도 함께……."

"그럴 테지."

"아, 이제는 기뻐요! 조금도 슬프거나 외롭지 않아요."

춘춘은 자기쪽에서 덤벼들었다. 주객이 전도되고 있었다. 서늘한 긴 머리를 사성의 가슴에 깔며 입을 입으로…… 오똑한 코를 찍어 누르듯이 숨도 돌리지 않고 탐욕스럽게 빨았다.

휘장 안 가득 요상한 빛의 아지랑이가 드리워졌다.

느닷없는 천둥 벼락이었다. 이런 깊숙한 침전까지 보랏빛으로 날카롭게 번뜩이는 번갯불이 비쳤다. 순간 사성의 얼굴이 그녀에게 똑똑히 보였다.

그것은 그녀가 이제껏 한번도 보지 못한 사성의 또 다른 얼굴, 고뇌하는 얼굴이었다.

"전하!"

다시 캄캄해진 어둠 속에서 그녀는 한사코 매달렸다.

천둥은 끝났다. 여인의 지칠 줄 모르는 공세가 광란으로 끝났을 무렵에는 창문쪽에 어렴풋한 달빛이 비치고 있었다.

그 이튿날 저녁 무렵이다. 저녁 식사를 마치고 천광니는 휴식 방에서 멍하니 저물어 가는 뜰을 바라보고 있었다.

그녀 역시 사내가 그리운 것이다. 30세가 넘은 중년의 풍만한 여체를 주체못하고 있는 것이었다. 며칠만 사내를 만나지 못하면 엉덩뼈가 욱신거렸다.

옆방에서 시녀가 아뢰었다.

"방금 전하께서 편지를 보내셨습니다. 보시고 즉시 불태우라는 분부셨습니다."

"이리 가져오너라."

왕께서 편지를? 무슨 일인지 몰라 천광니는 얼굴부터 찌푸렸다.

"죄송하옵니다."

아직 어린 시녀가 청실홍실로 묶은 편지를 두 손으로 받들며 들어왔다. 왕이 보내는 수적(手迹)이다. 천광니도 자세를 바로하고 두 손으로 받았다. 시녀는 절을 하고 뒷걸음질로 물러갔다. 그녀는 편지를 뜯어보았다.

'듣건대 주원장은 사원과 도관을 보호하라고 휘하 삼군에게 명했다 하오. 그대는 본디 옥황상제를 모시던 몸, 이곳을 떠나 현묘관(玄妙觀)으로 돌아가시오. 부탁할 것은 우리 장씨가 없어진 뒤에도 명복이나 빌어달라고 할 뿐…… 짐은 그대를 이 세상에서 만날 수 있어 정말로 행복했다고 생각하오.'

천광니는 처음에 편지 내용을 잘 이해하지 못했다. 그래서 편지를 두 번이나 읽었고 얼굴에 피가 확 올랐다.

(밉다!)

천광니는 편지를 던지며 탁자에 엎드렸다. 자기를 이 궁전에서 내쫓는다고 생각되었다. 자기의 목숨을 구해 주겠다는 사성의 배려보다 먼

저 사성이 자기를 저버린다 생각되어 분했다. 입술에서 피가 날 만큼
깨물고 있었다.

 이상하게도 눈물은 나오지 않았다. 마음이 독해진 탓일까? 그렇게
얼마나 엎드려 있었을까? 등뒤에 인기척이 있었다. 천광니는 그가 누
구인지 굳이 돌아보지는 않았지만 낌새로 짐작했다.

 (역시 와 주셨다. 편지 한 장으로 영원한 작별을 선언받기는 섭섭했
는데…… 와 주셨다.)

 이상한 승리감 비슷한 것이 온몸에 퍼졌다. 사성은 격정을 달래듯
억눌린 목소리로 말했다.

 "그냥 헤어지기가 너무도 안되었구나. 자, 노여움을 거두어라."

 그러나 천광니는 대답을 하지 않았다. 두 손바닥으로 얼굴을 감싸고
있는 짧은 머리 아래 귓볼이 연지를 칠한 것처럼 빨개져 있었다. 여자
로서 그녀는 지금 사내에게 쉽사리 타협하고 싶지 않았던 것이다.

 사성은 그런 천광니를 굽어보고 있더니 고개를 끄덕이며 의자를 끌
어왔다. 바람을 기다려 지려는 꽃의 마음을 눈치챈 사성이었다. 일부
러 의자를 끌어당기고 몸을 밀어붙이듯이 하며 앉았다.

 길게 느린 목의 뒷덜미를 새삼스러운 듯 보고 있다. 지방(脂肪)이
오른 30대 여인의 왕성한 체취와 체온이 코를 찔렀다.

 천광니는 머리를 짧게 기르고 있다. 일단 깎았던 머리가 아직 길게
자라지 못한 것이다. 그 짧은 머리를 쪽질 수 없어 보라색 끈으로 묶
고 있었다. 아름다운 미망인이 자못 미망인답게 보이는 것이 이 짧은
머리였다. 그리고 그 아래 잘룩한 허리를 강조하듯 퍼져 있는 의복 아
래의 허리 곡선이 호색가 사성의 눈 속에 선하게 떠오르고 있다.

 그가 천광니를 좋아했던 것도, 작별의 마지막 밤까지 잊지 못하게
한 것도 둥근 허리의 신비로움이었다.

 사성은 상체를 기울여 천광니의 등에 업히듯이 했다. 그리고 여인의
얼굴을 뒤에서 들여다보았다. 실눈을 뜨며 감고 있는 왼쪽 눈동자에
사성의 들여다보는 눈이 어렸을 때, 아름다운 얼굴은 섬칫하며 반대쪽
을 향했다.

"차라리, 차라리 죽여 주십시오."

"좋아, 죽여 주겠다. 목을 벨까, 졸라맬까?"

"전하의 뜻대로 하옵소서."

"그럼 노요가(奴要嫁)로……."

「전국책」위책(魏策)에는 위왕에게 총애를 받은 용양군(龍陽君) 이야기가 나온다.

남색을 가리켜 용양이라 하는 것은 이 고사에서 비롯된 것이고 이는 남성끼리의 동성애를 말한다. 그러나 여성이 남성에 대해 앞문이 아닌 뒷뜰을 제공할 때에는 용양이라 않고 노요가라고 일컬었다.

용양이 용양군의 고사에서 비롯되듯 노요가란 말도 명나라 때의 「노요가전」에서 시작되었다. 따라서 이때 이런 풍속이 있었던 것을 알 수 있다.

인생(閨生)이란 사내가 있었다. 이웃에 사는 영영(寧寧)이란 아가씨를 짝사랑하여 마침내 상사병에 걸리고 방물장수 노파를 시켜 연정을 호소했다.

'한번이라도 좋으니 만나 주세요. 그러면 죽어도 한이 없습니다.'

영영은 인생이 가엾다고 생각했다. '내일 초경(밤 8시)에 뒤꼍 문을 열어 놓을 테니 살며시 오세요'라고 승낙했다.

인생은 하늘에라도 오를 듯이 기뻐하고 선약(仙藥)을 먹고서 체력을 넘치게 하고는 영영의 집 뒷문을 밀었다. 영영이 기다리고 있다가 인생을 후원 별당으로 안내했다.

밤의 불빛으로 영영은 인생이 보기드문 미장부임을 알고 새삼 마음이 움직였다. 그리하여 사내 무릎에 올라앉아 안게 해 달라면 안아 주었고 만져 달라면 만져 주고 입을 맞추고 싶다면 입을 맞추어 주었지만, 저는 이제부터 시집갈 몸이라며 최후의 일선만은 허락하지 않았다.

그러자 인생은 마루에 무릎꿇고 단 한 번만이라도 승낙해 달라고 애원했다. 영영은 '한 번쯤은……' 하고 생각했지만,

"노요가(전 시집갈 몸)."

란 말을 세 번 되풀이하며 말했다.

"당신의 무릎에 앉아 제 몸의 어디라도 만지게 했으니 이제는 그것으로 만족하셨을 게 아녜요. 어째서 제 몸에 상처를 내겠다는 것이죠? 몸이 한 번 더럽혀지면 시집을 갈 수 없지 않아요!"

그러나 인생은 막무가내로 애원을 한다. 영영은 난처하여 어쩔 바를 모르다가 문득 한 가지 생각이 떠올랐다.

"난 시집갈 몸이니까 그곳만은 아무래도 허락할 수 없지만 딴 곳이라면 괜찮아요."

"딴 곳이라면 어딥니까. 설마 후정(後庭)은 아니겠지요?"

"네, 그곳으로 당신의 소원이 풀린다면 저는 괜찮아요!"

천광니도 물론 노요가를 알고 있었다. 사성이 와락 끌어당기자 굳었던 그녀의 몸도 부드러워졌다.

그리고 어깨에 걸쳐진 사성의 손끝을 만지작거렸고 입으로 가져가 붉은 입으로 깨물었다.

"저는 어차피 쫓겨날 몸, 전하의 뜻대로 하셔요."

그러면서 격정이 치밀었던지 외쳤다.

"안아 주세요, 안아 주세요."

이번에는 좀더 강하게 사성의 손가락을 깨물었다. 사성은 잠자코 있다.

"미워요, 미워요…… 전하는 정말로 미워요!"

천광니는 마침내 몸을 획 돌렸다. 광녀(狂女)처럼 얼굴이 벌겋다.

"아녜요! 분해요, 분해요."

사성에게 싸울 듯이 달려들었고 말타듯이 무릎에 올랐다.

"진정해라."

사성은 천광니를 밀어냈다. 물론 장난이었다.

"싫어요!"

광란의 미녀는 다시 덤벼들었다. 사성은 천광니를 힘껏 떠밀었다.

쿵 하고 미녀의 엉덩이가 마루청을 울렸다. 냉혹하게 굴면 굴수록 여인의 피는 불붙는 모양으로 천광니는 엉덩방아를 찧자 철부지 어린

78

아이처럼 바닥을 뒹굴며 소리내어 울었다.

　시녀들이 듣건 말건 울음소리를 내었다. 오늘 밤이면 마지막이라는 생각에서였을까?

　이 순간만은 천광니도 곧 죽을망정 이곳을 떠나고 싶지 않았으리라. 사내에게 안기고 사내의 품안에서 죽고 싶었으리라.

　사성은 그제서야 버둥거리는 천광니를 가볍게 안아 올렸다. 느닷없이 입을 포갰다. 입이 빨리자 여자의 노여움도 풍선에서 바람빠지듯 가라앉았다.

　"자, 조용히 해라."

　"싫어요."

　"내가 잘못했다고 빌겠다."

　"어떻게요?"

　"어떻게라도."

　"그럼 전하께서 저를 안아 침상으로 데려다 주셔요."

　며칠이 지났다.

　성밖에서는 서달이 군사 유기를 맞아 소주성 공격의 작전회의를 열고 있었다. 유기는 전황을 살피고 돌아와 한 가지 의견을 내놓았다.

　"지금 소주성의 방어가 견고하여 열 달이나 포위하고도 함락시키지 못하고 있소. 이는 성벽에서 화살이 비오듯 하고 투석기로 돌을 날려 아군이 좀체로 성벽에 접근하지 못하기 때문이오."

　"과연 그렇습니다."

　"그러므로 성벽 사방에 높은 대를 두 군데씩 여덟 곳만 쌓고, 높이는 성벽과 같게 하시오. 그리고 다시 그 위에 망루를 세워 높은 곳에서 굽어보며 성안에 불화살, 석포, 화포 등을 쏜다면 아무리 용맹스런 적이라도 마침내 백기를 들 것이오."

　서달은 즉시 이 계책대로 길이 50보, 넓이 20보의 흙무더기를 성벽과 같은 높이로 쌓아 올렸다. 그리고 다시 그 위에 20자 높이의 튼튼한 망루를 세웠다.

그 망루 위에서 굽어보았더니 고소대의 궁전도 눈 아래 있었고, 성벽의 적병도 작은 난쟁이처럼 보였다.

사성은 대가 높이 쌓아 올려지는 것을 보고 세 아들에게 말했다.

"이제 이 성의 운명도 멀지 않은 것 같다. 성문을 열어 백성들에게 더 이상의 피해를 주지 말자."

그러자 셋째아들 장표(張彪)가 말했다.

"항복은 아직 이릅니다. 밤중에 동문을 열고 탈출하여 방국진한테로 달아난다면 다시 재기할 수도 있지 않겠습니까?"

이리하여 그날 밤 사성을 비롯한 세 아들 장룡, 장표, 장표(張豹) 등이 성문을 열고 탈출했다. 서오병이 이들을 가로막았다. 그러나 성병도 결사적이기 때문에 그 기세가 만만치 않았다.

상우춘은 부장 왕필(王弼)에게 말했다.

"군중에서 그대를 가리켜 장비와 같은 맹장이라고 한다. 한번 아군을 위해 적의 기세를 꺾을 수가 있겠는가?"

왕필은 즉시 말에 오르자 수하의 병력을 이끌고 질풍처럼 진문을 달려 나갔다. 그는 쌍칼을 잘 썼고 적병을 풀 베듯이 베며 적군의 기세를 꺾었다. 우춘도 이에 대응하여 다시 돌진하며 적병을 크게 무찔렀다.

성병은 혼란에 빠졌고 사분담(砂盆潭)에 빠져 죽은 자가 매우 많았다.

사성도 말이 물에 놀라 앞발을 높이 드는 바람에 낙마할 뻔했으나 좌우 측근에게 부축되어 떨어지지는 않았다. 그곳에 번개처럼 상우춘이 달려와 적자(嫡子) 장룡을 창으로 찔러 말 아래로 떨어뜨렸다.

사성은 그것을 보자 매우 슬퍼하며 시체를 수레에 싣고 다시 성안으로 돌아가 굳게 지켰다. 강행 돌파로 숱한 군사만 잃고 세 아들 가운데 하나는 죽고 하나는 행방불명이 되었다.

이날부터 사성은 사람이 달라진 것처럼 한마디 말도 하지 않았다.

다시 사흘 뒤 포위군의 공격은 시작되었는데 사성은 수비를 부하에게 내맡기고 방에 틀어박혀 있었다.

여덟 곳의 망루에서 발사되는 화포는 성내 곳곳에 화재를 일으켰고 주민들은 이리저리 피난하느라고 혼잡을 이루었다.

사성은 조세웅을 불러 명령했다.

"궁전의 창고를 열어 금은과 쌀을 난민들에게 아낌없이 나누어 주어라. 그리고 후궁의 여자들도 모두 풀어 주어라. 이것이 나로서 할 수 있는 마지막 보시다."

이 무렵 춘춘도 갈팡질팡하고 있었다. 사성은 왕후인 유씨(劉氏), 그리고 하나 남은 아들 장표와 더불어 성 동문 가까운 만수사(萬壽寺)란 곳으로 옮겼다. 성문이 깨지는 날 그곳에서 조용히 자결할 작정이었다.

춘춘은 그런 것을 몰랐다. 사성과는 이미 보름이 더 되게 만나지 못하고 있었다. 그것이야 어쨌든 불화살은 고소대의 궁전에도 날아왔다.

춘춘은 사성을 기다리다가 궁전에서 빠져 나가는 게 남보다 늦어지게 되었다. 궁전에는 이미 난민들이 들어와 약탈을 시작하고 있었다.

그녀는 작은 보퉁이를 하나 옆구리에 끼고 허둥지둥 어둠 속을 뛰었다.

평소 궁전 안에 갇혀 있던 몸이라 어디가 어딘지 잘 알지를 못했다. 다만 사람들의 아우성 소리가 들리지 않는 곳을 향해 도망치고 있었다.

별안간 억센 힘이 뒤에서 춘춘의 어깨를 잡았다.

"아."

섬칫하며 도망치려 했지만 검은 그림자는 나직하게 물었다.

"비단옷을 입고 있구나. 너는 높은 신분의 여자이겠지?"

"아녜요, 저는 한낱 시녀예요."

"시녀? 누구를 모시던 시녀지?"

춘춘은 얼른 이름이 떠오르지 않았다. 그래서 기껏 한다는 거짓말이 자기의 이름을 둘러댔다.

"춘춘아씨라고 해요."

"뭐, 춘춘이?"

사내의 팔에 힘이 주어지며 몹시 놀랐다.

"지금 춘춘이 어디 있지? 아씨가 있는 곳을 가르쳐 주면 너를 죽이지 않겠다. 곱게 놓아 주겠다."

이번에는 춘춘이 놀랄 판이었다. 나를 찾는 이 어둠 속의 사내는 도대체 누구일까?

"당신은 누구시죠?"

"그것을 설명할 시간은 없다. 한시가 급하다."

그러는 동안에도 화포가 무서운 소리를 내며 불덩이를 날려보냈다. 주위가 환해졌다가 금방 어두워진다.

짧은 순간 사내는 춘춘의 얼굴을 보았던 모양이다.

"아, 너는 춘춘!"

와락 포옹한다. 입술이 마구 온 얼굴에 미끄러뜨려졌다.

"나야, 이설이야. 너를 얼마나 찾았는지 모를 테지? 난 오왕의 군졸이 되어 오늘이 있기를 기다리고 있었어."

화포가 또 날아왔다. 궁전에 불이 붙어 주위는 이미 환했다.

"정말, 너는 이설……."

춘춘은 사내의 어깨에 두 팔을 뻗치며 얼굴을 말끄러미 쳐다보았다. 불안해 떨던 몸이 대담해지고 있었다.

"자, 여기 있다가는 불길에 싸여 위험하다. 자세한 것은 나중에…… 그렇지, 내 등에 업혀라. 이곳을 빠져 나가 어디든 단둘만이 있을 곳으로 가자."

사내는 등을 돌려대며 서둘렀으나 여자는 오히려 차분했다.

"정말 이설이야! 그래 그동안 어디 가 있었지!"

"아까 말했잖아. 장사성의 군졸이 되어 너를 찾을 날을 기다리고 있었다고."

"정말이지, 아이 기뻐라!"

춘춘은 사내의 목을 두 팔로 끌어안고 늘어졌다. 가까운 데서 화포가 터졌다. 그러나 여인은 옛 사내를 놓아 주지 않았다.

남으로 북으로

소주성은 새벽녘에 함락되었다. 장사성은 재운루(齋雲樓)에 올라 멀리 불타고 있는 고소대를 바라보았다.

"아, 내 목숨도 이제 마지막이다. 천한 자에게 잡혀 욕을 보느니 차라리 스스로 목숨을 끊는 게 좋으리라."

그러자 성급한 장표가 옷소매로 얼굴을 가리며 우는 왕후 유씨의 가슴을 칼로 찌르고 자기도 목을 찔러 높은 누마루에서 몸을 던졌다.

사성은 다락마루에서 내려와 오동나뭇가지에 두 번째 목을 맸다. 옷띠를 풀어 목을 맸던 것인데 이번에도 자결이 여의치 않았다.

서달군의 선봉으로 성안에 돌입한 목영이 이를 보고서 말을 달려오며 화살을 쏘아 띠를 끊어 버렸던 것이다. 사성은 땅에 떨어지며 그대로 정신을 잃고 말았다.

서달은 소주성이 함락되자 20만 대군 중 5만만 이끌고 성안에 입성했다. 주민을 안심시키고 질서를 유지하기 위해서다. 그러나 성안은 너무도 비참했다. 특히 고소대 궁전에 이르렀을 때 서달은 그만 눈을 가리지 않을 수 없었다.

영화를 자랑했던 고소대도 지금은 한낱 잿더미로 변해 있었다. 그것은 공성(攻城)을 위한 어쩔 수 없는 파괴였으나 그곳에 즐비하니 쓰러져 있는 시체의 모습은 또 다른 인간의 일면을 보여 주고 있었다.

"도대체 이 궁전에 몇 백, 아니 몇 천의 인간들이 있었을까?"

"첩자의 보고에 의하면 사성은 성이 함락되기 전 궁녀를 해방시켰다고 합니다."

　"그것은 나도 알고 있다. 하지만 보라 ! 이 숱한 숯검정의 시체들을 !"

　무너진 건물 추녀 밑에 여인의 머리카락만이 풀처럼 삐져 나와 있다.

　"저것을 치워 보아라. 혹시 부상을 입고 살아 있을지도 모른다."

　곧 군졸을 불러 무너진 건물 잔해를 치웠다. 그것은 헛간인 듯 본건물에서 떨어져 있어 화마(火魔)가 닥치지는 않았다. 다만 폭삭 주저앉아 있을 뿐이었다.

　기왓장과 흙모래 아래서 화려한 색채가 눈길을 끌었다. 궁녀의 의복한 끝이었다.

　"앗 !"

무참하리만큼 희고 띵띵하게 기름이 흐르는 여인의 넓적다리가 나타났다. 이 여인의 의상 아래 사내와 여자가 포개진 채 부끄러울 정도로 포옹한 시체가 발굴되었다. 그것은 이설과 춘춘이었지만 신 아닌 누구도 망자(亡者)의 신원을 알 도리가 없었다.

"개 돼지나 같다. 태워 버려라."

서달은 씹어 뱉듯 말하고 가버렸다. 제장들이 뒤를 따랐다.

"정말 개로군."

남은 졸개들은 누런 이를 드러내고 웃었다. 꽉 부둥켜 안은 시체를 구경이라도 하듯 뒤집고 있었다.

"여자는 꽤 높은 신분인 것 같네."

"하지만 사내는 우리 같은 졸병일세."

"그러나 어쨌든 극락세계를 꿈꾸며 죽었을 테니까 다행일세."

그들은 히히 웃으며 차마 옮길 수도 없는 쌍스러운 소리를 망인에게 지껄이고 있었다.

생포된 장사성은 응천부로 압송되었다. 그는 함거에 실려 호송되는 도중에도, 또 뇌옥에 감금되었을 때에도 눈을 감고 뜨려고 하지 않았다. 물론 말도 하지 않았다.

주원장이 말을 걸었지만 못 들은 척 대꾸도 없었다. 이선장이 대신 말했다.

"귀하는 평소 지용(智勇)으로서 스스로 교만했고 천연적 요새(要塞)를 믿고 왕이라 자칭했으며 위력을 사방에 떨쳤는데 어찌하여 이곳에 붙들려 왔소?"

"이는 천명으로 너 같은 잡배가 알 일이 아니다."

선장은 분함을 참지 못했으나 거듭 야유했다. 그것은 죽이더라도 승복(承服)을 받고 죽이기 위해서였다.

"귀하는 늘 자기만을 앞세우고 남을 얕보았다. 그리하여 호사와 방자로 나라를 잃고 가문을 망치고 몸마저 잃게 되었는데 아직도 뉘우치지 못하니 이는 죽음을 스스로 재촉하는 것이 아니오?"

"모르는 자에게는 쥐어 줘도 알지 못한다. 대장부의 마음은 흡사 송백(松柏)의 푸르름이 변치 않는 거나 같다. 내 비록 죽더라도 허리를 굽혀 살고 싶은 마음은 털끝만큼도 없다."

선장은 얼굴이 벌개지며 물러섰다. 주원장이 다시 물었으나 끝내 묵살하고 대답하지 않았다. 원장은 마침내 화를 내고 육모방망이로 사성을 때려 죽였다.

이때 사성의 나이 47세였다.

그러나 원장은 후에 제장들을 모아 이렇게 술회했다.

"원말의 군웅 중에서 장사성과 진우량이 가장 강대했었다. 사성의 땅은 풍부했고 우량의 군은 강대했다. 그들 두 사람의 힘은 도저히 우리가 따르지 못했었다. 그래서 우리는 백성을 함부로 죽이지를 않고 이치를 깨우쳐 주면서 말로서 설득했고 쓰라린 일은 모두가 마음을 하나로 하여·협력했다. 이리하여 비로소 성공할 수가 있었던 것이다.

처음엔 한(漢)과 오(吳)의 양대국 사이에 끼어 있었고, 특히 장사성의 오나라는 우리들에게 진공해 왔다. 그래서 어떤 자는 동오에 먼저 진격하라고 주장했다. 하지만 짐의 판단은 이러했다. 우량은 오만했고 사성은 그릇이 적었다. 오만한 자는 일을 꾸미기를 좋아하고 그릇이 작은 자는 원대(遠大)한 생각이 없는 법이다. 그래서 먼저 우량을 공격하기로 정했던 것이다. 파양호에서의 결전이 그것이다. 이 사이 예상했던 대로 사성은 소주에서 한 발짝도 나오지 않았다. 만일 먼저 사성을 치러 갔다면, 우량은 나라를 텅 비게 하고서까지 나왔으리라. 우리는 양면에서 공격받고 복배(腹背) 양면으로 적을 맞아 승패의 행방은 예측하기 어려웠을는지도 모른다."

장사성은 병을 일으켜 패사(敗死)하기까지 14년 동안 영화를 누렸다. 성이 함락되기 전 사성은 세금을 징수하는 원부(原簿)인 어린도적(魚鱗圖籍)을 모두 불태워 버렸다.

주원장은 소주 사람들이 장사성을 위해 10개월이나 싸운 것을 밉게 보고 복수를 했다. 어린도적이 없어 주먹구구식으로 세금을 매겼지만 그것은 타지방보다 훨씬 가혹한 중세였었다.

소주 사람들은 오늘날까지 매년 7월 30일 구사향(九四香)을 사르고 이를 지장향(地藏香)이라고 부른다. '구사'는 사성의 어렸을 때의 이름이고 7월 30일은 그의 생일이다.

이것을 볼 때 사성은 인심을 얻고 있었다. 폭군이 아니고 그저 예술을 사랑하고 주색에 탐닉했던 인물이다. 그러나 백성의 사랑만 갖고서는 나라를 지탱하지 못한다.

주원장은 가혹한 성격이었으나 나라를 창업하고 276년 간의 장기 정권을 유지했다.

삼국시대의 조조는 적벽 대전이 있기 전 조조에게 거침없는 비판을 한 태중대부(太中大夫) 공융(孔融)과 그 가족을 죽였다.

공융은 관도 싸움 뒤 조조가 북정하여 업(鄴)을 공략했을 때 조조 아들 조비(曹丕)가 원희(袁熙＝원소의 아들)의 아내를 빼앗자 조조를 풍자했고, 조조의 오환(烏丸) 정벌을 쓸데없는 심심풀이라고 비꼬았다. 또 전란에 의해 식량이 부족되자 조조는 금주령을 공포하려고 했다. 술 빚는 쌀을 절약하기 위해서다. 공융은 이것도 비웃었다. 여자 까닭에 나라를 잃은 예가 많은데, 그렇다면 결혼도 금지해야 할 것이 아니냐고 반문했던 것이다.

조조는 공융을 미워했지만 대업을 위해 참았다. 조조의 대업이란 천하 제패. 그리하여 마침내 천하 통일을 목표한 남정(南征)중 심복 노수(路粹)로 하여금 공융을 탄핵하고 처형했다. 탄핵 이유는 공융이 유교의 최대 덕목 효(孝)를 부정했기 때문이라고 했다.

한비는 '군주의 권세로도 고칠 수 없는 자는 제거하라'고 했다.

한비는 군주가 신하를 다스리는 네 가지 수단, 즉 첫째로 '상을 주고 칭찬해도 힘써 충성하지 않고, 벌을 주고 비난하여도 두려워하지 않는 자, 즉 상(賞)·예(譽)·벌(罰)·훼(毀)의 4가지를 가하여도 고치려 하지 않는 신하는 제거해야 한다'고 말했다.

주원장은 「한서」나 「후한서」를 정독했다. 그는 한비에 대해서도 알고 있었다. 서달이 개선하자 논공행상(論功行賞)을 실시했다. 제장들은 와서 감사의 절을 올렸다.

원장은 물었다.

"술잔치를 벌여 장병과 개선을 축하했는가?"

"네, 축하연을 열고 모두가 전하의 은덕에 기뻐했습니다."

그러자 원장은 이렇게 말했다.

"짐도 장군들의 병사들과 술잔치를 베풀고 하루를 즐기고 싶다. 하지만 중원이 아직 평정되어 있지 않다. 휴식을 즐기기에는 아직 이르다. 제장들은 장사성의 교훈을 명심해야 한다. 사성은 장상(將相)과 더불어 쉴새없이 잔치를 열어 취하고 노래하며 마음껏 즐겼었다. 그리하여 오늘날 어떻게 되었는지 보면 알리라. 이것이야말로 교훈으로 삼을 일이다."

또 동오의 항장들에게 말했다.

"제장들은 모두 사성의 옛 부하이다. 장군이 되어 군대를 이끌고 있었지만 만 가지 계책이 다 막히고 세력이 약해져 부득이 항복한 것이다. 짐은 너희들을 후하게 대접하고 옛 지위를 그대로 주었다. 하지만 너희들에게 분명히 말해 두겠다. 짐의 휘하 장수는 대부분 호주·사주·여주(汝州)·영주(潁州)·수춘(壽春)·정원 사람이다. 그들은 노고를 아끼지 않고 일했으며 검약을 힘써 하여 사치를 모른다. 풍족한 지방에서 자라고 안일한 기풍에 젖은 강절(江浙)지방 사람으로 부유와 일락에 탐닉하는 인간과는 비교도 안된다. 너희들은 부귀 가문의 태생은 아니지만 일단 장군이 되어 병력을 갖게 되자 멋대로 여자, 보석, 비단을 손에 넣고 하지 않는 나쁜 짓이란 없을 정도였다. 지금, 짐 아래 있는 이상은 옛날의 악습을 고쳐야 한다. 짐의 호주, 사주의 제장들처럼 행동해야 너희들의 지위도 유지되는 것이다. 사람은 모두 부귀를 바란다. 부귀를 얻는 것은 어렵지 않지만, 그런 부귀를 오래 유지하기란 그야말로 어렵다. 너희들은 정성을 다하고 힘을 바쳐 하루라도 빨리 천하를 통일시키지 않으면 안된다. 그것이 너희들에게 부귀를 가져다 줌은 물론, 자손에게도 복을 물려주게 된다. 한때의 쾌락을 꾀하고 앞날을 생각하지 않는다면, 잠깐의 쾌락을 얻을지 모르지만 오래 지속되지는 않고 멀지 않아 멸망하리라. 이 사실은 너희들의 눈으로

90

똑똑히 보았을 것이다. 명심하라."

주원장은 동오의 항장으로 주섬(朱暹), 장규(張虬) 등을 죽였다. 주섬은 호주(湖州)가 함락되었을 때 병력 6만을 이끌고 항복한 장군이다. 원장은 끈질기게 저항한 적장, 아군의 희생을 많이 내게 한 적장은 죽였다. 주섬은 항복한 뒤의 기록이 없어 무엇 때문에 처형되었는지는 모른다. 고계는 시를 지어 주섬의 죽음을 애도하고 있다.

아군의 깃발은 어느덧 드물어졌고, 석양에 외로운 군사는 포위되었구나.

거울 속에 뱀이 떨어졌으니 점괘는 흉이고, 장군기에 올빼미가 앉아 울고 있어 일은 이미 글렀구나.

잔병은 새 장군을 따라 어디론가 가버렸고, 늙은 어버이는 헛되게 종이 돌아오는 것을 본다.

밤중에 닭울음 소릴 듣고 함께 춤춘 일도 있건만, 서쪽 가을 구름을 바라보니 눈물이 옷깃을 적시네.

　（江浦戈臨稀赤幟　孤軍落日陷重圍

　　鏡中隨蛇應占驗　牙上鳴梟已事非

　　殘卒自去新將隨　老親空見歸舊奴

　　聞鷄比夜誰同舞　西望秋雲淚灑衣）

서주가 함락되기 직전, 지정 27년(1367) 9월, 주원장은 이문충을 시켜 방국진을 치게 했다. 방국진은 소금을 배로 나르던 상인 출신이다. 그는 체격이 우람했고 바닷바람에 그을려 얼굴이 검붉었다. 기운이 장사였고 나는 듯이 걸었다.

이문충은 목영, 주양조, 요영충, 진덕(陣德), 왕지(王志), 오복(吳復), 김조흥 등 제장들과 병력 10만을 이끌고 나아갔다. 먼저 온주에 이르렀고 성에서 5리 남쪽에 진을 쳤다.

방국진은 아들 명선(明善)을 불러 의논했다. 명선이 주장했다.

"서오병은 극히 맹용하다고 들었습니다. 그러나 그들은 멀리 왔기 때문에 피로가 쌓여 있을 것입니다. 여유를 주지 않고 공격한다면 승리를 얻을 수 있습니다."

국진은 끄덕이고 명선에게 병력 1만을 주어 출격시켰다. 명선이 공격해 오자 서오군에선 요영충이 나가 싸웠다. 두 장수가 어우러져 싸우자 양군은 함성을 질러 가며 격돌했다.

국진의 병도 꽤나 용감하여 싸우기가 수각에 이르렀건만 승부가 나지 않았다.

이때 주양조는 몹시 초조하게 생각하여 일군을 이끌고 적의 측방을 찔렀다. 양조가 장창을 휘둘러 가며 사방팔방으로 적을 찔러 대자 명선도 버티지를 못하고 무너져 달아났다. 이를 추격하여 적을 태반이나 죽이고 성의 전초 진지 태평채(太平寨)를 점령해 버렸다.

명선은 성안으로 들어갔고 성문을 굳게 닫고서 나오지 않았다.

문충은 제장들에게 영을 내렸다.

"첫 싸움에 적은 크게 패하여 사기가 떨어졌을 것이다. 이때를 틈타 적에게 숨돌릴 여유를 주지 말고 사방에서 적을 공격한다면 적이 성을 버리고 달아나리라."

주양조는 이때 선봉을 맡아 서문을 맹렬히 공격했다. 그리고 요영충은 동문, 김조흥은 남문을 맡았다. 양조의 군병은 화살이 비오듯 했으나 한발도 물러서지 않고 아군의 시체를 방패삼아 밀고 들어갔다. 성병은 마침내 겁을 먹고 달아났다. 양조의 부대가 서문을 부수고 성내로 난입하자 방국진은 가족과 금은보화를 수레에 싣고 북문을 나와 달아났다. 그들은 멀리 해상의 섬을 향해 도망쳤던 것이다. 문충은 태주(台州)를 항복받았고 탕화는 별동대가 되어 멀리 경원(慶元 = 닝뽀)을 점령했다. 그리고 사람을 보내어 항복을 권했다. 국진도 마침내 탕화의 권유를 좇아 항복했다. 국진은 석 달 만에 영토를 모두 주원장에게 바치고 손을 들었던 것이다.

국진은 응천부에 가서 땅에 이마를 조아리고 원장에게 목숨을 빌었다. 원장은 국진이 상당한 인물이었다면 결코 목숨을 살려 주지 않았으리라.

그래서 그는 국진에게 광서(廣西) 행성 좌승이라는 이름뿐인 관직을 주고 목숨을 살려 주었다. 국진은 원장의 자가 국서(國瑞)이기 때문에 곡진(谷珍)이라 이름마저 바꾸고 충성을 맹세했다.

한편 진우정 토벌의 대장은 탕화로 오정(吳禎), 비취(費聚), 채천(蔡遷), 한정, 황빈(黃彬), 육취(陸聚), 매사조(梅思祖) 등 제장들과 병력 10만이 동원되었다.

그들은 복건에 이르렀고 연평(延平)을 포위했다. 진우정은 부하 장수를 모아 대책을 강구했다. 이때 소원(蕭院)이란 맹장이 우정에게 말했다.

"전하는 어째서 적이 멀리 오느라 피로했을 텐데도 이와 싸우지 않고 성안에만 틀어박혀 있으려고 하십니까?"

"너는 적이 강성함을 모른다. 방국진도 적을 얕보고 출격했다가 단 한번 싸움에 모든 것을 잃고 말았다. 네 말은 군심을 어지럽게 할 뿐이니 다시는 그런 소리를 입에 올리지도 말라."

소원은 이 말이 몹시 불만이었다. 그는 자기 군영에 돌아오자 말했다.

"대장이 싸우기 전에 겁부터 먹으니 어찌 성을 보전하랴."

진우정은 이 말을 전해 듣자 친위대를 보내어 소원을 체포하고 목을 베도록 했다. 이 때문에 성안이 시끄러워졌고 밤중에 성벽을 넘어 달아나는 자가 속출했다.

이튿날 탕화는 오정, 비취 등을 시켜 성을 맹공했다. 화포가 성벽을 난타했고 함성이 또한 하늘을 찌르자 우정은 후당에 들어가 스스로 독주를 마셨다.

부하에게 술을 가져오라 하고 독약을 탔던 것인데 손이 부들부들 떨려 독약 분말을 반 이상 바닥에 쏟고 그 일부분을 타서 마셨던 것이다.

문수해아(文殊海牙)라는 부장은 우정이 독주를 마시고 이미 죽었다는 보고를 받자 더 이상 싸울 의욕을 잃고 성문을 열어 항복했다.

오정과 비취는 즉시 입성하여 성안을 장악했다. 그리고 진우정의 시체를 검시했는데 채 죽지를 않고 신음하고 있었다. 독주를 마시고 일단 정신을 잃었다가 다시 소생했던 것이다.

탕화는 그런 우정을 함거에 태우고 응천부로 보냈다.

탕화는 연평에 비취를 남겨 두고 다시 복주(福州)를 공격했다. 복주를 지키는 장수는 몽고인으로 박테무르였다.

박테무르는 성의 망루에 올라가 적군을 굽어보자 탄식하며 말했다.

"내가 병력을 끌고 나가 싸우더라도 도저히 승산이 없겠구나. 쓸데없는 싸움을 하여 군졸을 죽게 하느니 차라리 내 한 목숨을 끊어 성안의 군민(軍民)을 구하리라."

이때 그의 아내는 눈물을 흘리며 말했다.

"장군께서 나라를 위해 죽는 것은 충성입니다. 아내로 지아비를 위해 죽는 것은 정절입니다. 어찌 목숨을 남겨 적에게 욕을 보셨습니까."

하며 스스로 들보에 목을 매어 죽었다. 이 부인의 죽음을 보고서 잇따라 자살하는 사람이 60여 명이나 되었다.

박테무르는 이 광경을 보며 뜨거운 눈물로 볼을 적셨다. 그가 문득 보니 열 살 된 딸이 어머니 시체 옆에서 울고 있었다. 박테무르는 그것을 보자 마음을 더욱 모질게 가졌다.

(저 애는 스스로 죽기가 어려울 것이다. 가엾지만 내 손으로 죽일 수밖에 없다.)

그는 딸에게 부드러운 목소리로 말했다.

"애야, 너의 어머니는 극락세계로 갔다. 너 부처님께 어머니의 명복을 빌어 주겠니?"

딸은 고개를 끄덕였다.

"그럼 눈을 감고 합장하며 열심히 빌어라."

딸이 시키는 대로 하자 박테무르는 등뒤에서 느닷없이 띠를 풀어 목을 졸라 죽였다. 그리고 옆에서 유모가 세 살 먹은 아들을 데리고 우는 것을 보자 아들마저 죽이려 했다.

"장군님, 이 아이는 너무도 어립니다. 그리고 도련님마저 죽인다면 누가 남아 조상님의 제사를 받들겠습니까 ? "

유모의 말에 박테무르도 차마 아들은 죽이지 못했다. 그는 신음하듯 말했다.

"우리 식구가 모두 죽는 판에 이 아이도 마땅히 죽어야겠지만, 조상님의 제사를 생각하니 그럴 수도 없구나. 이 아이를 그대에게 맡기겠으니 집안에 있는 금은 재보를 갖고 어디론가 가서 숨어라. 만일 이 아이를 밀고하려는 자가 있다면 아낌없이 금은을 주어 가엾은 목숨을 잇게 해다오. 그러면 그 은혜는 황천에 가서라도 꼭 갚겠다."

유모는 울면서 아이를 안고 나갔다. 이윽고 성문쪽에서 함성이 들렸다. 적병이 성문을 깨고 난입하는 것이었다.

박테무르는 그 광경을 보자 집에 불을 지르고 스스로 목에 칼을 찔러 죽었다. 탕화는 입성하여 그런 이야기를 전해 듣자 관을 준비하여 정중히 장례를 치러 주었다.

복주가 함락되고 주변의 군현이 모두 항복하여 남은 곳이란 장주(漳州)뿐이었다. 장주의 수비 대장은 달리미지, 그는 스스로 탄식했다.

"나는 벼슬이 삼품에 올라 나라의 두터운 은혜를 입었는데 무엇으로 이 은혜를 갚으랴. 다만 죽음이 있을 뿐."

예복으로 단정히 갈아입고 북쪽을 바라고서 아홉 번 절하자 검으로 목을 찔러 자결했다. 사람들이 이 소식을 듣고 모여들었지만 그 모습은 생전과 다름이 없었고 손에는 아직도 검을 들고 있었다.

죽은 채 앉아 있었던 것이다.

달리미지의 충의심에 감동한 사람들은 관을 마련하여 친어버이처럼 정중히 장사를 지내 주었다. 그런 뒤 사람을 보내어 탕화에게 항복을 청했다.

주원장은 복건 평정과 때를 같이하여 북벌의 대책(大策)을 정했다.

이 무렵 주원장의 영토는 대략 현재의 호북·호남·하남의 동남부·강서·안휘·강소·절강성에 걸쳐 있어 한수의 하류와 장강의 하류 전역을 포함하는 것이었다. 중국의 가장 비옥한 땅으로 노른자위였다.

물산이 가장 풍부하고 인구밀도 역시 높아 번영하고 부유한 지역이었다.

이 시점에서 중국 남부엔 몇몇 군웅이 남아 있었다. 사천지방엔 명옥진이 죽고 그 아들 명승(明昇)이 겨우 열 살로 황제를 자칭했다. 운남(雲南)은 원의 황족인 양왕(梁王)이 버티고 있었다. 광서(廣西)와 광동(廣東)에도 원조의 세력이 있었다.

주원장은 사천 하국(夏國)의 황제가 어리고 병력도 약하여 스스로 공격해 오는 일은 없으리라고 판단했다.

본디 명옥진은 수주(隨州)사람인데 대대로 농사를 짓고 많은 전답을 가진 중소 지주였다. 옥진은 신장이 8자, 눈은 쌍꺼풀이 지고 성격이 강직했다. 향리에서 시비가 생기면 옥진이 나서서 중재했고 사람들이 모두 그의 말을 따랐다. 자기 고장에서 인망이 높았던 것이다.

서수휘가 난을 일으키자 옥진은 향리의 장정을 모아 이들과 싸웠고 둔장(屯長)으로 받들어졌다. 그 뒤 서수휘의 부하가 되었고 전공을 세워 대장군이 되었으며 명을 받아 사천에 침공하자 그 지방을 점령했다.

서수휘가 죽자 자립하여 농촉왕(隴蜀王)이 되었고 병력을 보내어 구당(瞿塘)을 지키게 하며 진우량과 손을 끊었다. 옥진은 지정 22년(1362) 중경(重慶)에서 황제로 즉위했고 나라 이름을 하(夏)라 했으며 연호를 천통(天統)이라고 정했다. 그는 영토를 잘 보존하며 백성을 평안케 했고 예로써 명사를 초빙했다. 또 절약을 힘써 했으며 과거를 실시했다. 아악(雅樂)을 즐겨 들었고 세금은 수확의 10분의 1을 징수했을 뿐이었다. 또 종교면에선 불교와 도교를 금했고 미륵교만을 신봉하여 각지에 미륵당을 세웠다.

옥진은 전쟁을 하지 않고 백성을 휴식시켰으므로 백성은 모두 평화를 마음껏 누렸다. 재위 5년, 옥진은 지정 26년(1366)에 죽었는데 아직 36세라는 한창 나이였다. 이때부터 제장들이 전력을 다해 다투며 서로 죽였고 나라 힘이 급속히 쇠약해졌다.

「초목자(草木子)」는 명의 섭자기(葉子奇)가 익명으로 기술한 야사로

정사인 「영사」보다 권위가 있는 것으로 알려지고 있다. 그 초목자에는 이렇게 기록되어 있다.

'민안자(朦眼子 = 쌍꺼풀 사나이)는 즉위 6년에 그 아우에게 살해되었고, 아우는 그 아내에게 복수당해 어린 아들이 제위에 올랐다.'

아무튼 주원장은 사천 공격을 뒤로 미루고 운남 또한 멀리 떨어진 곳이라 방치하기로 했다. 그래서 공격 목표를 광서와 광동에 두었다. 복건의 진우정을 멸망시켰으므로 순서대로 된 셈이었다.

또 중국의 북부는 복잡한 정세였다. 표면적으로는 원조의 지배 아래 있지만 군벌이 각기 세력을 잡고 있었다.

말하자면 산동지방은 황군(黃軍 = 지주군)의 왕선(王宣)이 지배하고 있었다. 하남은 쿠쿠테무르의 세력권이고 관내(關內)와 농우(隴右)엔 이사재(杢思齊)와 장양필의 군이 있었으며, 또 폴로테무르의 잔당이 대동(大同)을 장악하고 있었다.

쿠쿠테무르와 이사제·장양필의 두 장군은 서로 적대관계였고 폴로테무르의 잔당 역시 이들과는 원수였다.

주원장이 장사성을 공격할 때 이들은 서로 세력 다툼에 바빠 눈을 남쪽에 돌리지 못했고, 결과적으로 원장에게 어부지리를 주게 된 것이다.

쿠쿠테무르가 폴로테무르를 무찌르고 정권을 잡은 것은 앞에서 말했다. 기황후는 폴로테무르에게 감금되는 등 수모를 당했기 때문에 몹시 환영했다. 그래서 환관을 쿠쿠테무르의 군영에 보내어 요청을 했다.

"이번에 장군께서 대병을 이끌고 대도에 들어오시오. 그리고 황제께 아뢰어 제위를 황태자께 선양하도록 권하시오."

그러나 쿠쿠테무르는 기황후의 요청을 거절했다. 그는 대군을 성밖 30리인 곳에 머무르게 하고 자기는 불과 몇 기만 거느린 채 궁전에 들어가 순제를 배례했던 것이다.

"이놈이 내 말을 듣지 않아!"

기황후와 황태자는 쿠쿠테무르를 이때부터 증오했다. 순제도 쿠쿠테무르의 병마가 너무 강성한 것을 의심했다. 순제는 황태자에게 중서령

추밀사의 관직을 주어 천하의 병마를 다스리게 하고 쿠쿠테무르와 대등한 무력을 갖게 하였다. 조정의 대신들도 쿠쿠테무르가 전통 있는 귀족 출신이 아니기 때문에 차가운 멸시의 눈길을 보였다.

쿠쿠테무르는 우울했다. 그는 오랫동안 전장에 있었기 때문에 권모술수가 식은 죽 먹듯이 행해지는 궁정생활이 싫었다. 그는 자청해서 황제께 상주했다.

"지금 남쪽에서 주원장의 세력이 크게 일어나고 있습니다. 이를 치지 않는다면 국가에 크나큰 화가 될 것입니다."

순제는 쿠쿠테무르를 하남왕에 봉했고 모든 병마를 통할하는 대권을 주어 출정시켰다.

지정 26년(1366) 2월, 쿠쿠테무르는 하남의 군영에 이르자 각지의 군마를 이동시키고 또한 관중의 4장에게도 자기 군영에 올 것을 지시했다. 그런데 이사제는 명령서를 보자 갈가리 찢으며 화를 냈다.

"대가리에 피도 마르지 않은 애송이 놈이 나에게 명령을 해! 나는 그의 아버지 차간테무르와는 한 고향 사람으로 함께 병을 일으켰다. 차간테무르는 내가 술잔을 주면 세 번 절하고 겨우 마셨다. 쿠쿠테무르 따위는 내 앞에서 감히 술도 마실 수 없는 처지다. 그런데 총대장이니 어쩌니 하며 나한테 건방지게 명령을 해!"

격노한 이사제는 각 곳에 명령을 내려 갑옷이나 무기 하나라도 무관(武關＝섬서성)을 통과시키지 말라고 엄명했다.

또 하남 땅에서 독립된 군벌을 형성하고 있던 장양필, 공흥(孔興), 탈열백(脫列伯)의 세 장군도 쿠쿠테무르의 명령을 무시했다.

쿠쿠테무르는 자기 명령이 거부되자 부득이 주원장 토벌을 포기했다. 그리하여 군대 일부를 파견하여 제남에 주둔시키고 스스로 대군을 거느리고 관중으로 침공하여 이사제를 공격했다.

이사제 등 4장도 장안(長安)에 병력을 집결하고 쿠쿠테무르에 대항했다. 양군의 힘은 백중이었다. 2년간에 걸쳐 크고 작은 전투를 수백 번 했지만 승패가 결정되지 않았다. 순제는 이런 내전을 중지하려고 조서를 내려 쿠쿠테무르에게 남정을 하라고 했지만, 이번에는 그가 황제 영을 따르지 않았다.

지정 27년(1367) 7월, 쿠쿠테무르는 부하 용장 맥고(貊高)에게 병력을 주어 명했다.

"너는 황하를 건너 배후에서 봉상(鳳翔)의 이사제를 공격해라."

맥고의 부하 장수들 중에는 폴로테무르의 옛 부하들이 있었다. 그들이 도중 들고 일어났다.

"조정은 우리들에게 홍건적을 치라고 명하셨다. 그렇건만 지금 이사제를 치라고 하다니? 이사제는 관군이 아닌가, 관군을 무찔러 죽이다니 어째서인가?"

이런 제장들의 반항에 맥고도 굽히지 않을 수 없었다.

"조명을 어기면 역적이다. 역적 쿠쿠테무르를 쳐야 한다."

맥고의 부대는 오히려 쿠쿠테무르를 치게 되었다. 순제도 쿠쿠테무르를 의심하고 있었던 터이다. 맥고로부터 회군하여 쿠쿠테무르를 친다는 상서가 있자 순제는 몹시 기뻐하고 맥고를 지추밀원 겸 평장으로 승진시키고 하북의 군을 통솔시켰다. 동시에 조서를 내려 쿠쿠테무르의 통수권을 박탈하고 겨우 하남군만 통솔케 했다. 이 틈을 노려 이사제의 군은 하남으로 진격했고 쿠쿠테무르를 견제했다.

주원장은 이런 정세를 재빨리 이용했다. 지정 27년 10월, 서달을 대장군, 상우춘을 부장군에 임명하고 병력 25만을 주었다. 그 휘하 장수는 풍승, 경병문, 오양, 부우덕, 화고(華高), 조양신(曹良臣), 손흥조, 당승종(唐勝宗), 운룡, 강무재, 호미, 왕신(汪信), 장흥조, 장룡, 곽영 등이었다.

이와 동시에 복건을 평정한 뒤 광서, 광동 방면에도 병을 보냈다.

이 방면의 공격에 있어 병을 세 갈래로 나누었다.

제1로는 양경(楊璟)과 주덕흥이 호남에서 광서를 공격한다.

제2로는 육중형이 소주(韶州 = 광동성 曲江)에서 덕경(德慶)을 찌른다.

제3로는 복건을 평정한 수군이 광주(廣州)를 뱃길로 공략한다.

제1로 역시 지정 27년 10월 출전했다. 제2로와 제3로는 이듬해인 홍무(洪武) 원년(1368) 2월에 출발했다.

이 전투에서 최대의 저항을 받은 것은 제1로였다. 형주(衡州 = 호남성 衡陽)부터 광서로 나아가면 첫째의 명성 영주(永州 = 零陵)가 가로막는다.

또 두 번째로 전주(全州)가 있다. 이 두 곳은 격전 끝에 가까스로 점령했다. 그리하여 정강(靖江 = 桂林)으로 나아갔고 이를 포위했다.

제2로는 석 달을 소비하여 북강과 서강의 삼각지대를 평정하고 광주와 정강과의 교통로를 차단했다. 제3로의 요영충은 사자를 원조의 강서·복건 행중서성 좌승 하진(何眞)에게 보내어 항복을 권했다.

대군이 조주(潮州)에 이르자 하진은 관인 도적(圖籍), 호적을 바치고 표를 올려 항복을 해 왔다. 광주와 부근의 주현이 싸우지 않고 항복한 것이었다.

요영춘은 서강을 거슬러 올라가며 광서에 이르렀고 제1로와 합류하여 정강을 공격했다. 홍무 원년 6월에 이르러 정강도 함락됐고 7월에는 광서도 모두 평정되었다.

대명(大明)

복건·양광(兩廣)이 평정되자 중국 남부는 사천과 운남을 제외하고
서 통일되었고, 후방의 물자와 인구 자원을 총동원하여 북벌군에 돌릴
수 있게 되었다.

북벌군의 출전에 앞서 주원장은 유기와 더불어 작성한 세밀한 작전
계획을 제장의 군사회의에서 토의했다.

이때 상우춘이 의견을 말했다.

"지금 원조는 붕괴 직전에 있습니다. 따라서 그 중심을 먼저 찌르는
게 가장 효과적입니다. 대도를 공격하면 희생은 좀 따르겠지만 적은
구심점을 잃어 단숨에 무너지고 말 것입니다."

그러나 주원장은 고개를 저었다.

"다 익은 연시가 곧 떨어지려 하는데 무엇 때문에 위험스럽게 대도
를 공격하는 모험을 스스로 택하려 하는가?"

상우춘의 의견은 굳건한 수비를 먼저 격파한다는 전술이었다. 남방
의 평정이 이미 끝났으므로 병력엔 여유가 있다. 백전연마의 정병으로
원조의 지친 군을 격멸하면 필승은 틀림없다. 주도를 함락시킨 뒤 파
죽지세로 병을 나누어 잔적을 소탕하면 그 밖의 성은 싸우지 않고도
귀순한다는 의견이었다.

원장의 생각은 달랐다.

"대도를 즉시 공격하는 것은 위험하다. 왜냐 하면 대도는 원나라 백
년의 도성으로 방어공사가 견고하기 이를 데 없으리라. 가령 일군이
깊이 돌입하더라도 급히 공략하지 못한다면 대군이 견고한 성에 갇혀

있는 꼴이 되고 군량·병참선이 끊긴다. 거기다 원조의 구원군이 사면 팔방에서 몰려오면 아군은 진퇴유곡에 빠져 버린다. 적을 공략하는 방법으로 나무를 베어 쓰러뜨리는 방법보다 나은 것은 없다. 우선은 나뭇가지와 잎을 떨어 내고 그런 뒤에 낡은 뿌리를 캐는 것이다. 그러므로 먼저 산동을 공략하고 대도의 병풍을 없애야만 한다. 그런 뒤 병력을 돌려 하남으로 내려가 그 날개를 끊어 버린다. 그리고 동관(潼關)을 공략하고 그 대문을 점거한다. 이리하여 동·서·남의 삼면 군사요지가 우리 손에 들어온 다음 비로소 대도를 공격하고 포위하는 것이다. 그때쯤이면 원조는 고립무원(孤立無援)이라 싸우지 않고서도 함락시킬 수 있다. 대도가 함락되면 군을 서쪽으로 돌려 구원(九原) 및 관중·농 땅을 치면 우리 기세에 눌려 항복하리라."

주원장의 전술은 싸우면서 병을 휴식시키고, 일보일보 착실히 점령 지역을 넓혀 나간다는 것이었다.

차츰 그것을 확대시켜 나가 점령지역과 후방을 하나로 묶고 인력(人力)과 군량의 보급선을 스스로의 힘으로 확보한 다음, 아군의 총력을 집중시켜 적의 분산된 병력을 들이친다는 작전이었다.

적극적인 면에서 틀림없는 승산을 확보할 수 있고, 소극적인 면에서도 불패(不敗)의 지반을 구축할 수 있다는 이점이 있었다.

이 전술·전략은 매우 우수한 것이었다. 10여 년에 걸친 전투생활의 실전에서 세심하고도 대담하게, 국부를 주시하면서도 전국을 굽어보는 안목(眼目)이 길러진 것이다. 백만 대군도 지휘할 수 있는 통수 능력이 주원상에게 생겼던 것이다.

제장은 환호성을 올리며 작전에 찬성했다.

북벌에 있어선 전략뿐 아니라 지휘계통 역시 신중히 연구되었고, 가장 우수한 대장을 선발하여 최고사령관에 임명했다. 진우량 평정까진 원장이 직접 지휘했지만, 이제 그러기엔 원장이 너무 큰 것이다.

이를테면 상우춘은 삼국시대의 장비와 같은 맹장이다. 하지만 우춘은 우량의 군졸이 항복해 오자 이들을 모두 학살한 일이 있다. 학살을 싫어하는 원장은 서달을 보내어 대장군으로 제장을 통솔시켰다.

이번 북벌군 대장군으로 서달을 임명한 것도 그런 배려가 있었다. 서달의 용병은 정공법(政攻法)을 지키며 승리를 기약할 수 없는 전투는 하지 않았고 행군에 있어 기율이 있었다. 특히 중요한 것은 서달이 신중하고 사려가 깊다는 점이었다. 그는 명령을 어기는 경우가 없어 원장의 신뢰가 두터웠다.

한편 상우춘은 백만의 적에 대해서도 용감히 돌격하여 맞서는 적을 무찔러 왔다. 그러나 그에겐 결점도 있었다. 잘 싸우긴 했지만 적을 얕보는 게 탈이었다.

원장은 우춘을 부장군에 임명하면서 그 점을 염려하며 특별히 타일렀고 전체적인 작전지침을 하달했다.

"적의 대군과 부딪치면 상우춘을 선봉으로 싸워라. 하지만 이때 참모 풍승은 좌우의 양 날개가 되어 우춘을 도와야 한다. 또 설현과 부우덕과 같은 용장에게 각각 일군을 주어 적의 역습이나 후비를 맡겨야 한다. 대장군 서달은 중앙 본진에 있고 작전을 지휘 감독하며 무엇보다 경솔히 군을 움직여선 안된다."

또 주원장은 재삼재사 규율을 강조했다. 그는 전군을 사열하는 자리에서 특별훈시를 내렸다.

"이번의 북벌은 단순히 성을 공격하고 영지를 넓히기 위해서가 아니다. 중요한 것은 중원을 평정하여 전란의 근원을 제거하고 악랄한 정권을 뒤엎어 백성의 고초를 덜어 주며 백성의 생활을 안정시키는 데 있다. 적과 맞닥뜨리면 싸워야 하지만 진격하는 토지와 공략한 성에서 함부로 사람을 죽여선 안된다, 재물도 약탈해선 안된다, 백성의 집을 파괴하지 마라, 농기구를 파괴해도 안되고, 농경용 소를 도살해서도 안된다, 여자를 겁탈해선 안된다, 만일 버려진 고아가 있다면 이를 수용하고 그 부모나 친척이 찾으러 오면 반드시 돌려주어야 한다, 기필코 이 영은 지켜져야 한다!"

또 그는 북벌의 대의명분을 밝히기로 했다. 송렴을 시켜 격문을 쓰게 했다. 이 격문은 당시의 북방에 있는 많은 관리, 지주, 선비, 일반 백성에게 크나큰 공감을 얻었다.

그 주요한 조목은 세 가지였다.

첫째는 민족 의식이었다. 오랑캐와 중화를 명백히 구별하여 중국은 한족에 의해 통치되어야 한다고 강조했다.

과거의 몽고족, 색목인에 의한 귀족 통치는 마땅히 타도되어야 한다. 북벌의 첫째 목적은 이 오랑캐를 몰아내고 중국을 재흥한다는 것이었다.

이렇게 함으로써 한인의 지주 및 지식층의 지지를 얻을 수 있다는 계산이 밑바닥에 깔려 있었던 것이다.

둘째는 도통(道統)을 부흥하는 것으로, 이것은 봉건 문화와 사상을 부활시킨다는 의미가 있었다.

"예의는 세상을 다스리는 방패이다. 그러므로 부자·군신·부부·장유의 질서가 확립되어야 하며, 조정은 천하의 근본이다. 이 강기(綱紀)야말로 천하의 대본(大本)이며 이를 바로잡는 것이 북벌의 목적이다."

이것은 바로 유교의 중심 사상이며 크게는 나라를 다스리고 작게는 자기 한 몸을 닦는 수신의 기본적 윤리였다. 물론 유가사상만 내세운 것은 아니다. 주원장은 조조에게서 많은 모범을 찾기도 했다.

조조는 일찍이 후한의 관리 등용제도를 부인하는 구현령(求賢令)을 공포했다.

'만일 청렴한 사람이 아니면 쓰지 않기로 한다면, 형수와 간통하고 뇌물을 먹었다는(전한의 陣平을 가리킴) 사사로운 작은 허물로 모처럼의 대재(大才)가 불우 속에 파묻힐 염려가 있다. 재능만 있다면 그런 자라도 서슴없이 등용하라.'

이렇듯 조조는 후한의 관리 등용제도가 현실에서 유리(遊離)되어 있다고 비판했다. 덕보다 재능을 중요하게 보는 것은 유가사상에 어긋나는 법가사상이지만, 조조는 이를 채택했다.

한비도 강조하고 있다.

'난행(亂行)을 일삼는 자라도 쓰기에 따라서는 군주에게 반드시 이익이 되는 일도 있다. 명군 아래에서는 재상이 지방관리 중에서 나고, 명장은 한낱 병졸에서 나오기 마련이다.'

조조 역시 이와 같은 재능 중심의 인물 등용은 위(魏) 왕조의 구품관인법(九品官人法)의 기초가 되었다. 이것은 나중에 문벌, 가문을 중시하는 것으로 변질되었지만 수(隨) 시대까지 시행되었던 것이다.

또 조조의 모신 곽가는 품행이 난잡하기로 유명했지만 조조는 그 유능함을 인정하여 문제 삼지도 않았고, 정비(丁斐)는 오직(汚職) 사건을 일으켜 자주 탄핵받았지만 조조는 일소에 붙였다.

'그자는 개와 같아 물고기도 훔치지만 쥐도 곧잘 잡는다.'
하며 그를 감싸 주었다.

주원장은 법가사상을 다분히 가졌으면서도 유가사상을 강조했다. 그것은 중국 북부의 문인과 사대부의 지지를 얻기 위한 사탕발림이었다.

셋째로 그는 격문에서 통일과 안정을 강조했다.

'백년 가까운 원 황제의 황음이나 관인의 악랄한 착취에 의해 천하에 병란이 일어나고 중원의 백성은 오랫동안 주인을 잃고 있었다. 북벌의 목적은 세상을 다스리고 백성을 평안케 하기 위해서이며 저마다의 생업을 안심하고 할 수 있도록 함이다.'

이와 같은 통일과 민생안정의 구호는 당시 각 계층 사람들의 요구와 일치되고 전체적인 국민 이익과도 부합돼 있었다. 이 때문에 민중의 공감을 얻고 최후 승리의 발판이 마련되었던 것이다.

이 격문은 전통적인 유가사상을 바탕에 깔고 있었다.

그들은 국내의 소수 민족을 오랑캐라 불렀고 중국을 한족만의 중국이라고 규정했다. 더욱이 '역사적으로 소수 민족이 중국을 통치한 사실은 없다'고 역사적 사실에도 애써 눈을 감았다.

또 천명론(天命論)이 강조되었고 주원장의 천하통일 역시 하늘이 그에게 준 것이라고 선언했다. 이 천명사상은 유교의 중심사상인데, 이렇게 함으로써 원장은 홍건당과의 관계를 완전히 청산했다.

다시 격문 끝에 가서 몽고인과 색목인에의 초무책(招撫策)을 표방했다. 그들이 예의를 알고 신민(臣民)이 되기를 바란다면 중하(中夏)의 사람들과 마찬가지로 양무(養撫)하고 차별 없이 대하겠다는 것이었다.

1년 전의 장사성을 치는 격문에는 다만 소극적으로 미륵교를 비난하고 내용 없이 원조를 욕하는 데 지나지 않았었다. 그러나 여기에 이르러 비로소 선명하게 구체적으로, 또한 적극적으로 민족혁명과 봉건도덕의 재흥, 그리고 통일안정의 구호를 내놓았던 것이다.

이것은 주원장의 생각이 다시 한걸음 나아간 것이었고, 정치적 변화였다. 아무튼 이 격문의 포고는 크나큰 반향을 불러일으켰다. 북방의 민중은 원장의 북벌군 대의명분에 공감했다.

대장군 서달이 대군을 이끌고 서주(徐州)에 이르자 쿠쿠테무르는 크게 놀라 부하 제장들을 모으고 의논을 했다. 그러자 죽정(竹貞)이 의견을 말했다.

"지금 원수 휘하에 수십 만의 정병이 있다고는 하지만 하남, 산서 등지에 분산되어 급히 집결시키기란 매우 어렵습니다. 더욱이 서달은 지용을 겸비한 장군이고 상우춘은 용맹하기 이를 데 없습니다. 거기에 더하여 곽영, 부우덕, 강무재와 같은 용장이 있습니다. 원수께서 만일 그들과 싸우신다면 부질없이 군마만 상하게 할 뿐 승리를 바라기는 힘듭니다. 그러나 산동을 버리고 산서로 군을 물리어 적과 싸운다면 비로소 승산이 있습니다."

쿠쿠테무르는 죽정의 말을 좇아 군을 산서 태원으로 물리었다.

서달은 하남의 주현을 무혈 점령하여 산동의 기주(沂州)에 이르러 진을 쳤다. 기주를 지키는 왕선은 대군을 보자 싸울 기력마저 잃고 성문을 열어 항복했다. 다만 왕신(王信)이라는 자가 이에 불만을 느끼고 성을 빠져 나와 어디론가 달아나 버렸다.

서달은 이어 역주(嶧州)를 공략하고 청주로 가는 길에 적장 야속과 만나 대진했다. 부우덕이 5백 기를 끌고 나가 싸움을 걸었는데 야속을 맞아 겨우 3합에 말머리를 돌려 달아났다. 야속은 승세를 몰아 10리를 추격했는데 느닷없이 서달의 복병을 만나 대패하고 보유 병력의 태반을 잃었다.

서달군은 도망치는 야속을 좇아 청주에 이르렀고 성을 포위했다. 청주의 성주는 보안보카로 일찍이 진우량과 싸워 전공을 세웠고 중서 참정이 되어 청주성을 지키고 있었다.

보안보카는 성병 1만을 이끌고 쳐나왔다. 7천을 후방에 매복시키고 자기는 3천을 이끌고 나가 싸움을 걸었다. 서달은 곽영을 내보냈다.

곽영은 우뢰 같은 소리로 외쳤다.

"이 성의 대장은 세상 형편도 모르는 우물 안 개구리냐? 우리 오나라는 용처럼 일어나고 범처럼 용맹스러워 이르는 곳마다 패배시키지 못한 적이 없다. 너는 빨리 항복하여 죽음을 모면하고 우리와 함께 부귀를 누리자."

보안보카는 코웃음을 치고 장창으로 곽영을 찔러 왔다. 곽영은 이를 피하고 한창 싸우고 있는데 갑자기 함성이 일어나며 7천의 적병이 일제히 일어나 공세에 가담했다.

새로운 적에 곽영도 포위되고 위험했다. 그러자 상우춘이 3만병을 데리고 측면에서 적을 무너뜨렸다. 성병은 혼란에 빠지고 무기를 버리고 달아났다. 보안보카도 가까스로 도망쳐 성안에 들어가자 굳게 지키고 나오지 않았다.

서달은 성을 겹겹이 에워싸고 공격했지만 10여 일이 지나도록 함락되지 않았다.

보안보카는 성안의 식량이 차츰 떨어지고 구원군이 올 가망이 없자 크게 탄식했다.

"청주가 이렇듯 대군에게 포위되었으니 끝내 버티지 못하리라. 스스로 자결하여 포로의 치욕을 피하자."

그는 내당에 들어가 노모에게 절하고 말했다.

"지금 적군이 성을 겹겹이 둘러싸 낙성도 멀지 않습니다. 저는 충효를 둘다 지키기가 어려워, 효는 버리고 충을 택하여 죽음으로써 나라 은혜에 보답코자 합니다. 다행히도 동생이 있으므로 어머님을 잘 모시고 효도를 다할 것입니다."

그러자 어머니는 눈물을 흘리며 아들을 격려했다.

"지금 너와 이별할 생각을 하니 눈물이 앞을 가리는구나. 그러나 죽음으로 나라에 보답하는 것은 충성이므로 내 마음은 그나마 위안이 된다. 너는 자결을 하여 충의를 만대까지 전하라. 충성을 하는 곳에 효도 또한 따르리라."

보안보카는 자기 거실로 돌아오자 독약을 마시고 죽었으며 그의 아내 아로정(阿魯貞)도 아직 어린 자식을 가슴에 품고 우물에 빠져 죽었다.

청주성은 이보(李保)라는 자가 성문을 열어 항복했다.

이어 제남, 익도 등이 싸우지 않고 서달에게 항복했다. 몽고인, 색목인 등도 격문을 읽고 나서 앞을 다투어 귀순했다. 또 이 무렵 등유는 양양부터 북상하여 남양(南陽) 이북의 각 성을 점령했다. 그는 별동대로 작전 목적은 원군의 병력을 분산하는 데 있었다.

북벌의 제1단계는 이로써 끝났다. 작전 개시부터 석 달이 경과되었고 원년 정월까지 산동은 모두 평정되었던 것이다.

이보다 앞서 지정 27년(1367) 12월, 주원장의 북벌군은 이미 산동을 평정하고 있었다. 주원장의 군이 각지에서 승리하고 첩보가 알려질 때마다 응천의 문무백관과 주민들은 만세를 부르며 기뻐했다.

"이제 나라가 통일될 날도 멀지 않았어."

"그럼 우리의 오왕 전하께서 당연히 천자에 오르셔야 하네."

왕이나 천자는 덮어놓고 오르는 게 아니다. 그만한 실력이 따라야 함은 물론이다. 전국 통일이 멀지 않고 전국적 규모의 통치 정권을 수립하자면 당연히 황제가 있어야 하는 것이다.

"전하, 황제에 오르셔야 합니다. 역사로 볼 때 왕은 단지 지방 통치자에 지나지 않고 전국 규모의 통치자는 황제라고 칭해야 합니다. 그러므로 전하는 천자가 되고 그것에 따라 왕부의 백관도 자동적으로 한 계단 올라 황조(皇朝)의 장상(將相)이 되어야 합니다."

주원장은 사양했다. 지난날의 인물과 자기를 비교해 보기도 했다.

건안(建安) 17년(213), 헌제는 조조에게 한고조 유방이 소하에게 준 것과 같은 특권을 주었다. 조조의 심복 동소(董昭) 등은 상국의 지위도 만족하지 않았다. 그는 조조의 작위를 위공(魏公)으로 높여야 한다고 믿고서 은밀히 순욱과 상의했다. 그러나 순욱은 뜻밖에도 반대했다.

"조조가 의병을 일으킨 것은 한실을 붙들고 나라를 안녕케 하려는 충성심에서이지 자신의 영달을 꾀하기 위해서가 아니었을 것이오. 그런 짓을 해선 안되오."

순욱은 전한을 찬탈한 왕망의 역사적 사실을 염두에 두고 있었다. 왕망은 찬탈 전에 안계공(安溪公)이라는 작위를 스스로 만들어 공이 되었다. 조조는 순욱의 비난을 듣자 마음이 불쾌했다.

이때 순욱은 근심하다가 죽은 것으로 되어 있지만, 일설에는 조조가 순욱에게 음식을 보냈다. 순욱이 뚜껑을 열어 보니 그 속엔 아무것도 들어 있지 않았다. 순욱은 자기가 조조에게 필요없는 인간이 되었음을 알고 스스로 독약을 먹고 자결했다고 한다.

겉과 속이 다른 주군의 마음을 꿰뚫어 보더라도 그것을 노골적으로 입 밖에 내면, 주군의 미움을 산다. 「한비자」의 설난편(說難篇)에 이런 구절이 보인다.

'송나라 부잣집의 흙담이 무너져 도둑이 들었다. 그래서 그 전날 도난의 염려가 있다고 충고한 이웃집 사람이 의심을 받았다. ……이 이웃집 주인의 충고는 옳은 것이었다. 그런데도 그는 의심받았다. 그러고 보면 사물을 바르게 아는 일이 어려운 게 아니고 그 지혜를 어떻게 쓰느냐가 어렵다.'

이 경우는 주원상이 사양했지만 속으로는 싫어하지 않았다. 그리하여 이선장이 발기인이 되어 원장께 황제에 오르라는 상서를 올렸다. 10일 뒤 원장은 새로 지은 궁전으로 옮기고 하늘에 제사를 올리고 나자 황제가 될 뜻을 밝혔다.

"우리 중국의 인군은 송나라 명운(命運)이 다하고 나자 천명을 받은 자가 사막에서 태어났고 중국에 들어와 천하의 주인이 되었다. 그 군신 부자 및 손자들에 이르기까지 백여 년이 지나고 그 명운 또한 끝났다. 천하의 토지나 백성을 군웅이 나누어서 다투고 있을 때, 상제(上帝)는 영현(英賢)을 내려 주셔 짐을 돕게 하였고 군웅을 남김없이 평정시키고 백성을 전야(田野)에서 쉬게 하여 그 땅이 이제는 주위 2만 리의 넓이가 되었다. 숱한 신하가 백성으로 군주 없이는 안된다 하며 짐에게 황제의 존호(尊號)를 쓰라고 천거해 마지않는다. 짐은 더 사양할 수가 없어 이를 천지신명께 고해야만 하리라."

원장은 다시 구체적인 지시를 했다.

"명년 정월 초나흗날 종산(鍾山) 남쪽에 제단을 모으고 천지신명께 분명히 아뢰어 상제의 뜻을 알기로 하겠노라. 만일 짐이 백성의 주인 될 자라고 여기신다면 제사를 올리는 날 신께서 왕림하셔서 날씨가 밝도록 해주소서. 만일 짐이 불가하다 생각하시면 그날 강풍이 부는 악천후가 되어 짐에게 알려 주옵소서."

이것은 상제께 허락을 청하는 형식이다. 그는 전 황조의 수립과 전복은 천명이고 자기가 황제가 되는 일 또한 천명이라 생각하고 있었다.

그리고 길일을 택하는 데도 신중한 고려가 있었다. 유기는 당시의 유명한 천문학자였고 당시의 과학 수준으로 며칠 정도의 기상 예측은 충분히 가능한 것이었다.

원나라는 서역의 과학이나 기술을 적극 받아들였다. 특히 전쟁에 도움되는 것은 많은 발달을 보았다.

좀체로 함락되지 않는 양양성의 공격에 몽고군은 회회포(回回砲)를 사용했다. 이 회회포의 발명자는 회교도였다.

화약은 중국에서 발명된 것이고 그것을 옹기그릇에 장전하여 적진에 투척하는 무기는 진천뢰(震天雷)니 만인적(萬人敵)이니 하여 남송시대에 이미 있었다. 그것을 보다 멀리 날려보내는 투사기(投射器)는 페르샤(이란)나 아라비아 등지에서 고안되고 있었는데 회회포는 그런 투사기의 일종이었다.

그리스나 인도의 학문을 계승한 사라센의 과학이 세계의 최고봉이었던 시대가 있었다. 사라센(아랍) 문화의 전성기엔 유럽인들이 '빛은 동방에서 온다'고 말했다. 그리하여 사라센 문명이 가장 먼저 전해진 이베리아 반도가 유럽에서도 문화의 선진지역이었다.

사라센 문화로선 의학과 천문학 등이 특히 발달되었다. 쿠빌라이 시대 자말우딘(札馬剌丁)이라는 천문학자가 대도에 와서 천체 관측기기를 만들었고 만년력(萬年曆)이라는 월력을 만들었다. 같은 무렵 아이세(愛薛)라는 유태인이 원조에 초빙되기도 했다.

이런 천문 지식이 중국인에게도 자극을 주었다. 하북 형대(邢臺) 사람 곽수경(郭守敬)은 천문학 연구에 힘을 기울였다. 그는 처음에 수리 토목기술자로 쿠빌라이에 의해 서북지방에 파견되었고 수로건설에 종사했으며, 도수소감(都水少監)이라는 벼슬을 하였다. 이윽고 역법 개정이 있게 되어 그는 그 책임자가 되었다.

원나라 초기엔 요나 금에서 사용된 대명력(大明曆)이 그대로 사용되고 있었으나 그 오차는 너무나도 컸다.

곽수경은 정교한 관측기기 제작부터 시작하여 대도에 천문대를 쌓았다. 그리하여 만들어진 것이 수시력(授時曆)인데 매우 정확한 것으로 고려에도 들어와 조선조 초기에 사용되었다.

유기의 천문학도 곽수경의 수시력을 깊이 연구한 것이었다.

즉위의 의식이 정해졌다. 이날은 먼저 천지에 제사지내고 남교(南郊)에서 제위에 오른다. 승상 이선장이 문무 백관에 응천부의 노인들과 더불어 주원장에게 배례하면 이어 궁녀들의 춤이 있고 만세삼창을 하여 식은 끝났다. 다음, 황제의 의장대가 선도하는 가운데 원장은 태묘에 이르러 4대조 조상에 이르기까지 황제·황후의 위(位)를 추증했고 사직(社稷 = 토지신과 오곡의 신)을 제사지냈다.

천자의 종교 의식이 순조롭게 끝나자 원장은 비로소 천자의 관과 옷을 입었고 봉천전(奉天殿)에서 문무 백관의 하례를 받았다.

이날 1368년 1월 4일의 날씨는 구름 한 점 없는 좋은 날이었다. 바람도 불지 않아 상제가 정말로 그의 즉위를 승인하는 것 같았다.

황제 주원장은 정사를 보는 정전(正殿)으로 봉천전을 정했고, 조서 첫머리에 '奉天承運'의 네 글자를 쓰도록 하였다. 이것은 그의 모든 행동이 하늘을 받들고 발흥하는 운을 이어받은 것이라 누구도 감히 거스르지 못한다는 선언이었다.

홍무 원년(1368) 정월 초나흗날, 이날을 기해 주원장은 천하를 대명(大明)이라 정하고 연호를 홍무라 하며 도읍을 응천에 둔다고 선언했다.

주원장은 이때 41세. 왕비 마씨를 황후로 올렸고 주표를 태자로 세웠다. 이선장과 서달을 좌우 정승으로 임명한 후 대대적인 논공행상을 했다.

먼저 개국공신은 12명이다.

서달(徐達), 공신 제1호로 위국공(魏國公)에 봉해졌다.

상우춘(常遇春), 정국공(鄭國公)에 봉해졌는데, 전사하자 개평왕(開

平王)에 추증되었다.

이선장(李善長), 한국공(韓國公)

유기(劉基), 그는 모신 제1로 관작을 끝내 사양했으므로 성의벽(誠意伯)이 내려졌고 아들 련(璉)이 습작했다.

이문충(李文忠), 주원장의 생질. 조국공(曹國公)에 봉해졌다.

등유(鄧愈), 위국공(衛國公)

탕화(湯和), 신국공(信國公)

목영(沐英), 금국공(黔國公)

풍승(馮勝), 보국공(保國公)

곽영(郭英), 무정후(武定侯)

부우덕(傅友德), 영국공(潁國公)

요영충(廖永忠), 덕경후(德慶侯)

열후(列侯)는 52명으로 다음과 같은 서열이었다.

주문정(朱文正), 총제대도독(總制大都督)

경병문(耿炳文), 장흥후(長興侯)

비취(費聚), 평량후(平凉侯)

호덕제(胡德濟), 동천후(東川侯)

오양(吳良), 강음후(江陰侯)

주양조(朱亮祖), 영가후(永嘉侯)

장온(張溫), 회령후(會寧侯)

강무재(唐茂才), 기춘후(蘄春侯)

유통원(俞通源), 평량후(平凉侯)

유통연(俞通淵), 최월후(催越侯)

곽자흥(郭子興), 공창후(鞏昌侯)

설현(薛顯), 영성후(永成侯)

화고(華高), 광덕후(廣德侯)

조양애(祖良匡), 의녕후(宜寧侯)

손흥조(孫興祖), 연산후(燕山侯)

당승종(唐勝宗), 연안후(延安侯)

육중형(陸仲亨), 길안후(吉安侯)

주덕흥(周德興), 강하후(江夏侯)

운룡(雲龍), 회안후(淮安侯)

고시(顧時), 제녕후(濟寧侯)

오정(吳禎), 정해후(靖海侯)

진덕(陣德), 임강후(臨江侯)

왕지(王志), 육안후(陸安侯)

정우춘(鄭遇春), 영양후(榮陽侯)

조용(趙庸), 남웅후(南雄侯)

양경(楊璟), 영양후(榮陽侯)

장흥조(張興祖), 동승후(東勝侯)

채천(蔡遷), 안원후(安遠侯)

호미(胡美), 임천후(臨川侯)

한정(韓政), 동평후(東平侯)

매사조(梅思祖), 여남후(汝南侯)

황빈(黃彬), 의춘후(宜春侯)

육취(陸聚), 하남후(河南侯)

오복(吳福), 안육후(安陸侯)

김조흥(金祖興), 선덕후(宣德侯)

구성(仇成), 안경후(安慶侯)

장룡(張龍), 봉상후(鳳翔侯)

왕필(王弼), 정원후(定遠侯)

섭승(葉昇), 정녕후(靖寧侯)

이신(李新), 숭산후(崇山侯)

진환(陣桓), 보안후(普安侯)

장혁(張赫), 항해후(航海侯)

사성(謝成), 영비후(永卑侯)

정용(鄭用), 무안후(武安侯)

주수(朱壽), 촉노후(觸艫侯)

장익(張翼), 작몽후(雀夢侯)

장전(張詮), 영녕후(永寧侯)

손세(孫世), 부춘후(富春侯)

고현(高顯), 여음후(汝陰侯)

진청(陣淸), 합포후(合浦侯)

진문(陣文), 동해후(東海侯)

주무(周武), 웅무후(雄武侯)

이 밖에 전사한 장군들에게도 각각 작위가 추증되었다.

국호는 대명(大明)이라 정해졌는데 이것에도 깊은 뜻이 들어 있다. 본디 역대 왕조의 칭호는 저마다 특수한 의미를 갖는다. 그것은 대체로 네 가지로 분류된다.

첫째 진(秦), 한(漢)처럼 왕조가 일어난 지명(地名)을 딴 것이다.

둘째는 수(隨), 당(唐)처럼 봉해진 작읍(爵邑)을 쓴 것이다.

셋째는 요(遼＝도검 주조에 사용되는 특수강), 금과 같이 그 고장의 산물 이름을 딴 것이 있다.

넷째는 대진(大眞), 대원(大元)처럼 그 글자가 갖는 뜻을 쓴 것이다. 대명은 이 네 번째 분류에 포함된다.

대명이란 국호는 명교(明敎)에서 나왔다. 명교는 앞에서도 잠시 말했지만 민간 신앙으로 믿어지고 있던 명왕(明王) 전설에서 비롯된 것이고 수백 년을 두고 공공연한 비밀로 전해졌다.

한산동이 스스로 명왕이라 일컫고 폭동을 일으켰으며 그가 패전하여 죽은 뒤 산동의 아들 임아는 그 뒤를 이어 소명왕(小明王)이라 자칭했다. 서파 홍건당의 하나인 명승 또한 소명왕이라 일컬었다. 주원장은 처음에 소명왕의 부장이었지만, 소명왕을 죽이고 그 뒤를 이어 일어나 국호를 대명이라 했던 것이다. 이것은 유기의 조언이었던 것 같다.

주원장의 부하는 홍건당과 문인의 두 갈래로 나눠진다. 농민과 지주의 두 계통이다. 건국 후 농민 출신이었던 장수도 모두 새로운 지주가 되었지만, 대명으로 국호를 정함으로써 두 계통은 모두 만족했다.

홍건당 출신 대부분은 회서 출신자로 팽영옥의 교화(敎化)를 받았고 그 밖의 자도 소명왕의 옛 부하이거나 혹은 서수휘를 왕으로 한 천완(天完) 또는 진우량을 왕으로 한 한의 항복한 장수였다. 따라서 그들은 다소간 명교의 영향을 받고 있었던 것이다. 명교의 교리는 '교도는 모두 한가족이라 하나로 단결하고 함께 부귀를 누려야 한다'고 되어 있어 명교에서 비롯된 대명이란 국호에 크게 만족했었다.

또한 지주인 유교집단 역시 대명이란 호칭에 그런대로 만족하였다.

명은 광명이며 이를 분해하면 해와 달이 된다. 고대의 예법에 대명을 세사한다는 말이 있고 아침엔 해를, 저녁엔 달을 받들었다. 천 수백 년을 두고 대명, 즉 해와 달은 조정의 정사(正祀)였다.

또 이 새로운 왕조는 남쪽에서 일어났다. 그 전대의 왕조가 북쪽에서 일어나고 남방을 평정한 것과는 반대였다.

음양 오행설도 남방은 불(火)이고 양(陽)이다. 그 신은 축융(祝融)이며 색깔은 빨강이다. 한편 북방은 물(水)이고 음(陰), 신은 현명(玄冥), 색깔은 검정이었다.

명왕조가 도읍으로 정한 금릉은 남방의 신 축융의 옛땅이었다.

원조는 몽고의 대사막에서 일어나 도읍을 북평(北平)에 두었다. 대명이 불로써 물인 원을 제압하고, 마찬가지로 양으로써 음을 지워 버리고 밝음으로 어둠을 이긴다는 것이 된다.

이런 이유로 홍건당 출신자도 유생도 왕조 명칭을 대명으로 정한 데 만족했다.

북벌의 제2단계는 홍무 원년 2월에 시작되었다. 서달은 산동을 평정하자 병을 하남으로 전진(戰進)시켰다. 두 갈래로 병을 나누어 하나는 귀덕(歸德)과 허주(許州＝허창)를 점령하고 등유의 군과 합류하여 변량(汴梁)의 퇴로를 끊는다. 또 하나는 운성(鄆城)에서 황하를 건너 진교(陣橋) 방면으로 진출한다. 이렇게 함으로써 변량을 집게로 끼어 잡듯이 협공한다는 전략이었다.

서달은 3월 초하룻날 변량 가까이 진출했다. 변량의 수비 장수는 이경창(李景昌)이었다.

이경창은 제장들을 모으고 의논했다.

"이제 대명의 대군이 가까운 곳까지 몰려왔다. 아군의 병력이 적어서 도저히 나가 싸우지는 못하리라. 성문을 굳게 닫고 지키면서 대도에 사자를 보내어 급히 구원을 청할 수밖에 없다."

서달은 변량을 포위하고 공격했지만 20여 일이 지나도록 이를 함락시키지 못했다. 이때 상우춘이 말했다.

"아군이 산동을 공략할 때에는 북소리 한 번에 주현이 바람에 나부끼듯 귀순했는데 지금 변량을 공격한 지 이미 20여 일이 지났건만 아직도 함락시키지 못했소. 부질없이 날짜를 끄는 일이야말로 가장 염려되는 일이오. 만일 하남의 여러 고을과 원제가 구원군을 급히 보내어 이 성을 구한다면 아군은 앞뒤로 적을 맞아 가장 어려운 곤경을 당할 것이오. 게다가 지금 낙양의 유승(俞勝), 상숭(商崇), 호림적(虎林赤), 관보(關保)의 4장은 원조에서도 손꼽는 용장이오. 대장군께서 소장에게 5만을 나누어 주신다면 먼저 낙양을 공략하리다. 그런 뒤 하남의 각 성을 공격한다면 변량은 스스로 지킬 수가 없을 것이오. 변량이 함락된다면 아군은 동서 양경(兩京)의 요해에 의지할 수 있으므로 원조가 대군을 보내오더라도 두려울 것이 하나 없소이다."

서달은 이 계책에 찬성했다. 상우춘에게 5만과 부우덕, 강무재, 양경의 제장을 딸려 주어 낙양 공략을 명령했다.

우춘은 병을 이끌고 낙양 북쪽 낙수(落水) 전면에 진을 치고 적에게 싸움을 걸었다. 낙양의 대장은 다얀테무르이고 부장으로 유승, 상숭, 호림적, 관보와 같은 맹장이 있었다.

성병도 쳐나와 대진하고 호림적이 먼저 달려나오며 외쳤다.

"감히 낙양을 침범하려는 자가 누구냐? 낙양에 호림적이 있음을 모르는가!"

우춘은 대꾸하기도 번거로워 말을 달려나가며 반궁을 쏘았는데 그것이 호림적의 목젖을 맞추어 말에서 떨어뜨렸다. 이 기세를 몰아 강무재, 경병문, 임량(任亮) 등이 공세로 나갔다.

성병은 잠시 버티었지만 대장을 잃고 난 뒤라 사기가 떨어졌고 마침내 성안으로 도망쳤다.

이날 밤 다얀테무르는 패군을 이끌고 몰래 성을 빠져 나와 섬주(陝州)로 달아났다. 우춘이 이튿날 낙양에 입성하자 주민들이 마소를 바쳤고 크게 환영했다.

우춘은 부우덕을 남겨 낙양을 지키게 하고 임량에겐 숭주(崇州)를 지키게 했다.

한편 서달은 변량을 포위하고 맹공을 퍼부었지만 성은 좀처럼 함락되지 않았다. 그럴 무렵 첩자가 왔다.

"이사제와 장양필이 대군을 이끌고 동관을 나왔으며 지금 장모협(張毛峽) 돌산 아래 진을 치고 있습니다."

서달은 제장들을 모으고 말했다.

"아군이 변량을 포위하고 있더라도 별 이익이 없소. 지금 상장군이 낙양을 점령하고 영천(穎川) 등지를 공격중이므로 아군의 병력이 적기는 하지만 즉시 포위를 풀고 곧장 나아가 이사제의 군을 무찔러야 하오."

이리하여 서달은 변량의 포위를 풀고 서쪽으로 달려갔다.

이윽고 섬주성 20 리 전방에서 이사제의 군과 대치했다. 이사제는 몸소 진전에 나와 서달을 꾸짖었다. 그러자 곽영이 달려나가며 말했다.

"대장군은 경솔히 적과 상대하지 마시오. 적장은 소장이 맡겠소."

곽영과 이사제는 장창으로 어우러져 20 여 합이나 싸웠다. 이윽고 이사제는 말을 돌려 달아나기 시작했다. 서달은 풍승을 불러 명령했다.

"풍장군은 이곳에 남아 경솔히 군을 움직이지 마시오. 나는 3 천 병력을 거느리고 곽영과 함께 적을 추격하리다."

"지금 적은 20 만의 대병력으로 골짜기와 산마다 진을 치고 있습니다. 대장군께서 섣불리 3 천 병력을 이끌고 추격한다면 반드시 포위망에 빠져 위급할 것입니다. 아무쪼록 추격을 단념하십시오."

서달은 이 말을 듣지 않고 곽영과 더불어 겨우 3천을 데리고 맹추격했다.

그리하여 3, 40리를 뒤쫓았는데 이윽고 전방에 산이 하나 나타나고 원군은 그 산을 개미떼처럼 기어 올라갔다. 서달도 이를 쫓아 산에 올라갔는데 산허리에 이르렀을 때 정상에서 바위와 거목들이 굴러 떨어졌다. 이 바람에 서달의 군졸은 단번에 2백 남짓이나 깔려 죽었다.

서달은 급히 퇴각하려 했지만 사방의 복병이 동시에 일어나며 북소리와 함성은 골짜기에 울려 정신을 차릴 수 없을 정도였다. 서달이 보았더니 동에는 장양신(張良臣), 서에는 조기(趙琦), 남에는 장덕흠(張德欽), 북에는 설목비(薛穆飛) 등 모두 5만의 적병이 겹겹으로 둘러싸며 공격해 왔다.

서달은 외쳤다.

"싸우지 말고 동쪽으로 달아나라."

가까스로 포위망을 뚫었지만 다시 1천 남짓의 장병을 잃었다. 서달이 본진에 돌아오자 풍승 등이 그를 맞으며 사과했다.

"대장군께서 몹시 위급한 데도 구응하지 못했으니 죄를 용서해 주십시오."

"아니오, 내가 장군들에게 병을 움직이지 말라 엄명한 것이니 너무 걱정 마시오."

그러면서 서달은 싱글벙글하는 것이었다. 제장들은 이를 이상히 여겼다. 풍승이 일동의 궁금증을 대표하여 물었다.

"소장이 앞서 고군(孤軍)으로 추격하면 불리하다고 간했지만 대장군께선 이를 듣지 않으셨습니다. 이제 아니나다를까 적의 계책에 빠지고 아군의 손실 또한 적지 않았사옵니다. 대장군께선 어찌 그러한 결과를 예측 못하셨습니까?"

"적과 싸우는데 있어 군졸은 상하지 않을 수는 없는 노릇이오. 더욱이 1천 정도의 희생을 겁내면서 어찌 20만의 적병을 무찌를 수 있겠소?"

"예? 대장군께선 지금 1천의 병을 희생시키지 않고선 적 대군을 파하지 못한다고 하셨습니다. 그렇다면 무슨 깊은 계책이라도 있습니까?"

"장군, 내가 소병력으로 적을 깊이 추격한 것은 그들의 허실을 엿보기 위해서였소. 이사제와 장양필은 과연 병법을 털끝만치도 모르고 있었소. 나는 유심히 그들의 진지를 살폈는데 그들은 우거진 나무를 의지하며 목책을 둘러치고 좌측에 군량을 쌓아 놓고 있었소. 이것을 불로 공격한다면 승리는 우리의 것이 아니겠소?"

제장이 이 설명을 듣고서 모두 감탄했다. 서달은 즉시 이날 밤 야습을 하기로 하고 곽영과 자기는 5천 병사를 이끌고 선봉이 되며 장흥조와 설현이 1만의 병력으로 그 후대가 되도록 지시했다.

그날 밤 삼경쯤 서달과 곽영은 5천 병력을 이끌고 은밀히 장모협돌산 아래로 접근했다. 말에는 재갈을 물리고 발소리와 숨소리도 죽여가며 산을 올라갔다. 그리고 적진을 살펴보았더니 적은 깊은 잠에 곯아떨어져 세상 모르고 있었다.

서달은 즉시 부하를 시켜 일제히 목책과 수목에 불을 놓았고 함성을 지르게 했다.

원병은 꿈속에서 함성에 놀라 허둥거렸고 미처 갑옷도 입지 못한 채 불에 타죽거나 창칼에 찔려 목숨을 잃었다.

이사제는 소스라치게 놀라 패잔병을 이끌고 호로탄(葫蘆灘)으로 달아나고 부장인 장덕흠, 석목비를 시켜 관을 지키게 했지만 이곳도 서달의 부장 풍종이(馮宗異)의 공격을 받아 무너졌다.

풍종이는 화주(華州)를 점령했고, 다시 나아가 동관을 공격하자 이사제는 이곳마저 지탱하지 못하고 조기, 설목비 등 겨우 수십 기를 이끌고 달아났다.

서달은 이 전투에서 수많은 군량과 무기를 노획했다. 그러나 그는 이에 방심하지 않고 호덕제, 풍승, 당승종, 육종형, 조양신에게 병 5만을 주어 동관을 굳게 지키도록 했다. 이사제와 장양필이 패군을 수습하여 다시 반격해 올 것을 대비한 것이다.

서달은 다시 군을 돌려 변량으로 향했다. 변량의 대장 이경창은 이 사제의 구원을 은근히 기대했으나 이제는 그것도 바랄 수 없게 되었다. 태원에는 쿠쿠테무르가 있었으나 그는 조정에 앙심을 품고 있어 움직이지 않는다. 이경창은 마침내 성을 버리고 황하를 건너 북쪽으로 달아났다.

서달은 변량에 입성했고 승리의 장계를 주원장에게 올렸다. 제2단계 북벌 작전이 끝난 셈이었다. 홍무 원년 4월쯤의 일이다.

122

다스림의 길

주원장은 기분이 유쾌했다. 천하통일이 눈앞에 다가온 것이다. 그는 유기, 이선장과 더불어 고금의 역사를 논하며 즐거운 한때를 보내고 있었다.

"오늘 밤은 몹시 즐겁소. 그러니 두 분의 기탄없는 의견을 듣고 싶소. 먼저 한국공부터 말씀하시구료. 경은 늘 조조를 본받으라고 간했는데 과연 그를 뛰어난 인물로 보시오. 아니면 일대의 간웅(姦雄)으로 보시오?"

조조는 건안 18년(213)에 위공이 되었다. 이리하여 한의 조정 안에 또 하나의 정부를 만든 셈이었다. 헌제의 위공 임명서는 조조의 공로를 추켜 세운 장문의 내용이었다. 위나라 사직단, 종묘가 세워졌고 헌제는 조조의 세 딸을 후궁으로 맞았다. 이해 조조는 장수(漳水)와 백하(白河)를 잇는 운하를 팠고 황하에 연결시켰다.

"조조는 위공이 됨으로써 후세의 지탄을 받았습니다. 하오나 운하 건설 등으로 백성에게 실제적인 이익을 준 것을 간과해선 안됩니다."

한국공 이선장은 입을 열었다.

"헌제는 다음해 조조를 열후 위에 두었습니다. 그런데 사건이 발생하여 조조는 세인으로부터 다시금 비난받게 되었습니다."

복황후가 아버지 복완(伏完)에게 편지를 보내어 조조를 제거하려던 음모가 발각된 것이다. 복황후는 살해되고 그 친정 식구도 처형되었다. 벽장에 숨어 있다가 붙잡혀 끌려나온 복황후는 헌제의 손을 잡고 살려 달라고 애원했지만 황제는 짐도 언제까지 살 수 있을지 모르오

하며 눈물을 흘렸다. 그리고 그자리에 있던 어사대부 치려(郗慮)에게 세상에 이런 일도 있을까 한탄했지만 복황후는 사정없이 끌려나가 죽음을 당한 것이었다.

"조조는 진시황제나 한고조와 마찬가지로 패업을 가로막을 염려가 있는 자는 가차없이 쓰러뜨렸던 것입니다. 그는 이어 또 다시 상식을 깨는 인재 등용령을 공표하고 법을 엄격히 했습니다. 술지령(述志令)이라는 것이지요. 도대체 품행이 방정한 자가 꼭 일을 잘한다 할 수 없고 일을 잘하는 자가 꼭 품행이 방정하다고 하지 못한다. 진평은 덕행의 군자가 아니었고 소진(蘇秦)은 신의를 지키는 인간도 아니었다. 하지만 진평은 전한의 제업을 완성시켰고 소진은 세치 혓바닥으로 강대국 제에게 빼앗겼던 땅을 약소국 연을 위해 찾아 주었다. 이것을 본다면 단점이 있는 인간이라도 마구 버릴 것은 아니다. 관리가 이 점을 명심한다면 들에 유현(遺賢)이 없고 관에 실책도 없게 되리라고 말입니다."

조조는 또 법을 엄격히 시행하기 위해 이조연속(理曹掾屬)이라는 사법기관을 만들었다. 그리고 66세 때 조조는 마침내 위왕이 되었다.

"조조가 위왕이 되자 이를 풍자한 최염(崔淡)은 자결하지 않을 수 없었고, 모개(毛玠)는 조정에서 추방되었습니다. 순욱, 최염, 모개는 조조의 참모로 그의 중요한 정책은 모두 이들의 머리에서 나왔습니다. 그런 그들을 죽이거나 추방함으로써 조조는 간웅이라고 지탄받았습니다. 하지만 진시황제나 한고조는 조조와 똑같은 짓을 하여도 비난받지 않고 있습니다. 조조가 비난받는 이유는 그가 황제가 아니었기 때문입니다."

이선장의 말에 주원장은 고개를 크게 끄덕였다. 같은 행동이라도 그것을 한 사람에 따라 평가가 달라지기 마련이었다.

원장은 잠자코 있는 유기에게 눈길을 보냈다. 그에게도 한마디 듣고 싶었다.

"성의백은 통 말이 없는데 한마디 하시구료!"

유기는 같은 유생이라도 이선장과는 생각이 달랐다. 원장으로서는 자기 의견이 궁금했던 것이 당연했다.

"위와 오의 연합군이 형주의 관우를 죽인 뒤의 일입니다."

하고 유기는 입을 열었다.

조조가 위왕이 되었을 무렵 유비는 사천(촉)을 점령하고 관우는 형주를 지키고 있었다. 형주와 허창은 가까운 거리다. 한실을 대대로 섬긴 김위(金禕) 등은 헌제를 받들고 관우의 도움을 빌어 타도 조조의 반란을 일으켰다. 이리하여 승상 부관 왕필(王必)을 죽였고 그 집 대문에 불을 질렀다.

반란이 진압되자 조조는 한의 백관을 업도에 소환하고 왕필저택의 불을 끈 자는 왼쪽에, 끄지 않은 자는 오른쪽에 서라고 했다. 불을 껐다고 하면 목숨이 산다 생각하고 모두 왼쪽에 섰다. 그러자 조조는 불을 끄지 않았다고 모두 모반을 도운 것은 아니다. 불을 끈 자야말로 진짜 역적이다 하여 전부 죽여 버려 법의 냉혹함을 천하에 과시했다.

유비는 이에 반발하듯 관중에 출격하여 조조군을 무찌르고 익주(益州) 전체를 영유하여 한중왕이 되었다. 손권은 적벽대전 이후 형주의 영유를 주장하였으나 형주가 반환되지 않자 조조와 손을 잡았다. 이리하여 위·오나라가 연합하여 형주의 관우를 협공하고 그를 죽였던 것이다.

"관우가 죽자 손권은 조조에게 편지를 보내어 제위에 오를 것을 권했습니다. 그렇게 하는 것이 천명이라고 말입니다. 이때 조조는 편지를 부하에게 보이며 말했지요. 손권이란 놈, 나를 화로 위에 앉게 할 작정인가! 부하인 하후돈도 강력히 건의했지만 조조는 천명이 나에게 있다면 나는 주문왕이 되리라고 대답했습니다. 말하자면 그는 순리(順理)를 좇아 결코 서두르지 않았던 것입니다."

신하였던 자가 갑자기 황제가 되면 이를 찬탈이라 하고 저항의 불길 또한 강하다. 거름통을 지던 농부가 하루 아침에 대신이 된다면 누가 진심으로 존경할 것인가. 그러나 그 아들이라면 다르다. 조조도 모든 형세가 자기한테 유리하게 기울고 있었지만 생전에는 결코 찬탈을 하지 않았다. 조비가 선양의 양식으로 위왕조를 세워 문제가 되고 아버지 조조를 무제라고 추증했던 것이다.

주원장은 두 사람의 의견에 대해 어느 쪽이 옳다고 말하지 않았다. 그러나 그는 마음속으로 유기에게 기울고 있었다.

조조는 그 일생에 있어 모순에 넘친 인물이었다. 그는 66세로 관우의 목을 보고서 죽었다. 그는 유언을 남겼다.

'천하는 아직 안정되고 있지 않다. 따라서 옛날의 관습을 좇아선 안된다. 장례가 끝나면 모두 상복을 벗어라. 병을 이끌고 주둔하는 자는 장례로 임지를 떠나지 말라. 관리는 저마다 평소대로 집무하라. 유해는 평복으로 관에 넣고 금은 보화를 관 속에 넣어선 안된다.'

이것은 종래의 상식을 깬 유언이었다. 유언은 죽기 전에 쓰는 것으로 유명인에겐 하나의 멋이었다. 따라서 유언에도 일정한 형식이 있었고 죽으면 어디에 묻어 달라든가 어떤 명사 옆에 잠들도록 해 달라고 썼다. 그러나 조조만은 그렇지 않았다. 형식을 무시한 유언이었을 뿐 아니라 남의 의복이나 기녀(전속 여악사) 처리 문제에 이르기까지 꼼꼼히 언급했던 것이다.

원소의 구신이었던 진림(陳琳)이 조조 타도의 격문을 썼는데, 그중에는 조조가 왕릉을 파헤치고 부장된 금은 재보를 도적질하는 발구중랑장(發丘中郞將), 채금도위(採金都尉)까지 두었다고 공격했다. 조조는 자기 무덤이 도굴될까 염려하여 그런 유언을 썼던 것일까?

왕침(王沈)의 「위서」엔 조조의 인물이 설명되고 있다.

'군을 지휘하기를 30여 년, 손에서 책을 놓지 않았고 낮에는 무책(작전)을 논했고 밤엔 경전(유교)을 생각했다. 높은 곳에 올라선 반드시 부(賦)를 짓고 새 시를 지으면 관현으로 연주시켰으며 악장(樂章)이 되지 않은 게 없었다.'

조조는 온갖 책을 읽은 엄청난 독서가였다. 그뿐만이 아니다. 굴원(屈原)의 초사(楚辭)부터 시작하여 전한의 사마상여(司馬相如), 후한의 반고(班固) 등이 대성한 장대한 의문'부'에 대척되는 민간가요 악부(樂府)를 채택하여 삼조칠자(三曹七子＝曹操・曹丕・曹植, 孔融・王粲・劉楨・阮瑀・徐幹・陳琳・應瑒)이라 불리는 건안 문학의 꽃을 피게 한 대문학가였다. 특히 조조는 악부 중의 5언시 형식을 확립하여 후대의 도연명, 두보, 이백 시의 원류가 되었다.

주원장 역시 조조 못지않은 독서가였다. 특히 그는 구어(口語)로 된 문장력이 뛰어났다. 시도 짓고, 감상 능력도 보통은 넘었다. 음운(音韻) 연구를 즐겼고 원나라 말기에 엮어진 「음씨운부(陰氏韻府)」를 항상 가까이 두고 사용했다. 그 음이 장강 하류의 강소, 절강지방의 것이라 낙소봉(落韶鳳)에 명하여 중원의 음운을 참고로 정정시켰다. 그리고 스스로 〈홍무정운〉이라 이름지은 시를 지었다.

백 가지 꽃이 피더라도 난 피지 않고, 내 만일 필 때에는 모두 끓어 엎드리네. 서풍과 한마당의 싸움을 하고자 몸에 두른 것은 바로 황금

갑옷이라네.

(百花發時我不發 我若發時都嚇殺)

(要與西風戰一場 遍身穿就黃金甲)

거친 글이지만 호방한 그의 성격이 잘 나타나 있다.

원장은 또 부도 만들 수 있었다. 부는 장시로 역사와 고사에 능통하지 않고서는 짓지 못한다. 게다가 그는 병려체(騈儷體)의 문장을 지었고 서달이 비로소 위국공이 되었을 때 그를 축하하는 시를 지었다.

(從予起兵於濠上 先存棒日之心)

(來玆安鼎於江南 澄作敬天之桂)

주원장은 또 역사를 즐겨 읽었다. 그가 「한서」를 읽고 한고조를 평한 말이 있다.

'한고조는 발빠른 토끼를 막다른 곳에 몰아넣는 것으로 무신을 비유했고 문신은 그 자취를 찾아내어 지시하는 것으로 비유했다. 이 비유는 적절하긴 하지만 지나치게 치우친 생각이었다. 나는 나라의 기초를 닦고 대업을 이룩하는 것을 큰 집을 짓는 것에 비유하고 싶다. 먼저 나무를 베어 쓰러뜨리고 깎아내는 데 무신을 사용하고, 그것에 조각을 하거나 채색을 하자면 문신을 사용하지 않으면 안된다. 문을 쓰고 무를 쓰지 않는다면, 벽이 아직 깨끗하게 마무리 되지 않은 상태와 비유된다. 그런 곳에 어찌 채색을 할 수 있겠는가. 무를 쓰고 문을 쓰지 않는 것은 단지 횅뎅그렁한 공간이 있을 뿐 거칠게 깎아 놓고 아무런 장식도 하지 않은 것과 같아 아무래도 보기가 흉하다. 어느 쪽에 치우쳐도 옳지 않은 것이다. 즉, 천하를 다스리는 데에는 문무가 모두 겸비되어야 하며, 그렇게 함으로써 불상사를 막을 수 있다.'

주원장은 유학자인 승의(勝毅), 양훈문(楊訓文)을 기거주(起居注)에 임명했다. 글자 그대로 천자의 일상생활을 기록하는 사관이다.

'짐은 옛날의 무도하다 일컬어지는 군왕들, 예를 들어 하나라 걸왕,

상나라 주왕, 진시황제, 수양제 등의 사적을 알고 있다. 왜냐 하면 옛날의 군왕들 행동을 보아 그들이 멸망한 까닭을 알며 스스로의 경계로 삼고 싶어서이다.'

이상 주원장은 유기나 송렴 등 유학의 영향이 보다 큰 것처럼 보인다. 실제로 그는 경서도 즐겨 읽었다. 「춘추좌전」을 읽었고 진남빈(陳南賓)한테는 강범구시(江範九時＝기자가 주무왕에게 말했다는 아홉 가지 통치법)를 배웠다. 또 채씨서전(蔡氏書傳)을 읽었을 때 그곳에서 주장된 상위운행설(象緯運行說)이 주자의 그것과 같지 않음을 발견하고 유학자를 불러 정정시킨 일도 있다.

하지만 원장은 보다 법가에 가까운 통치자였다. 선장이 말했다.

"조조는 법치주의(法治主義)를 내세운 인물입니다. 언젠가 출전하여 행군중 보리밭을 지나게 되었습니다. 조조는 삼군에게 엄한 영을 내렸습니다. 보리를 밟아선 안된다. 위반한 자는 사형에 처한다. 이리하여 기병은 모두 말에서 내려 보리 이삭을 손으로 받치듯이 하며 지나갔습니다. 그때 조조가 탄 말이 갑자기 보리밭을 짓밟았습니다. 조조는 서기에게 명령하여 자기의 죄를 논하게 했습니다."

원장은 이 대목에서 숨을 죽였다. 그리고 선장의 다음 이야기를 듣고서 크게 숨을 내쉬었다.

"서기는 이때 말했습니다. 춘추의 대의(大義)에 귀인은 형벌을 받지 않는다고 되어 있습니다. 하지만 조조는 말했습니다. 법을 정한 본인이 법을 어겼다면 부하를 통솔하지 못한다. 그러나 나는 군의 통솔자다. 자살할 수는 없다. 내 몸에 형벌을 가하겠다 하며 칼을 뽑더니 상투를 잘라 버렸던 것입니다."

이 이야기는 주원장을 안심시켰고 기쁘게 만들었다. 가혹한 독재자로 이보다 편리한 방편(方便)은 없었기 때문이다. 선장은 다시 말했다.

"원술을 공격할 때 군량이 부족한 일이 있었습니다. 조조가 대책을 묻자 보급관은 대답했습니다. 안심하십시오, 작은 쌀되를 사용하면 된다고 말이지요. 이윽고 장병들은 조조가 병을 속이고 보급량을 줄이고 있다는 불만을 했습니다. 그러자 조조는 이렇게 된 이상 네가 죽어야 한다며 보급관의 목을 베어 효수하고, 이자는 작은 쌀되를 사용하여 관미를 훔쳤다고 고시했습니다."

두 가지 이야기를 통해 조조는 부국강병을 위해 농업을 중시했다는 것과 식량 부족은 보급관의 직무이며 따라서 법에 따라 처단했음을 말해 주고 있는 것이다.

나쁘게 보면 조조의 권모술수, 기자기략의 발휘였으나 조조패업의 기초는 이런 데서 비롯되고 있었던 것이다. 즉, 그의 정치 이념은 유교를 존중하면서 법가의 형명술(刑名術)을 병용한 양유음법(陽儒陰法)이었고, 이 양자를 교묘히 응용했던 것이다.

유기는 여기서도 선장과 의견을 달리했다.

"진수(陳壽)는 조조가 신불해(申不害)·상앙의 법술을 운용했고, 한신·백기(白起)의 기책을 겸비했다고 평했지만 실패도 있습니다. 특히 그는 대지주와 농민간의 모순을 해결하지 못했습니다."

"음."

"법가로서 정치의 대도(大道)를 걷기가 힘들기 때문입니다. 삼국시대 제일의 인물 제갈공명도 법가의 사람이었으나 결국 치명적인 결함이 있어 실패하고 말았던 것입니다."

공명은 출사(出仕)하기 전 17세부터 약 10년간 양양에서 청경우독(晴耕雨讀)하며 명문의 친구들과 천하 형세를 토론했고, 언제나 자기를 관중(管仲)과 악의(樂毅)에 비유하고 있었다. 관중은 제 환공을 도와 춘추시대 최초의 패자를 만든 명재상이며 법가의 선구자이다. 그런 관중을 입에 올렸던 만큼 공명도 법가의 책을 읽었다고 믿어진다.

유표 아래서 유비는 비육지탄(髀肉之嘆)에 잠기며 초조해 하고 있었다. 그래서 유비는 사마휘(司馬徽)에게 인물 천거를 부탁했다.

"그때 사마휘는 대답했습니다. 지금과 같은 난세에는 유생이나 속인이 시대에 걸맞는 일을 하지 못한다. 그것을 할 수 있는 것은 준걸(俊傑) 뿐이라고 했습니다."

그 뒤 유비는 삼고초려(三顧草廬)로 공명을 얻었지만, 공명이 법가였다는 증거는 「삼국지」에 나타나고 있다.

유비는 관우의 복수전에서 패하여 백제성(白帝城)에서 죽을 때 아들 유선에게 유언을 남겼다.

"아무쪼록 한서와 예기를 읽고 틈나는 대로 제자백가·육도와 상군서(商君書)를 읽어라. 공명이 필사했지만 보내는 도중 분실한 신자(申子)·한비자·관자, 육도서에 대해선 공명에게 가르침을 받도록 하라고 말입니다."

이 가운데 상군서, 신자, 한비자, 관자는 모두 법가 사상을 말하는 책이다. 관중은 「관자」에서 직무 분담을 명확히 하고 직책의 소재를 언제나 분명히 해 두는 일이야말로 관기의 문란을 방지하는 요점이라 하면서 겸직을 금했고, 이것이 법가의 철칙으로 되어 있다.

"관중은 난일편(難一篇)에서 명군의 방침은 한 사람에게 두 가지 관을 겸직시키지 않고, 한 사람의 관리에겐 두 가지 직무를 겸직시키지 않는다고 했습니다. 또 용인편(用人篇)에서 신하는 재능에 따라 직무를 받는 게 속편하고, 한 몸에 두 관직을 겸하는 책임을 걸머지게 되면 고통이라고 했습니다."

공명은 너무도 세심했고 꼼꼼했다. 주부(主簿) 양옹(楊顒)은 몸소 장부를 살피고 있는 공명에게 전한의 진평이 황제로부터 전곡(錢穀)의 수량을 질문받았을 때, 그런 숫자는 모릅니다, 담당자에게 맡기고 있습니다고 했다는 예를 들어 간했다. 하지만 공명의 이런 성격은 죽기까지 고쳐지지 않았다.

"한비는 형을 시행할 때 가벼운 죄를 무겁게 벌하면 가벼운 죄도 범하지 않고 무거운 죄도 범하지 않게 된다. 이는 형으로써 형을 없애는 거라고 했습니다. 또 정말로 죄를 범하고 그것에 알맞은 형벌을 받는 것이라면 사람은 임금을 원망하거나 하지 않는다고 했습니다. 공명도 그 자신이 몹시 사랑한 마속이 명령을 어기고 패배했을 때 울면서도 마속을 베어 가며, 엄격한 법을 시행한 것으로 널리 알려져 있습니다. 마속이 처형되고 나자 장완(將琬)은 이를 애석하게 여겼습니다. 그때 공명은 뜨거운 눈물을 흘리며 대답했습니다. 옛날 손무가 전쟁에 이긴

것은 법의 적용이 분명했기 때문이 아니냐, 국내의 법이 어지럽다면 어떻게 적을 칠 수 있을 것이냐고 말입니다. 마속 이외에도 마속을 두둔한 향랑(向朗)은 직위 해제되었고, 조운도 기곡(箕谷)에서 패한 책임을 지고 한직으로 좌천되었으며 공명 자신도 후주 유선에게 처벌을 자청하여 우장군으로 강등되었지만 승상의 직무만은 딴 사람으로 바꾸기가 어려워 그대로 했습니다. 공명의 신념은 자기 마음을 저울같이 한다는 데 있습니다. 저울은 공평무사한 것으로 정실에 의해 무거워지거나 가벼워지는 것은 아니지요. 공명은 이렇듯 훌륭한 인물이었으나 다른 사람과 나누어 일하지 못하는 성격으로 인하여 결국 스스로 멸망했던 것입니다."

진수는 공명을 이렇게 평했다.

'제갈양은 충절을 다했고 세상에 도움된 자는 비록 원수라도 반드시 상을 주었다. 법을 어기고 직무를 태만히 한 자는 친족이라도 반드시 처벌했다. 계획한 대로의 실적을 요구했고 거짓된 자는 멀리했다. 그 때문에 나라 안의 모든 자가 제갈양을 겁내는 한편 친애하는 정을 가졌다. 이리하여 형벌이 무거워도 원망하는 자가 없었던 것은 마음씀이 공평하고 상벌이 분명했기 때문이다.'

이것은 유교적 칭찬인 동시에 법가사상, 형명술, 상벌론 따위가 공명의 진지한 성격을 통해 실제 정치에 활용되었음을 말해 주는 것이다.

"공명은 겸직이 너무나 많고 무엇이든 자기가 하지 않으면 안심하지 않는 꼼꼼한 성격이라 건강을 해치고 수명을 단축하는 한 요인이 되었습니다. 공명이 사마중달과 오장원에서 싸울 때 공명의 사자가 중달한테 갔습니다. 그때 중달은 군사문제에 대해선 무엇 하나 질문하지 않고 공명이 어느 정도 잠을 자고 어느 정도 식사를 하며 일이 얼마나 바쁘냐고 물었습니다. 사자는 승상께선 이른 새벽에 일어나 밤늦게 자리에 드시고 볼기 20대 이상의 형벌은 몸소 공술서를 검토하십니다. 식사의 양은 아주 소식입니다라고 대답했지요. 그것을 들은 중달은 사자가 돌아간 뒤 제갈양은 곧 죽는다고 기뻐했던 것입니다."

공명은 54세로 오장원에서 죽었다. 사마중달은 공명이 병석에 쓰러졌을 때 동생에게 편지를 썼다.

'제갈양은 뜻은 크지만 기회를 모르고 지모는 뛰어났지만 결단력이 모자랐다. 병을 움직이기 좋아하지만 권모는 없다. 비록 10만 병력을 이끌고 있더라도 이미 내 계략에 빠졌다. 이것을 파하기란 쉽다.'

한비도 팔경편(八經篇)에서 지적했다.

'하나의 힘은 다수의 힘을 당하지 못하고 한 사람의 지혜가 만물에 미치지는 못한다. 군주는 자기 혼자의 지력(智力)을 쓰기보다는 중지를 모으는 게 좋다. 하등의 군주는 되도록 자기의 능력을 사용하고 중등의 군주는 되도록 남의 체력을 사용하고 상등의 군주는 되도록 남의 지혜를 사용한다.'

"공명은 처음으로 촉에 들어왔을 때 한 고조의 법 삼장을 본받아 형벌을 늦추어 인망을 얻도록 하는 게 어떠냐고 권고받았습니다. 그러나 공명은 이를 반대하고 법가의 엄벌주의로 나갔습니다. 또 유비가 죽은 뒤 족제(族弟) 제갈탄(諸葛誕)을 포함한 위나라 요인들이 공명에게 편지를 보내어 항복을 권하자 정의(正義)라는 글을 썼고 애당초 정치에 필요한 것은 덕이라고 하여 이를 단호히 거절했습니다. 조조나 조비를 왕망이나 항우로 비유하고 한조를 계승하는 정통은 촉한이라고 주장했던 것입니다. 이리하여 북정에 나섰지만 식량보급이 순조롭지 않아 세 차례나 실패했습니다. 공명은 그 원인이 이엄(李嚴) 등의 비협력에 있음을 알자 후주에게 상주해 그를 평민으로 강등시키고 유배했습니다. 하지만 결과는 촉의 인재가 부족되어, 이 둔전을 일으켜 지구전을 꾀한 제나라의 북정도 실패했던 것입니다."

공명이 죽고 그 후계자가 된 승상 장완, 비위(費褘), 중신 동충(董充) 등도 차례로 세상을 떠나자, 환관 황호(黃皓)의 세력이 고개를 들어 촉은 공명이 죽은 지 29년 만에 멸망된다.

"어느 나라고 집안 단속에 실패하면 멸망하기 마련입니다. 한비는 지력(智力)이 외교를 타개하지 못하고 정치가 국내에서 난맥을 이루면, 이미 나라의 명령을 구하지 못한다고 했습니다. 요는 국내를 다스려 외국을 억누르는 일, 이것 외에는 방법이 없지요."

유기의 말이 끝났을 때 주원장은 크게 고개를 끄덕이고 있었다. 그가 과연 마음속으로 어떤 구상을 했는지…… 그것은 차차 나타났다.

순제의 지정 28년(1368)은 대명 홍무 원년이다. 이해 들어 천변지이(天變地異)가 잇따랐다.

3월, 살별이 서북방에 나타났고 또한 별똥이 동북간에서 비오듯이 떨어졌으며 그 소리가 대도의 하늘을 울렸다.

6월에는 다시 서구(徐溝)에 지진이 있었고 벼락이 떨어져 대도의 대성수만안사(大聖壽萬安寺)가 불타 버리는 불상사가 발생했다. 또 임주(臨州) 방면에도 지진이 발생하여 닷새나 땅이 흔들렸다.

7월에는 붉은 기운이 하늘에 가득 차 마치 불빛처럼 대도의 집들과 사람들을 비추었다. 그런가 하면 같은 대도에서 검은 안개가 땅에서 솟아올라 백보 이내의 사람도 보이지 않는 이변이 생겼다.

미신이 많은 당시의 사람들은 불안과 공포에 떨었다. 조정에선 앞서 해임한 쿠쿠테무르를 다시 복직시켜 적을 막아야 한다는 논의가 있었지만, 이미 때는 늦었다.

이해는 윤달이 들어 7월이 두 번 있었다. 윤 7월, 쿠쿠테무르는 원한에 사무친 맥고와 관보의 군과 싸웠고, 승리하여 그들을 죽였다. 적을 눈앞에 두고 원조는 아직도 내전을 하고 있었던 것이다.

주원장은 드디어 윤 7월 제3단계의 북벌을 명했다. 이번의 공격 목표는 대도였다. 서달은 제장과 임청(臨清)에서 모임을 갖고 진격 방략을 의논했다.

이보다 앞서 주원장도 병력 10만을 이끌고 응천을 출발했다. 원장은 이선장에게 명령했다.

"한국공은 이곳을 잘 지키시오. 그리고 등유가 돌아온다면 응천에 머물게 하여 군을 쉬게 하도록 하시오. 짐이 중원을 평정하고 돌아오면 쓸 데가 있으리다."

주원장은 응천을 떠나 이윽고 진주(陳州)에 이르렀다. 이곳엔 오랜

숙적 좌군필이 버티고 있었다.

일찍이 좌군필은 여진을 도와 우저 나루에서 서달과 싸운 일이 있었다. 그때 좌군필은 패주하여 노주(盧州)를 버리고 달아났지만, 서달은 그의 노모와 처자를 잡아 금릉에 보냈었다.

원장은 그 어머니와 처자를 볼모로 하여 항복을 권하는 사자 진화(陳和)를 진주성에 보냈다. 좌군필은 항복을 권유하는 편지를 보자 동생 좌군보(左君輔)와 의논했다.

"형님, 천하 대세는 이미 기울어져 원조의 멸망도 멀지 않습니다. 차라리 항복하니만 못합니다."

하지만 군필은 결단을 내리지 못하고 망설였다. 원장은 이튿날 군필의 노모와 처자를 성에 보내 주었다. 조건 없이 볼모를 돌려보내 줄때, 그 심리적 효과는 크다. 군필 형제는 감격하여 마침내 성문을 열고 항복했던 것이다.

원장은 그들의 죄를 묻지 않았을 뿐 아니라 계속 진주성을 맡도록해주었다.

원장이 진주를 떠나 며칠 뒤 변량에 이르자 서달이 제장을 이끌고 마중나왔다. 변량에 들어가 군마를 쉬게 하고 있는데 서쪽에서 연락 장교가 달려와서 첩보를 알렸다.

"아뢰옵니다. 풍승 장군 등이 동관을 깨고 장덕흠과 석목비의 목을 베었습니다. 그뿐 아니라 다시 진격하여 화음(華陰)의 두 성을 점령했습니다."

"동관이 떨어졌다면 서쪽부터의 위협은 제거되었다. 즉시 황하를 건너 대도를 향해 진격하도록."

주원장은 만전을 기해 풍승에게 많은 상금을 내리는 한편 강무재 등과 동관을 굳게 지키라고 명했다.

때는 홍무 원년(1368) 윤 7 월 초하루. 서달의 대군은 변량을 출발하여 중란(中欒)에서 황하를 건넜다.

병력은 모두 20 만으로 두 갈래의 진격로를 택했다. 제 1 로의 선봉은 설현, 유통원이었는데, 이들은 위주(衛州), 창덕(彰德), 광평(廣平)을 차례로 공격하는 임무를 맡았다.

설현은 위주로 나아갔다. 이곳을 지키는 몽고 장수는 용이(龍二), 그는 명군이 쳐들어오자 싸우지도 않고 달아나 버렸다.

"시작이 좋다."

7월 7일 창덕과 광평을 점령했고 이튿날은 순덕(順德)마저 점령하자 사기는 하늘을 찌를 듯이 높아졌다. 가는 곳마다 항복을 하거나 도망치기 바빴다.

산동부터 진격한 부대 역시 임청을 지나 덕주(德州), 창주(滄州), 장려(長蘆) 등지를 공략하고 고해구(姑海口)란 곳까지 진출했다. 이곳은 이름 그대로 항구라서 교통의 요지였다.

원조의 장군 포엔테무르는 호칭 10만의 대군으로 강과 육지에 진을 치고 해구를 굳게 지키고 있었다.

서달은 이를 알자 급히 배를 모아 수군을 편성하여 고시에게 주었고, 부우덕의 육군과 협력하여 적진을 공격하도록 했다. 고시는 배를 연결시켜 강에 배다리를 놓았고 육박전을 벌여 적장 알부타타르를 찔러 죽였다. 그리고 적병 3백과 말 백 필을 노획하는 전과를 올렸다. 이때 상우춘은 병력 5만을 이끌고 강 좌안을 따라 적진을 공격했다. 또 장흥조도 병력 5만을 이끌고 강 우안으로 진격해 갔다.

적장 포엔테무르는 세 방면으로부터 공격을 받자 해구를 버리고 달아났다.

해구를 점령한 상우춘 등은 제령(濟寧)에 입성했고 대도를 공략할 준비를 서둘렀다.

먼저 주양조가 병선 수백 척을 이끌고 해주로부터 운하를 따라 거슬러 올라갔는데 때마침 갈수위라 배가 더 이상 나갈 수 없었다.

"어떻게 할까? 제녕의 주민을 동원하여 수로를 파내고 배를 지나가게 할 수밖에 없잖은가."

주양조가 말하자 고시는 반대했다.

"폐하께서 주민의 폐가 되는 일은 일체 하지 말라고 엄히 명하셨다. 아무리 승리를 위한 방법이라곤 하지만 주민을 동원했다가는 엄한 질책을 받게 된다."

그래서 크게 낭패하고 있었지만, 그날 밤 이경쯤 억수 같은 비가 쏟아졌다. 물은 불어났고 병선은 얕은 곳을 무사히 통과할 수 있었다.

"천우신조다, 역시 천명은 우리에게 있다."

서달은 곽영을 시켜 통주(通州)를 공격했다.

통주는 대도의 입구나 같다. 순제는 적병의 진공이 너무도 신속하여 당황했다. 좌승상 주열문(朱烈門)을 시켜 태묘의 역대 황제 신주를 받들게 하고 황태자와 함께 상도로 보냈다.

한편 통주 성문 밖에 이른 곽영을 맞아 아로태가 병력 1만을 끌고 쳐나왔다. 아로태는 곽영과 20여 합을 싸웠는데 곽영이 거짓 패하여 달아났다. 성병은 승세를 몰아 추격했다. 그러나 10리쯤 추격했을 때 복병이 나타나서 원군을 앞뒤에서 협공했다. 아로태는 1천 남짓의 병력을 잃고 가까스로 도망쳤다.

그러나 해구에서 패하고 이곳에 와 있던 포엔테무르는 끝까지 성을 지키며 저항했다. 그러나 한번 기울어진 대세는 한 무장의 용전(勇戰)으로도 돌이킬 수 없었다. 성이 함락되고 포엔테무르는 무장답게 목이 잘렸다.

통주가 함락되자 순제는 마침내 대도를 버리기로 결심했다. 평장정사 압사이드보카 대악서령(大樂署令) 조홍의(趙弘毅) 등이 울면서 간했지만 순제의 결심은 흔들리지 않았다. 즉시 회왕(淮王) 테무르보카를 감국(監國)에 임명하고 킹통을 중서좌승상에 임명하여 대도 수비의 임무를 맡겼다. 그리하여 윤 7월 28일 삼경에 후비를 데리고 북쪽으로 달아났다.

압사이드보카는 울면서 외쳤다.

"폐하, 이곳은 세조 쿠빌라이 이래의 도읍으로 죽음으로써 지켜야만 하옵니다. 아무쪼록 대도에 머물러 계시며 결사적으로 적을 막는다면 적군이 감히 성안에 침입하지 못할 것이옵니다."

그러나 순제는 귀를 기울이지 않고 건덕문(建德門)을 나가 북을 향해 달렸다. 이튿날 서달은 통주를 떠나 대도의 재인문(濟仁門)에 이르렀다.

테무르보카와·킹통은 3만의 병력으로 대도를 지키고 있었다. 성병은 적병을 보자 함성을 질러 가며 기병으로 쳐나왔다. 서달은 이를 맞아 격퇴했고, 곽영·운룡·조용·부우덕 등을 시켜 숨돌릴 사이 없이 성벽을 화포로 맹렬히 공격했다. 또 운제를 성벽에 걸어 새까맣게 기어올랐다. 밤낮 일주일간의 격전이 계속되었다.

이어 상우춘이 달려와 순승문(順承門)으로 성안에 돌입했다.

회왕 테무르보카, 킹통, 장백강(張伯康), 만천(滿川) 등이 사로잡혀 즉시 진참(陳斬)되었다.

이밖에 좌승 정경가(丁敬可), 대도로총관(大都路總管) 곽윤(郭允), 중시제(中侍制), 왕은사(王殷士) 등은 난군 속에서 용감히 싸우다가 목숨을 잃었다.

이때 압사이드보카는 건덕문을 지키며 정병 수백 명을 거느리고 있었는데, 대명군이 성안에 들어왔다는 소식을 듣고도 달아나지 않았다. 그는 싸우다가 생포되어 서달 앞으로 끌려 나왔다.

"장군은 항복하여 우리와 부귀를 함께 누리지 않겠소?"

서달이 달랬으나 그는 고개를 저었다.

"백 년의 사직이 무너졌는데 한 사람이라도 꿋꿋하게 절개를 지키지 않는다면 얼마나 부끄러운 일이겠소. 장군은 어서 패장의 목을 베시오."

서달도 할 수 없이 진문 밖에 끌어내어 목을 베도록 했다.

조홍의는 집에 숨어 있었는데, 압사이드보카가 끝내 절개를 지키며 참수되었다는 소식을 듣자 크게 탄식하며 말했다.

"충신은 두 임금을 섬기지 않는다 했고 열녀는 두 지아비를 보지 않는다고 했다. 오직 죽음으로써 나라의 은혜를 갚을 뿐이다."

하고 아내 해씨(解氏)와 함께 들보에 목을 매고 자결했다. 그 아들 조공(趙恭) 역시 부모의 죽음을 보고 아내에게 비장하게 말했다.

"우리 부자가 녹을 받고도 군은을 보답하지 못했는데, 부모님께서 이미 돌아가셨다. 내 어찌 목숨을 탐내랴. 함께 죽어 은혜에 조금이라도 보답할까 한다."

그러자 아내는 흐느껴 울며 말했다.

"우리보다 더한 조정의 대관들도 달아나거나 항복하고 있는데 서방님께선 왜 죽음을 서두르십니까?"

조공은 아내를 꾸짖었다.

"사람은 저마다 진정에 의해 충성을 하는 법이다. 벼슬의 높고 낮음이 충성하는 데 무슨 차별이 있느냐?"

조공은 마침내 예복으로 갈아입고 북쪽을 향해 재배하고는 역시 목을 매어 자결했다.

서달은 삼군을 이끌고 입성하자 장병에게 약탈을 엄금했다. 특히 궁궐의 문마다 보초병을 세우고 순제의 후궁과 금은 재물에 일체 손을 대지 않고 주원장이 오기를 기다렸다. 대도의 시민들은 이것을 보자 가슴을 쓸어 내리며 모두 기뻐했다.

날 개

대도가 함락된 것은 홍무 원년(1368) 8월 2일이었다. 주원장은 대도를 북평부(北平府)라고 이름을 바꾸었다.

미리 말한다면 토간테무르는 상도도 안전치 못하다 생각하여 다시 북쪽인 응창(應昌)으로 갔고 그곳에서 죽었다. 홍무 3년(1370) 5월의 일로 이때 쉰한 살이었다.

토간테무르는 이제껏 순제라고 써 왔지만, 이것은 그가 죽은 뒤 명나라에서 추증한 시호이다. 주원장은 토간테무르를 칭찬했다.

'그는 천명에 순종함을 알았다.'

그리하여 순제(順帝)라는 시호를 내렸던 것이다. 그 이유는 대도에서 약간의 전투가 있었다고는 하나 거의 무저항으로 성을 내주었기 때문이다.

대도가 함락되었을 때 후궁의 여자들은 물론이고 금은 보화도 고스란히 남아 있었다.

주원장은 북평에 이르자 제장을 위무(慰撫)했고 봉인된 후궁에 들어가 몇몇 궁녀를 자기 후궁으로 삼고 나머지는 공신들에게 나누어 줬다. 이것은 유방이 함양(咸陽)을 점령했을 때 아방궁의 여자들을 처리한 전례대로 한 것이다.

원장은 곧이어 북벌의 제4단계 작전을 명령했다. 대도가 함락되었지만 명실상부한 천하통일은 아직도 이루어지지 않았다. 이 작전은 홍무 원년 8월부터 시작하여 이듬해 8월까지 꼬박 1년이 계속된다. 원군도 저항이 치열했고 대규모의 반격을 여러 번 시도했다.

　즉, 서달은 상우춘과 탕화 등을 부장군으로 하여 하북 각지의 성을
공격했다.
　탁주(涿州), 정흥(定興), 보정(保定), 정주(定州), 역주(易州), 중산
(中山), 하간(河間) 등지는 대군이 이르자 싸우지도 않고 성문을 열고
나와 항복했다.
　서달은 이윽고 진정(眞定)에 이르러 진을 쳤다. 이곳 적장은 앞서
낙양 싸움에서 패주한 유승(俞勝)이었다.
　곽영과 조용이 각각 1만의 병력을 이끌고 북문으로 가서 싸움을 돋
우었다. 유승은 적군을 맞아 곰곰히 생각했다.
　(싸우자니 승산이 없구나. 그렇다고 굳게 지키자니 하남·하북·대
도 주변의 주현이 모두 적에게 항복하여 원군이 올 희망도 없다. 차라

리 산서 태원부로 물러가 쿠쿠테무르 장군 휘하에 들어가서 힘을 합쳐 뒷날의 계책을 꾀하도록 하자.)

유승은 마침내 부하 장병을 이끌고 서문으로 나가 달아났다. 그러나 15리쯤 갔을까……, 유승이 가장 두려워하는 적의 맹장 상우춘이 장창을 비껴들고 나타나서 길을 가로막았다.

"나는 네가 이 길로 달아날 것을 알고 대장군 서달의 명령을 받아 이곳에 와서 기다리고 있었다. 유승, 너는 천명을 알고 빨리 말에서 내려 항복하라!"

그러나 유승은 창을 내질러 가며 돌진했다. 상우춘은 가볍게 몸을 비틀어 창끝을 피하면서 창자루로 유승의 투구를 후려갈겨 말에서 떨어뜨렸다. 우춘의 부하가 달려들어 그를 꽁꽁 묶어 버렸다. 유승의 부하는 이 광경을 보자 모두 땅에 꿇어엎드리며 목숨만 살려달라고 빌었다. 그 수가 무려 3만이나 되었다.

우춘은 유승을 서달에게 보내고 항복한 병사중 늙고 병든 자는 모두 고향으로 돌려보냈다. 그리고 나머지는 자기 군에 편입시켜 진격을 계속했다.

서달은 보내진 유승을 참수하고 이튿날 다시 군을 행군하여 산서로 향했다.

순제는 응창부로 옮기자 조서를 내려 쿠쿠테무르에게 적을 치라고 했다. 쿠쿠테무르도 국가의 위기를 맞아 옛날의 원한을 버렸다. 병력을 모으고 대도를 다시 탈환할 것을 노렸다.

서달은 계속 서진하여 거용관(居庸關)을 공격 목표로 삼았다. 그는 호타하(瀘沱河)를 건너 정형(井陘)의 좁은 길을 지났다. 정형은 한신이 '배수진'으로 조(趙)의 대군 20만을 무찌른 옛 싸움터다.

한신은 유방의 명령으로 병력 수만을 거느리고 위(魏)를 평정한 뒤 동진하여 조를 공격하려 했다. 서달의 서진과는 반대코스다. 이때 한신은 태행산(太行山)을 넘어 정형으로 빠지는 길을 택했다. 정형은 오늘날의 하북성 석가장(石家莊) 서쪽에 있다.

산서성에서 태행산을 내려와 하북 평원으로 들어가자면 코스가 8개

있는데, 그중 하나의 출구가 정형구(井陘口)였다. 긴 골짜기를 지나온 병력이 그 입구에서 저지된다면 빠져나갈 길이 없다.

조왕 조헐(趙歇)과 진여(陳餘)는 정형구에 20만 대군을 배치하여 한신을 기다렸다. 진여의 부하 이좌거(李左車)는 작전을 건의했다.

"정보에 의하면 한신은 황하를 건너 위·대(代) 두 나라를 항복시키고 지금 장이(張耳)를 부장으로 하여 공격해 오고 있습니다. 그야말로 승세를 몰아 멀리 달려와 싸우려 하는 것이며 그 예봉(銳鋒)은 당하기가 어렵습니다. 그러나 저는 삼략(三略)에서 말한 '천리나 먼 곳에서 군량을 수송하면 수송의 곤란 까닭에 병사는 굶주림으로 고통받게 된다. 그때그때 임시방편으로 나무를 하여 취사를 할 정도라면 장병은 배불리 먹지 못한다'는 교훈을 듣고 있습니다. 더욱이 정형으로 나오는 길은 비좁아 수레가 두 대 나란히 지나지 못하고 기병도 대오를 짓고 행군할 수 없는 곳입니다. 이런 길이 몇백 리나 계속되어 당연히 치중(輜重)은 훨씬 뒤쪽에 처지고 말겠지요. 아무쪼록 저에게 3만의 병력만 나눠 주십시오. 저는 기습부대를 거느리고 샛길로 적의 후방에 돌아가 본대와 치중대의 연락을 끊겠습니다. 장군은 오직 진지를 고수하고 한신이 오더라도 결코 싸우지 마십시오. 그러면 적은 나아가지도 물러나지도 못하게 됩니다. 그동안 소장이 기습부대를 이끌고 퇴로를 끊은 뒤 적이 함부로 약탈을 할 수 없게 한다면 10일도 지나기 전에 한신과 장이의 목을 장군께 바칠 수가 있을 것입니다. 부디 저의 의견을 받아들이십시오. 아니면 우리들이 그들의 손에 떨어지게 됩니다."

그러나 항상 인의(仁義)를 표방하고 기계(奇計)를 달갑지 않게 여기는 선비 출신 진여는 귀를 기울이려 하지 않았다.

"병법에 '아군 병력이 적의 10배라면 포위하고 2배라면 싸운다'고 했지 않는가. 지금 한신의 군은 수만이라 떠벌이고 있지만 사실은 수천에 지나지 않는다. 더욱이 천리나 먼 곳에서 달려왔기에 지쳐 있을 터이다. 그런 보잘것없는 적에 대해서까지 당당히 싸우려 하지 않고 작은 술책을 부리려 한다면, 앞으로 대적(大敵)을 맞았을 때에는 어떻게 하려는가? 그런 짓을 하면 제후가 우리를 겁장이로 알고 아무것도 아닌 일에도 구실을 붙여 우리 나라를 침공하게 되리라."

한편 한신은 첩자의 보고로 이좌거의 건의가 채택되지 않았음을 알았다. 그는 이를 알자 기뻐했고 군을 이끌고서 골짜기를 따라 하산했다. 그리하여 정형 못미처 30리에서 일단 군을 멈추고 야영했는데, 그날 밤 전령을 보내어 경장(輕裝)의 기병 2천을 소집하고 각각 표지인 붉은 기를 들고 샛길로 나가 산속에서 조군의 움직임을 엿보고 있으라 명령했다.

"조군은 아군이 패주하는 것을 보면 반드시 진지를 비워두고 추격하리라. 그때 너희들은 단숨에 적진으로 돌입하여 조의 기치를 뽑아 버리고 한의 붉은 기를 세우는 것이다."
고 일러 먼저 출발시켰다.

그리고 한신은 부장들에게 지시했다.

"오늘은 적을 격파하고서 배불리 먹도로 하자."

제장들은 누구도 한신의 이 말을 곧이듣지 않았다. 한신은 다시 제장들에게 명령을 내렸다.

"조군은 이미 지형이 유리한 곳에 진지를 구축하고 아군을 전멸시키고자 기다리고 있다. 그리하여 아군의 대장기를 보기 전에는 우리 선봉에 공격하거나 하지 않을 것이다. 왜냐 하면 아군의 주력이 도중에서 되돌아가면 전멸시킬 수 없기 때문이다."

그리고 1만의 군을 먼저 보내어 골짜기를 나가 북저수(北泜水)를 등지고 진을 치게 했다. 조군은 이런 배수진을 보고 모두 웃었다.

이날 날이 밝자 한신은 대장기를 세우고 북을 울려가며 정형의 골짜기를 나왔다. 기다리던 조군은 일제히 쳐나갔다. 양군은 어우러져 싸웠으나 이윽고 한신과 장이는 대장기를 버리고 달아났다. 이것은 미리 예정됐던 퇴각이었고 강을 등지고 진을 친 아군은 추격해 온 조군과 혈전을 벌였다. 조군은 아니나다를까 진지를 비우고 총력을 기울여 가며 한신군에 공격해 왔다.

한신군은 뒤로 물러날 수 없어 필사적으로 싸웠기 때문에 조군도 쉽게 나아가지 못했다.

산속에 숨어 이것을 엿보고 있던 한신의 기습대 2천기는 조군의 진지가 비었다는 것을 확인하자 단숨에 산을 달려 내려왔다. 진지에 돌입하여 조의 기를 뽑아 버리고 한의 기를 세웠다.

조군은 배수진을 친 한신군의 저항이 예상보다 강하자 지쳐 버려 일단 진지로 돌아가려 했다. 그런데 돌아와 보니 진지엔 2천 개의 적기(赤旗)가 나부끼고 있지 않는가. 조병들은 자기네 대장이 한신에게 이미 생포되었다 믿고 앞을 다투어 달아나기 시작했다. 조의 장군들은 도망치는 병사들을 베며 저지하려고 했지만 일단 공포심에 사로잡힌 병사들을 막을 수는 없었다.

이것을 본 한신은 진문을 열고 일제히 쳐나왔고 동시에 조군진지를 점거한 2천의 기병도 쳐나왔다. 이들 앞에 오합지졸이 된 조군은 섬멸되었고 진여는 전사했으며 조왕 헐과 이좌거는 포로가 되었다.

서달은 제장들에게 이런 이야기를 하며 정형구를 지났다. 제장이 물었다.

"한신의 배수진은 병법에 없는 것입니다. 산지는 우측 또는 배후에 두고 수택은 좌측 또는 전방에 두고 진치는 게 정법(正法)입니다. 그런데 한신은 어째서 그런 진을 쳤고 승리할 수 있었을까요?"

"그야 한신의 병법이 틀린 것은 아니었지. 병법에 '이를 사지(死地)에 빠뜨려야 살 수 있고 이를 망지(亡地)에 두어야 비로소 살아남을 수 있다'고 했다. 더욱이 한신은 그때 정병을 거느리고 있었던 것도 아니다. 말하자면 어중이떠중이 긁어모은 군사를 데리고 싸웠다. 그러므로 그들을 사지에 투입하여 각자가 살아남기 위해 필사적으로 싸우게 하지 않았다면, 바꿔 말해 살아남을 수 있는 생지(生地)를 주었다면 군졸이 멋대로 도망쳤으리라. 그렇기 때문에 배수진을 친 것일세."

서달군은 태행산을 넘어 택주(澤州)에 이르렀다. 이곳 대장은 죽정(竹貞)이었다. 죽정은 정병 5만을 이끌고 동문을 나와 서달과 대진했다.

서달은 말을 진지에 몰고 나가 말했다.

"죽장군은 분별력 있는 사람인데 어찌 천명을 모른단 말이오. 원조가 이미 멸망하고 이르는 곳마다 모두 항복하고 있소. 장군이 만일 항복한다면 우리의 폐하께서도 가볍게는 쓰지 않으리다."

그러나 죽정은 대꾸 않고 공세로 나왔다. 양군이 어우러져 두 시각 가까이 싸웠는데 마침내 원병이 무너지며 달아났다. 서달은 이를 추격하여 성문에 이르렀고 패병을 따라 성안에 들어가 점령했다. 죽정은 재빨리 잔병을 이끌고 멀리 도망쳤다.

서달이 택주성을 점령하고 군을 며칠 쉬게 하고 있는데 급보가 있었다.

"쿠쿠테무르가 20만 대군을 이끌고 안문관(雁門關)을 나와 북평부로 향하고 있습니다."

제장들은 모두 얼굴빛이 달라졌다. 북평에는 소수의 병력 밖엔 없다. 서달이 군을 돌려 북평으로 달려가기엔 너무 멀다.

제장들은 모두 서달의 얼굴을 쳐다보았다. 서달은 잠시 말이 없었다. 머리 속에서 필사적으로 계책을 생각하고 있었으리라.

"여러분, 진정하시오. 쿠쿠테무르가 북평을 찌른다면 아군은 적의 본거지 태원을 찌를 뿐이오."

"태원을 말입니까?"

"그렇소. 그것도 요란하게 우리의 작전을 알려가며 진격하는 것이오. 그러면 순제는 허겁지겁 동진중인 쿠쿠테무르에게 회군을 명령할 것이오. 그것을 포착하여 섬멸하는 것이오."

제장들은 감탄과 안도의 한숨을 내쉬었다. 과연 묘책이었다. 아니, 이 경우 그것이 최선의 계책이었다. 쿠쿠테무르가 회군하지 않는다 하더라도 태원을 점령할 수 있어 대등한 위치에서 싸울 수 있는 것이다.

서달은 즉시 택주를 출발하면서 첩자를 대량으로 풀었다.

"태원을 공략한다!"

이런 선전을 함과 동시에 쿠쿠테무르군의 동정을 탐지하기 위해서였다. 순제는 이 모략에 걸려들었다. 급히 사자를 쿠쿠테무르에게 보내어 군을 돌리라고 명령했다.

서달은 먼저 태원에 이르러 성을 포위했다. 성을 지키는 하종철(賀宗哲)은 성문을 굳게 닫고 싸움을 걸어도 응하지 않았다. 포위한 지 10여 일이 지났다. 그동안 쿠쿠테무르는 군을 돌려 달려오고 있었다. 적의 동태는 첩자를 통해 매일처럼 서달에게 알려졌다.

적이 가깝다는 보고에 서달은 곽영과 부우덕에게 병력 1천을 내려 적의 허실을 탐지하라고 명했다.

곽영이 부우덕에게 말했다.

"적정을 살피자면 병을 두 갈래로 나누어 나가는 게 좋겠소."

이리하여 그들은 각각 5백씩 거느리고 길을 갈라서 정찰행동을 계속했다. 부우덕은 동쪽 길로 나아갔는데 적 전초부대의 습격을 받았다. 아마 4, 5천은 될 듯싶은 대병력이었다.

그러나 부우덕은 용감히도 이들과 맞서 싸웠다. 더욱 다행이었던 것은 선두에 선 적장을 화살로 쏘아죽이자 적이 도망쳐 버린 것이다. 우덕은 다시 곽영과 병을 합쳐 본진에 돌아오자 적정을 보고했다.

"쿠쿠테무르의 군은 대군이긴 하나 질서가 없고 오합지졸이었습니다. 저는 5백 병력으로 적의 4, 5천 되는 부대와 맞닥뜨렸는데 선두의 장수 하나를 쏴 죽이자 썰물 빠지듯 달아나고 말았습니다."

서달은 기뻐하고 상우춘 등과 상의했다. 우춘이 말했다.

"적이 비록 오합지졸이라 하지만 우리보다는 병력이 많습니다. 차라리 야습을 하여 적의 본진을 기습한다면 이를 격파할 수 있습니다."

전쟁이란 적을 기만함으로써 아군이 주도권을 잡는 것이고, 유리한 상황을 바탕으로 행동을 취하는 것이며, 병력을 상황에 따라 분산 집중시키고 변화시키는 것이다.

그러나 이것은 원칙론이고 야습은 되도록 않는게 중국인 기질이었다. 그러나 소수 병력으로 적의 대군을 공격하자면 야습이 효과적이었다.

서달도 우춘의 계책을 채택했다. 즉시 곽영과 부우덕에게 병력 3천씩을 주고 은밀히 적진에 이르러 불길을 올리라고 일렀다.

야전에선 신호로 불 아니면 북을 사용하는 것인데, 불길을 올리게

하는 까닭은 적진의 위치와 진퇴(進退)를 지시하기 위해서였다.

서달은 다시 강무재, 주양조, 상우춘, 탕화, 양경, 운룡, 장홍조, 유통원에게 각각 병력 1만씩을 주어 팔방에 매복시켰다. 이들에게는 적진에 불길이 오르는 것을 신호로 일제히 내달아 적을 불로써 공격하라고 지시했다.

그리고 서달은 나머지 병력을 이끌고 적의 퇴로를 막기로 했다.

이리하여 곽영과 부우덕은 적진에 다가가서 불을 지르며 일제히 함성을 올렸다. 그것을 신호로 상우춘 등 8명의 대장이 일제히 일어나 역시 적진에 불을 질러가며 공격했다.

함성은 천지를 진동시켰고 석포소리는 사방에서 터졌으며, 마치 하늘에서 백만 천만의 군마가 느닷없이 내려온 것만 같았다.

잠에 빠져 있던 원병은 놀라 이리저리 뛰며 달아날 구멍부터 찾았다.

이때 쿠쿠테무르는 장막 안에 앉아 양쪽에 시동을 앉히고 병서를 읽고 있었는데, 함성소리에 놀라 바깥으로 뛰어나가 보니 진중은 이미 혼란에 빠져 있었다. 그는 가까스로 탈출했지만 그를 따르는 자가 고작 18기였다고 한다.

쿠쿠테무르가 패주하자 태원의 하종철도 성을 버리고 달아났다. 서달은 태원에 입성하여 제장들과 승리의 축하연을 열었는데 문득 보니 설현과 주양조의 모습이 보이지 않았다.

서달이 그들의 행방을 묻자 누군가 대답했다.

"두 장군은 쿠쿠테무르를 추격하여 멀리 간 줄로 아옵니다."

서달은 그 말을 듣자 몹시 걱정했다.

"벌써 하룻밤 하룻낮이 지났는데 여지껏 돌아오지 않는 것을 보니 필시 전사하고 말았으리라. 참으로 안타까운 일이다."

연회장은 갑자기 침울해졌다. 그런데 바깥이 갑자기 떠들썩하더니 설현과 주양조가 들어왔다. 서달은 기뻐하며 어째서 지금에서야 오느냐고 물었다.

설현이 고개를 조아리며 부끄러운 듯이 대답했다.

"저희들 두 사람은 쿠쿠테무르가 북쪽으로 달아났다는 말을 듣고 급히 5백 명의 부하를 데리고 추격했습니다. 그러나 쿠쿠테무르는 끝내 놓치고 잡병의 목 7백을 베어 갖고 돌아왔습니다."

"그렇다면 조금도 부끄러운 일이 아니오. 5백의 병력으로 적을 7백 죽인다는 것은 예사 사람으로선 힘든 일이오. 자, 술이나 드시오."

서달의 이 말에 침울했던 좌중은 다시 웃음소리가 높아졌다.

이윽고 산서의 노주(潞州), 분주(汾州), 삭주(朔州), 흔주(忻州), 곽주(崞州), 대주(代州), 남주(嵐州), 봉주(縫州) 등이 모두 평정되었다. 홍무 2년(1369) 정월의 일이었다.

서달은 산서가 평정되자 섬서(陝西)지방을 공략하고자 동관에 이르러 풍승과 합류했다.

서달은 제장들과 더불어 작전 회의를 열었다. 제장들은 한결같이 주장했다.

"지금 장양필은 연안(延安)에 있고 이사제는 봉원로(奉元路＝西安)에 있습니다. 먼저 장양필을 치고 그런 뒤 이사제를 치는 게 순서입니다."

그러나 서달은 말했다.

"강적을 먼저 없애는 것이 전략상 유리하오. 장양필보다 이사제가 더 강성하니 이를 꺾는다면 그 다음은 순조롭게 평정될 것이오."

서달의 대군이 봉원로에 이르자 이사제는 패하여 봉상으로 달아났고 다시 임조(臨洮＝감숙성)로 달아났다.

서달은 임조를 포위하고 채천(蔡遷)을 보내어 항복을 권했다.

이사제는 망설이다가 마침내 성문을 열고 나와 항복했다. 서달은 기뻐하고 성안에 들어가 주민을 안심시켰으며, 곽영에게 병력 1만을 주어 장양필을 공격했다.

양필은 이때 경양(慶陽＝감숙성)에 있었다. 곽영의 군이 성밖에 진을 치자 양필은 나가 싸우려 했다. 동생 장양신(張良臣)이 간했다.

"경솔히 병을 움직여선 안됩니다. 지금 이사제도 항복했는데 무엇을 믿고서 끝까지 싸우려 하십니까? 한시바삐 항복하여 목숨만이라도 유지하는 게 상책입니다."

양필은 이 말에 화를 냈다. 양신이 거듭 말했다.

"형님이 끝내 항복하지 않는다면 성은 마침내 적에게 함락되고 말 것입니다. 그러면 그때 가서 무슨 수로 뒷날을 기약할 수 있겠습니까? 지금 만일 성을 바쳐 항복한다면 서달은 기뻐하고 반드시 우리 형제를 후하게 대접할 것입니다. 그러면 나중에 기회를 엿보아서 서달의 목을 베어 북으로 달아나 이를 황제께 바친다면 우리 형제의 충의가 높아질 게 아닙니까. 말하자면 거짓 항복하여 기회를 엿보는 것입니다. 당장 아무런 대책도 없이 싸우다 죽는 것보다 오히려 낫지 않겠습니까?"

양필도 비로소 고개를 끄덕이고 서달에게 항복했다. 서달은 기뻐하고 잔치를 벌여 양필의 형제를 대접하고 경양에는 한 장수를 남겨 지키도록 했다.

다시 서쪽 평량(平凉)을 점령하고 연안성 근처에 이르렀다.

양필은 기회를 엿보고 있다가 갑자기 반란을 일으켜 명군 수천 명을 죽이고 군량을 빼앗아 북으로 달아났다.

서달은 이 보고를 받자 몹시 놀라고 또한 분을 참지 못했다.

"속담에 바다라도 마침내 말라붙으면 바닥을 볼 수 있지만, 사람은 죽어도 그 마음을 모른다고 하더니 이를 두고 한 말이구나. 내 맹세코 간악한 양필의 형제를 죽이고야 말겠다."

즉시 곽영, 부우덕, 풍승에게 병력을 주어 세 갈래로 쫓게 했다.

양필 형제는 명병을 3천 남짓 죽이고 군량 3만 석을 빼앗아 북으로 달아났는데 도중에서 요영충의 부대와 만났다. 양필은 그에게 거짓말로 꾸며댔다.

"나는 장양필로 10여 일 전 경양성을 바친 항장이오. 서원수의 명을 받아 산서·하북 땅의 병량을 거두어 갖고 오는 길입니다. 길을 비켜 주시오."

요영충은 쌀쌀하게 비웃었다.

"내가 바로 최량사(催粮使)인데 그런 공문은 받은 적이 없다. 이는 반드시 거짓일 것이다. 아니면 조회하여 확인할 때까지 이곳을 통과하지 못한다."

양필은 둘러댈 말이 없어 지체하고 있었는데 뒤쪽에서 먼지가 일며 곽영 등이 쫓아왔다. 양필 형제는 양면의 적을 맞아 필사적으로 싸웠지만 부하 태반을 잃고 빼앗은 군량도 버린 채 가까운 경주(涇州)성으로 도망쳐 성문을 굳게 닫았다.

그곳에 부우덕, 풍승, 유통원, 진덕(陳德) 등의 군이 달려와 네 성문을 남김없이 포위했다.

보통, 성 포위는 삼방을 포위하고 도망갈 구멍을 한 곳 남기는 법이었다. 그래야만 장기간 포위하지 않고 아군의 손실도 줄일 수 있었기 때문이다.

그러나 이때는 서달의 엄명으로 겹겹이 에워싸고 개미 새끼 한 마리 빠져 나가지 못하게 했다.

양필 형제는 사자를 영하(寧夏)에 있는 쿠쿠테무르에게 보내 구원을 청하려 했지만 이도 포위군에게 잡혀 연락이 끊겼다. 게다가 경주는 작은 산성(山城)이고 주민도 많아 식량이 10일도 못 가서 바닥이 났다. 사람들은 성안의 가축은 물론이고 군마(軍馬)까지 잡아 먹었으며 나중에는 시체마저 뜯어먹는 판이 되었다.

서달은 성안의 굶주림이 극에 올랐겠다 싶은 때 곽영을 시켜 크게 부르짖도록 하였다.

"성안의 장병은 듣거라! 이번 반역의 두목은 장양필 형제이므로 죄는 그들에게 있다. 나머지 장병은 죄 없는 사람이므로 공연한 굶주림에 울지 마라. 만일 장양필 형제를 생포하고 바치는 자 있다면 천금의 상을 주리라. 또 그들을 죽여 목을 바치는 자 있다면 5백금을 주리라. 또 성문을 열어 아군을 끌어들이는 자 있다면 백금을 주리라. 그러나 악당에게 편들며 끝내 맞선다면 이는 주살(誅殺)을 면치 못하리라!"

이때 성안에 만호지휘사 요휘(姚暉)라는 자가 있었다. 그는 은밀히 두 아들 요평, 요안과 상의하여 양필 형제를 죽이자고 모의했다.

"우리는 본디 중원 사람으로 지금 허리를 굽혀 장양필 형제를 따르고 있다. 만일 여기서 항복하지 않는다면 형산(荊山)에 불이 나 옥과 돌이 함께 타버리는 꼴이나 같이 된다. 그러므로 항복하여 첫째는 내 몸을 건지고 둘째는 무고한 성안 사람을 구해야겠다."

"아버님의 말씀이 옳습니다."

이날 저녁 양필 형제가 서문 순찰을 나왔을 때 요휘 부자는 별안간 그들을 습격하여 죽였다. 그리고 목을 자르고 성문을 열어 항복하자 곽영의 군이 물밀 듯이 성안으로 들어왔다.

곽영은 양필의 가족과 그 무리 수백 명을 죽여 성벽에 효수하고 주민에게 경고했다. 이것으로 섬서 일대는 평정된 셈이었으나 급한 소식이 알려졌다.

"원군이 통주를 공격중이라고 합니다. 북평에서 급히 구원을 청하고 있습니다."

북평에는 대군이 없어 만일 통주가 함락된다면 북평마저 빼앗길 염려가 있었다. 서달은 이때도 전번과 비슷한 방법을 썼다. 이문충과 상우춘에게 병력 10만을 주어 상도를 찌르게 했던 것이다.

이문충과 상우춘은 군을 이끌고 주야로 달려 동관에 이르렀다. 그곳에서 전황을 듣고 작전을 의논했다.

우춘이 말했다.

"지금 적세(敵勢)를 보건대 남을 향해 세 갈래로 내려오고 있소. 먼저 어느 쪽을 쳐야 옳겠소?"

이문충이 대답했다.

"지금 탈렬백(脫烈伯)이 산서를 침범하고 있지만 서달 원수가 지키고 있어 큰 염려는 없습니다. 다만 강문청(江文淸)이 거용관으로 내려오고 있는데 이것이 가장 위험합니다. 만일 통주 방면의 아로태와 협력한다면 하북 일대가 모두 무너지고 말 염려가 있습니다."

"알았소."

하고 상우춘은 즉시 일군을 이끌고 거용관을 향해 달려갔다.

이때 통주를 지키는 명나라 장수는 조양신이었다. 그는 원병이 성밖 10리까지 몰려오자 부장 진형(陳亨)과 장욱(張旭)을 불러 의논했다.

"적은 대군인데 성을 지키는 군사는 겨우 3천이다. 그러나 전투는 병력의 다과로서만 결정되지 않는다. 정신력만 무쇠 같다면 대군도 무찌를 수 있으리라."

그리고 양신은 두 부장에게 계책을 일러주었다.

"너희들은 정병 1천씩을 이끌고 대로 양편에 매복하고 있어라. 나는 정병 1천을 이끌고 나가 적을 맞아 싸울 것이다. 또 주민 가운데 장정 5백 명을 뽑아 이들에게 기를 주어 진 앞뒤에 있도록 하고 민병 한 사람에게 말 두 필씩 끌게 하여 먼지를 일게 하라. 이는 가병(假兵)을 만들어 아군이 소병력임을 감추려는 계략이다."

조양신은 두 부장에게 명한 뒤 몸소 1천 병력을 이끌고 동문 밖 10리 지점에 나가 적과 대진했다.

원의 대장 아로태는 진전에 나오며 외쳤다.

"우리는 원조를 중흥하려 한다. 네가 만일 성을 돌려 주고 순순히 물러난다면 목숨만은 살려 주겠다."

"무슨 얼빠진 수작이냐! 내 칼을 받아 그 건방진 혓바닥을 다시 놀릴 수 있는지 시험해 보아라."

양신이 칼춤을 추며 달려나가자 아로태도 장창을 꼬느며 달려들었다. 양신은 어우러져 싸우기를 불과 몇 번 하다가 말머리를 돌려 달아났다.

아로태는 승세를 몰아 추격했는데 5리쯤 이르자 길 양쪽에 복병이 일어났다. 진형과 장욱의 군사였다.

조양신도 달아나다가 다시 말머리를 돌려 삼방에서 협공하자 원병이 크게 패하여 사방으로 도망쳤다. 병법에 '병은 정(精)에 있지, 많음에 있지 않다. 장수는 계(計)에 있지 용(勇)에 있지 않다'라고 했는데 그 말이 맞았다.

이때 조양신의 성병은 적병 수천을 죽였고 다시 성안에 돌아와 굳게 지켰다. 아로태는 패군을 수습하고 강문청과 협력하여 거용관을 공격했다. 진격로를 바꾼 것이다.

그러나 이때는 이미 상우춘도 거용관에 도착해 있었다. 우춘은 거용관의 수장 손홍조와 함께 성벽에 올라 밖의 적진을 굽어 보았다.

적은 금천(錦川)가에 진을 치고 있었는데 화톳불이 수십 리에 걸쳐 이어진 듯 끝이 없었다.

"대단하군요. 적병도 많지만 적장 강문청은 놀라운 무용을 가졌다고 합니다."

손홍조가 말하자 상우춘은 일소에 붙였다.

"그까짓 무엇이 대단하겠소? 내 내일 싸움에 그들을 사로잡고 말테요."

이튿날 적병이 관 앞에 몰려와 싸움을 걸자 상우춘은 일대의 군마를 이끌고 달려나갔다. 강문청과 아로태가 우춘을 맞아 싸웠다. 그러나 우춘은 단 한 번의 창으로 아로태를 찔러 말 아래 거꾸러뜨렸고, 놀라 달아나는 강문청을 쫓아가 뒷덜미를 잡아 땅에 던져 버렸다. 군사들이 달려들어 강문청을 묶어 버렸다.

정말 눈깜짝할 사이였다. 관 위에서 이를 바라본 손홍조가 또 쳐나왔고 상우춘의 군도 맹공격을 가하자 적병은 지리멸렬했다.

대장을 잃은 원병은 갈팡질팡 제대로 싸우지도 못하고 칼날 아래 놀란 귀신이 되고 말았다. 상우춘은 이날 싸움에서 적의 목을 1만 5백 70개나 베었던 것이다.

우춘운 손홍조에게 계속 거용관을 지키도록 하고 승세를 몰아 북진했다.

대녕(大寧), 흥화(興河), 개정(開定) 등지를 공략하고 장성을 넘어 상도 개평부(開平府) 50 리 전방까지 육박했다.

개평엔 살베드, 평장 정주(鼎住)의 두 장수가 지키고 있었다. 이들은 명군이 다가 오자 2만 병력을 끌고 나와 성밖에 진을 쳤다.

우춘은 병을 세 갈래로 나누어 이들과 싸웠고 원병을 무찔러 정주를 사로 잡았으며 살베드는 달아났다. 이어 개명에 입성했지만 이곳은 홍건적에게 수차 점령되고 순제 또한 응창으로 옮긴 뒤라 폐허만이 남아 있었다.

우춘은 응창을 공격하고자 다시 군을 행군시켜 유하천(柳河川)에 이르러 야영했다. 그런데 갑작스런 병으로 우춘이 쓰러졌다.

기록에는 풍병(風病)으로 나와 있다. 고열이 발생하고 가슴을 움켜쥐며 쓰러졌는데 의식을 회복하지 못하고 죽었다. 일대의 맹장 상우춘은 이때 나이 34세였다.

황후(皇后)

상우춘의 부대는 주장이 죽자 퇴각했고 이문충의 군과 합류했다. 이윽고 홍무 2년 8월 공홍(孔興)과 탈렬백(脫烈伯)이 대동부를 포위하여 성이 몹시 위태로웠다.

이문충은 풍승을 부원수로 삼아 안문관을 나갔고 대동을 구하고자 급히 길을 서둘렀다.

마읍(馬邑) 근처에 이르렀을 때이다. 원병 수천이 길을 막았다. 문충은 이를 격파하고 적장 레템프를 베어 죽였다.

아직도 가을이건만 큰 눈이 내려 행군에 어려움이 있었다. 문충은 군을 야영시키며 복병이 있을까 겁내 몸소 수십 기를 이끌고 정찰을 나갔다. 그리고 주변 지형지물을 살피고 강가로 진을 옮겼다. 그곳이라면 시계가 넓어 기습을 받을 염려가 적었기 때문이다.

문충은 진을 치고 나자 사람을 대동성에 보내어 수장 왕흥조(汪興祖)에게 구원병이 이르렀음을 알렸다. 이어 적진의 탐색을 게을리하지 않았는데 적진의 움직임이 의외로 조용했다.

풍승이 말했다.

"적진이 조용한 것은 무엇인가 작전을 은폐하려는 것입니다. 아마도 오늘 밤 적의 야습이 있을지도 모르니 경계를 엄중히 하십시오."

"나도 그 점을 생각하고 있었소. 적의 야습을 이용하여 반격의 기회를 삼으리다."

곧 풍종이, 부우덕, 강무재 등에게 병력 3만을 주어 북쪽 20리 후방에 매복시켰다. 그리고 문충의 본대는 경계태세로 만반의 준비를 갖

추고 야습을 기다렸다.

이날 밤 삼경쯤 적장 탈렬백은 야습을 해왔다. 문충은 이를 맞아 싸우는 척하다가 예정대로 퇴각했다.

명군이 크게 어지러워지며 달아나자 탈렬백은 의심 않고 추격을 해왔다. 그런데 새벽녘 백양(白楊)동에 이르러 보니 문충의 병은 어디로 갔는지 모습이 보이지 않았다. 다만 흰 눈으로 덮힌 들에 백양나무만이 군데군데 서 있을 뿐이다.

"이상하다. 명병이 땅속에라도 들어갔단 말인가?"

탈렬백이 말을 멈추며 고개를 갸웃했을 때 석포가 울렸다. 이것을 신호로 사방에서 복병이 일어나며 저마다 외쳤다.

"탈렬백을 사로잡아 항복하는 자에겐 천금의 상을 주리라."

교묘한 심리전이었다. 원병은 눈에 보이게 동요되었고 서로 의심하여 싸우지도 못했다. 이윽고 원의 부장 하나가 탈렬백을 뒤에서 창으로 찔러 떨어뜨려 결박하고 항복했다. 문충은 끌려 온 탈렬백의 결박을 몸소 풀어 주며 상석에 앉혔다.

"장군에게 무례한 부하들을 용서하시오."

탈렬백도 감격하여 진심에서 우러나는 항복을 했다. 그의 부하로 투항한 자가 1만이 넘었고 수많은 군량과 마필이 노획되었다.

한편 공홍은 대동을 포위하고 있었는데 탈렬백이 항복했다는 소식을 듣자 크게 놀라며 포위를 풀고 달아나려 했다. 그러나 공홍 역시 부하 장수에게 살해되어 그 목이 문충에게 바쳐졌다.

이런 문충이었으나 응천의 갑작스런 소환을 받았다. 양헌(楊憲)이 고발을 했던 것이다.

"문충은 항장에게 뇌물을 받고 목숨을 살려 주고 있습니다."

원장은 즉시 사람을 보내어 문충을 응천부로 잡아 올리게 했다.

이 무렵 주원장은 남옥(藍玉)이란 젊은이를 몹시 총애했다. 남옥은 고향이 정원으로 죽은 상우춘 부인의 남동생이었다. 아직 20대로 미남이고 눈치도 빨라 원장의 각별한 신임을 얻고 있었던 것이다.

아직 가을이었다. 주원장이 불쑥 말했다.

"어디 색다른 여자는 없을까?"

"성밖이옵니까?"

"음, 상가의 여자든 사대부집 딸이든 상관없지. 농군의 딸이라면 더욱 좋다."

원장은 농부 출신이라 그런지 건강한 육체미의 여인을 좋아했다. 젊었을 적에는 그렇지도 않았지만 사십이 넘으면서 풍만한 여자를 좋아했다.

"없겠느냐? 색다른 여인이……."

"없다고 할 수는 없습니다만…… 폐하."

"무엇이냐?"

"사냥을 나가시는 게 어떻겠습니까? 소신이 안내하겠습니다."

160

"여자 사냥을 말이냐?"

"설마…… 그것을 내놓고 말할 수는 없습니다. 연대(連帶)들로 토끼라도 잡으러 미행(微行)하신다는……."

"알았다."

군신은 서로 웃었다. 그리고 얼마 후 응천부의 서문을 말머리도 나란히 단둘이서 달려 나갔다. 예사 장수처럼 차리고 있었다. 허리에 칼을 차고 어깨엔 전통을 매었으며 손엔 반궁을 들고 있었다. 본디 원장은 사치를 싫어한다. 그렇기 때문에 신하들도 검소한 차림을 좋아했다.

서쪽으로 30리쯤 달려 산밑 마을에 이르자 그곳 촌장인 듯싶은 집에 말을 맡겼다.

"토끼 사냥이옵니까?"

머슴인 듯 사십대 사내가 말을 문안의 커다란 백양나무에 매어 주었다.

"토끼 사냥으로 보이는가?"

"이런 계절이라 설마 멧돼지 사냥은 아니시겠고 토끼나 아니면 꿩이나 산비둘기 아니겠습니까?"

"그저 산을 돌아다닐 정도일세."

구릉 사이 오르락내리락 하는 산길을 이야기하면서 두 사람은 걸었다.

"이런 데 나와서까지 딱딱한 말을 쓰지 말게."

"하오나 폐하께……."

"진사님이라고 해두게. 그것이 짐으로서도 재미있네."

"알았습니다."

낙엽송과 어울려 간간히 섞여 있는 활엽수에는 이미 단풍이 언뜻언뜻 들고 있었다. 북부지방과는 다르지만 그래도 산간에 밭이 군데군데 있다. 산서 지방은 '갈아 하늘에 이르다'라는 말이 있지만 산에 나무가 좀처럼 없고 층계식으로 밭을 일구어 산꼭대기까지 이르고 있는 것이다.

그런 밭에서 일하는 농부 모습이 보였다. 중년여인이 햇볕에 그을린 얼굴로 쭈그리고 앉아 호미질을 하고 있다. 그곳은 외떨어진 밭으로 여자 혼자뿐이었다.

"투박한 저런 여인도 남녀의 규방에선 기쁨의 소리를 지를까요?"

남옥이 화제를 이끌었다. 두 사람은 여자 이야기를 화제삼고 산길을 한가롭게 걷고 있었던 것이다.

"곰 같은 여자라도 사내에겐 얌전히 안겨 기뻐할 테지."

원장은 공작새 같은 미녀가 오히려 냉담하고 남녀의 기쁨도 모른다고 생각했다. 그저 목석이나 인형처럼 안겨 있을 뿐이라고 믿고 있었다.

"황소는 암소에게 뿔을 받아가며 덤벼든다고 합니다. 소신의 집에 이따금 찾아오는 농부가 그런 말을 했습니다."

그러면서 남옥은 자기 집에 있는 계집종 주랑(珠娘)의 모습을 떠올리고 있었다. 주랑은 16세. 영리하고 교태로 뭉쳐 있는 것만 같은 소녀였다.

그런 주랑이 요즘 주인인 자기에게 이상한 몸짓을 보인다. 사내를 유혹하는 몸짓이며 걸음걸이에 남옥의 젊은 피가 끓었다.

(하지만 나는 멀지 않아 아내를 맞아야 한다. 양가의 규수를 데려오기도 전에 집에서 부리는 계집종에게 손을 댔다가…….)

남옥은 그렇게 생각하여 그만큼 예쁘고 총명한 아이는 차라리 폐하의 총애에 어울린다, 시기를 보아 폐하께 바치자, 그러면 폐하도 기뻐하시겠지…… 혼자 작정하고 있었다.

"여보게."

원장이 별안간 생각에 잠긴 남옥의 어깨를 쳤다.

"네!"

잡목림 덤불에서 고개를 내밀고 있는 잿빛 들토끼를 원장의 손이 가리키고 있다. 남옥은 재빨리 화살을 먹인 활을 원장에게 건넸다. 토끼는 아직도 이들을 눈치 채지 못하고 있다. 드문드문 있는 나무 아래 풀숲을 무엇인가 냄새 맡듯 엉거주춤 한다.

원장의 화살은 숲의 공기를 갈랐다.

화살은 빗나갔고 토끼는 달아났다. 이른바 탈토(脫兎)마냥 산등성이를 도약사며 사라졌다.

"자리가 나빴다. 또 서둘렀고……."

"나중에 화살을 찾겠습니다. 폐하의 화살은 볼 줄 아는 자가 본다면 황실의 것으로 알 테니까요."

"음."

두 사람은 잡목림 가장 자리에 이르러 지난해의 마른 잔디에 앉았다.

"산야를 거니는 것도 이런 날씨라……."

원장의 회고 높은 이마에 땀이 반짝이고 있었다. 바로 눈 아래 밭에 검정 일복의 여자가 웅크리고 보리인지 무언지 씨를 뿌리고 있다.

"저것은 아까 보신 그 시골 여자입니다."

남옥이 속삭였다. 보통의 목소리라면 밭에 여자에게 들린다. 부질없이 놀라게 하는 것도 안되겠다는 생각에서였다. 수건으로 머리를 싸고 턱 밑에 매고 있다.

사내가 아래쪽 밭둑을 올라온다. 그 사내가 여자에게 말을 걸었다.

"부지런하군. 보리씨를 뿌리나?"

"어머! 너 언제부터 거기 와 있었지?"

여자는 그러나 별로 놀라는 목소리는 아니다.

"난 아까부터 산기슭에서 네 모습을 보고 있었어."

"홍, 남의 여자를 무엇 때문에 본담. 이렇게 바쁜 철에 일은 하지 않고……."

"그야 네 볼기가 통통해 보여서야."

"바보."

여자는 부지런히 호미질을 해나갔다. 주원장은 문득 옛날의 소년시절이 생각났다. 탕화와 둘이서 이와 비슷한 광경을 엿본 일이 있었다. 그때의 사내는 등짐장수인 탕화의 아버지였다.

남옥은 원장의 귀에 대고 속삭였다.

"저 사내는 말을 맡긴 집의 머슴입니다."

그러고 보니 잠방이에 짧은 바지를 입은 모습이 낯익었다. 사내는 성큼성큼 여자에게 다가왔다. 분명히 무슨 일이 벌어질 것만 같아 원장과 남옥은 가까운 덤불 속으로 몸을 숨겼다. 그곳에선 밭에 웅크린 여자의 정면과 사내의 등이 보였다. 사내가 또 지껄였다.

"난 언제고 네 엉덩이만 보면 미치겠다니까. 게다가 살갗이 희고 매끈매끈해서 사람 죽여."

여자는 의심해서인지 활짝 가랑이를 벌린 앉음새로 호미질을 하며 사내에게 다가왔다.

"이봐, 한번 맛을 보여 줘."

사내는 굵직한 손가락의 손을 여자쪽에 내밀었다. 여자는 잠자코 있다.

"제발 부탁이야."

"그럼 내가 시키는 대로 하겠어?"

여자가 씨익 웃었다.

"뭔데?"

"내 대신 보리를 심어줘. 난 그동안 응달에 가서 좀 쉬고 있을 테니까."

여자는 허리를 펴며 일어섰다.

"좋아!"

사내는 여자의 손에서 호미를 뺏더니 열심히 밭을 파헤쳤다. 여자는 밭둑의 개버들 아래로 가자 벌렁 드러누웠다.

(세상, 참! 옛날이나 지금이나 똑같구나.)

주원장은 새삼 인생을 배운 느낌이다.

(이 여자는 아마도 과부인 모양이다. 어쨌든 저 사내와 이제부터 남녀의 성관계를 갖게 되겠지. 나이는 30세…… 어쩌면 40세…….)

사는 세계가 전혀 다른 원장으로선 시골 여자의 연령이 짐작되지 않았다. 그러나 체격이나 살집, 얼굴의 혈색 등으로 보아 왕성한 여체가 상상되었다. 그리하여 어쩌면 연하(年下)인 듯싶은 머슴을 좋아하는지는 알 수 없으나 적어도 싫어하는 것 같지는 않다.

여자가 별안간 훗훗 하며 혼자 웃었다.

"덥겠지? 땀을 흘리고 있어."

사내를 놀린다. 가을 햇살이라도 따가운 햇볕을 받아 얼굴이 벌개져 있고 땀과 개기름이 번들거리고 있다.

"더워 죽을 지경이야. 게다가 마음도 급하고."

"무엇이 급해?"

"몰라서 묻는 거냐!"

사내가 시무룩하면 할수록 여자는 깔깔 웃었다. 촌부(村婦)라도 사내를 애태우게 하는 기술은 아는 모양이었다.

여자는 웃고 나더니 사내를 가엾게 여긴 듯싶다. 그렇지만 아직 말투에는 심술이 남아 있다.

"그렇게도 힘들면 멋대로 쉬려무나."

"정말?"

"네 마음대로 쉬라는 뜻이야."

하지만 사내는 그 말이 귀에 들어오지 않았다. 호미를 팽개치자 밭둑을 뛰어올라 갔다.

여자는 경계하듯 몸을 일으켰다. 사내가 멈칫했다. 여자는 다리를 세우고 있었는데 그것을 약간 벌렸다. 그 정경이 억새풀 사이로 보이는 게 매우 선정적이다.

사내의 태도가 비굴해졌다. 눈길 보낼 곳을 찾지 못하는 듯이 여자의 가랑이 안쪽을 들여다본다.

"훗훗, 내가 그렇게도 좋아?"

세운 무릎 안쪽 여자의 허벅다리가 가을 햇살을 받아 흰 사기그릇처럼 광택을 나타내고 있었다.

"정말이야. 한 번만이라도 좋으니……."

하고 사내는 여자 어깨에 조심스럽게 팔을 가져갔다. 여자는 대답하지 않고 다시 벌렁 쓰러졌다. 사내가 그녀에게 맹수처럼 덤벼들었다.

주원장과 남옥은 덤불에서 살며시 빠져나왔다.

주원장은 그날 밤 마황후의 침소에 있었다. 그리고 풍만한 황후의 젖가슴에 얼굴을 파묻고 있었다.

"폐하께선 후궁한테 가시지 않고 어째서 저 같은 할머니를 찾으셨습니까?"

마황후의 이 말은 질투가 아니었다. 진정으로 그렇게 바라고 있는 것 같았다.

"황후가 다른 여자와는 다르기 때문이오."

"어머나, 다르다니요?"

"황후는 짐에게 어머니 같은 사람이야. 이렇게 황후의 가슴에 얼굴을 묻고 있으면 마음이 편해져."

마황후는 잠자코 있었다. 남편 주원장은 몹시 냉혹하고 무서운 사람이었으나 때로는 어린아이 같은 응석을 마황후에게 부리는 것이었다.

"황후는 무루(無蔞)의 콩죽이란 말을 들어본 일이 있소? 황후는 짐에게 호타(滹沱)의 보리밥 같은 은혜를 베풀어 주었소. 그러니 짐에게는 세상에 둘도 없는 어머님 같은 분이오."

무루의 콩죽이니 호타의 보리밥이니 하는 말은 후한의 광무제(光武帝)와 관계되는 고사에서 나온 말이다.

광무제가 무루에서 굶주림과 추위로 고생할 때 콩죽을 먹었다는 고사, 또 풍전영(馮田英)이라는 인물이 광무제에게 보리밥을 주었다는 고사이다.

따라서 역경에 있을 때 은혜를 베푼 것을 말한다.

"부끄럽습니다. 그런 말씀을 하시면……."

"무엇이 부끄럽소. 나는 젊은 신하들에게도 옛날 내가 당신 양아버지 곽자홍에게 감금되었을 때 당신이 이 젖가슴에 뜨거운 만두를 숨겨다 준 은혜를 말해 주고 있소. 그것은 짐이 죽을 때까지 잊지 못할 것이오."

그러면서 원장은 아내 젖가슴에 남아 있는 화상 흉터를 어루만졌다.

주원장은 사내로 남다른 호색가였다. 따라서 젊은 후궁도 많다. 이번 대도 점령시에는 몽고인, 고려인을 포함한 후궁을 몇 십 명 데려오기도 했다.

하지만 그들은 어디까지나 성욕의 대상이었지 사랑과 존경의 대상은 아니었다. 마황후를 어머니 같다고 표현한 것이 과장은 아닌 것이다.

"폐하, 한 가지 청이 있습니다."

"무엇이오?"

"이문충은 폐하의 하나 밖에 없는 생질이 아니옵니까?"

"음."

원장은 입맛이 쓴지 별안간 말이 없었다.

(황후의 자비가 또 시작되었군.)

그렇게 생각하고 있었다.

몇 년 전에도 이와 비슷한 사건이 있었다. 주문정은 원장의 형님 아들로 정말 가까운 핏줄이다.

그런 문정이 죄를 지어 원장의 격노를 샀다. 격노하면 일체의 것이 눈에 보이지 않는 원장의 성격이었다. 불덩어리 같은 성미다.

주원장은 문정에게 동조한 부하 장수 50명을 잡아다가 모조리 족근 (足筋＝아킬레스 건)을 끊어 버려 앉은뱅이를 만들었다. 원장은 이어 문정도 처형하려 했으나 마황후가 극력 말렸다.

"문정은 폐하의 하나 밖에 없는 조카가 아닙니까? 또 문정은 저주에서 장강을 건너왔을 때 얼마나 잘 싸웠습니까? 홍도를 끝끝내 사수하여 파양호의 대승을 가져오기도 했지 않습니까?"

흥분했던 감정도 시간이 흐르면 누그러지기 마련이다. 원장은 마침내 황후의 탄원으로 문정을 용서했다.

마황후는 말했다.

"저는 이런 말을 책에서 읽었습니다. 옛날 제나라에 ·이사(犬射)라는 대신이 있었습니다. 왕의 연회에 초대되어 몹시 술이 취했으므로, 술을 깨려고 회랑의 기둥에 기대어 밤바람을 쐬고 있었습니다. 그러자 형벌로 족근이 잘린 문지기가 기어와서 술을 졸랐습니다. 대신님, 먹다 남기신 방울이라도 베풀어 주십시오라고. 이사는 꾸짖었지요. 썩 물러가라. 죄수 출신으로 분수도 모르고 귀인에게 술을 조르다니, 꽤

씸하다! 문지기는 허둥지둥 기어 내뺐다가 이사가 그곳을 떠나자 다시 나타나 그곳 물받이에 물을 뿌려두고 오줌을 눈 것처럼 해두었습니다. 이튿날 왕이 문을 나서다가 그 물자국을 보았습니다. 왕은 화를 버럭 내며 소리쳤지요. 누구냐, 여기서 오줌을 눈 자가! 문지기는 대답했습니다. 모르겠습니다. 다만 어제 대신 이사님께서 이곳에 서 계셨습니다. 그 말을 듣자 왕은 이사를 당장 주살했다고 합니다."

"으음."

주원장은 신음소리를 내었다. 마황후의 이야기는 웃사람, 이를테면 왕이 부하의 말에 얼마나 잘 속느냐 하는 경고였기 때문이다. 부하를 섣불리 다루면 이런 위험한 일을 당하기 쉽다. 문지기의 짓은 원한을 품고 있는 인간이라면 누구든 저지르기 쉬운 일로 거기까지 생각 못한 왕을 나무라고 있는 것이었다.

"또 이런 이야기도 있지요. 초왕의 총애를 받는 후궁으로 정수(鄭袖)라는 여자가 있었습니다. 초왕이 새로운 미녀를 후궁에 두었습니다. 그러자 정수는 그 여자에게 가르쳐 주었습니다. 임금님은 손으로 입을 가리는 것을 아주 좋아해요. 그러니까 임금님이 부르시면 그 앞에 나가서 반드시 입을 가려요. 미녀는 임금에게 불려 나가자 정수가 가르쳐 준 대로 옷소매를 들어 입을 가렸습니다. 왕은 이상하게 여기고 옆에 있던 정수에게 까닭을 물었습니다. 정수는 이때다 싶어 중상을 했지요. 저 여자는 처음부터 임금님의 몸냄새를 싫다고 했지요. 그렇기 때문에 옷소매로 입과 코를 가리는 것이에요. 왕은 이 말에 격노하여 시자(侍者)로 하여금 미녀의 코를 도려내게 했습니다."

주원장은 다시금 신음했다. 마황후는 양헌의 참언을 덮어놓고 믿어선 안된다고 충고하는 것이었다.

"알았소. 즉시 사람을 보내어 이문충은 현지에서 그대로 작전을 지휘하도록 하겠소. 그리고 이 문제는 좀더 세밀히 조사한 뒤 신중히 처리하리다."

원말의 대란을 맞아 각종 유언비어가 떠돌고 있었다.

"명왕이 곧 세상에 오신다."

"나는 미륵불의 환생이다."

이것들은 홍건당이 퍼뜨린 유언비어였다. 원장도 홍건당의 일원이었던 만큼 이런 유언비어가 백성들에게 얼마나 효과적인지 잘 알고 있었다. 그리고 그는 명교의 교도로 미륵불을 신앙하고 명교와 미륵교의 비밀 포교를 통해 원조를 뒤엎는 기회를 포착하고 성공했던 것이다.

그러나 이제는 상황이 달라졌다. 주씨의 세상이 된 것이다. 주씨 왕조의 기초를 단단히 다지고 그 왕조를 영구히 유지할 필요가 있었다.

그래서 그는 황제가 된 그 해 조서를 내려 모든 사교(邪敎), 특히 백련교·대명교·미륵교를 엄금했다. 그리하여 그 금지를 법으로써 공표했다. 대명예율(大明禮律) 사무요술(師巫妖術)의 금지라는 법이 그것이었다.

'무릇 사무라 속이고서 사신을 내리게 하고 부적, 정화수를 밀며 스스로 단공(端公)·태보(太保=단공과 태보는 남자 무당)·사파(師婆=여자 무당)라고 일컫는 자, 부질없이 미륵불·백련사·명존교·백운종 등 모임을 갖고서 황당무계한 술법을 행하거나 또는 이들과 비밀리에 관계를 가진 자, 무리를 모아 향을 사르고 밤에 모였다가 새벽에 흩어지며 거짓으로 착한 일을 한다면서 백성을 선동하는 자가 있으면 그 두목된 자를 교수(絞首)한다.'

요컨대 반란의 온상이 될 염려가 있는 민간 종교 집회를 모두 금한 것이다. 또 송·원 시대를 통해 명주(明州)라고 불린 고을도 '명'자가 들어가 있다 하여 닝뽀(寧波)라고 고쳐졌다.

그러나 종교는 탄압한다고 없어지는 게 아니다. 지하로 잠입하여 포교활동이 계속되었다. 특히 명교는 두목뿐 아니라 교도에 이르기까지 사형에 처하는 엄형으로 다스렸지만 뿌리를 뽑지 못했다.

미륵교 등을 탄압하는 대신 주원장은 황제가 된 뒤에도 불교를 신앙하려 했다. 각지에서 명승을 불러다가 응천의 장산(蔣山)에서 대법회를 열고 군신과 함께 예배에 참가했다.

승려 중에서 덕이 높은 사람에겐 금관의 가사를 하사했고 궁중에 불러 법화를 듣기도 했다.

이 가운데 오인(吳印), 화극근(華克勤) 등은 환속하여 조정의 대관이 되었다. 다만 황각사의 법소만은 여러 번 불렀으나 오지 않았다.

원장은 승려를 누구보다 신임하고 있었다. 그는 남옥에게 곧잘 말했다.

"스님은 속계와 인연을 끊었기 때문에 욕심이 없지. 그리고 그들에겐 일가 친척이란 것이 없네. 믿을 수 있는 사람들이야."

그리고 원장은 이들 승려를 밀정(密偵)으로 이용했다. 주원장은 승려들을 위해 승녹사(僧錄司)를 두었고 선세(善世), 천교(闡敎), 강경(講經), 각의(覺義)라는 관직을 두었다. 그 품계와 녹은 높았다.

불교와 마찬가지로 도교도 보호했다. 도교 노사들도 승려와 마찬가지로 관직을 정하여 신분에 따라 임명했다.

도사로 주원장의 손발이 되어 활약한 자는 주전(周顚)과 철관사(鐵冠士)였다. 주전에 대해선 원장 자신이 전기를 쓸 만큼 신임했다. 거기에 의하면 주전이 신선술의 대가로 갖가지 기적을 행했다.

주전이 독 속에 들어가고 뚜껑을 덮었다. 주위에 장작을 쌓아 올리고 불을 질렀는데 그는 태연했다. 또는 그는 한번 배가 터지도록 먹으면 한 달 동안 아무것도 먹지 않고 견뎠다는 것이다.

철관사는 장중으로 앞에서도 나왔다. 주원장은 승려나 도사를 이용하여 자기를 신격화(神格化)하는 데 이용했다. 이것은 주원장뿐 아니라 역대의 군왕이 모두 하고 있는 일이라 이상할 것도 없다.

조조는 「손자병법」에 주를 달았는데 주원장은 「도덕경」에 주를 붙였다. 어주 도덕경(御注道德經) 2권이 그것이다.

그는 도덕경에 주를 단 이유에 대해 이렇게 썼다.

'즉위한 이래 짐은 역대 철왕(哲王) 도〔眞理〕를 모두 알려고 했다. 밤낮으로 마음이 편치 못하고 하늘의 큰 거울에 비쳐질 것을 걱정하며 물었던 것이다. 그러나 여러 사람에게 물었지만 그들은 고작 자기 주장에 불과했고 어느 누구도 선현(先賢)의 경지에 도달한 자가 없었다. 어느 날 책을 뒤적거리다가 짐은 문득 「도덕경」 한 권을 손에 잡았다.

그 안에 '백성이 죽음을 겁내지 않는다. 무엇으로 죽음을 겁내게 할 수 있을까'라는 구절이 있었다. 당시는 천하를 얻은 지 얼마 되지 않아 백성의 저항이 완강했었다. 관리들은 부정을 저질러 아침에 10명의 목을 잘라도 저녁엔 백 명이 같은 죄를 범했다. 이는 경전의 말 그대로였다. 그래서 극형을 중지하고 잡아 노역을 시키도록 했던 것이다.'

명나라 초기 죄인을 회수, 사수(泗水) 일대의 둔전 개척에 동원했던 것도 이 「도덕경」과 관계가 있었다.

응천의 동문 밖에서 작은 도관(道觀)이 있었다. 입구엔 붉은 기둥이 양쪽에서 지붕을 받들고 있는 문이 있었는데 현판이 걸려 있었다.

'葷酒不入山門'

파·마늘 같은 정력을 돋우는 것과 술을 산문 안에 들여오는 것을 금한다는 뜻이다.

도관 내부 채전에서 낭자가 무를 뽑고 있었다. 별안간 윙하고 소리가 들렸다. 범종(梵鍾)에 무엇인가 맞은 모양이었다. 개구장이 아이들이 돌팔매질을 했을까. 낭자는 뽑아든 무를 한 손에 든채 종루(鍾樓) 아래로 가 보았다.

"어머."

낭자는 눈이 동그래졌다. 눈이 반짝반짝 할 만큼 광채를 내뿜는 눈동자다.

흰 깃털이 달린 화살이 하나 종루의 붉은 나무 기둥에 꽂혀 있는 게 아닌가.

화살이 종을 맞추고 미끄러져 기둥에 꽂힌 것일까?

'누군가 뒷동산에서 사냥을 하다가 빗나간 화살일 거야. 그러나 깃털도 훌륭하고 살대도 검정 옻칠을 했다. 상당한 신분의 장수님이 이 근처 산에서 꿩이라도 쏘고 계실까.'

하지만 화살이 저런 곳에 꽂혀 있다면 보기 흉하다. 뽑아 간직했다가 주인에게 돌려 주자고 낭자는 생각했다.

낭자는 돌층계를 올라 기둥의 화살을 올려보고 흰 팔을 뻗쳤으나 키가 모자랐다. 둘러보았더니 종루 한구석에 나지막한 의자가 하나 있었다. 여름에 누군지 가지고 왔다가 그대로 버려둔 것 같았다.

비를 맞아 검게 썩어서 올라서기에는 위태로웠으나 당장은 그것 밖에 없었다.

낭자는 그것을 들어 기둥 아래 놓고 올라섰다. 그리고 오른 손을 높이 뻗쳤다. 짧은 웃도리의 겨드랑 밑이 들려 검은 털이 엿보였다.

화살은 의외로 단단히 박혀 가까스로 손이 단 낭자의 힘으로선 대여섯 번 흔들고서야 겨우 뽑혔다.

훌륭한 화살이라 생각되었지만 뽑아 보니 예사 화살은 아니었다. 무늬는 은이었고, 살대 허리에 정교한 조각까지 되어 있었다.

"이머나! 이는 귀인의 화살이야, 원주님께 갔다 드려야겠다."

짐승을 맞추었다면 화살은 사수에게 회수된다. 그러나 빗나가면 임자가 찾는다. 낭자도 그만한 상식은 알아 소중히 가슴에 안고 원주의 방을 찾아갔다.

"숙모님! 소녀(素女)예요, 들어가도 좋아요?"

소녀는 문밖에서 꾀꼬리 같은 목소리로 외쳤다. 원주는 안에서 무엇인지 달그락거리다가 이윽고 들어오라고 한다.

도관은 도교(道敎)의 사원이다. 이를 궁관(宮觀)이라 부르기도 한다.

도관은 옥황상제(玉皇上帝)를 최고신으로 받드는 중국 고유의 종교지만 불교 요소도 많이 혼합되어 있다.

따라서 도사는 수도를 위해 아내를 거느릴 수 없었고 여도사만의 도장(道場)인 도관도 있었다.

소심(素心)이란 여도사가 이 작은 도관의 원주였다. 30세를 넘기고 있는데 복스런 얼굴에 살갖이 유난히 희었다. 처녀 때는 소녀보다도 더 아름다웠으리라 여겨지는 매력의 소유자였다.

"숙모님, 창문을 열까요?"

바깥은 너무도 청명한 가을 날씨, 햇살도 따사롭기만 한데 창문을 닫고 숙모님은 무엇을 하고 계셨을까?

실내엔 훈훈한 온기(溫氣)에 희미한 여체의 냄새마저 섞여 있었다.

팔을 뻗쳐 남창(南窓)을 여는 소녀의 한 손에 살대가 들려진 것을
보고 소심은 물었다.

"웬 화살이냐?"

"네, 이것이 종루의 기둥에 꽂혀 있었습니다."

소심의 아름다운 눈살이 희미하게 찌푸려졌다.

"그렇다면 우리 도관에 화살을 쏘는 사람이 있었다는 것이냐."

사람들의 도교에 대한 신앙은 매우 깊었다. 도교도 파가 있었는데
천사도(天師道)·상청파(上清派)·여산파(閭山派)·삼내파(三內派)·신
소파(神霄派)·전진교(全眞教) 등이 있다.

전진교가 도교 가운데 제일 많고 계율도 엄했다. 전진교에선 승려와
마찬가지로 출가(出家)하여 도를 닦게 된다. 그런 만큼 온갖 속된 인
연을 끊고 더러움이 가득 찬 이승에서 모든 욕망을 물리쳐야 한다. 물
론 개중에는 타락된 도사나 여도사도 많았다.

그것이야 어쨌든 도관을 향해 화살을 쏘았다면 신벌을 받아 마땅한
노릇이다.

소녀는 소심 앞의 의자에 얌전히 앉았다. 무릎 위 화살을 만지작거
리며 대답했다.

"하지만 숙모님, 쏜 게 아닌 듯싶어요. 어쩌다가 빗나가 날아온 모
양이죠."

소녀의 목소리는 명랑했고 구김살이 없었다. 하기야 이 또래의 낭자
는 잘 웃는 법이지만.

"그럴 테지."

소심은 당연하다는 듯이 이마의 주름살을 폈지만 말투는 아직도 엄
격했다.

"그러나 이 근처엔 인가도 있는데 위험한 일이다."

"어차피 화살을 찾으러 올 테니 숙모님께서 야단을 치시면 되잖아
요?"

"글쎄, 찾으러 올까?"

"이 화살은 예사 것이 아닙니다. 오늬는 은으로 만들고 살대엔 장식

도 있어 높은 신분의 분이 사용하는 거여요. 보세요."

"난 만지기도 싫다. 어떤 신분의 사람이든 옥황상제를 모신 곳에 활을 쏘다니……!"

그때 하녀인지 계집아이가 하나 들어와 알렸다.

"원주님, 젊고 훌륭하신 무관 두 분이 산문에 오셔서 경내에 떨어진 화살을 찾겠다고 합니다."

"그것 보세요. 제가 응대하겠어요."

소녀는 얼마간의 설레임마저 느껴가며 밖으로 나갔다. 한 사람은 주원장이고 또 한 사람은 남옥이었다. 이들은 이날도 사냥을 나왔다가 활을 잘못 쏜 것이었다.

소녀는 그들을 보자 왜 그런지 얼굴이 붉어졌다. 입 안이 바싹바싹 말라 말도 나오지 않는다. 묘령의 처녀들은 으레 젊은이에게 까닭 모를 수치심을 느끼기 마련이었다.

잠자코 화살을 내밀자 남옥이 받으며 말했다.

"이것, 고맙소."

차림은 결코 호화롭지 않았지만 태도와 용모에 기품이 있었다. 원장은 잠자코 처녀를 보고 있다. 소녀는 그제야 말이 나왔다.

"종루 기둥에 화살이 꽂혀 있었습니다. 당신들의 것이 틀림없나요?"

"그렇소. 고맙소이다."

소녀는 되도록 연장자쪽에 시선을 보내지 않으려고 눈을 내리깔며 말했다.

주원장은 수염을 기르고 있었지만 인상이 좋은 편은 아니었다. 황제가 된 후 많은 화공을 데려다가 초상화를 그리게 했는데 완성된 그림이 자기와 닮으면 닮을수록 원장은 불만이 대단했다.

나중에 어떤 영리한 화공이 얼굴 윤곽은 닮게 하되 표정을 원만하고 매우 자비롭게 그렸더니 겨우 기뻐했으며, 복제품을 많이 제작하여 여러 왕에게 배포했다. 이 두 종류의 전혀 다른 초상화는 오늘날까지 전해진다.

소녀가 주원장의 용모에 남다른 외경(畏敬)을 느꼈다 해도 무리는 아니었다. 그러나 소녀는 젊고 잘생긴 남옥을 보자 눈앞이 아슴푸레해져 그런 것은 관심이 없었다.

"저 잠시 이곳에 기다려 주실 수 없겠습니까?"

"무슨?"

남옥은 원장을 힐끗 쳐다보며 고개를 갸웃했다.

"원주님께 잠시 말씀드리고……."

"암, 그래야지."

원장이 끄덕이는 것을 곁눈으로 보며 소녀는 원주의 방으로 돌아갔다.

소녀는 소심의 양딸로 도관 앞에 버려진 것을 선대 원주가 양육했던 것이다. 숙모님이라 불렀지만 진실한 숙모와 조카딸 사이는 아니었다.

"숙모님, 역시 유실(流矢)을 찾으러 왔습니다."

"그래 어떤 사람이냐?"

"두 분으로 훌륭한 무관이었습니다. 제가 보기엔 숙질간(叔姪間)처럼 보였습니다."

소녀는 그들이 황제와 신하인 군신(君臣)간임을 꿈에도 상상하지 못했다.

"그렇게 훌륭한 무관이라면 활을 함부로 쏘지 말라고 따져야 겠다. 내가 만나 보겠으니 객당으로 안내해라."

소녀는 종종걸음으로 다시 밖에 나가 전했다.

"원주이신 소심님께서 인사를 드린다고 합니다. 잠시 객당에 오르도록 하십시오."

"마침 목도 컬컬하던 참, 차라도 한잔 들도록 하자."

원장은 남옥을 돌아보며 눈짓을 했다. 그들은 객당에 안내되었다. 객당의 열어 젖힌 문밖으로 후원의 경치가 눈길을 포근하게 만들었다.

소녀는 차를 가져왔다. 몹시 들떠 있는 것 같다. 원장과 남옥은 다시 의미심장한 눈짓을 교환했다.

"폐가 많소이다. 여기 계신 분은 제 숙부님으로 대궐에서 아장(牙將)으로 계십니다. 나는 군교(軍校)로 남옥이라 하지요. 그런데 이곳은?"

"네, 전진교의 도관입니다."

"그렇소. 하지만 낭자는 속인(俗人) 모습인데……."

"저는 원주님의 조카딸로…… 태어나서 쭉 이곳에 있고…… 갈 곳도 없는 몸이라 더부살이처럼……."

소녀는 말끝을 흐렸다. 설명하자면 복잡했기 때문이다. 그러나 쓸쓸한 기색은 조금도 없었다.

"그럼 생모는?"

하고 비로소 남옥의 숙부가 된 원장은 물었다.

"저를 낳고 바로 세상을 떴다 합니다."

이것은 사실은 아니었지만 그렇게 대답하는 것이 속편한 일이었다. 원장이 남옥에게 눈짓을 했다.

이윽고 남옥은 품안에서 묵직해 보이는 종이에 싼 것을 꺼내어 탁자에 올려놓더니 소녀쪽으로 밀어 주었다. 종이 위에 '향값'이라고 쓰여 있었다.

"당돌한 청이오나 시각도 오시가 지나고 도시락 준비도 되어 있지 않아 시장한 터입니다. 잿밥이라도 좀 주셨으면 합니다."

"어머, 저……."

소녀는 뜻밖의 청에 당황했다. 원장은 화살을 찾아 준 사례금으로 금일봉을 내놓았을 뿐 아니라 다른 속셈도 있었던 것인데, 소녀는 거기까진 알아차리지 못했다.

"잠깐만 기다려 주셔요. 원주님께 여쭙고 오겠어요."

색(色)

"숙모님, 이상하게 되었습니다."

소녀는 약간 호들갑스럽게 '향값' 뭉치를 탁자에 올려놓았다. 쨍그런 소리가 났다. 은화로 1정(錠)이나 되었다.

"과연！"

소심도 두 손으로 가슴을 누르며 눈을 크게 떴다. 소녀처럼 눈빛에 광채가 어린 아름다운 눈이었다.

근처에 인가가 있는 동산에서 함부로 화살을 쏘는 철없는 짓을 따끔하게 혼내 주고, 비록 신분이 높더라도 그런 무분별한 짓은 용서할 수 없다고 별렀는데 백은 50량이라는 거금을 눈앞에 두고선 뜻밖이라는 놀라움이 앞섰고 또 공연히 가슴마저 설레었던 것이다.

이 도관은 수도 많지 않아 결코 부유하지가 않았다. 옛날에는 여도사도 10여 명이 있었으나 지금은 서너 명에 지나지 않는다. 도관에 딸린 전답도 없고 어쩌다 찾아오는 신자의 시주로 도관의 살림을 꾸려 나가고 있는 터였다.

"왜 그러세요？"

소녀는 소심의 마음을 꿰뚫어보듯 물었다. 서른이 지나도록 엄격한 수도 생활만 해온 탓인지 이따금 폭발적인 신경질을 부릴 때가 있다. 더욱이 남자란 구경도 못하는 도관에 사내가 찾아왔다 하니 들떠 있는 것이다. 하기야 자기도 그 때문에 들떠 있었지만……

"어쩌면 좋지？"

"무얼 말입니까？"

소녀는 알면서도 되물었다. 그러면서 '그래도 그 사람들을 야단칠 수 있겠어요'하고 싶었지만 참았다.

"식사를 청했는데 거절할 수 없진 않니?"

도사는 승려와는 달리 머리를 깎지 않는다. 물론 여자도 마찬가지다.

그러나 이들에겐 엄한 계율이 있다. 일상생활이나 행동을 규제하는 규율이 있고 그것을 어기면 벌을 받는다고 믿고 있었다. 그런 벌칙을 청규(清規)라고 한다.

전진교에선 이 청규가 매우 엄했다. 소심은 어렸을 때부터 수도하면서 이 청규를 몸에 배도록 지켜 왔다. 가령 식당에서 식사할 때 젓가락을 떨어뜨리던지 국물을 훌훌 소리내어 마시던지 하면 궤향(跪香)의

벌이 내렸다.

궤향은 불붙인 선향(線香)을 받들고 그것이 다 타도록 신전에 꿇어 앉아 있는 벌이다. 선향이라곤 하지만 하나의 길이가 어른의 두 뼘은 되고 굵기도 엿가락만한 것이라 결코 쉬운 벌은 아니다.

청규 중에서 궤향은 그래도 가벼운 벌이었고, 가장 무거운 벌에는 환속(還俗)이라는 게 있었다. 도관에서 쫓겨나는 벌이다.

벌의 종류는 6가지, 세밀한 규정이 36가지나 되었다.

전진교 이외의 다른 파에는 이런 엄격한 계율이 없었다.

고기나 생선, 마늘이나 파 같은 것도 먹지 못한다. 술과 색욕도 엄금이다. 그런 만큼 여자만의 도관에 남자를 들인 것부터가 잘못이었다. 만일 선대의 원주가 살아 있었다면 소심도 도관에서 쫓겨났을는지 모른다.

그러나 눈앞에 백은 50량이 있다. 그것을 돌려주고 싶지는 않았다.

조금 사이를 두었다가 소심은 물었다.

"이만한 시주를 하는 무인이라면 신분도 높을 것이다. 대체 어떠한 풍채의 분들이냐?"

"글쎄요…… 저로선 훌륭하다고밖에…….

"나이는?"

"숙질간이라 하셨는데 마흔이 넘은 분과 스무 살쯤 되는 분입니다."

"그래……?"

소심은 잠시 생각하더니 결단을 내렸다.

"어쨌든 시주까지 받았으니 잿밥을 대접해야 겠다. 너는 소경(素鏡)을 이리 불러라."

소경은 이 도관의 객니(客尼)였다. 손님이란 뜻이 아니고 도관에서 수업하면서 소심의 조수 노릇을 하는 도사였다. 나이는 소심보다도 열 살이나 위고 정진요리(精進料理)에 솜씨가 있었다.

소녀가 나가자 소심은 돈을 문갑 속에 얼른 숨기고 엽전 20푼쯤 꺼 냈다. 그리고 소경이 오자 엽전 꾸러미를 건네주며 말했다.

"이것으로 손님에게 대접할 정진요리를 빨리 준비해요."

"남자에게 말입니까? 게다가 그들은 속인인데…….”

"이 사원과는 연고가 있는 분이에요. 어서 시키는 대로 준비나 해요.”

소심은 소경을 몰아내듯 내보내자 소녀에게 다시 말했다.

"너는 객전에 가서 잠시 말벗이나 되어 줘라. 나도 곧 나간다면서.”

"네.”

소녀는 빙긋 웃으며 서둘러 객전으로 갔다. 그녀로서는 객전에 나가 손님 접대하는 게 마냥 즐거웠던 것이다.

한편 주원장과 남옥은 역시 여자 이야기로 시간을 보내고 있었다.

"폐하, 어떻습니까? 아니, 진사님. 마치 한 떨기의 들꽃처럼 아름답지 않습니까?”

"이 사람, 숙부님이라고 하게.”

하고 원장은 웃었다.

그러나 원장은 이상한 충동에 사로잡혀 있었다. 소녀 같은 미녀라면 후궁에 수백 명이나 있다. 그리하여 너나 할 것 없이 이슬을 머금고 나비를 기다린다. 그런데 처음 보는 소녀에게 욕망을 느끼고 있으니 이상한 노릇이다.

역시 색다른 환경이 만들어 주는 분위기 탓일까? 아니면 신분을 감추고 꽃을 꺾는 데서 오는 쾌감일까?

"들꽃이라고 무턱대고 꺾을 수는 없지 않느냐.”

원장은 자기 신분을 밝히지 않고 들꽃을 꺾고 싶었다. 그것은 자연스럽게 꺾겠다는 뜻인데 뜻대로 될까 싶은 호기심도 있었다.

"네가 말한 들꽃은 숫처녀일까?”

"글쎄요, 그것까지는…….”

남옥은 그렇게 얼버무렸지만 소녀가 자기에게 보인 태도를 생각하고 있었다. 어째서 여자들은 모두 나에게 관심을 보일까? 집에 있는 계집종 주랑도 지금의 그 소녀처럼 물에 젖은 듯한 눈빛을 곧잘 보였던 것이다.

주원장은 그런 것도 모르고 혼자 중얼거리고 있다.

"쉽게 꺾일까……."

"글쎄요, 무척이나 야무져 보였습니다만……."

남옥은 건성 대답하면서 지혜를 쥐어짜고 있었다. 남옥 역시 원장의 성격을 잘 안다. 소녀가 자기 아닌 남옥에 관심을 두고 있는 것을 눈치채면, 지금의 잔잔한 미소가 언제 어떻게 뇌성벽력 같은 격노로 변할지 모를 일이다.

그는 황제의 마음을 딴 데로 돌리려고 입을 열었다.

"며칠 전 산에서 우연히 보았던 시골 여자의……."

"음, 그때는 정말 놀랐다."

진묘(珍妙)한 그 정경과 농사꾼 남녀의 대화. 그것은 사나운 암말이 사내를 정복하는 광경이었다. 그리고 한낮의 햇볕 아래 전개된 여자의 흰 허벅지가 인상에 강렬하게 남았다.

"여자들 중에는 쉽게 사내한테 안기지 않는 여자도 있나 보더군."

"네, 저도 놀랐습니다. 무릇 여자란 사내가 요구할 때 자못 부끄러운 듯이, 그러나 기꺼이 행동하는 줄로만 알고 있었는데 그날의 그 암소에는 정말 놀랐습니다."

남옥은 말을 신중히 선택하며 맞장구를 쳤다. 황제쯤 되면 말 한마디, 아니 턱짓 하나로 여자가 순종하게 되어 있다. 그렇지만 세상에 그렇지 않은 여인도 있다는 것을 은근히 암시하는 남옥의 말이었다.

아직 젊은 남옥의 여성관과 주원장의 여성관은 달랐다. 주원장의 여성 경험은 남옥보다 훨씬 많았다. 그러나 그것은 대개가 절대 군주로서의 위치에서 경험한 포옹이었다. 난숙한 사랑의 꽃에 압도되었던 것은 아니다.

요컨대 여자로부터 진정으로 사모되고 열애(熱愛)되어 활활 불붙는 부드러운 여체와 폭풍처럼 부딪쳐 본 경험은 없었던 것이다.

굳이 있다고 한다면 마황후가 있다. 그러나 그녀도 현숙한 부인으로 그를 포근하게 해주었지 생명의 샘물이 서로 마를 만큼 치열한 여자는 아니었다.

그런데 남옥의 경우는 다르다. 자기 자신이 좋다 싶은 미인이구나 하고 마음이 움직여질 무렵에는 상대편 역시 그에게 이끌려 농익어 터질 듯이 되었다. 그것이 모든 경우라고 해도 지나친 말은 아니었다.

며칠 전 한데에서 벌어진 남녀의 관계가 다시 원장의 머리 속에 떠올랐다. 그때의 여자는 확실히 군주와 같은 권위로 사내를 노예같이 마음대로 올라타려 하고 있었다. 마치 남녀의 위치를 전도시켜 사내를 마음껏 다루려는 여걸과도 같았다.

(짐도 그렇게 되고 싶다.)

원장은 어느덧 그런 환상마저 느끼고 있었다.

"숙부님, 그건 그렇다치고 이 도관의 처녀는 어떻습니까? 청순한 들꽃이면서 이슬이 함빡 올랐다고 생각됩니다만……."

"눈빛이 짙더군. 어딘지 광채를 띤 눈이었어."

"그렇습니다. 그리고 팔다리가 늘씬하지 않습니까? 불룩한 가슴도 허리부터 아래의 풍만도 의복 아래서 터질 것만 같지 않습니까?"

"그러나 미인은 아니야."

"하지만 예사 시골 처녀만도 아닙니다. 총명한 것이 색다른 색향을 풍기고 있었지요."

남옥은 어떻게든지 원장의 진심을 알아낼 작정이었다. 그래야만 그로서 할 수 있는 대책도 달라진다.

"숙모라고 하는 이곳 원주는…… 물론 여도사이겠지만 그 처녀의 숙모라면 아직 그리 늙지는 않았을 테지?"

"어쩌면 조카딸보다 더 미인일는지도 모르지요."

"이제 곧 정체를 드러내겠지."

문밖에서 발소리가 들렸다.

"실례합니다."

그러나 들어온 사람은 조카딸인 소녀였다. 쟁반에 군것질거리를 가져왔다.

"심심하셨지요?"

목소리가 고운 소녀다.

"시장하실 거여요."

소녀는 두 사람 얼굴에 시선을 보내며 얼마쯤 상기된 볼에 미소를 새겼다. 원장의 얼굴도 익숙해졌는지 똑똑히 쳐다본다. 원장이 대답했다.

"조반을 늦게 했으니 아직도 반 시각은 염려 없다."

"급히 준비하고 있으니 잠시만 기다려 주셔요."

"준비할 것도 없다. 그저 있는 대로 차리면 돼. 그런데 이곳엔 모두 몇 사람이나 있나?"

"원주님 말고 대개는 서너 명이 있지요. 오늘은 소경님과 부엌에서 일하는 아이뿐이지만……."

"그래. 그런데 낭자는 어째서 도사가 되지 않고 있나?"

"전 도사가 되고 싶지 않아요."

"호오, 무슨 까닭이지?"

"여자로 시집가는 게 도리라고 생각합니다."

딱 부러진 대답에 원장은 그만 웃음이 나왔다.

"그래. 금년에 몇이냐?"

"네. 이제…… 호호호."

"중매를 할 수도 있을 텐데. 몇 살이냐?"

"이제…… 글렀습니다."

글렀다니? 스물이 넘었느냐?"

"열 아홉입니다."

"한창 나이가 아니냐. 내가 중매하면 안되겠느냐?"

"황공합니다."

역시 생글생글 웃고 있다.

"어떠냐, 이 애는?"

남옥을 턱짓하고,

"내 조카 녀석인데 장래성이 있지. 머잖아 장군이 될는지도 모른다."

"분수에 넘치는 말씀이십니다."

"인물이 마음에 들지 않느냐?"

원장 자신 화제가 이상하게 빗나가고 말았다. 처음에는 자기가 욕망을 품고 있었는데 말을 시키다 보니 엉뚱한 방향으로 흐르고 말았다.

"감히……."

말하려다가 어지간한 소녀도 얼굴이 빨개지며 고개를 숙이고 말았다.

원장은 웃었다. 남옥도 쓴웃음을 짓고 있었다.

"그런데 낭자의 숙모라는 원주는 금년에 몇이나 되었나?"

"36세로 알고 있습니다."

"오오, 그렇다면 한창 때의 여인이겠군. 오죽이나 미녀일까마는……일생 불범(不犯)의 몸이라니 아깝구나. 시집은 갔었느냐?"

"글쎄요, 그것까지는 소녀도 모릅니다."

남옥이 끼어들었다.

"숙부님, 식사가 나올 때까지 뒤뜰이라도 잠시 거니는 게 어떻겠습니까?"

그러자 소녀도 맞장구를 쳤다.

"뒤곁엔 태상노군을 모신 사당이 있습니다. 가서 예배하시면 좋은 영험이 있을지도 모르지요."

하고 입을 가리며 웃었다.

태상노군은 불로장생의 영약 금단(金丹)을 만드는 신이라는 전설이 있다.

지독하게 색을 밝히는 아내에게 견디다 못해 어떤 사내가 용하다는 명의를 찾아갔다. 명의는 이야기를 듣더니 사내에게 금단을 주었다. 사내는 금단을 먹고 아내와 동침했다. 금단의 효험은 엄청나서 밤새도록 정력이 시들 줄을 몰랐다. 아내는 울며 몸부림을 쳤고 제발 용서해 달라고 빌었다. 그래도 사내는 용서 않고 찔러댔고, 새벽녘 아내는 조용해졌다. 밝은 햇빛에서 보니 아내는 죽어 있었고 그것은 꼬리가 아홉이나 달린 구미호(九尾狐)였다.

또 동봉(董峰)이란 도사가 있었다. 그는 언제까지나 늙지를 않았다. 태수가 죽자 동봉은 불려갔다. 동봉이 죽은 태수의 입에 금단을 세 알

물려주고 머리를 흔들어 주자 죽었던 사람이 다시 살아났다.

소녀는 그런 전설을 연상하며 웃었는지 모른다. 그러나 남옥은 오히려 잘되었다 싶었다.

아무래도 여난(女難)이 닥칠 것 같았다. 남옥이 처음부터 깨닫고 있는 일이지만 이 소녀라는 낭자는 아까부터 원장과만 말을 하고 있다. 되도록 남옥과 눈이 마주치는 것을 피한다.

(옳거니!)

남옥은 금방 알아차렸다. 늘 사모되던 경험이 있어 여자의 감정을 민감하게 직감했다.

여자는 연정이 느껴지는 사내에겐 일부러 냉담하기도 하고 잘 쳐다보지도 못하는 것이다.

"그러냐. 그렇다면 태상노군이라도 참배하자."

종루 오른쪽에서 보면 왼쪽 둔덕에 돌층계가 있었다.

"좋은 냄새로군. 이 근방에선 드물게 적송(赤松)의 숲이 있습니다."

"음, 적송이라니 진기하군. 송뢰(松籟)도 그윽하고…… 그런데 지금의 낭자, 짐이 너에게 중매한다고 했더니 얼굴이 적송처럼 빨개졌다."

"네, 그러고부터는 저의 얼굴을 결코 보려 하지 않았습니다. 이야기를 주로 폐하께 하고 있었습니다."

"그게 어쨌다는 것이냐?"

"즉 저에게 마음이 끌리고 있다는 증거입니다."

"이녀석이! 하하하."

남옥도 웃었다. 이 정도라면 주원장이 느닷없이 격노할 위험은 모면한 것 같았다.

적송 숲을 나서자 대나무 덤불 옆에 오래된 사당이 있었다. 퇴락한 모습으로 정자살 문은 닫혀 있어 당겨도 열리지 않았다. 그래서 그들은 정자살 사이로 안을 들여다보았다. 당 안은 컴컴하고 곰팡내가 코를 찔렀다.

"보이지 않는다."

원장은 혀를 차고 정자살 문에서 떨어졌다. 그들은 대숲 바깥쪽으로 나갔다. 그곳은 산의 북쪽으로 관목과 잡초 사이로 오솔길이 이어져 있었다.

그들은 그 길을 따라 산을 내려왔다. 도중에서 길을 잘못 들었는지 본당의 뒤꼍인 듯싶은 곳으로 내려오고 말았다. 헛간도 있고 측간, 샘물도 있었다. 함실 아궁이가 보였고 가마솥이 걸려 있는데 불이 벌겋게 타오르고 있었다.

"쉬!"

별안간 남옥이 뒤따라오는 원장에게 손가락을 입술에 대고 신호했다.

앞에 헛간 비슷한 것이 있었다. 대나무로 숭숭 박아 놓은 창문이 있었다. 남옥이 원장에게 속삭였다.

"폐하, 일절 말씀은 하지 마시고 창문으로 살며시 들여다보십시오."

"뭐냐?"

하고 원장도 목소리를 죽였다.

"어쨌든 장관(壯觀)이옵니다."

남옥은 원장을 창문 아래로 가만히 밀었다. 들여다본 순간 무엇인지 희끄무레한 것이 움직이고 있었다.

·한 여인이 나체가 되려는 참이었다. 흰 무명으로 허리를 감고 있다. 북향의 역광선(逆光線)을 등지며 여인은 크고 둥근 거울과 마주 서 있었다.

이게 대체 어찌된 노릇인가? 주원장으로선 도무지 이해가 가지 않았다.

거울은 좀 높은 곳에 있었다. 그곳엔 섬칫할 만큼 불룩하게 내밀어진 유방이 비치고 있었다.

여인의 등은 매끄러운 기복을 보이며 웅대한 볼기로 흘러내리고 있다. 소심은 허리에 두른 흰 무명천을 떨어뜨렸다.

옆에는 함지가 있었다. 그러고 보니 목물을 하고 거울에 자기의 육체를 비쳐 보고 있는 모양이었다.

소경에겐 손님에게 줄 잿밥 준비를 시키고 자기는 그동안 깨끗이 몸을 씻었다고밖에 풀이되지 않는다.

소심은 거울 앞에 언제까지나 서 있었다. 스스로 자기 몸에 황홀해 하는 눈빛이었다.

원장은 몰랐지만 이것이 소심의 일과였고 습관이었다. 그리고 일종의 자위(自慰) 행위였다.

서른 여섯의 여체지만 조금도 축난 데가 없다. 가슴은 천정이라도 치받을 듯 솟아 있고 배는 바람을 잔뜩 받은 흰 돛처럼 멋들어진 곡선을 그리고 있다. 허리는 또 반심(叛心)을 품고 있는 괴물처럼 위압감이 있는가 하면 볼기의 두 구릉에서 갈라진 허벅다리는 강인한 생명력이 숨쉬고 있었다.

이윽고 소심은 거울 아래쪽 다락문을 열었다. 그곳은 일종의 감실(龕室)로 도상이 모셔져 있었다.

도상(道像)은 불상과 양식이 같지만 대개는 옛날에 실재로 존재했던 황제나 왕비를 본뜬 모습이다.

감실 안이 캄캄하기는 했지만 금색도 찬란하여 그것이 '알몸의 여상(女像)임을 알 수 있었다. 그것도 높이 석 자쯤 되는 입상이었다.

신상의 이름이 무엇인지는 알 수 없지만 비밀신(秘密神)인 것만은 틀림없었다.

(어쩌면 경신신(庚申神)이 아닐까?)

옛 사람들은 성도덕이 지금과는 달라 몹시 문란했다. 그래서 분방하기 이를 데 없는 서민의 성욕을 규제하는 역할을 종교라기보다 민간신앙이 담당하고 있었다.

예를 들어 초하룻날 부부가 교접해선 안된다. 보름날도 마찬가지다. 여인의 월경기간중에도 금물이다. 여러 가지 제약이 많아서 한 달이면 금기일이 10일 가량 되었다.

도교에도 그런 규제가 있다. 도교는 신자에게 이런 것을 가르쳤다.

인간의 몸에는 삼시(三尸)라는 게 있다. 인간이 조금만 방심하면 삼시는 몸에서 재빨리 빠져 나가 하늘로 올라가고, 상제에게 그 인간의 죄악을 고자질한다. 그러면 상제는 그 보고를 기초로 판결을 내린다.

인간 세계에 남겨둘 수 없는 죄인은 상제가 지옥의 염라대왕뻘인 풍도대제(酆都大帝)에게 통고하여 잡아가게 한다.

이렇듯 삼시는 인간의 대적이다. 죽을 때까지 인간의 몸 속에 살고 있으면서 그 인간을 파멸시키고자 호시탐탐 기회를 엿보고 있다. 심술 궂고 마음이 비뚤어진 악마다.

삼시 가운데 상시(上尸)는 머리에 있으며 인간의 눈을 침침하게 만들고, 머리를 빠지게 하여 대머리를 만들고 입에서 악취를 풍기게 하고 얼굴에 주름살이 생기게 하고 이빨이 빠지게 한다.

중시(中尸)는 배에 있으면서 오장육부를 상하게 만든다. 인간을 노곤하게 만들고 곧잘 기억력을 흐리게 만들며 나쁜 짓을 하게 하는 것도 중시의 짓이다.

발에 있는 하시(下尸)는 오정(五情)을 충동질하고 음욕을 일으킨다. 이런 삼시는 인간이 아무리 내쫓으려 해도 나가지를 않는다. 그러다 인간이 방심하고 있을 때 몰래 빠져 나가 상제에게 고자질하니 정말 얄밉기 이를 데 없는 요괴다.

그런데 인간이 가장 방심할 때가 언제냐? 그것은 남녀가 성행위를 할 때다. 특히 일진(日辰)이 경신일 때 성교를 하면 그 자식이 태어나 반역자나 대도(大盜)가 된다고 했다.

그렇기 때문에 도교 신자는 경신날 성교를 않고 나아가선 경신신을 받들게 된 것이었다.

소심은 감실 문짝을 좌우로 열어 젖히고 경신 신상을 드러내자 거울을 그 좌측에 내려놓았다.

곁눈으로 이제부터의 자기 행동을 보기 위해서였다.

남옥도 원장 옆에 다가와서 창문으로 엿보았다.

"저것은 무슨 의식일까?"

그들은 눈으로 말하며 고개를 갸웃했다. 소심은 신상에 합장했다. 주문을 외며 뚫어질 듯이 신상을 보고 있다. 그런 알몸이 거울에 선명하게 비치고 있었다.

꽤 오랫동안 합장하고 있던 소심은 눈길을 거울로 옮겼다. 그리고 다음 순간 거울 속의 자기 육체에 대해 예배를 하는 것이 아닌가.

그러면서 갖가지 몸짓을 해보였다. 자기의 성난 젖꼭지에 입을 가져가 베어 무는가 하면 옆에 있는 신상의 젖을 핥기도 했다.

그것은 마치 거울 속에 비치는 자신과 사랑을 하고 있는 광경이었다.

북창에서만 흘러드는 역광선으로 여체는 창백한 빛깔이었는데, 이윽고 그 몸에 땀이 맺히기 시작했다.

소심은 등을 돌리고 있지만 거울에 비친 모습으로 그 전면도 관찰할 수 있는 것이다. 부풀어 오른 젖가슴과 신비로운 습지대도 보였다.

그것은 특히 두 개의 가슴 구릉이 차양처럼 내밀고 있는 아랫부분을 비쳐주고 있었다.

젖가슴 차양의 바로 아래에 한 가닥, 가는 비단실로 졸라맨 듯한 선이 있다. 웅크림으로써 풍부한 복부의 살에 뚜렷한 주름이 잡혀 있는 것이다.

그리고 아래는 매끄러운 경사의 부풀음 도중에 새 발자국 같은 옴폭한 배꼽 부분이 어두웠고, 또 그 언저리에서 부풀기 시작한 아랫배를 마치 철사로 묶은 듯한 개미 허리가 있었다. 그리하여 그 아래는 느닷없이 두 기둥을 세운 듯한 무릎으로 감추어져 있었던 것이다.

여도사의 이런 자태는 바야흐로 그지없는 환희에 빛나며 타오르고 있는 것이었다.

남옥이 원장의 소맷부리를 잡아당겼다.

'이제 가시지요.'

라는 의미의 신호였다.

원장도 끄덕이고 함께 걸어가면서 자기도 모르게 뜨거운 한숨을 내쉬었다.

"그것은 대체 무슨 짓이지?"

"글쎄요?"

"혹시 미친 게 아니었을까?"

"미쳤다고는 생각되지 않습니다만……."

"종교적 의식일지도 모른다. 아무튼 세상에는 별 일도 다 있구나."
"어디 계셨다가 지금 오십니까?"

신선하고 맑은 소녀의 목소리로 두 사람은 놀란 듯 정신이 들어 현실 세계로 돌아왔다.

"방금 심부름하는 아이를 태상노군의 사당으로 찾으러 보냈지요."
"아, 찾아까지 주셨소?"

남옥이 가볍게 웃으며 대꾸했다.

소녀는 두 사람을 다른 곳으로 안내했다. 식당인 듯싶었다. 반짝거리는 놋대야에 맑은 물이 찰랑찰랑 담겨져 있다. 손을 씻자 수건을 가지고 기다리고 있던 소녀가 물기를 닦아 주었다.

식탁에는 갖가지 나물들을 무치거나 데치거나 죽을 끓여 놓았다.

두부도 있었다.

"저 약주를 올릴까 합니다만……."

잡숫겠죠 하는 물음이었다.

"그야 주시기만 한다면…… 숙부님, 안 그렇습니까?"
"색다른 곳에서 색다른 음식을 대하는 것도 괜찮겠지."

두 사람이 호탕하게 웃자 소녀도 한 손으로 붉게 칠한 입술을 가리며 웃었다. 그제야 알아챈 일이었으나 소녀도 엷게 화장을 하고 있었다.

소녀가 가볍게 손뼉을 쳤다. 그러자 부엌데기 소녀가 반야탕(般若湯)과 잔을 담은 쟁반을 눈높이로 받쳐들며 들어왔다.

소녀가 두 사람에게 술을 따라 올리고 있을 때 바깥쪽 출입구가 아닌 안쪽 문을 통해 소심이 나타났다.

여도사의 정장(正裝)을 하고 있었다. 소맷부리가 넓은 도복이었다. 색깔이 청남색(靑藍色)의 품이 넓은 것이었다. 다리에는 흰 무명으로 만든 토시 비슷한 것을 둘렀고 헝겊신을 신고 있었다. 소심은 얼굴에 미소를 머금고 자못 기품 흐르는 태도로 그들에게 합장했다.

"잘 오셨습니다. 이것도 전생의 인연인가 싶습니다."

합장하며 인사하는 여도사의 흰 목덜미를 원장은 놀란 것처럼 응시하고 있었다. 이 여인이 바로 조금 전 어둠침침한 실내에서…… 알몸이 되어 무슨 비의(秘儀)인지 몸을 꼬고 있던 여자라곤 믿어지지 않았던 것이다.

"변변치 않은 음식이옵니다. 참으로 부끄럽지만 먼저 잔을 올리겠습니다."

"호오, 훈주는 산문에 들이지 않는다고 쓰여 있었는데……."

원장은 미소짓고 잔을 받았다. 사내의 강한 시선을 조금도 피하지 않고 소심도 받아넘겼다.

"남자분도 산문에 들이지 않는 도관이옵니다."

원주는 체격도 훌륭했으나 그 탓인지 술잔을 서너 잔 비우고도 태연했다.

"여자도 술을 조금 마시는 게 좋다고 했습니다."

"그것은 원주의 생각이오?"

하고 원장은 놀리듯이 물었다.

"선대의 원주께서 그렇게 말씀하셨지요. 많이 마시면 수도에 방해가 되지만 조금은 몸에도 좋고 잠도 잘 온다면서요, 호호호."

"잠이 안 오십니까?"

"그야 사람인걸요."

소심의 눈언저리가 갑자기 붉어졌다. 원장의 질문이 급소를 찌른 모양이었다.

"때로는 도덕경을 열심히 읽기도 합니다. 그래도 잠이 오지 않아 몸을 뒤척이게 되면 반야탕이라도……."

식사가 끝날 때쯤 부엌데기 소녀가 들어와 몹시 겁에 질린 얼굴로 소심에게 속삭였다.

"무슨 일이지요?"

"밖에 군졸분들이 여러 분 오셨다고 합니다."

원장과 남옥은 얼굴을 마주 보았다. 호종(扈從)하는 자들이 여기까지 쫓아온 모양이다.

"참 그렇지."

원장은 바깥 뜰의 해 그림자를 보며 의자에서 일어섰다.

"깜박 시간 가는 줄 모르고 너무 오래 있었소."

"그럼 밖에 오신 분들은?"

소심도 소녀도 눈이 둥그래지며 의자에서 따라 일어섰다. 남옥이 대신 대답했다.

"함께 사냥 나온 동료일 겁니다. 숙부님, 그만 돌아가시죠."

"그렇게 하세. 느닷없이 찾아와 폐가 많았소."

원장은 앞장 서서 식당을 걸어나갔다. 급한 일이 생각났던 것이다.

주원장은 대도를 함락시켰을 때 10명의 특명 사자를 전국에 파견하여 신왕조 경영에 필요한 인재를 구하게 했었다.

한족이 또다시 중국의 주인이 된 것이다. 오랑캐 정권을 섬길 수는 없다 하여 시골에 파묻혀 있는 인재가 적지 않았다. 원주는 제도적으로 한족, 그중에서도 강남인의 관직등용을 막고 있기도 했다.

홍무제(洪武帝＝주원장)는 널리 인재를 구했다. 더욱이 그는 몽고인도 색목인도 재능이 있다면 모두 등용했다. 조조처럼 능력 본위의 인물 등용을 지향했던 것이다.

민간 문학운동의 기수였던 양유정(楊維楨)은 홍무제 즉위 당시 일흔셋이었다. 그에게도 출사하라는 칙명이 떨어졌다.

"문인으로선 그가 제일 이름났어. 그를 출사케 해라."

그런데 문인들은 홍무제의 부름을 두려워하고 있었다. 홍무제가 무슨 까닭에서인지 문인을 증오하고 경계한다는 소문이 있었기 때문이다.

"유개(遊丐＝떠돌이 거지) 출신으로 제대로 공부를 하지 못했기 때문일세. 그것이 열등감으로 남아 있어 문인을 증오하는 걸세."

그러나 칙명인 이상 가지 않을 수 없었다. 양유정은 응천부에 가서 상소문을 올렸다.

'신은 이미 늙었습니다. 게다가 신은 짧은 기간이나마 원조를 섬긴 적이 있습니다. 아무쪼록 향리에 돌아가 뼈를 묻게 해주십시오.'

그리고 그는 〈노객부(老客婦)〉라는 시를 지어 올렸다. 할머니란 뜻이다. 할머니도 젊었을 때에는 남편에게 시집간 일이 있다는 단순한 내용이었는데, 그것이 원조를 섬긴 자기를 말하는 것이었다. 홍무제도 이 시를 보고 마음에 들어 양유정을 고향으로 돌려보내 주었다.

고계에게도 신왕조의 호출이 있었다. 명나라는 토간테무르가 아직도 응천부에 살아 있고 북쪽에서 전투가 벌어지고 있는데 벌써 「원사」 편찬을 준비하고 있었다.

역사는 보통 백년이나 2백년의 냉각기를 두고 객관적으로 정확히 쓰여져야 한다. 그런 것을 몇 년도 지나기 전에 쓴다면 정복자의 주관이 반영될 뿐 아니라 생존한 대관들 눈치를 보게 되어 정확한 기술이 어려울 수밖에 없다.

「원사」 편찬 책임자는 송렴이었다. 당대 제일의 시인 고계는 문장력을 평가받아 역사 편찬에 협력하라는 칙명이 떨어졌다.

고계는 홍무제 주원장을 좋아하지 않았다. 생리적으로 싫었다. 그렇지만 칙명은 거역하지 못한다. 그는 마지못해 응천부로 갔다.

본디 구왕조의 역사 편찬은 새 왕조의 한 의무처럼 되어 있었다. 몽고족 정권인 원조도 「요사」「금사」「송사」를 편찬하고 있다. 그리고 순조때 톡타가를 총재로 하여 「원사」에 대해서도 손을 대고 있었다.

처음에 쿠빌라이는 남아 있는 관의 자료를 기초로 요와 금 두 나라의 역사를 편찬하라 명했고, 이어 송이 멸망하자 사관에 명하여 삼사(三史)를 편찬하라고 했다. 그러나 이 작업은 지지부진하여 그 뒤 황제가 여러 번 갈렸지만 도무지 진척이 없었다. 1343년 황제는 당시의 우승상 톡타가를 도총재(都總裁)로 삼고 한림학사 구양현(歐陽玄) 등을 책임자로 하여 역사 편찬에 박차를 가한 결과 요·금·송의 삼사가 완성되었다. 이 삼사는 매우 세밀한 것으로 권위가 있었다.

몽고사에 대해선 이보다 앞서 톱테무르(문종)가 1329년 한림국사원 소속의 학자들에게 명하여 몽고의 옛날 풍습, 조종(祖宗)의 성훈·일사(聖訓逸事) 등을 수집하여 편찬케 한 것이 있었다. 이 책은 「경세대전(經世大典)」이라 불렸고, 먼저 몽고어로 쓰여진 다음 중국어로 번역

되었다.

또 비슷한 무렵 원조 성립 이래 공표한 법률을 집대성한 것이 나왔고, 칭기즈칸·오고타이·키유크·트루이·몽게의 실록도 편찬되었다. 그런데 톡타가는 재임 3년 만에 간신의 모함을 받아 쫓겨났기 때문에 원사는 미완성이 되었다.

주원장의 「원사」 편찬 이유는 두 가지가 있었다. 「원사」를 편찬함으로써 중화 왕조로서의 정통성을 천하에 공포하겠다는 것이고, 또 하나는 이것을 빌미로 천하의 문인을 모으겠다는 것이었다.

아무튼 명군은 대도에 입성하자 맨 먼저 부고의 도적(圖籍)에 봉인을 했다. 그곳엔 원조 각 대의 실록 및 문서류가 보관돼 있다. 역사 편찬상 없어선 안될 이 사료는 즉시 대상군 서달의 명령으로 응천에 보내졌다.

고계는 역사 편찬관이 되어 응천으로 가다가 친구를 만났고 다음과 같은 시를 지었다.

── 나는 가는데 자네는 돌아온다. 서로 반갑게 만나 길가에 서고, 고향에 전언을 부탁하려는 것이 그만 응천 소식을 물었네.(我去却君歸 相達立途次 故郷欲寄言 先詢上京事)

겨우 20자의 시이지만 고계의 불안이 나타나 있다. 고향에 돌아가는 친구를 만나게 되면 가족에 안부를 전해 달라고 부탁하는 게 순서이다.

그러나 응천의 사정이 어떠냐고 일부러 물었다는 것이다.

홍무제가 문인을 증오한다는 소문은 고계 귀에도 자주 들렸다.

홍무제는 지식인에게 자기도 잘 모를 깊은 증오심을 가지고 있었다.

"그놈들, 건방진 놈들. 아는 체한단 말이야."

홍무제는 지식인의 높은 자존심이 마음에 들지 않았다. 더욱이 그는 가난한 농민 출신이기에 그런지 번영을 누리는 상인을 미워했다.

일찍이 그는 고향에 금의 환향했을 때 마을 장로들에게 말한 적이 있다.

"자제들이 농사일에 힘쓰도록 하시오. 결코 멀리 행상을 나가지 않도록 하시오."

상업의 번영, 그리고 사치와 낭비, 화조풍월을 읊는 문인의 상징은 장사성의 소주였다. 주원장이 소주 출신 문인을 극도로 증오한 것은 이 때문이었다.

"그놈들은 우리의 부모와 형제자매가 흉년으로 굶어 죽어가고 있는데 시나 짓고 그림이나 그리고 계집질이나 하며 즐기고 있다."

원장의 마음 밑바닥에는 그런 감정이 흐르고 있었다.

물론 아직은 증오심이 그들을 죽일 만큼 치열하지는 않았다. 새 왕조 경영을 위해 밉기는 하지만 문인들의 협력도 필요했던 것이다.

고계는 장사성을 섬기지는 않았지만 소주 토박이나 다름없었다. 그의 시작품은 원나라나 장사성에 대해 호의적이었다. 이래저래 그는 홍무제가 싫었지만 가지 않을 수 없었다.

「원사」 편찬작업은 응천부의 천계사(天界寺)에서 수행되었다. 고계는 천계사에서 지내며 글을 썼다.

「원사」는 홍무 2년 2월에 착수되었고 8월에는 벌써 완성되었다. 전 210 권이나 되는 대저작이 불과 반 년 만에 완성됐다는 것은 놀라운 일이다.

따라서 이 「원사」는 결함투성이었고 5 백 수십 년 후 「신원사」를 편찬해야 할 정도로 엉터리였다. 도무지 앞뒤가 모순되고 비정확하여 역사적 가치가 없다싶을 정도였다.

고계가 담당한 것은 역지(曆志) 부분이었다. 그것도 곽수경의 수시력을 그대로 베껴 놓은 것으로 그나마 충실하지도 못했다.

고계는 시인이기 때문에 이런 부문의 작업이 맞지 않았다. 그러나 문장력은 뛰어났기 때문에 상관의 주목을 받았다.

이윽고 그는 천계사에서 나와 종산리(鍾山里)에 집을 얻고 소주에서 가족을 불러왔다. 명나라를 섬길 마음이 생겼던 것이다.

입신술(立身術)

홍무제는 바빴다. 한가롭게 여자 사냥을 하고 있을 수만도 없었다. 왕조의 기초를 하루바삐 확고하게 다져야만 했다. 「원사」를 미흡하나마 서두르게 한 것도 그런 뜻에서였다. 홍무 3년(1370) 정월, 서달을 시켜 북방을 모조리 평정하라는 명령을 내렸다.

서달은 대장군이 되고 풍승이 부장군으로 병력 10만이 주어졌다. 그리하여 동관부터 봉원(서안)으로 나아가 정서(定西)를 치게 하였다.

또 이문충에게도 병력이 주어져 북평에서 만전(萬全)을 거쳐 야호령 (野狐嶺) 방면으로 보냈다. 탕화에도 3만 병력을 주어 안문관에서 북쪽으로 진격케 했다.

서달군이 정서에 이르자 쿠쿠테무르는 부장 왕보보(王保保)와 더불어 이를 맞았다. 서달과 풍승은 이를 맹렬히 공격했고 원병은 흩어져 달아났다. 이 싸움에서 서달은 적병 6만의 목을 베었다.

명군에도 희생은 있었다. 명나라 장수 번의(蕃毅)는 적을 쫓아 너무 깊이 들어갔다가 전사한 것이다.

한편 이문충은 병력 10만으로 거용관을 나가 북쪽 야호령에 이르러 병력을 쉬게 했다. 이때 고개 위에서 일대의 군이 나타나며 문충을 공격했다.

원의 장수는 아로카로 쌍칼을 쓰고 있었지만 부우덕이 맞붙어 장창으로 찔러 죽였다. 문충은 적병 3천을 베고 야호령을 넘어 5월 2일 백해자(白海子)의 낙타산에 이르렀다.

이 산은 응천부에서 70리 떨어져 있다. 따라서 순제는 황태자 아율

실리다라, 승상 사부틴, 진안왕(陣安王) 자다르시파라에게 20만 병력을 주어 낙타산을 지키게 하고 있었다.

문충은 산 남쪽에 진을 치고 싸움을 걸었다. 원태자는 제장들을 모으고 의논했다. 사부틴이 말했다.

"낙타산은 장성처럼 길게 뻗쳐 있어 적을 막기에 편리합니다. 소신이 병을 이끌고 산을 쳐내려가 적과 일전을 벌이고 강약을 시험하겠습니다. 만일 승리한다면 태자께서도 후대를 이끌고 공격에 가담하시고, 신이 패한다면 다시 산에 올라와 굳게 지키겠습니다."

사부틴은 병력 1만을 이끌고 산을 내려와 문충과 대진했다. 전투가 벌어졌다. 문충이 삼군에게 명하여 원군을 좌우로 감싸며 협공을 명하자, 사부틴은 병을 두 갈래로 나누어 적을 맞아 싸웠다. 명군은 고전에 빠져 쓰러지는 자가 많았다.

그러나 문충은 성난 호랑이처럼 외치고 앞장서서 좌충우돌 적진을 짓밟았다. 이 때문에 사부틴의 군도 무너져 산을 기어오르며 달아났다.

문충은 이를 추격했으나 산 위에서 바위가 굴러 내려와 군을 물렸다. 그리고 며칠 있는데 유기가 도착했다.

유기는 문충에게 자세한 전황을 설명듣고 계책을 마련했다.

"먼저 적의 척후를 하나 잡아오도록 하시오."

적병이 한 명 잡혀 유기의 앞에 끌려오자 그는 말했다.

"아니, 너는 우리편의 군졸이 아니냐? 내가 며칠 전 너를 낙산에 보내어 적의 허실을 엿보라 했는데 어찌하여 돌아오지 않고 잡혀서 내 앞에 끌려왔느냐?"

적병은 어리둥절했다. 그러나 유기가 잘못 보고 말한다 싶어 거짓말로 꾸며댔다.

"장군님. 저는 적의 허실을 살피고 돌아오는 길인데 일선의 보초가 저를 몰라보고 포박했습니다."

"그래, 적의 상황이 어떻더냐?"

"네, 산세가 험할 뿐 아니라 적진도 견고하여 쉽게 공략하기는 어렵다 생각되었습니다."

"수고했다. 저 자를 풀어 주어라."

그러고 있는데 부하 장수 한 명이 들어와 큰 목소리로 유기에게 보고했다.

"장군님, 아뢰옵니다. 군량이 떨어져 오늘 하루가 지나면 먹을 것이 없습니다. 어떻게 하시렵니까?"

"군량이 없다면 어찌 적과 싸울 수 있겠느냐? 오늘 밤 은밀히 진을 철수하고 개평으로 돌아가 가을을 기다렸다가 다시 올 수밖에. 즉시 삼군에 알리도록 하라. 다만 이는 절대 비밀이다. 적이 이것을 안다면 반드시 기습을 해 와 우리 군사가 많이 상하게 되리라."

그러고 유기는 문득 적의 척후를 쳐다보더니 말했다.

"너는 다시 적진에 돌아가 적정을 탐색해라. 만일 적의 공격 낌새가 있다면 즉시 알려야만 한다."

"네."

하고 적병은 기뻐했다.

(바보 같은 군사. 내 목숨을 살려 주었을 뿐 아니라 나에게 적정 탐색을 부탁하다니! 정말 천치로군.)

그는 나는 듯이 자기 진지에 돌아가 황태자에게 자기가 들은 대로 보고했다. 아율실리다라는 이 말을 듣자 몹시 기뻐하고 즉시 제장들을 소집했다.

"오늘 밤 유기 등이 진을 거두고 개평에 돌아가려 한다. 이를 그냥 보낼 수는 없다. 공격하여 섬멸하자."

사부틴이 신중론을 폈다.

"전하는 소중하신 몸이라 경솔히 움직여선 안됩니다. 제가 2만 병력을 이끌고 적을 추격하여 무찌르겠습니다."

이문충은 유기의 계책대로 진지를 철수하고 개평을 향해 물러갔다. 사부틴은 2만 병력으로 이를 추격했다.

이날 밤은 구름이 많고 달도 어스름한 것이 잘 보이지 않았다. 낙타산을 달려 내려온 원병이 20리쯤 추격하자 문충의 부대가 보이지 않았다.

사부틴이 진격을 멈추고 고개를 갸웃하고 있을 때 사방에서 북소리가 들렸다. 깜짝 놀라며 급히 낙타산 기슭까지 돌아왔지만 복병이 있다는 낌새는 별로 없었다.

"어찌 된 일일까? 마치 여우에 홀린 것 같다."

그런데 패잔병 몇몇이 달려와서 울며 말했다.

"명군의 부우덕, 강무재 등이 장군의 병력을 가장하여 낙타산 본진을 습격했습니다. 아군은 뿔뿔이 흩어졌고 태자님은 북쪽을 향해 달아나셨습니다."

사부틴은 화가 머리끝까지 치밀었다.

"내 유기란 놈에게 속았다. 이 원수는 반드시 갚고야 말겠다!"

그는 부하를 이끌고 산을 무섭게 기어올랐다. 그러나 산 위에서 바위가 굴러 내리고 화살이 비오듯하여 잠깐 사이 수천 명이 쓰러졌다. 사부틴은 할 수 없이 패잔병을 수습하여 서쪽으로 달아났는데 명군이 기다리고 있었다. 유기와 이문충의 주력 부대였다.

"패장은 어디로 달아나려 하느냐! 냉큼 말에서 뛰어내려 항복하지 못할까?"

사부틴은 오기가 나서라도 항복할 수 없었다. 맹렬히 적진을 향해 돌진하자 요영충이 이를 가로막았다. 양장이 어우러져 7, 8합 싸웠지만 사부틴은 마침내 창에 목이 찔려 죽고 말았다.

이문충은 군을 진격시켜 응천을 포위했다. 순제는 이때 심한 설사병에 걸려 있어 병석에 누워 있다가 5월 28일 세상을 떠나고 말았다.

문충은 순제가 죽었다는 정보에 성을 더욱 맹렬히 공격했다. 탈보카라는 대신이 태자에게 전했다.

"적의 공격이 맹렬하니 태자께서는 속히 성을 탈출하여 사막으로 가십시오. 소신은 끝까지 성을 지키고 있다가 죽겠습니다!"

이리하여 아율실리다라는 병력 3만을 이끌고 성을 나와 북쪽으로 갔다. 그런 며칠 뒤 응천은 함락되었다.

문충은 성안에 남아 있던 순제의 후궁, 황태손 매털리팔라(Maitili-pala) 등을 포로로 잡았다. 이 밖에 송·원 2대의 옥새, 금은 재물도 막대한 것이었다.

문충은 후궁과 황태손을 응천에 보냈다. 유기는 다시 아율실리다라를 추격하기로 했다. 응천에서 3일을 행군한 뒤 가마령(歌麻嶺)에 이르렀다.

갈수록 나무 하나 없는 사막이 전개되었다. 뙤약볕 아래 장병들은 목이 말라 기운 없이 쓰러져 죽는 자가 속출했다.

문충은 유기와 의논했다.

"샘물 하나 없이 삼군이 고생하고 있습니다. 적의 모습은 보이지도 않는데 언제까지 추격해야 합니까?"

유기는 기우제를 올리기로 했다. 백마를 잡아 제단에 바치고 하늘에

비는 것이다. 그 보람이 있었던지 큰비가 내렸다. 명군은 다시 원기를 회복하여 그곳에서 또 3일을 행군하여 홍라산(紅羅山)에 이르렀다.

아율실리다라는 홍라산 중턱에 목책을 치고 진지를 구축하고 있었다. 유기와 문충은 적진을 자세히 정찰하고 화공을 하기로 했다.

먼저 부우덕에게 병력 3천을 주어 목책을 불지르라고 명령했다. 이어 삼군이 총공격하자 원병은 잠자다 말고 놀라 허둥거렸으며, 수백 명이 불에 타 죽었다.

그러나 아율실리다라는 다시 탈출했다. 그는 캐라코럼을 향해 멀리 달아났다.

문충은 유기와 의논하여 군을 돌리기로 했다. 유기도 그 이상의 공격은 무리하다고 생각하여 동의했다.

북으로 간 아율실리다라는 황제가 되어 왕조를 계속한다. 명나라에선 그에게 소종(昭宗)이란 시호를 주고 있다. 역사상 이를 가리켜 북원(北元)이라 하며 그 뒤 2백 년이나 계속되었다.

몽고의 대장군 쿠쿠테무르는 대군을 가지고 영하(寧夏)에 주둔하고 있었다. 그리하여 그는 때때로 병력을 출동시켜 명의 북부 변경지대를 긴장상태로 몰아넣었다.

응천부에 개선한 유기는 홍무제에게 말했다.

"쿠쿠테무르를 얕보아선 안됩니다. 그는 대장군의 그릇입니다."

홍무 3년 홍무제는 서달을 시켜 북쪽 사막을 공격했다. 이때 쿠쿠테무르는 난주(蘭州)를 포위하고 있었는데 대패하여 캐라코럼으로 달아났다. 그러나 계속해서 홍무 5년에 감행된 진공은 영북(嶺北)에서 서달이 쿠쿠테무르에게 대패했다. 뒷날 홍무제는 이때를 회상하며 아들에게 편지를 썼다.

'짐은 일생에 걸쳐 병력을 움직이고 제장을 지휘했지만, 패배하여 장병을 크게 잃은 일은 일찍이 없었다. 정예를 키우고 북쪽 오랑캐에 대비했다. 그런데 어떤 장군이 사막 깊이 진공할 것을 상주했다. 군사는 캐라코럼에서 지쳐 싸움은 대패했다. 남의 말을 경솔히 믿고 치밀한 계획도 없이 진군했기 때문에 수만의 병력을 잃은 것이다.'

당시의 기록에 의하면 수차에 걸친 패전으로 합계 40여 만의 장병이 전사했다고 한다.

주원장은 전투에 있어 비겁하거나 쓸모 없는 적장은 사정없이 참형했다. 그러나 적이라도 용감하고 쓸모가 있다 싶으면 회유책을 썼다.

앞서 생포된 순제의 손자 매틸리팔라는 숭례후(崇禮侯)에 봉해져 극진한 대우를 받고 있었다.

또 쿠쿠테무르가 패하여 캐라코럼으로 달아났을 때 그 가족은 생포되었다. 홍무제는 사자에게 친서를 들려 보내어 쿠쿠테무르에게 투항을 권했다. 또 투항을 권하기 위해 쿠쿠테무르의 누이동생을 차남인 진왕(秦王) 왕비로 책봉하기도 했다. 마지막 노력으로 이사제를 보내어 구구테무르를 설득했다.

이사제의 간곡한 권유에도 쿠쿠테무르는 응하지 않았다.

하지만 성대한 잔치를 베풀어 옛 동료를 환대했고 떠나올 때 호위대를 딸려 배웅했다. 명나라 국경에 이르렀을 때 호위대장이 이사제에게 말했다.

"대장군의 명령을 받고 있습니다. 부디 기념으로 무엇인가 주십시오."

"나는 먼 길을 온 사자라 선물 줄 만한 것이 없네."

"저는 대감님의 팔 하나를 받고 싶습니다."

너무도 엉뚱한 요구였으나 사제는 거절할 수가 없었다. 쿠쿠테무르는 원나라를 배신한 사제에게 색다른 복수를 노리고 있었던 것이다. 팔 하나를 아꼈다가는 목숨이 위험하다. 사제는 할 수 없이 팔 하나가 잘리는 아픔을 맛보았다.

당시로 보아 마취도 없었고 사후 치료도 부실했으리라. 사제는 응천에 돌아오자 고통 속에서 신음하다가 죽었다.

홍무제는 이 보고를 받자 크게 탄식했다. 그는 군신에게 말했다.

"지금 천하를 통일했다고는 하나 세 가지 일이 마무리되지 않아 마음에 걸린다. 첫째는 자식이 어려 옥새를 안심하고 전할 수 없는 일이다. 둘째는 쿠쿠테무르가 귀순하지 않는다는 점, 셋째는 원태자 아율실리다라의 소식을 모른다는 점이다."

그러나 둘째와 셋째 문제는 시간이 해결해 주었다. 홍무 8년 쿠쿠테무르는 죽었고, 이어 홍무 11년 아율실리다라도 죽었다. 아율실리다라의 아들 토쿠스테무르(Tokoustemour)가 뒤를 이었고 병력을 움직여 이따금 명의변경을 시끄럽게 만들었다. 1388년 홍무제는 보이르(Bouir) 부근에서 토쿠스테무르를 대파하고 그의 후비와 신하, 남녀 7만의 포로를 얻었다.

토쿠스테무르는 패주하다가 일족의 하나인 이쑤다르(Yissoudar)에게 살해되었다.

이쑤다르는 칸이 되었지만 불복종하는 무리가 있어 내란이 발생했고 골시(Goltsi)가 칸의 자리를 차지했다. 1408년 명은 골시에게 조공을 명했는데 골시가 거절했기 때문에 병력을 보냈지만 오히려 패했다. 영락제(永樂帝)는 1410년 몸소 대군을 이끌고 친정했으며 캐롤런 강까지 진출했다. 이때는 몽고족의 내란이 있어 부인시아라와 그 부장 오로타이를 차례로 격파할 수 있었다.

부인시아라 칸은 1412년 마무드(Mahmoud)에게 살해되었고 다리바(Dariba)가 칸으로 추대되었다. 이때부터 몽고의 왕후는 2세기 동안 끊임없이 칸의 자리를 두고 서로 다투어 몽고의 세력은 더욱 약해졌다. 여기에는 명나라의 의식적인 정책, 예컨대 성도덕의 문란을 조장한 정책 같은 것도 중요했다. 매독이 전국민을 오염시켜 인구가 극도로 감소된 것이다. 명나라가 멸망할 무렵(1644), 몽고는 사분오열되어 숱한 부족으로 분열되었다. 칼카스(Kalkas) 부족은 사막 북쪽 칭기즈칸의 옛 땅에 있었고 유레테스(Euleutes) 부족은 나이만과 위구르의 옛 땅을 차지했다. 또 준가르(Djoungares), 차하르(Tchakhares), 오루도스(Ordos) 부족 등은 사막과 장성 사이에 있었다. 청나라는 그 발흥시 몽고의 각 부족을 차례로 정복했는데 1632년 차하르족을 정복했다. 이어 내몽고 일대 및 오루도스도 청나라 지배에 들어갔고 나머지는 러시아에 병탄되어 오늘에 이르고 있다.

홍무제는 북방이 평정되자 말했다.

"북벌을 시작할 때 병력을 총동원하여 먼저 산동을 점령하고 다음에 하북, 낙양 일대를 손에 넣었다. 이때 서쪽부터 진격한 군을 동관에 머무르게 하고 서둘러 진(관중) 농(隴)을 공격하지 않았다. 이것은 쿠쿠테무르, 이사제 등이 백전용장이라 쉽게 굴복하지 않을 것이라 판단했기 때문이다. 더욱이 대군으로 서쪽을 공격했기 때문에 상대는 위협을 느끼고 연합했으며 온 힘을 다하여 저항하였다. 이런 때는 기발한 전술을 써야 한다고 생각하여 대도를 점령하고 원조의 뿌리를 끊어 버렸던 것이다. 그런 뒤 서쪽으로 진격했다. 장양필 이사제는 힘도 없어지고 절망해 버려 싸우지 않고 이길 수가 있었다. 그러나 쿠쿠테무르는 단호히 저항했고 힘이 들었다. 그때 만일 북평을 함락시키지 않고 관중의 군과 결전했다면 두 개의 전선에서 작전하는 국면이 되어, 하나로 둘을 상대해야만 할 아군은 주도권을 잃고 승리를 얻지 못했으리라."

홍무제는 이어 적과 싸울 때에는 신중히 대하고 오만해져선 안된다고 제장들에게 거듭 훈계했다.

"영토는 그 넓음을 믿어선 안되고 사람은 그 많음을 의지해선 안된다. 짐은 병을 일으킨 뒤로 온갖 영웅들과 싸워 왔다. 작은 적과 부딪칠 적마다 큰 적을 맞듯 조심했다. 그래서 이겼던 것이다."

어젯밤 숙직을 한 까닭에 남옥은 이날 후원의 별당에서 조용히 혼자 정원을 보며 쉬고 있었다.

"저, 대감님! 부탁이 있사옵니다."

느닷없이 달콤하고 젊은 목소리가 들려 남옥은 놀랐다. 보니 정원 손질을 하던 인부가 아랫배를 움켜잡고 있었다.

"넌 누구냐?"

하고 호통을 칠 수 있었으나 남옥은 꾸짖지 않았다.

(이는 여자다. 그것도 젊은 여자다. 사내처럼 허름한 옷을 입고는 있지만.)

웃도리 아래 짧은 바지로 알 수 있었다. 사내치고는 허리의 선이 부드럽고 크게 둥글다. 햇볕에 그을린 검은 얼굴에도 어딘지 부드러운 느낌이 있다.

"부디 용서해 주십시오. 바깥 행낭채로 갈 수 있지만 별당의……."

급한 모양이었다. 요는 별당에 있는 측간을 빌리겠다는 애원인 듯싶다. 인부는 울상이 되어 있었다.

"알았다. 마음껏 써라."

"네, 고맙습니다."

남옥은 의자를 돌려 못 본 척했다. 서민이 귀인의 측간을 빌린다는 것은 있을 수 없는 일이었다. 그러나 마음이 착한 남옥은 승낙한 것이다.

이윽고 용변을 본 듯싶은 여자가 조심스럽게 별당에서 나가는 낌새였다. 남옥은 돌아보지 않고 불러 세웠다.

"잠깐, 너는 분명 여자렷다?"

대답은 없었으나 숨을 크게 삼키며 놀라는 것을 알 수 있었다.

"숨기지 않아도 돼. 이름이 뭐냐?"

"청아(靑兒)라고 합니다."

"그래 어째서 남장을 하고 우리 집에 일을 왔느냐?"

"저의 아비가 병석에 누워……."

"알았다. 내일도 와서 해라. 그럼 가 보도록 해라."

남옥은 돌아보지 않고 그렇게 말했다. 그가 청아를 불러 몇 마디 말을 건넨 것은 어떤 흑심(黑心)이 있어서가 아니었다.

해가 기울자 곧 어두워졌다. 음력 11월로 겨울이었다. 그는 혼자 별당에 그대로 있었다.

마음이 편했다. 사실은 계집종인 주랑에게서 해방된 기분이었다. 주랑은 아름다운 용모와 노골적인 연모로 남옥을 질식시킬 만큼 압박하였다.

물론 그녀 자신 의식적으로 가하는 압박은 아니었으나 남옥에게는 몹시도 부담스러웠다. 안타까워하며 연정을 호소해 오는 주랑의 마음을 받아들이고 불길이라도 뿜을 듯이 몸부림치는 몸을 안아 주면 되는 일이었다. 어렵지도 않다. 자연스럽게 손만 내밀면 주인의 가슴에 기꺼이 안겨올 계집이다. 그러나 남옥에겐 야심이 있었다.

주랑을 홍무제에게 바쳐 출세의 발판을 삼고 싶었던 것이다. 그는 아직 스무 살. 주원장을 가까이 모시면서 그의 성격을 파악했다 싶으면서도 아직 불가해(不可解)한 부분이 있다. 그 불가해한 부분마저 무너뜨리고 확고한 신임을 받자면 미녀계를 쓰는게 빠른 길이라고 믿었다. 주랑과 같은 색향과 재치의 미녀는 반드시 황제의 총애를 받을 것이고 출세도 하리라.

이튿날 오후이다. 봉천전에서 정사를 마치고 편전(便殿)에 나온 홍무제는 곧 남옥을 불렀다.

"폐하, 오늘도 역사공부이십니까?"

"음, 어제의 「수서(隨書)」에 교훈이 있었다."

남북을 통일한 수는 비록 단명이었으나 율령국가(律令國家)로서 중국사상 획기적인 나라였다. 율(형법)과 영(관제)을 구별하여 정치를 실시하는 게 율령제다.

남옥은 「수서」를 꺼내 왔다. 남옥이 책을 읽고 홍무제가 눈을 감고 듣고 있다가 흥미 있는 장면이 나오면 집중적으로 토론하는 게 이들의 독서법이었다.

"네, 수 문제가 붕어하는 장면이었습니다."

수 문제 양견(楊堅)은 후한의 명신인 양진(楊震)의 14 대 손이라고 자칭하고 있다. 양견의 아버지 양충(楊忠)은 서위(西魏)를 섬겼고 서위의 실력자 우문태(宇文泰)가 반란을 일으켜 왕을 죽이고 북주(北周)를 세웠을 때 공이 되었다. 양견은 아버지 덕분에 북주에서 대장군, 주국(柱國)이 되고 수국공(隨國公)이 되었다.

양견은 중국인으로 되어 있지만 사실은 선비족(鮮卑族) 계통이었다고 한다.

양견의 장녀는 북주 선제(宣帝)의 비였으므로 그는 외척이었다. 선제가 폭정을 하였고 그 아들 정제(靜帝)가 어려 양견은 선양을 받아 수왕조를 일으켰다.

수 문제는 과거제를 시작한 황제로 기록된다. 중국에서 과거가 시작된 것은 문제의 개황(開皇) 7년(588)이었다.

과거를 실시하게 된 이유는 관리를 등용하기 위해서였다. 이때까지는 조조가 시작한 구품관인법에 의해 중정(中正)이라 불리는 관리가 주로 문벌에 의해 관리후보를 추천했던 것이다.

개황 7년 각주에 3명씩 인재를 추천하라고 명했다. 당시 전국에 190 가까운 주가 있어 약 6백 명의 인재(공사)가 모아졌고 그들에게 특별한 시험을 실시한 것이었다.

인재의 추천 기준은 문장력이었다.

문제는 이렇듯 내치에 힘을 썼는데 의심이 많았다. 자기에게 제위를 물려준 정제를 비롯한 우문씨 일족을 차례로 죽였다. 그리고 고구려 침략을 획책했다.

이런 문제에게 두려운 인물이 있었다. 독고황후(獨孤皇后)였다. 그녀는 선비족 독고신(獨孤信)의 4녀로 당고조 이연(李淵)의 이모였다.

독고황후는 열 넷에 양견에게 시집 왔는데, 첫날밤 남편에게 자기 이외의 여인을 가까이하지 않겠다는 약속을 받아냈다. 양견은 이 아내에게 쩔쩔매며 매사를 의논했다.

"대단한 황후였군."

"그렇습니다. 문제는 다른 여인과의 정사는 황후 몰래 하지 않을 수 없었습니다. 선양에 반대하여 문제에게 살해된 울지형(尉遲迥)의 딸을 비밀히 후궁에 데려와 총애하고 있었는데 독고황후는 그 여인을 죽여 버렸으니까요."

이때만은 문제도 화를 냈다. 그는 산속으로 달아나 나오지를 않았다.

"천자로서 여자 하나 마음대로 사랑할 수 없다니!"

재상 고경(高熲)이 간했다.

"폐하, 한낱 부인 때문에 천하의 정사를 포기하시면 안됩니다."

그래서 문제는 다시 조정에 돌아왔다. 독고황후는 자기를 가리켜 한낱 부인이라고 한 고경에게 자결을 명령했다. 고경은 전에도 황후의 비위를 거스린 일이 있었다.

　고경의 아내가 죽었을 때 황후는 그에게 후처를 얻으라고 권했다. 이 권유에 고경은 신은 이미 늙어 조용히 불경이나 읽고 여생을 마치 겠다고 사양했다. 그런데 그 뒤 고경은 첩에다 자식까지 두었다. 이것 을 안 독고황후는 불같이 화를 냈고 결국 자결을 명한 것이다.

　"이처럼 독고황후는 윤리면에서 지나치게 결벽했습니다. 재상 고경 의 가정문제도 그러했는데, 자기 집 일은 더욱 엄격했습니다. 황후가 낳은 양용(楊勇)은 태자로 책봉되어 원씨(元氏)를 비로 맞고 있었습니 다. 그런데 태자는 원씨를 박대하고 첩 운씨(雲氏)를 총애했습니다. 그런 때 태자비 원씨가 급사한 사건이 발생했습니다. 모후는 화를 내 고 문세에게 태자 폐위를 상요하였습니다. 그리하여 양용은 태자 자리 에서 쫓겨나고 차남 양광(楊廣)이 태자가 되었지요. 나중의 수 양제 (煬帝)입니다."

　"황후의 결벽이 나라마저 멸망시킨 셈이구나."

　"양광의 태자 책봉에는 음모가 있었답니다. 문제에겐 다섯 황자가 있었습니다. 용, 광, 준(俊), 수, 양(諒)으로 모두 독고황후의 소생입 니다. 문제는 평소 이것을 자랑하곤 하여 5형제가 모두 한 어머니 소 생이니 참 형제라 할 수 있으리라고 했지요."

　그러나 아무리 친형제라도 경쟁은 있게 마련이다. 특히 선비족과 같 은 북방의 유목민족에게는 장자 상속의 관습이 없었다. 맏이 형제들은 아버지가 살아 있을 때 성장하여 자기의 세력이란 것을 만들고 독립하 기 마련이었다. 따라서 형들은 이미 독립된 집단의 두목이 되어 있으 므로 아버지의 재산과 지위는 막내가 상속하는 게 관습이었다.

　양광은 선화부인(宣華夫人)에게 공작하여 자기의 태자 책봉을 도와 달라고 했다. 선화부인은 문제가 멸망시킨 남조(南朝)의 진황제의 누 이였다. 나라가 멸망되자 수의 후궁에 들어왔지만 독고황후도 선화부 인만은 눈감아 주었다. 망국의 귀족이라는데 여자다운 동정심을 품고 문제의 총애도 용인했다.

　양광은 또 사생활을 삼가하여 모후의 눈에 들게끔 노력했다. 그리하여 양광은 서른 둘에 태자가 되었는데 그 2년 뒤 호랑이 같던 독고황후는 죽었다.

"문제는 양광을 싫어했습니다. 양광이 지나치게 사치를 좋아하여 그 점이 문제의 마음에 들지 않았던 것입니다. 황제는 언젠가 양광이 촉나라 사람이 만든 갑옷을 갖고 있는 것을 보고서 나무랬습니다. 내 후계자가 되려면 좀더 검소해야 한다고."

그러나 양제는 즉위 후 중국 굴지의 사치를 일삼는 황제가 되었던 것이다.

인수(仁壽) 4년(604) 문제는 죽었지만 여기에는 갖가지 이야기가 전한다. 태자였던 양제가 시해했다는 설이 가장 유력하다.

이해 4월부터 문제는 병석에 있었다. 그리고 7월의 어느 날 주된 신하에게 유언하고 3일 뒤 죽은 것으로 되어 있다.

후계자로서 지위가 확고하다면 양제도 부왕을 죽일 필요는 없다. 아버지는 이미 빈사상태의 환자였던 것이다.

「수서」에 의하면 태자 양광이 전부터 연모하던 선화부인을 복도에서 느닷없이 포옹했고 선화부인은 이를 뿌리치고 문제의 병실로 달아났다.

"부인의 태도가 예사롭지 않아 문제는 물었습니다. 선화부인은 울면서 태자가 무례하다고 대답했습니다. 무례하다는 것은 의미 깊은 말입니다. 문제는 침상을 두들기며 진노했고 장자인 양용을 부르라고 소리쳤습니다. 독고가 나를 그르쳤다고 말하기도 했습니다. 양용을 불러 다시 태자로 봉하고 제위를 물려주려고 했던 것입니다. 양광은 이때 심복인 장형(張衡)을 들여보냈습니다. 병실 간호를 하던 궁녀도 모두 내쫓고, 그런 상황에서 문제는 붕어했습니다. 무슨 일이 그 뒤에 벌어졌는지 아무도 모릅니다. 피가 병풍에 튀었고 원통한 신음소리가 밖에까지 들렸다고 합니다."

선화부인은 후궁의 여자들과 함께 부들부들 떨고 있었다. 황제의 총애를 받은 여인은 고대라면 순사(殉死)했는데 이 시대만 해도 죽음을 강요받거나 절에 보내져 여승이 되어야만 했다. 그곳에 태자의 사자가 자그마한 금제 상자를 가져왔다. 선화부인은 그것이 사약이라고 생각했다. 떨리는 손으로 뚜껑을 열었는데 그것은 사약이 아니라 태자의 구애편지였다.

"그날 밤 태자는 승(烝)했습니다."

승은 자기보다 신분이 높은 여자와 간통하는 것을 말한다. 부왕의 후궁을 간통했으므로 승이었다.

"오늘은 거기까지만 하자."

하고 홍무제는 기지개를 켰다.

빗방울이 떨어지고 있었다. 홍무 3년도 거의 저물어 가고 있는 것이다.

"세월이 빠르구나. 요즘은 사냥도 나갈 수 없어 더욱 적적하고……."

"소신도 지난 가을의 일들이 생각납니다."

"생각난다면 그 똑똑하고 야무진 처녀 말인가?"

"네, 무슨 말씀이온지?"

"시치미떼지 마라. 소녀라든가, 그 낭자는 보통이 아니었어. 볼기도 탐스럽고 입매가 야무진 것이……."

"탐스런 볼기라고 하면 낭자보다 원주의 허리가 예사롭지 않았습니다."

"예사롭지 않다면…… 괴물 같다는 뜻이냐?"

"네, 비바람을 부르고 뇌성병력을 치는 요요마녀(夭夭魔女)의 큰 볼기입니다.".

주원장은 배를 잡고 웃었다.

"터무니없는 표현이야."

"황공하오나 폐하께선 그와 같은 거둔(巨臀)에 매료되신 게 아니온지요?"

"음, 그러고 보니 그 괴물스런 여체의 비경을 탐색하고 싶군."

"그것도 그렇습니다만 소신이 어제는 참으로 희한한 경험을 했습니다."

"어떤?"

"어제는 비번이라 후원 별당에서 혼자 조용히 사색하고 있었습니다. 그런데 느닷없이 누군가 조심스럽게 불렀습니다. 놀라며 보았더니 허름한 옷을 입은 정원사인데 분명한 여자가 아니겠습니까? 아랫배를 움켜잡고 어렵지만 측간을 빌려 달라는 것이었습니다."

"그래서?"

"빌려 주었지요."

"얘기는 그뿐인가? 너는 그 암소를 품지 않았단 말인가?"

"저는 아직 미혼이고 폐하의 승낙도 없이 어찌 감히……."

"하하하!"

홍무제는 호탕하게 웃었다. 신하로 황제의 허락 없이 정처(正妻)를 맞지 말라는 법은 없다. 그러나 총애되는 신하일수록 황제의 윤허를 받고 결혼하는 것도 하나의 불문율이었다.

그러나 첩이나 한때의 노리개는 다르다. 그런 것은 본인에게 달린 문제였다. 그래서 홍무제는 웃었던 것인데 웃다 말고 문득 관심을 보였다.

"그래 이름이나 주소는 알아 두었나?"

"이름은 청아라고 했습니다. 집은 모르지만 오늘도 와서 일하라고 했으니까 지금쯤 후원에서 열심히 나무 손질을 하고 있을 것입니다."

"그렇다면 가 보자. 갑자기 그 여자의 얼굴이 보고 싶구나. 그런데 짐의 신분이 황제라면 재미없다. 언제처럼 숙부님이라고 해라."

"알겠습니다."

얼마 후 홍무제는 미행(微行)으로 남옥의 후원 별당에 있었다.

청아는 자기를 엿보는 사내들의 호색스런 눈길이 있다는 것도 모르고 정원의 돌을 옮기기도 하고 잔디밭의 잡초를 뽑기도 했다. 비는 지나가는 비로 이때는 내리지 않고 있었다. 오히려 초목들이 이슬에 젖은 것처럼 싱싱했다. 그리고 짧은 바지 아래 드러난 다리가 유난히도 희었다.

남옥이 별당 난간에서 불렀다.

"그만하고 이리 들어오너라."

"네."

하고 청아는 각오를 했다.

사내가 여자를 부를 때에는 무엇인가 특별한 목적이 있을 것이다. 더욱이 어제는 너무나 다급해서 귀인의 측간을 빌렸다. 그 생각을 하면 온몸이 화끈거렸다. 그런데 친절하게도 이 댁 서방님은 측간을 빌려 주었고, 부드럽게 이름까지 물어보았으며 다시 오라고 했던 것이다.

청아는 어제부터 오늘까지 줄곧 가슴을 설레고 있었다.

"네, 몸을 씻고 가겠습니다."

청아는 연못쪽으로 걸어갔다. 웃도리를 벗고 팔과 다리의 흙을 씻을 참이었다.

"볼 만하다."

홍무제는 그것을 보며 고개를 돌려 남옥에게 웃어 보이더니 다시 열심히 엿보았다. 흰 무명으로 젖가슴을 단단히 조여매고 있었다.

이윽고 그들은 별당의 객실에서 청아를 기다렸다.

"어떠하셨습니까?"

남옥은 복잡한 미소를 홍무제에게 보냈다.

"음, 음……."

황제는 다만 신음할 뿐이었다.

"저런 여인을 한번 총애하시는 게 어떻습니까?"

남옥은 홍무제의 마음을 꿰뚫어 보고 있었다. 황제는 대답을 않는다. 청아가 나타났다. 입구에서 고개를 조아리며 그곳에 홍무제까지 있는 것을 보고 놀란 표정이었다.

"이분은 내 숙부님이시다. 네가 수고하는 것 같아 술을 몇 잔 주고 싶어 불렀다. 어려워 말고 가까이 오너라."

탁자에는 이미 몇 접시의 술안주와 술이 준비되어 있었다. 청아는 실로 움직이는 꼭두각시처럼 걸어왔다.

홍무제는 여자로서 남장을 하고 있는 청아에게 관심을 나타내고 있었다. 남옥은 재촉하듯 말했다.

"숙부님, 마음을 정하셨습니까?"

"그래."

"애써 권해드리진 않습니다만, 기묘한 여인이옵니다."

청아는 단박에 얼굴이 빨개졌다. 하지만 귀인에게 불린 이상 그것은 각오하고 있었다.

"그렇긴 하다…… 그러나 잠시 상대해 보고서 귀엽다 여겨진 뒤로 미루자. 부질없는 호기심으로 여인을 범하고 싶지는 않으니까."

이것은 홍무제의 진정이었다. 요즘의 그는 단지 여인의 육체를 탐낸다는 심정이 아니고 그 여인이 깊은 곳부터 진정에서 우러나는 샘물을 떠마시고 싶다는 마음으로 기울어지고 있었던 것이다.

"그럼 드디어 사내들끼리의 술좌석이 되었는데, 너도 한잔 들어라."

남옥은 갑자기 태도를 바꾸며 청아에게 잔을 내밀었다.

"황공하옵니다."

"상관없다, 신분을 떠난 자리다."

하고 홍무제도 거들었다.

"나도 마시겠다. 얼마쯤의 주량이냐?"

"네, 석 잔쯤."

청아는 어렴풋 자기의 입장을 깨닫고 원장을 살며시 올려다보았다.

'이 댁 서방님의 숙부님이라면 조정의 대관이시겠지. 그런데 별로 늙지도 않았다.'

그 정도의 생각이었다.

"핫핫핫…… 석 잔을 마실 수 있다면 다섯 잔도 마실 수 있겠구나."

홍무제와 남옥은 웃어가며 술을 마셨다. 청아는 사내들의 반도 마시지 않았는데 벌써 얼굴이 벌개졌고 숨이 찼다. 남옥이 그것을 재빨리 알아차리고 말했다.

"숙부님, 이 사내는 술이 약한가 봅니다. 옆방에 쉴 곳이 있으니 쉬라고 할까요."

"음, 그것이 좋겠다. 내가 부축하여 데려다 주겠다."

그러나 오히려 황제가 취했는지 발을 비틀거렸다.

"위험합니다."

청아가 재빨리 홍무제의 손을 잡아주었다. 그들은 얼싸안듯이 옆방으로 들어갔다. 침상이 있었고 휘장이 드리워져 있었다.

홍무제는 일부러 만취한 것처럼 침상에 쓰러졌다. 청아는 그런 황제의 겉옷을 벗겨 주고 베개를 받쳐 주었으나 그 다음이 문제였다. 현기증 같은 것이 생기며 가슴이 뛰기 시작했던 것이다. 청아의 '여자'가 이성(異性)의 체온과 체취에 취한 것이었다. 남옥에게 강요된 술이 상승작용을 일으켰다.

청아는 이불을 턱 아래까지 끌어올려 덮어 주고 물었다.

"어떠하십니까, 속이 답답하십니까?"

"목이 마르다."

침상 머리맡 탁자에 물병과 그릇이 준비돼 있었다. 청아는 등을 돌리고 그릇에 물을 따랐다. 홍무제는 그런 청아의 뒷모습을 보았다. 역시 뒤에서 보니 여자였다. 더욱이 그 자세가 허리의 모습을 과장시켰고 실제보다 둔부의 속살을 더욱 풍만하게 보였다.

홍무제는 순간 욕정을 느꼈다. 팔을 뻗쳐 그대로 안아 쓰러뜨렸다.

"어머!"

청아는 물그릇을 들려다가 쓰러졌기 때문에 물이 가슴을 적시며 소리를 질렀다.

"내가 싫으냐?"

"아아뇨……."

청아는 얼굴도 몸도 물들며 뜨거워지고 있었다. 어쩔 수 없는 여인의 생리일까. 체취에도 속일 수 없는 여취(女臭)가 샘솟아 안개처럼 흘렀다.

홍무제는 젖가슴을 단단히 졸라매고 있는 곳으로 손을 가져갔다. 그리고 천 끝을 찾아 풀려고 애를 썼다.

하지만 이런 짓은 그로서 첫경험이다. 의외로 어렵고 어떻게 풀어야 할지 몰랐다.

청아는 얼굴을 두 손으로 감싼 채 도마 위에 오른 고기 꼴이었다. 그러나 부끄러움과 간지러움이 범벅된 가슴이 웃음을 자아냈다.

눈물겹다 싶은 사내의 노력, 이윽고 홍무제는 뜻을 이루었다. 동시에 청아의 하반신도 매끄러운 때깔을 보였다. 그는 그것을 자기 몸처럼 침구 아래 감추고 힘껏 끌어안았다.

가슴에 닿고 있는 여인의 이마가 불덩어리처럼 뜨겁다. 귀 역시 눈 속의 동백처럼 붉었다. 침구 안은 여자의 체취로 가득했다.

"청아라고 했느냐?"

"네."

"몇 살이지?"

"스물 둘입니다."

"나는 몇 살쯤으로 보느냐?"

"글쎄요, 마흔쯤……."

"음, 몇 살 틀렸다. 그러나 너하고는 꼭 알맞다. 누구 말에 의하면 사내는 자기 나이 반에 한두 살 많은 게 가장 좋다고 하더라."

청아는 잠자코 있었다.

"애야."

그래도 대답이 없었다.

"그렇구나. 내가 싫단 말이지?"

청아가 별안간 얼굴을 들었다. 눈을 노려보듯이 크게 뜨고 있다. 눈 꺼풀이 불그스름했고 길게 째진 눈초리가 여인의 색향을 나타내고 있었다.

"싫으냐?"

"아니옵니다."

"그럼 좋으냐?"

"……."

청아는 끄덕이듯이 다시 얼굴을 사내 가슴에 파묻었다.

"그럼 부부처럼 해볼까?"

"……입니다."

목구멍에 기어들어가는 대답이었다.

"뭐라고 했느냐?"

"네, 하늘과 땅처럼 다르기 때문에……."

"그것은 무슨 뜻이냐?"

"너무 황공합니다."

"그럴 리가 있을 게 뭐냐. 천자님이라도 상대하는 여인은 모두 인간에서 뽑는다."

주원장은 황제를 자기 아닌 타인으로 표현하고 있었다.

"그것은 그렇고 너는 사내를 알고 있느냐?"

청아는 생각하고 있었다. 사내라는 것은 으레 상대편의 처녀성부터 확인하고 싶어한다. 이 조정의 대관도 같은 것을 물으신다.

"이렇게 탐스러운 몸인데 과년이 되도록 사내를 몰랐을 리가 없겠지?"

"네…… 한 사람."

"한 사람뿐이냐? 그것은 어떤 사람으로 어떤 경우였느냐?"

같은 것을 질문받는다. 같은 소리로 대답하지 않으면 안된다. 청아는 짤막하게 대답했다.

청아의 몸은 더욱더 뜨겁다. 그리고 엄청난 땀이다. 홍무제의 팔베개를 베어 준 오른팔에도 청아의 목 땀이 끈끈했고 왼손바닥도 물에 젖은 옹기를 쓰다듬은 듯 미끈거렸다.

"뜨겁구나."

"네."

말투에도 청아의 모든 것은 여인이 되어 있었다.

"찌는 것 같다. 석양이 비추고 있어 무덥구나."

휘장을 통해 보이는 창문에 햇살이 비추고 있었다. 그러나 규방의 이 열기는 석양 탓만도 아니다. 청아가 여자를 불타오르게 하고 있는 탓이었다.

자식은 울타리

홍무 4년(1371)이 되었다. 이해 정월 조회 때 성의백 홍문관 학사 유기는 상주했다.

"폐하, 지금 명나라는 남으로 광절(廣浙)에 이르고 북은 호지(胡地)에 이르렀으며 동은 동해에 이르러 신민이 모두 진정으로 신복(信服)하고 있습니다. 그렇지만 사천과 운남의 두 곳만은 아직도 귀순치 않아 황은(皇恩)의 혜택을 받지 못하고 있어 시급히 토벌해야 될 줄로 아옵니다."

운남은 몽고족의 양왕(梁王)이 버티고 있어 사자를 여러 번 보냈으나 그때마다 사자가 참형되는 일이 계속되었다. 또 사천은 명옥진의 아들 명승이 점거하고 있다. 이때 명승은 14세로 아직 어렸으나 승상 대수(戴壽)가 실권을 잡고 있었다.

"먼저 사천을 공략하십시오. 그러면 운남도 폐하의 위엄 앞에 스스로 항복해 올 것입니다."

홍무제는 말했다.

"선생의 말이 옳소. 먼저 칙사를 보내어 귀순을 권하고 이에 불응할 때 치도록 합시다."

이리하여 양경을 사자로 성도(成都)에 보냈다. 칙사로 임명된 양경은 황제께 건의했다.

"신은 화공을 하나 데리고 사천에 가겠습니다."

"무슨 일로?"

"예부터 촉천(蜀川)은 지형이 매우 험준하여 폐하께서 초유(招諭)하

시더라도 반드시 천험을 믿고 귀순하지 않을 것입니다. 그러자면 병을 보내야 하므로 그때를 대비해서 세밀한 그림지도를 작성할까 합니다."

"그대의 생각이 깊다."

홍무제도 기뻐하고 고명한 화공을 두 사람 양경에서 딸려 주었다.

양경은 화공 두 사람과 수행원 10여 기를 이끌고 여러 날 만에 성도에 도착하여 국서를 올렸다. 예상했던 대로 태수는 홍무제의 친서를 내던지며 소리쳤다.

"가소롭다, 주원장이 뭣인데 우리에게 항복을 하라 마라 하느냐? 우리야말로 정통 홍건당으로 귀순할 자는 오히려 그쪽이 아닌가."

양경은 사천의 각지를 세밀히 조사하고 돌아왔다. 이리하여 홍무 4년 5월 탕화를 정서장군에 임명하고 부장군으로서는 주덕홍과 요영충이 임명되었다. 이들은 수로를 따라 구당(瞿塘 = 양자강의 협곡)을 격파하고 중경을 목표로 삼았다.

또 부우덕은 정서장군으로 고시를 부장군으로 하여 보병과 기병을 거느리고 진·농부터 성도로 쳐나가게 했다.

이리하여 탕화는 요영충, 주덕흥, 강무재, 양경, 운룡의 장수들을 이끌고 먼저 용복(龍伏)의 애구(隘口)를 점령하여 조용과 합류했고 다시 치상(值桑), 부용(芙容), 동담(洞覃), 조채(㟖寨) 등지를 공략하여 하(夏)의 첨사 임문달을 사로잡고 적병 1천 남짓을 베어 죽였다. 다시 천문산(天門山)으로 나아가 그곳을 격파하고 귀주(歸州) 경계에 이르렀다.

하국은 구당관에게 명군을 막으려고 만반의 준비를 하고 있었다.

관문 입구에 쇠사슬을 건너질러 양쪽 절벽에 구멍을 뚫어 매고 있다. 그리고 밧줄로 다리를 만들자 널빤지를 그 위에 깔고 돌, 나무, 장대, 석포를 양 기슭에 배치하여 수군의 통과를 가로막았다.

강무재가 이를 공격하다가 석포를 맞아 죽었다. 양경도 말에서 떨어졌지만 천행으로 석포는 말만 죽였다. 양경은 강무재의 시체와 패군을 수습하여 퇴각했다.

선봉이 패하자 탕화는 대계구(大溪口)에 군을 멈추고 작전회의를 열었다. 이튿날 탕화는 요영충과 더불어 병력 1만을 이끌고 구당관의 전면에 이르러 주위의 지형을 살폈다.

보니 강이 넓고 산은 높고 험준한데 때마침 장마철이라 흙탕물이 도도히 흐르고 있었다.

"이는 과연 서쪽 제일의 요해로구나. 강물이 줄기를 기다렸다가 공격하는 수밖에 없다."

그들은 대계구로 다시 물러났고 거기서 석 달을 기다려야만 했다.

한편 부우덕은 병력 10만을 이끌고 섬서의 서안에 이르렀다.

"적을 공격하자면 금우령(金牛嶺), 팔잔도(八棧道) 같은 난소를 지나고 검문관(劍門關)을 깨야만 하오. 그러므로 샛길로 은밀히 나가야 하오."

작전을 정한 우덕은 병사들에게 한 달의 휴식을 주었다. 한편 검문관을 지키는 하태형(河太亨)은 천험을 믿고 매일 술과 계집으로 노닥거렸다.

"지금 대승상은 오우인(吳友仁)과 구당을 지키고 나는 검준관을 지킨다. 명군이 백만이라 한들 이 난소를 돌파할 수는 없다. 그들은 길도 없는 벼랑을 기어오르고 깊은 골짜기를 건너다가 떨어져 죽기 알맞다. 자, 너희들은 안심하고 술이나 마시고 있어라."

대장이 이 정도니 장병들도 마음 턱 놓고 있었다. 그러나 부우덕은 이 일대의 지리에 밝았다. 그는 젊었을 때 명옥진의 부하였던 것이다. 우덕은 정병 5천을 이끌고 스스로 길 안내가 되어 험준한 산악지대를 돌파했다.

그리하여 진창(陣倉)의 계곡길을 지나 이틀 밤낮을 강행군하여 계주(階州) 경계에 이르렀다.

그리고 계주성 5리 밖에 나타나자 진을 치고 꽹과리와 징을 시끄럽게 울렸다. 계주를 지키는 정세진(丁世珍)은 깜짝 놀랐다.

"하장군이 검관을 지키고 있는데 적군이 어떻게 이곳에 나타났는가? 주민들이 축제를 벌여 놓고 있는 게 아닐까?"

"아닙니다. 틀림없는 명군입니다."

"그렇다면 검관의 준령을 넘지 않고 진창의 계곡길로 왔구나. 좋아, 적은 멀리 와서 피로할 테니 출격하여 단숨에 무찔러 버리자."

정세진은 부장 왕천보(王千寶)와 함께 성병을 데리고 나갔다. 부우덕이 장창을 비껴들고 진전에 나타나자 정세진은 왕천보를 내보냈다. 우덕은 천보를 단 한 번의 창으로 찔러 죽였다.

정세진은 겁이 나서 말을 돌려 달아났지만 적의 추격이 너무도 급하여 성에 들어가지 못하고 문주(文州)로 달아났다.

우덕은 계주성에 들어가 백성을 안심시켰다. 이튿날 장흥조, 주양조, 곽영 등이 병력을 이끌고 도착하여 명군의 사기는 높아졌다.

검관을 지키고 있던 하대형은 계주성이 함락되었다는 보고를 받자 탄식했다.

"내 부우덕을 너무 얕보았구나. 옛날 한신은 잔도를 공격하는 척하여 은밀히 진창길로 나아가 마침내 장한(章邯)을 사로잡고 산관(散關)을 깼다. 부우덕 또한 한신 못지않는 계책을 써서 계주를 얻었으니 검관을 지킬 필요성이 없어졌다."

하대형은 검관을 버리고 한주(漢州)로 물러갔다.

한편 부우덕은 다시 진군하여 백룡강에 도달했다. 이곳은 하대형의 부하 왕변(王辨)이란 자가 지키고 있었다.

그는 백룡강의 다리를 끊고 3천 병력으로 강 서안에 진을 쳤다.

우덕은 곽영을 시켜 많은 뗏목을 만들고 이를 타고서 밤중에 강을 건넜다.

적병은 적이 건너오는 것도 모르고 깊은 잠에 빠져 있다가 기습을 받아 태반이 죽었다. 우덕과 곽영은 달아나는 적병을 추격하여 날이 훤하게 밝아올 무렵 문주에 이르렀다.

정세진은 이를 보자 성병을 이끌고 쳐들어왔다. 곽영이 이를 맞아 싸웠다. 정세진은 당하지 못하고 말을 돌려 달아났으며 곽영이 이를 추격했다. 그런데 적진에서 화살이 날아와 곽영의 왼팔을 맞추었고 말에서 떨어졌다. 적병이 달려들어 그를 생포하려고 했지만 다행히도 왕홍조가 적병을 쫓아 버리고 그를 구해 주었다. 그런데 왕홍조는 돌아오다가 적의 석포를 맞아 전사하고 말았다.

부우덕은 이를 보고 크게 노하여 총공격을 명령했고 양군은 어우러져 혈전을 벌였다. 처음에는 좀처럼 승부가 나지 않았으나 이윽고 하군이 무너져 달아났다. 우덕은 이를 추격하고 문주성을 점령해 버렸다.

우덕의 군은 두 차례에 걸친 승리로 청양(靑陽)을 싸우지 않고 손에 넣었으며 마침내 금주(錦州)에 이르렀다.

정세진은 금주를 지키는 마웅(馬雄)과 성병을 끌고 나와 명군과 대진했다.

마웅이 싸움을 걸자 주양조가 나가 맞았다. 양조는 벽력처럼 소리를 지르며 마웅을 찔러 죽이고 삼군을 일제히 공격시키자 성병은 무기를 버리고 달아났다.

이때 정세진은 패병을 이끌고 성문 아래에 이르러 문을 열라고 했는데 성벽 위에 명나라 대장이 나타났다.

"너는 아직도 정신을 못차렸느냐? 나는 명나라 대장 고시이다!"

정세진은 놀라 도망쳤지만 곽영을 만나 창에 찔려 죽고 말았다.

우덕은 다시 군을 진격시켜 한양 강변에 이르렀다. 강물이 장마로 크게 불어나 있었다.

"이 강은 동남쪽을 굽이돌아 금사강과 이어진다. 탕화와 오영충에게 우리 승리의 소식을 알리자."

우덕은 나무쪽에 전황을 일일이 쓰고 강물에 던졌다. 하류의 탕화군이 그것을 건져 보고 정보를 알게 하기 위해서였다.

한수를 사이에 두고 우덕과 하대형은 대치했다. 우덕이 이곳에서 닷새가 지나도록 움직이지 않자 주양조가 물었다.

"왜 이곳에서 지체하십니까?"

"병법에 살핀 뒤에 행하라고 했다. 지금 하대형이 병력 10만을 가지고 강 서안에 진을 치고 있소. 아군이 서둘러 강을 건넌다면 실수가 있을 염려가 있다. 그래서 닷새를 헛되이 보냈던 것이오. 그리고 이는 적에게 방심할 기회를 주고 방비가 허술해지는 것을 기다리는 계책이오. 이미 적진에 그런 낌새가 나타나고 있으니 계교로써 적을 공격하리다."

우덕은 뗏목을 만들게 하고 곽영에게 3천 병력을 주어 화기(火器)를 싣게 한 뒤 선봉으로 먼저 출발시켰다.

이날 밤 삼경에 곽영이 상류에서 뗏목을 타고 내려와 적진을 살폈더니 적군은 깊은 잠에 빠져 있었다.

곽영은 기뻐하고 화기를 일제히 발사하며 적안에 상륙했다. 하병은 잠결에 공격을 받아 싸우지도 못하고 죽음을 당했고 나머지는 사방으로 달아났다.

잠깐 사이 1만 여의 적병을 죽이고 숨돌릴 사이도 없이 공격하자 하대형은 크게 놀라 한주로 도망쳤다.

우덕은 즉시 도하하여 적을 추격했고 한주에 이르러 성을 포위했다.

하국 황제 명승은 중경에서 이날 아침 조회를 열고 있었는데 패보가 알려졌다. 명승은 크게 놀라 구당의 병을 쪼개어 한주의 급함을 구하라고 명했다.

대수는 아무것도 모르고 안심하고 있다가 제명을 받자 막인수(莫仁壽), 추흥(鄒興), 공흥(龔興), 비천장(飛天張), 철두장(鐵頭張) 등에게 병력 3만을 주어 구당을 지키게 하고 자기는 병력 7만을 이끌고 한주로 달려갔다.

이때 오우인이 말했다.

"부우덕은 일찍이 소장의 선친 부하였는데 선친이 이를 쓰지 않아 진우량한테 갔고 다시 대명에 귀순했던 것입니다. 그는 문무를 겸비했고 지용 또한 뛰어난 장군입니다. 지금 그가 촉에 들어온 것은 호랑이가 나타난 거나 같습니다. 소장은 승상과 병을 나눠 양로로 나아가 기각지세(犄角之勢)를 이루고 부우덕을 막아 그의 병량이 떨어지는 것을 기다릴 수밖에 없습니다."

그러나 대수는 병력이 분산되는 것을 싫어하여 이 계책을 쓰지 않았다. 오우인은 하늘을 우러르며 탄식했다.

"우리 하국도 이젠 끝났구나."

대수는 7만 병력을 이끌고 한주에 이르러 성 서쪽에 진을 쳤다. 부우덕은 적병이 이르자 포위를 풀고 남쪽을 향해 포진했다.

성안에 있던 하대형도 대수가 대병을 이끌고 오자 성병 3만을 데리고 나왔다. 부우덕은 전군에게 고하여 장병의 사기를 높였다.

"대수의 군사는 멀리 와서 지치고, 하대형의 군사는 우리에게 자주 패하여 겁내고 있다. 오늘의 결전이야말로 촉을 평정할 기회이니 용기를 갖고 힘껏 싸워 주기 바란다."

이리하여 주양조는 좌군, 고시는 우군을 지휘케 하고 자기는 곽영과 함께 중군을 맡았다.

이튿날 양군은 대치하고 말싸움부터 시작했다. 대수가 외쳤다.

"명병에게 경고한다! 즉시 물러가지 않는다면 이곳에서 죽어 객귀(客鬼)가 되고 말리라."

부우덕이 반박했다.

"너는 유주를 속여 멋대로 국권을 휘두르고 갖은 음락을 일삼아 이미 하늘의 벌을 받게 되어 있다. 만일 지난 일을 뉘우치고 항복한다면 도탄에 빠진 백성을 구할 수 있으리라."

대수는 이를 듣고 노하며 창을 갖고서 말을 달려 우덕을 향해 공격해 왔다. 동시에 하군 중에서 오우인, 하대형, 황룡(黃龍), 양사달(梁士達), 호공장(胡孔章) 등이 일제히 돌진해 왔다.

명군에서도 주양조, 고시, 곽영이 나가 이들을 맞았다. 이윽고 곽영이 창으로 황룡을 찔러 죽이고 고시가 칼로써 양사달을 베었고 주양조도 호공장을 언월도로 내리쳤다. 대수는 겁을 먹고 달아났는데 우덕이 뒤쫓아가 칼을 내리치자 말에서 떨어졌다. 그러나 상처가 깊지 않아 말을 갈아타고 오우인, 하대형 등과 함께 달아났다.

이 바람에 하병은 크게 무너졌다. 우덕을 승세로 몰아 한주로 달려가 점령했고 수많은 적병을 사로잡았다.

이어 우덕은 고시를 남겨 한주를 지키게 하고 고성(古城)을 공격하여 하병 2천여 명을 죽였으며 적장 조병규(趙秉珪)를 사로잡았다. 오우인은 목숨만 겨우 건져 고성에서 다시 보영(保寧)으로 달아났다. 이때 유사충(兪思忠)이 군민(軍民) 3천을 데리고 와서 우덕에게 항복했다.

촉을 사천(四川)이라고 부르는 까닭은 성도를 서천, 동관을 동천, 이주(利州)를 북천, 기주(夔州)를 남천이라 부르기 때문이다.

서·동·북·남의 사천 안에는 아미산(峨眉山), 청성산(靑城山), 금병산(錦屛山), 무산(巫山), 적갑산(赤甲山), 백염산(白鹽山) 등의 큰 산이 여섯 있었다.

또 세 강이 있는데, 금사강(金沙江), 백룡강(白龍江), 한양강(漢陽江)이었다.

또 여섯 개의 관문이 있고 극히 험준하여 육험(六險)이라 한다.

구당관(瞿塘關)이 제1험, 검문관(劍門關)이 제2험, 양평관(陽平關)이 제3험. 가맹관(葭萌關)이 제4험. 석정관(石頂關)이 제5험, 백노관(白牢關)이 제6험.

사천은 예로부터 인물이 많이 나고 산물이 풍부했다. 따라서 진은 그 부를 사용했고 한도 그 재(財)를 썼다는 곳이었다.

부우덕은 다시 군을 진격시켜 성도에 이르렀고 성 동쪽에 진을 쳤다. 대수는 성도를 지키고 있다가 명군이 이르자 제장과 의논했다. 오우인이 말했다.

"나에게 계책이 하나 있습니다. 우리 하국엔 코끼리가 백 마리 있는데 이것에 무장병을 태우고 적진을 짓밟게 한다면 명병도 놀라 달아날 것입니다."

대수는 이 계책에 찬성했다. 코끼리 한 마리에 중무장한 군사 세 명씩 태우고 성밖에 나가 대진했다.

그리고 코끼리 백 마리가 노도처럼 밀려나왔다. 명병은 허둥지둥 달아나다가 수없이 밟혀 죽었다. 우덕은 패군을 수습하고 이튿날 다시 싸움을 걸었다. 코끼리 부대가 나타나자 미리 준비했던 화포를 일제히 쏘게 했다.

산더미 같은 몸집의 코끼리도 불화살을 보자 겁을 먹었고 명병이 징을 울리며 함성을 지르자 자기 진지로 쫓겨 들어가 자기편 군사를 마구 짓밟았다.

코끼리는 발광하자 적과 아군을 구별하지 못했던 것이다.

오우인은 크게 놀라 도망치려 했는데 곽영이 비호처럼 달려와 그를 창으로 찔러 죽였다. 대수와 하대형은 군졸들의 시체를 밟고 가까스로 성안으로 도망쳤고, 명군은 코끼리 12마리를 얻는 전과를 올렸다.

한편 탕화와 요영충은 대계구에서 더 이상 나아가지 못하고 석달을 허비하고 있었는데, 군사가 강에서 나무쪽지를 주워 왔다. 탕화가 읽어보았더니 아군의 승전소식이었다.

탕화와 요영충은 즉시 구당관을 공격하기로 했다. 명군이 행동을 개시하자 관문을 지키는 막인수는 추홍과 병력 5천으로 물가에 진을 치

고 강을 올라오는 적을 방비했다. 또 공홍에게도 병력 5천을 주어 산지에 진치게 하고 구름다리 입구로 올 적을 막았다.

탕화는 적정을 보고 받자 요영충과 상의했다.

"적이 수륙 양진으로 대비하고 있음은 계책이 없음을 말하는 것이니 파하기가 어렵지 않습니다. 먼저 운룡에게 병력 5백을 주어 작은 배로 어둠을 틈타 묵엽도(墨葉渡)로부터 상류로 잠입시켜 적갑산 아래 매복시킵니다. 소장은 내일 병력 5천과 병선을 지휘하여 상류로 거슬러 올라가 추홍의 수진을 치겠습니다. 만일 이를 격퇴한다면 쇠사슬 다리를 불태워 끊어 버리겠습니다. 쇠사슬 다리만 끊는다면 대석포로 구당관을 포격할 수 있어 승리할 수 있습니다."

탕화는 요영충의 계책을 쓰기로 했다. 운룡에게 정병 5백을 주고 적갑산에 보내어 매복시켰다. 또 요영충은 정병 5천을 병선에 태우고 강을 거슬러 올라가 적진을 강습했다.

탕화는 병력 1만으로 공홍의 육진을 공격했다.

요영충은 적진 가까이 이르자 적의 맹반격에도 불구하고 일제히 상륙했다. 육박전을 벌였는데 이때 운룡의 복병이 적진 배후에서 공격했으므로 추홍의 수진이 크게 동요되었다.

추홍은 결사적으로 싸웠고 그 맹용이 두려울 정도였으나 요영충에게 죽고 말았다.

대장이 죽자, 하병은 달아났다. 영충은 운룡과 병을 합쳐 쇠사슬을 끊어 버렸고 구당관으로 육박했다. 대석포를 쏘며 돌진하는 혈전이 이곳에서 또 벌어졌다.

관문을 지키던 적 대장 막인수는 영충의 창에 찔려 죽었고 비천장은 운룡의 칼 아래 목이 달아났다.

또 달아나는 철두장은 뒤쫓아 온 영충의 칼에 찔려 말 아래 거꾸러졌고 마침내 구당관을 점거했다.

탕화도 하의 육진을 격파하고 공홍을 죽였다. 이어 영충의 군과 합세하여 신격했는데 지나는 고을마다 성문을 열고 항복했다. 그리하여 가을바람도 소슬한 10월 중경 성밖까지 도달했다.

하왕 명승은 구당관이 깨지고 명군이 성밖 10 리 동라협(銅鑼峽)까지 왔다는 보고에 흙빛으로 질렸다.

이때 우승상 유인(劉仁)이 말했다.

"폐하, 이렇게 되었으므로 항복 밖엔 방법이 없습니다. 이것도 천명입니다."

명승은 결정을 내리지 못했는데 태후 팽씨(彭氏)도 유인과 같은 의견이었다.

드디어 유인이 백기를 들고 나가 항복했다. 성도성의 대수와 하대형도 하왕 명승이 항복했다는 소식에 성문을 열고 부우덕에게 항복했다.

이리하여 하는 멸망했다. 홍무 4 년 10 월의 일이었다.

부우덕은 명승과 모후 및 후궁을 모두 현천부에 보냈다. 「초목자」에 의하면 홍무제는 명승이 어머니 팽씨와 그 비를 자기의 후궁에 넣었다고 한다. 절세의 미녀였던 모양이다. 아니, 이는 멸망한 나라의 후비들이 겪는 운명이었다.

명승은 귀명후(歸命候)라는 봉작을 받았지만 이윽고 유배되었다. 즉, 명승과 그의 아우 덕수(德壽)는 함께 조선으로 보내졌는데 도중 바다에 던져져 죽었다고 한다.

홍무제는 마황후를 당태종의 장손황후(長孫皇后)에 비유하며 칭찬했다. 이것은 입끝만의 칭찬이 아니고 진정한 마음으로 말했던 것이다.

주원장은 「당서」를 읽고 장손황후도 마황후와 같은 시련을 이겨내며 남편을 내조했다고 믿었다.

수양제가 고구려 원정의 실패, 대운하 건설, 황음 등에 의해 살해되었을 때 원말과 비슷한 혼란이 발생했다. 각지에 왕을 자칭한 군웅이 난립하고 도둑이 벌 떼처럼 일어났다.

그 가운데의 하나인 이연(李淵)은 우유부단한 성격에 계집을 좋아하는 인물이었으나 주변에 유능한 참모가 있고 특히 아들들의 활약이 눈부셨다.

그가 천하를 잡은 것도 아들, 특히 차남 이세민(李世民)의 힘이 컸었다.

이연은 아내 두씨(竇氏)와의 사이에 건성(建成), 세민, 현패(玄霸), 원길(元吉)의 네 아들이 있었는데, 현패는 일찍 죽었다. 이연이 태원(太原)에서 거병했을 때 건성은 29세, 세민은 20세, 원길은 15세였다. 이연은 병을 일으키자 남진하여 장안을 점령했고 618년 황제가 되었다. 이때 세 아들은 각각 일군의 사령관으로 아버지의 창업을 도왔던 것이다.

그 뒤 이세민은 각지의 자칭 황제들을 무찔렀고 마침내는 현무문의 쿠데타를 일으켜 태자인 건성과 원길을 죽이고 실권을 잡았다. 「정관정요(貞關政要)」로 일대의 명군이라 알려진 이세민에게는 친형제를 죽인 어두운 일면이 있고 그 역사는 대부분 조작되었다는 게 논자들의 평이다.

그것이야 어쨌든 주원장은 역사를 읽는 데만 그치지 않고 역사에서 필요한 것을 뽑아 배웠다. 홍무제의 본보기는 바로 한고조 유방이었고 당 태종 이세민, 그리고 송 태조 조광윤이었던 것이다.

당 태종의 비 장손황후의 오라버니 장손무기(長孫無忌)는 선비족이었고 현무문의 쿠데타에서 큰 공을 세웠다. 황후도 세민의 아내로 도움이 컸을 것으로 여겨진다.

홍무제는 마황후에게 말했다.

"장손황후는 당 태종이 정치에 대해 물어도 일체 대답을 하지 않았소. 정치는 여자가 알 일이 아니라고 말이오. 황후는 자기 친척에 대해서도 정치는 관여하지 말라고 신신 당부했으며 친척을 높은 관직에 임명하지 말라고 태종께 간청했을 정도요. 그러나 아깝게도 36세라는 젊은 나이로 세상을 떠났소."

"저는 장손황후와 감히 비교도 되지 않아요. 그러나 부부가 서로 돕는 것은 당연합니다. 그렇지만 군신은 부부와는 달라 똑같이 하기가 여간 힘들지가 않겠지요. 폐하! 폐하께서는 저와 함께 지내신 가난과 고생의 날을 결코 잊지 않으시는 것과 마찬가지로 신하들과 함께 겪어온 고난의 날들도 결코 잊지 말아 주시기 바랍니다. 언제고 그렇게만 생각하신다면 처음과 끝의 구별도 있어 좋지 않겠습니까?"

"허허, 또 황후의 자비요!"

홍무제는 황후의 따뜻한 마음을 모르는 것은 아니었다. 그러나 그는 왕조의 창업자로 국가의 경영을 생각하고 있다. 언제나 그 방법을 마음속 깊이 궁리하고 있었다.

그런 해답을 찾자면 역시 유방이나 이세민, 또는 조광윤에게서 찾지 않으면 안되었다.

그가 당면한 문제로 두 가지가 있었다. 첫째는 천하의 중심이 될 도읍을 어디다 정하느냐였다.

두번째는 주씨 일문의 왕조를 대대손손 계승시키는 방법이었다.

처음에 장강을 건넜을 때 부하들은 금릉에 읍을 두어야 한다고 주장했다. 원장도 이를 따랐고 금릉은 응천부라 개명하고 1366년 응천의 동북 종산에 궁전을 짓고 이듬해 이를 완성했다. 이는 오왕시대의 도성이다.

도읍 문제는 이것으로써 일단 해결되었는데 다음은 왕조의 유지였다.

이선장이 말했다.

"한고조는 장안에 도읍을 결정하고 궁전으로 미앙궁(未央宮)을 짓자 공신과 황자를 각지의 왕으로 봉했습니다. 이것이 군국제(郡國制)입니다. 이는 중앙에 황제가 있고 황제의 칙사 앞에선 비록 제후왕이라도 무릎 꿇어 명령을 받드는 제도였지요."

공신으로 제후황이 된 자는 여후(呂后)의 계략으로 대부분 숙청되었다. 유방의 속셈은 제후황이 국가의 위급시 황제의 번병(藩屏), 울타리가 되어 역적을 막아 준다고 믿었다. 진나라는 군현제를 실시하고 번병이 없어 쉽게 멸망했다는 교훈이 있었기 때문이다.

"한고조는 또 원칙을 정했습니다. 유씨가 아니면 왕이 될 수 없고, 공이 없으면 열후가 될 수 없다고 말입니다."

한나라는 문제시대 후왕의 세력을 약화시키려 했다가 '오초(吳楚) 7국의 난'이 일어나 황제의 번병이 되어야 할 유씨 왕들이 오히려 반란을 일으키고 있었던 것이다.

"그러나 특별한 방법이 없지 않습니까?"

선장의 반문에 홍무제는 묘책이 없었다. 이리하여 제 황자를 분봉(分封)한다는 원칙이 홍무 2년 4월 「황명조훈(皇明祖訓)」이 편찬되었을 때 결정되었다. 그러나 그 실시는 신중했다.

주원장에겐 일생을 두고 모두 24명의 황자가 있었지만 제9남과 제26남은 젖먹이 때 죽었다. 따라서 태자 주표를 제외한 23명이 대상이었지만 아직 어리거나 하여 실시를 서두르지 않았다.

홍무 3년 4월 제2남과 제10남을 친왕(親王)으로 봉했을 정도였다. 황명조훈도 그 사전 포석으로 황자도 지켜야 할 교훈집이었다.

"자식은 울타리야. 따라서 필요성은 있지만 최선의 방법을 찾자."

유방 같은 영웅도 자기가 죽은 뒤 여후 일족의 전횡(專橫)이나 오초 7국의 난을 예상치 못했었잖은가.

다만 여씨 일족은 주발(周勃)에 의해 주살되었고, 오초 7국의 난도 주발의 아들 주아부(周亞夫)의 활약으로 진압되었다.

"마황후는 여후 같지 않아 걱정 없다. 그러나 황제의 번영인 제왕들이 난을 일으키면 과연 주발, 주아부 같은 인물이 나타나 나라를 유지할 수 있을까?"

마황후엔 외척이란 것이 없는 것이다. 그녀는 장손황후처럼 정치에 간섭하지 않는다. 간여한다면, 제장에게 벌을 주려고 할 때 그들을 동정하고 구명을 탄원하는 데 그칠 뿐이다.

곽자흥의 셋째아들로 곽천작(郭天爵)이 있었다. 그는 자기지위가 낮음을 불만으로 여기고 반란을 일으켰다가 주원장에게 살해되었다. 그때 마황후는 한마디도 말하지 않았다. 죄가 명백했기 때문이다.

그러나 외척은 앞으로도 발생할 수 있다. 주원장은 외척과 환관을 경계했다. 전한은 외척 때문에, 후한은 환관 때문에 멸망했기 때문이다.

주원장은 번병이 번병으로서 제구실을 하자면 어렸을 때의 교육이 중요하다고 생각했다. 그는 황제이니만큼 많은 비와 빈이 있었다. 앞에서도 말했듯 황자는 모두 26명이나 되었고 공주는 16명이었다.

그런 회빈들은 중국인뿐 아니라 몽고인도 고려인도 있었다. 이 몽고인이나 고려인도 자녀를 낳고 기르고 있었다. 일설에 의하면 제4남 주체는 마황후 소생이 아니고 몽고족 비가 낳았다고 한다.

이렇듯 많은 이복형제 자매의 교육에 대해선 각별한 주의가 필요했다. 자녀교육은 원칙적으로 마황후 소관이었으나 홍무제도 이에 관여했다.

자기 자신 젊었을 때 공부할 기회가 없었던 것이 한처럼 여겨졌기 때문이지만 번병으로서의 자질을 갖추게 하기 위해서였다.

자제들이 공부할 장소로 궁중에 학문당을 두었다. 거기엔 고금의 서적이나 그림 등이 소장되었다. 그리하여 전국 각지에서 이름난 선비를 초빙하여 태자나 제왕을 교육시켰고 수재를 선발시켜 그들과 함께 공부하도록 하였다.

또한 곧잘 잔치를 베풀고 시를 읊거나 고사를 논하게 하며 문학에 관해 토론을 하도록 했다.

홍무제의 자제를 가르친 유학자로 가장 유명한 사람은 송렴이었다. 송렴은 10여 년에 걸쳐 태자의 교육 책임자로 있었다.

송렴은 공맹의 예법에 대해 가르쳤고 정치나 과거 왕조의 흥망에 대해서도 이야기를 들려주었다. 송렴은 스스로 모범을 보였다.

태자나 제왕을 가르칠 때 공수(拱手)하며 말했다.

공수는 왼손으로 오른손의 주먹을 덮듯이 맞잡는 것으로 상대편에게 경의를 표시하는 예법이다. 송렴은 태자나 황자들에게 많은 존경을 받았다.

홍무제는 태자에 대한 확고한 교육방침을 가지고 있었다.

"한 덩어리의 순금을 얻게 되면 뛰어난 장인을 찾아내어 기공하게 되리라. 옥(玉)을 한 덩어리 얻었을 때에도 명공의 손이 가야 비로소 그릇이 될 수 있으리라. 인간도 마찬가지다. 좋은 자제를 가졌으면서 훌륭한 스승을 구하지 않는다면, 자제를 사랑하는 데 있어 금이나 옥만도 못한 것이 된다. 좋은 스승은 좋은 본보기를 보이고자 이것저것

재료를 사용하여 가르침을 베풀고 재능을 늘려 주거나 키울 수가 있는 것이다. 또 제 공신의 자제는 관리가 되어 일을 해야 한다. 그들에겐 바른 마음이 필요하다는 것을 가르쳐 주기 바란다. 마음이 바르다면 만사가 순조롭지만, 마음이 바르지 못하다면 갖가지 욕심에 얽매이는 쓸모없는 인간이 되고 만다. 당신은 황태자나 제 공신의 자제를 가르치는 데 있어 실학(實學)으로 지도하는 일이 중요하다. 일반의 문인은 필요하지 않다. 미사여구(美辭麗句)를 외기만 하는 것은 아무런 쓸모가 없기 때문이다."

홍무제는 학문도 중요하지만 덕성(德性)도 중요하다고 생각했다. 그래서 태자 교육에는 공맹의 도를 받드는 학자 외에도 덕행이 높은 사람을 선발하여 태자의 빈객으로 삼든가 딕에 대한 충고를 하도록 했다.

그들의 임무는 '제왕학, 예악의 가르침, 과거의 성공과 실패의 사례, 농업정책' 등을 가르치는 것이었다.

홍무제가 이렇듯 자제교육에 열심이었던 것도 창업한 왕조를 수성하는 데 있었다. 그는 이선장에게 물었다.

"당나라에선 제왕 분봉을 어떻게 하고 있었나?"

"당태종도 제왕을 분봉하고 있습니다만……."

세민에겐 황자가 14명 있었는데 장손황후가 낳은 것은 제4자인 위왕(魏王) 이태(李泰), 제9자인 진왕(晉王) 이치(李治), 그리고 태자인 장자 이승건(李承乾)이었다.

"당태종은 태자문제로 고뇌했습니다. 태자는 성격이 별나 부하에게 호인(胡人 = 서역인) 복장을 입히고 매일처럼 호국의 춤이나 칼춤을 시켰다고 합니다. 또 미동(美童)을 총애하는 나쁜 버릇이 있었습니다."

그래서 태자는 폐위되고 진왕 이치가 태자로 책봉되었다.

그런데 이치는 성격이 우유부단했고, 좋게 말해서 마음이 너무 선했다. 이런 태자는 제국을 이끌고 나가지 못한다.

더욱이 그는 태종이 죽자 아버지의 후궁이던 무조(武照)라는 여자와 눈이 맞았다. 뒷날의 측천무후(則天武后)가 된 여인이다.

고종(이치)은 왕황후를 폐하고 무조를 황후에 앉혔다. 여기에는 반대가 있었지만 황제는 강행했다.

"무조는 황후가 되자 그 본색을 드러냈습니다. 실권을 잡았을 뿐 아니라 마침내 당왕조를 없애고 여황제가 되었습니다. 반대자를 수없이 죽이면서 근 50년에 걸쳐 전세를 휘둘렀습니다."

홍무제는 무거운 한숨을 쉬었다. 창업보다 수성이 얼마나 어려운가!

"그렇다면 당태종의 제왕 분봉도 실패했단 말인가!"

홍무제는 이 문제를 좀더 연구하기로 했다. 그는 역사를 좀더 정독하고, 결국에 있어 자기가 모든 것을 결정해야만 한다고 생각했다.

황제로선 이 일 말고도 해결할 문제가 많았던 것이다.

그 하나로 조정 내부의 대립이 있었다. 이 무렵 조정에서는 이선장이 좌승상으로 가장 큰 세력을 가졌다.

선장의 아들은 황제의 공주와 결혼하여 부마도위가 되어 있었다.

이선장과 대립되는 인물은 유기였다. 우선 그들은 고향이 달랐다. 이선장은 주원장과 고향이 같은 회서(淮西) 사람이고 유기는 절강성의 절동(浙東) 사람이었다. 또 그들은 출신이 달랐다. 선장은 독서인이었고 유기는 원나라 과거에도 급제한 지주출신이었다. 둘 다 개국 공신이었으나 신분이 달랐다. 유기는 성의백으로 녹봉이 겨우 240석이었다. 그런데 이선장은 한국공이고 녹봉이 4천 석이었다.

사상도 달랐다. 유기는 선도에 관심이 있는 유가였고 선장은 법가였다. 일찍이 주원장이 북정했을 때 이선장과 어사중승(御史中丞)인 유기는 응천을 지키고 있었다.

이때 중서성 도사 이빈(李彬)이란 자가 법을 어겼다. 이빈과 고향이 같은 선장은 그 죄를 용서해 주었으면 하는 친서를 유기한테 보냈다.

"그러나 형벌은 국법으로 정해져 있는 일, 폐하의 의견을 들어 보겠소."

유기는 주원장에게 서면으로 보고했고 결재가 나와 이빈은 처형되었다. 선장은 이때부터 유기에게 앙심을 품었다.

유기는 본디 벼슬에 별로 관심이 없었다. 홍무 4년 그는 상서를 자주 올려 향리에 돌아가 은퇴하고 싶다는 뜻을 나타냈다.

주원장은 신임하는 유기라 그를 만류했다.

"짐은 차라리 선생을 승상에 올리고 싶은데 이대로 남아 도와주시구료."

"황공하옵니다. 하오나 신은 늙었고 병도 있어 향리에 돌아가도록 해주십시오."

"그렇다면 누구를 승상으로 쓰면 되겠소?"

"역시 한국공 이선장 말고는 적임자가 없습니다."

"허허. 선장은 몇 번이고 신생을 해치려고 했는데 당신은 어째서 그를 칭찬하시오? 짐이 생각하기에는 선생이 승상을 맡아주는 게 가장 좋을 것 같은데……."

그러나 유기는 끝내 사양했다. 회서인으로 가득 차 있는 조정에서 승상이 되어 보았자 중상과 모략이나 받아 쫓겨나기 딱 알맞다고 생각했기 때문이다.

홍무제는 유기에게 다시 양헌(楊憲), 왕광양(王廣洋), 호유용(胡惟庸)은 어떠냐고 물었다.

양헌과 유기는 친했다. 그렇지만 유기는 강직한 성격이라 바른 말을 했다.

"양헌은 승상될 재능은 있지만 그릇이 모자랍니다. 또 왕광양은 마음이 좁고 경솔한 데가 있습니다. 호유용에 이르러선 논의할 가치조차 없지요."

"그렇소."

홍무제는 고개를 끄덕이고 유기의 청을 들어주었다.

문자(文字)의 옥(獄)

앞서 고계는 「원사」 편찬 관계로 응천부에 상경했고, 가족까지 불러 명나라를 섬길 생각이었다.

그는 조정에서 승진하여 호부시랑(戶部侍郞)까지 올라갔다.

그러나 그는 1년이 못 되어 후회했다. 조정의 회서 집단의 텃세가 센 탓도 있었지만 홍무제가 몹시 위험한 인물임을 깨달았던 것이다.

홍무제는 장강을 건넌 뒤 지주 계층의 문인을 대량으로 채용하여 많은 일을 시켰다. 건국 이래 조의(朝儀 = 조정의 의전)·군위(軍衛)·호적 사무·학교 제도의 수립은 문인의 힘을 빌었던 것으로 그는 문인의 필요성을 깊이 느꼈다.

또 지방의 관리들은 신년·황제의 탄생일, 황실 축하 행사가 있을 때에는 경축의 표문을 올리게 되어 있었다. 그러나 문맹자인 지방 수령의 글은 그 고장 학교의 선생이 대필했다.

상투적인 글귀의 나열이고 하나같이 주원장을 칭찬하는 것이었지만 홍무제는 이를 읽고 기뻐했다. 그는 무인으로 대범(大凡)한 성격이었고 자질구레한 문장의 결점을 탓할 인물이 아니었다.

그러나 문신과 무신의 세력 다툼도 있었다. 무신은 자기들이 전장에서 목숨을 바쳐가며 명나라를 건국했다는 자부심이 있다. 홍무제가 문신을 중용하자 무신이 이를 항의했다. 그때 홍무제는 말했다.

"세상이 어지럽다면 무신을 쓰고, 세상이 다스려지면 문신을 쓴다. 다만 어느 쪽이고 치우친다면 나쁘지."

이런 홍무제였는데 하루는 무신이 이렇게 말했다.

　"폐하의 말씀은 지당하십니다. 그러나 문인을 너무 믿는 것은 좋지 않습니다. 그렇지 않았다가는 문인의 손끝에서 놀게 됩니다. 무릇 문인이라 일컫는 자들은 남의 허물만 찾아내어 욕이나 하고 또 남을 놀리는 데 선수입니다. 장사성이 그 좋은 꼴이었지요. 장사성의 본 이름은 구사(九四)인데 일생을 두고 문인을 후하게 대접했지요. 좋은 집을 마련해 주고 높은 녹봉을 주며 사흘에 한 번은 작은 잔치, 닷새에 한 번은 큰 잔치를 열어 주며 문인을 하늘처럼 대우해 주었습니다. 그런데 왕이 되었을 때 문인은 그에게 사성이라는 이름을 지어주었던 것입니다."

　"사성이란 이름이 나쁘지도 않잖아."

　"아닙니다. 그렇지 않습니다. 보기 좋게 놀림감이 되었던 겁니다.

「맹자」란 책을 보면 '사(士)는 참으로 소인이다'라는 구절이 있습니다. 그런데 이 구절의 띄어읽기를 달리 해보면 '사성(士誠)은 소인이다'라고 되는 겁니다. 사성을 소인이라 비웃고 있는 것인데 본인이 그것을 몰랐으니 얼마나 우스꽝스런 노릇입니까. 아니 사성은 죽을 때까지 그런 것도 모르고 놀림을 받았으니 얼마나 가엾습니까?"

홍무제는 이날 밤 즉시 「맹자」를 조사해 보았다. 과연 그런 글귀가 있었다.

이때부터 그는 신하가 올리는 표문(表文)에 대해 주의 깊게 살폈다. 그 자신 가난한 농부 출신으로 소금장수 출신 장사성과 비슷한 입장이었던 것이다.

그는 신경질이 늘었고 의심도 많아졌다. 표문 곳곳에 화상(和尙), 적도(賊盜)라는 글자가 있었다. 화상은 승려라는 뜻이고 적도는 도둑인데 지방관청에서 그들에 대한 보고를 하려면 당연히 그런 단어를 쓸 수밖에 없었다.

그러나 홍무제는 그렇게 생각하지 않았다.

"이놈들이 나를 빗대며 욕하고 있는 것이로구나. 이런 놈들을 그대로 둘 수는 없다."

이것은 이선장파와 유기파의 대립처럼 문신과 무신의 알력에서 생긴 일이다. 또 사실 지주층의 문인들은 농민출신의 황제를 우습게 보는 경향도 있었다. 그래서 새 왕조에 대한 협력을 기피하는 자도 있었다.

귀계(貴溪 = 강서성)의 문인으로 하백계(夏伯啓)라는 젊은이가 있었다. 그는 젊은 삼촌과 함께 손가락을 끊고 명조(明朝)에 벼슬 않겠다고 맹세했다.

밀고한 자가 있어 그들은 응천에 잡혀 왔다.

홍무제가 직접 이들을 심문했다. 그는 일부러 정중하게 물었다.

"옛날 세상이 어지러울 때 어디 계셨소?"

"홍구난(紅寇亂) 때 말입니까? 복건과 강서의 경계에 있었습니다."

주원장은 격노했다.

"짐은 하백계가 마음속에 분노를 품고 짐이 천하를 얻은 것을 무도

(無道)라고 생각하는 것을 알았다."

그리고 발을 구르며 말했다.

"너, 하백계여. 홍구난 때라고 말했느냐. 그 말에는 네놈의 분노가 들어 있을 테지만, 좋다! 이제 와선 짐이 너희들을 쓰고 싶지 않다. 목을 잘라 효시하고 일가의 호적을 몰수하며 미치광이나 어리석은 자가 본받지 않도록 하겠다."

홍무제는 하백계를 호적이 있는 곳까지 일부러 호송하여 처형했다. 호적을 몰수당했다는 것은 유민이나 걸인이 되었다는 것을 의미했다. 소주 사람 요윤(姚潤), 왕모(王謨)도 새 조정에 출사할 것을 거부했다가 본인은 처형되고 가족은 호적이 몰수되었다.

자기와 의견을 함께 하지 않는 자를 차례로 죽이는 홍무제를 보고서 관직에 출사하는 것을 거부한 문인이 많았다. 또 원이나 장사성의 관직에 있었기 때문에 새 조정에서 벼슬하는 것을 거부한 자도 있었다.

물론 문인 중에는 두 갈래가 있었다. 한 갈래는 새 조정에서 벼슬하여 일신의 안전을 도모하고 출세하겠다는 부류로, 이런 사람들이 압도적으로 많았다.

또 한 갈래는 홍건당에 대해 깊은 원한을 품고 새 조정에 단호히 반항한 사람들이다. 이런 사람이 많지는 않았으나 당시의 사회와 정치에 상당한 영향을 끼쳤다.

홍무제는 이들 협력을 거부하는 문인에 대해 엄벌로 다스리고, 칙령을 공포하기도 했다.

'졸토(率土)의 빈(濱 = 전국)에서 왕신 아닌 자는 없노라. 환중(寰中 = 천하)의 사대부로 인군의 쓸모가 없는 자는 스스로 가르침 밖에 몸을 두는 것이다. 그 몸을 주살하고 그 가산을 몰수하는 것은 군용(君用)이 되지 않았기 때문이다.'

일부 사대부는 홍무제에게 쓰이는 것을 달갑게 여기지 않았지만 홍무제는 특수한 법률, 뇌옥, 사형 및 가택수색, 족멸(族滅)과 같은 방법을 써서 그들이 출사하도록 강요했다.

문인들은 홍무제의 통치에 만족 않고 계속 저항했으며, 홍무제도 탄압을 강화했으므로 대립은 더욱 깊어졌다.

이 대립을 통해 홍무제는 문장의 세부에 걸쳐 그 자신의 출신, 경력에 대한금기(禁忌)에 온갖 신경을 곤두세웠다. 홍무시대의 '문자(文字)의 옥(獄)'이다.

금기는 광범했다.

항주 교수 여일기(餘一夔)라는 사람은 축하문을 썼다.

'광천(光川)아래 하늘이 성인을 낳으셨고 세상을 위해 법(=則)을 만드셨네.'

홍무제는 승려 출신이다. 승려는 머리를 면도로 밀어 반짝거리는 것이 광두(光頭)로 표현된다. 광천은 햇빛이 찬란한 하늘로 최대의 찬사였으나 자기의 중대가리를 비웃었다고 격노한 홍무제는 그를 죽였다.

승(僧)이라는 글자를 싫어했고 발음이 같은 생(生)자도 꺼려했다. 또 주원장은 젊어서 홍건당의 졸개였다. 홍건당은 홍적(紅賊) 또는 홍구(紅寇)라 불렸다. 그래서 적, 구(賊寇)라는 글자만 보아도 치를 떨었고 적(賊)과 모양이 비슷한 칙(則)도 쓰지 않았다.

'천하에 도(道)가 있다.'

고 쓴 덕안(德安)의 훈도(선생) 오헌(吳憲) 은 참수되었다. 도(道)는 도(盜)와 같은 음으로 홍무제가 옛날 도둑 출신이었다는 것을 비꼬았다고 해석되었기 때문이다. 이렇게 되면 글을 짓는 것도 생명을 걸지 않으면 안되었다.

수(殊)라는 글씨를 시문 속에 사용했다가 목이 잘린 사람도 있다. '殊'를 분해하면 알(歹)과 주(朱)인데 알은 살을 발라낸 뼈란 뜻이다. 따라서 수(殊)는 나쁜 주가라는 뜻이라고 확대 해석되어 목이 잘렸던 것이다.

홍무 3년 서민은 이름으로 天, 國, 君, 聖, 神, 堯, 舜, 禹, 湯, 文, 武, 周, 秦, 漢, 晉 등의 글자를 쓰지 못하도록 되었다. 또 홍무 26년 백성의 이름으로 太祖, 聖孫, 龍孫, 黃孫, 太叔, 太兄, 太弟, 太師, 太傅, 太保, 大夫, 待詔, 博士, 太醫, 太監, 大官, 郎中과 같은 호칭이나 벼슬 이름이 금지되었다. 이것을 어기는 자는 가차없이 목이 잘렸다.

고계가 이런 것을 보고 절망했음은 말할 것도 없다.

"공연한 생각을 했다. 벼슬을 한다는 것이 애당초 잘못이었어."

호부 시랑쯤 되면 황제와도 자주 만나게 된다. 보고도 하고 질문도 받아야 하는 것이다. 고계는 마침내 용기를 내어 관직을 사임하고 소주로 돌아갔다.

소주에 돌아오긴 했지만 마음은 늘 불안했다.

'황제는 불쾌하게 생각하실지 모른다. 이례적인 발탁을 해주었는데 놈이 싫다고 벼슬을 그만둬? 역시 문인은 믿을 수 없는 놈들이야. 특히 소주 놈이 더하단 말야.'

그렇게 생각하며 불쾌하게 여길지도 모를 일이다. 아니 불쾌정도라면 그래도 나은 편이다.

'황제는 의심이 많고 집념이 깊은 분이라던데……'

홍무 5년(1372)이 되었다.

소주에 돌아온 고계는 어느 정도 마음을 놓고 있었다. 관직에서 사임한 지 2년 남짓 지나 홍무제도 그를 잊었을 거라고 믿어졌기 때문이다.

이때 위관(魏觀)이 소주의 지부(知府)로 부임해 왔다. 위관은 홍무제의 신임을 받는 관리로 고계와도 아는 사이였다. 위관은 행정에 힘을 기울였고 치적도 올렸다. 그는 새로 소주의 부청을 짓기로 했다.

"소주 제일의 훌륭한 건물을 짓게 되었으니 천하 제일의 시인 청구자(고계)께서 상량문을 써 주게."

"그렇게 하지요."

하고 고계는 별 생각 없이 승낙했다. 아니 그는 이 상량문을 통해 반명(反明) 운동을 폈을지도 모른다.

고계는 웅대한 칠언율시를 지었다. 그 전반은 이러했다.

郡治新還雄舊觀 文梁高擧跨晴空

南山久養干雲器 東海初生貫日虹

(부청이 새로이 돌아와 옛모습을 압도하고 채색된 보가 높이 올라가 푸른 하늘에 걸쳤다. 남산에서 오랜 세월 자란 거목이 해를 꿰뚫는 무

지개처럼 동해가에 나타났다.)

무지개가 해를 꿰뚫었다는 표현은 불온사상이었다. 중국에선 황제가 태양으로 상징되고 흰 무지개는 병(兵)을 뜻한다. 이런 천상이 나타나면 반란군이 도읍에 접근하여 왕조가 전복된다는 아주 불길한 징조였던 것이다.

또 부청(군치)이 장사성의 옛터로 돌아왔다는 표현도 조정의 신경을 건드렸다. 이것을 고발한 자가 있었다.

"위관이 소주에서 소주인의 인심을 얻고 장사성의 무리와 어울려 역모를 꾸미고 있습니다. 그 증거는 부청의 신축입니다. 여기에는 전 호부 시랑 고계도 가담하고 있습니다."

홍무 7년(1374) 위관과 고계는 체포되었고 중죄인으로 요참(腰斬)되었다. 허리를 자르는 것으로 몸통을 두 토막내는 극형이었다. 고계는 39살이었다.

고계와 함께 오중사걸(吳中四傑)이라 불린 문안 모두가 비참한 최후를 마쳤다. 양기(楊基)는 산서안찰사까지 올랐으나 참언을 받아 관직을 박탈당하고 옥사했다.

장우(張羽)는 영남에 귀양갔는데 이윽고 소환을 받았다. 소환은 죽음을 의미한다. 그는 절망하여 강물에 몸을 던져 죽었다.

서분(徐賁)은 하남포정사가 되었으나 옥중에서 유사(瘦死)했다고 기록되었다. 이는 고문이나 추위 또는 굶주림으로 죽었다는 뜻이었다.

이듬해의 홍무 8년(1375) 유기도 독살되었다. 이 무렵 호유용은 승상이었다. 유용은 옛날의 앙심을 잊지 않고 있었다.

유용은 먼저 구실을 붙여 유기의 관직을 박탈해 버렸다. 유기는 억울함을 호소하고자 홍무제와 만나려고 했다. 그러나 이것은 방해를 받았고 뜻을 이루지 못했다.

이 때문에 병이 났다. 호유용은 의사를 보내어 치료를 해주는 척하다가 독약을 먹여 죽였던 것이다.

홍무제도 유기가 죽었다는 보고에는 한동안 허공만을 바라보았다. 주원장을 한 고조 유방에 비유하듯 유기는 장량에 비유되고 있다.

"백온은 내 자방(子房)이었어."

하고 홍무제는 일찍이 말했었다.

그러나 유기는 장량과 다르다. 장량은 화광동진(和光同塵)의 인물이다. 날카로운 빛을 발하는 재능을 가졌으나 그것을 부드럽게 하고 남의 눈에 띄지 않도록 하며 속인들과 함께 섞여, 보신(保身)을 꾀했다. 그러나 유기는 강직한 성격이었다.

언제나 바른말을 서슴지 않았다.

홍무제는 유기의 아들이 장례를 치르고 인사 왔을 때 이렇게 말하며 위로했다.

"자네의 선친은 사물의 이치를 아는 오직 한 사람이었네. 그러기에 사물의 이치를 모르는 다른 많은 자에게 죽었던 것일세."

유기는 선도에 조예가 깊고 천문과 점술(占術)에도 능했다. 또 그의 시는 고계와 비교될 만큼 평가되었다. 향년 65세였다.

"기분이 울적한 때에는 역사를 읽는 게 제일 좋다."

홍무제는 총신 남옥에게 말했다.

"그것도 여자 이야기가 더 좋겠지요."

"어떤 ?"

"측천무후와 여자들의 싸움입니다."

무조는 황후가 되자 자기가 낳은 이홍(李弘)을 태자로 책봉했는데 겨우 다섯 살이었다. 이홍은 성장함에 따라 효성스럽고 너그러운 인물이 되었다. 옳다고 믿는 일은 어머니의 뜻도 거슬러 바른말을 곧잘 했다.

"태자 이홍은 궁중에 감금돼 있는 의양공주와 선성공주가 이미 30세가 넘은 것을 가엾게 여기고 고종께 그들의 강가(降嫁)를 상주했습니다. 이 두 공주는 무후에게 살해된 소숙비의 딸이었던 것입니다. 고종으로선 친딸입니다. 물론 기뻐하고 윤허했습니다. 그러나 무후는 격노하고 자기 아들인 이홍마저 독살했던 것입니다."

"여자는 무섭구나 !"

"무후는 이홍 자리에 옹왕(雍王) 이현(李賢)을 태자로 앉혔습니다. 이현은 무후의 동생 한국부인(韓國夫人)이 고종과 관계하여 낳은 아들입니다. 무후는 이 때문에 한국부인도 죽였지요. 이현은 학문을 좋아했고 「후한서」에 주를 단 인물입니다. 그러나 이현도 무후의 미움을 받아 파주(巴州)로 유배되었고 자살했습니다."

"정말 무서운 여자다."

"무후는 이현 다음 영왕(英王) 이현(李顯)을 태자로 봉했습니다. 고종이 붕어하자 이현은 제위에 올라 중종(中宗)이 되었습니다. 중종의 비 위씨(韋氏)도 무후 못지않게 권세욕을 가진 여인으로 자기 아버지를 문하시중의 요직에 앉히려 했습니다."

"드디어 여자들 싸움이 시작됐겠구나."

"그렇습니다. 무태후는 위황후의 이런 행동에 격노했습니다. 인사권은 자기가 가지고 있는데 위황후가 벌써부터 권세를 휘두른다 격노하고 중종을 폐위시켜 노능왕(盧陵王)으로 강등시켜 버렸던 거지요. 무태후는 중종의 동생 이단(李旦)을 제위에 앉혀 예종(睿宗)이라 했습니다."

이 예종의 셋째아들이 양귀비와의 로맨스로 유명한 현종황제이다.

"무태후는 예종도 마음에 맞지 않았습니다. 마침내 당왕조를 없애고 스스로 황제가 되기로 결심했습니다. 약장수였던 출신도 잘 모르는 사내를 중오로 만들고 궁중에 끌여들여 정부로 삼아 음락을 즐기는 한편 여황제가 될 준비를 했습니다."

"설회의(薛懷義)로군."

"설회의는 체격도 우람하고 무엇보다 거근(巨根)의 소유자였다고 합니다. 측천무후는 설회의 외에도 전의 심남구(沈南璆), 다시 새파랗게 젊은 장역지·장창종 형제를 총애했습니다."

"자, 옛날 이야기는 그만하고 사냥이라도 나갈까?"

남옥은 이미 홍무제의 속셈을 알아차렸다. 그러나 내색은 않고 시치미를 떼며 물었다.

"사냥이라 하옵시면 미행(微行)이시겠지요?"

"그게 좋겠지."

"그럼 오늘 밤 진시(辰時)쯤 소신의 집에 납시기를 기다리겠습니다."

사냥하는 데 밤에 자기 집으로 오라는 것도 이상하다. 하지만 애당초 목적은 사냥이 아니었다.

남옥은 집에 돌아오자 결심을 하고 주랑을 불렀다. 그는 자기의 출세를 위해 계집종인 주랑을 전부터 황제에게 바칠 생각을 하고 있었던 것이다.

이것은 남옥만의 특별한 술책도 아니다. 제장들은 점령지에서 예쁜 소년을 데리고 들어와 이를 황제에게 바치거나 대관에게 뇌물로 사용하고 있었다. 미소년이라 여자와는 달리 비난빌을 염려가 없다. 시동으로 바친다는 구실을 붙일 수 있었기 때문이다.

남옥은 앞에 와서 읍 하는 주랑을 몹시 신선하고 아름다운 그림처럼 감상하고 있었다. 이 아름다운 처녀가 곧 황제에게 바쳐진다 생각하니 아까운 느낌도 들었다.

더욱이 주랑은 벌써 오래 전부터 자기를 사모하여 자기에게 안기고 싶어 몸이 달아 있다는 것을 알고 있었다.

그런데도 남옥은 품고 싶은 충동을 억눌러 왔다. 결코 싫어서가 아니다. 오히려 좋아했다. 주랑만큼 총명하고 빈틈 없고 게다가 아름답고 건강한 아이는 좀처럼 구할 수 없으리라. 그것은 충분히 알고 있다.

종년이니 정실부인으로 삼을 수는 없지만 사내를 위해 달콤한 규방을 만들어 줄 만한 여인이었다.

(그러나 출세를 위해서이다. 여자는 출세하고서 얼마든지 가질 수 있다. 그런 욕망도 참지 못하고 어떻게 남과의 경쟁에 이기며 출세할 수 있겠는가.)

언젠가 홍무제는 남옥에게 이런 말을 했었다.

"짐은 온몸을 기울여 사랑하고 이몸이 녹아 흐르는 듯한 규방을 가지고 싶다."

248

그때부터 남옥은 주랑을 염두에 두고 황제에게 바칠 기회를 엿보고 있었던 것이다.

"대인, 소녀에게 시키실 일이라도?"

언제까지나 남옥이 말없이 앉아 있자 주랑은 물었다.

"음, 곧 황제께서 행행(行幸)하신다. 오늘 저녁엔 네가 수청을 들어야 한다."

순간 주랑은 고개를 들어 남옥을 빤히 쳐다보았다. 남옥은 가슴이 철렁했다. 처음으로 보이는 주랑의 원망하는 눈빛이었다.

"알았느냐? 진시에는 행행하실 것이다. 아직 시간은 많다마는 화장을 곱게 하고……."

주랑은 다시 고개를 숙이고 있다. 그의 말을 듣고 있지 않는 것 같다. 남옥은 문득 말을 하다 말고 주랑을 응시했다.

"흐윽!"

갑자기 주랑이 흐느꼈다. 이윽고 소맷자락으로 얼굴을 가리며 몹시 흐느꼈다.

남옥은 그런 심정을 알 것 같았다. 격렬한 감정의 충동이라고 보았다.

그렇게 얼마쯤 오열을 삼키며 어깨를 떨고 있더니 소맷부리에서 명주 수건을 꺼내어 눈물을 닦았다. 그리고는 얼굴을 들고 남옥을 쳐다보았다.

"말씀드리겠습니다."

"그래, 무엇이든지."

"은혜는 바다보다도 산보다도…… 고마우신 분부는 죽도록 잊지 않겠습니다."

대체 무엇을 은혜라는 것일까? 황제의 수청을 들게 하는 것이…… 그럴 수도 있으리라.

주랑은 침착하게 말을 이었다.

"그런데 은혜는 갚아 드리지도 못하고 아쉽게도 생이별이옵니다."

"생이별이라니? 같은 황제님을 섬겨야 할 우리다. 생이별이 아니니라."

남옥은 미소지었으나 주랑은 슬픈 얼굴을 얼어붙은 것처럼 굳히며 말했다.

"오늘 밤, 이것을 마지막으로 주인님과 생이별하겠습니다."

"뭣이라고？"

"제 말의 순서가 바뀌었습니다. 폐하께 수청들고 내일 새벽이면 저는 이 댁을 떠나……."

남옥은 비로소 안심이 되었다. 황제의 수청을 거부한다는 뜻은 아닌 것 같았기 때문이다.

"폐하의 은총을 받았다고 곧 이 집을 떠나는 것은 아니다. 물론 궁중에 들어갈지도 모르지만 이대로 우리 집에 있게 될지도 모른다."

"아닙니다."

주랑은 자기 마음을 몰라 주는 남옥이 야속하다는 듯이 말했다.

"제 말은 언제까지 평생을 이 댁 종으로 서방님을 모시고 싶었습니다."

"그런데 천운으로 황제님 후궁이 될 수 있는 행운을 맞게 된 것이다. 그것을 기쁘게 생각해야 한다."

"저는 행운도 바라지 않습니다. 서방님을 끝내 모실 수 없다면, 폐하의 은총을 받은 뒤 이 세상을……."

"뭐라고？"

남옥은 당황했다. 그러나 생각해 보면 주랑다운 생각이었다.

주랑이 황제의 수청을 거부한다면 그 주인 남옥에게도 화가 미친다. 그러나 수청을 받고서 여자가 죽는다면 적어도 남옥의 책임만은 모면한다고 생각한 것 같았다.

（그렇게도 나를 사모하고 있단 말인가？）

남옥은 주랑 앞으로 다가가서 그 어깨에 한 손을 걸쳤다. 그것을 계기로 주랑은 와락 울음을 터뜨리며 남옥의 가슴에 쓰러져 왔다.

남옥은 얼떨결에 주랑을 포용하고 말았다. 이 경우 지금의 주랑을 품어 주지 않는다면 자기의 인도(人道)가 용서되지 않는다는 심정과,

이것을 지금 품는다면 황제에 대한 신도(臣道)가 성립되지 않는다는 관념이 상극하는 심한 모순을 느껴 가면서 마침내 감정이 이성을 무너뜨렸다.

포옹하는 팔에 힘을 주자 주랑은 필사적으로 매달려 왔고 몸을 떨어가며 뜨거운 볼을 남옥의 가슴에 비벼댔다.

"잠깐!"

남옥은 여자의 옷을 익숙한 솜씨로 벗기자 안아올려 침상으로 데려갔다. 주랑은 부끄러운 듯 두 손바닥으로 얼굴을 가렸다. 남옥은 이미 주저하지 않았다. 그 손을 세게 떼어 내고 입을 맞추었다.

아, 마침내 이걸로써 자기는 파멸에 떨어졌다 전율하면서도 주랑의 부드럽고 매끄럽게 섲은 빨간 입술을 거부하지 못했다.

남녀는 필사적이었다. 한사코 끌어당기며 힘을 주는 남옥과, 미칠 듯이 불타는 연심(戀心)에 격렬하게 통곡하며 숨을 할딱거리는 주랑. 그런 주랑의 눈물이 볼을 미끄러져 내려와 맞춰지고 있는 입술까지 적셨다. 여인의 달콤한 눈물 맛을 그는 비로소 맛보았다.

그렇긴 하나 얼마나 놀라운 주랑의 몸인가! 절세미녀로부터 생명을 바치는 연모를 받는 것만 해도 사내로서의 만복이다. 그런데 숨겨져 있던 주랑의 몸은 미남인 남옥도 수많은 여자를 겪으며 맛보지 못한 쾌미(快美)였다.

그러나 주랑은 첫날부터 신부나 다름없는 낭자이다. 사내를 기쁘게 해줄 애기(愛技)도 몰랐고 기교도 몰랐다. 애무에 응답하는 성숙도 갖추지 못했다. 다만 고통을 참아 가며 사내의 애무에 견디고 있을 뿐이었다.

하지만 그러면서도 남옥을 황홀케 하는 천성적인 몸을 가지고 있었던 것이다.

주랑의 초야는 끝났다.

남옥은 갑자기 이성을 찾았다.

"주랑아."

"네, 알고 있습니다. 이것으로서 저는 죽지 않아도 될 것 같습니다."

"그렇다면!"

"기꺼이 폐하의 수청을 들겠습니다. 그리고 폐하의 부르심이 있다면……."

"알았다. 고맙다……."

남옥은 다시 미친 듯이 주랑의 빨간 입술을 덮었다.

그날 밤 진시, 홍무제는 남옥의 집에 왔었다.

주원장의 두 가지 큰 일, 도읍 결정과 제왕 분봉은 아직도 결정되지 않고 있었다. 이 두 가지 문제는 별개의 것이면서 밀접한 관련이 있다.

물론 현재 응천이 도읍으로 정해져 조정이 설치돼 있다. 그러나 최종적인 단안은 내려지지 않고 있었던 것이다.

왕조 경영에 있어 도읍 선정은 정치·국방·산업면에서 중대한 의미가 있다. 처음 응천이 도읍으로 정해진 중요한 이유는 경제적인 것이었다. 첫째로 강절 지방은 부유하고 장강의 델타지역은 대곡창 지역일 뿐 아니라 방직업, 제염업의 중심지였고 응천은 이런 산물의 집산지였던 것이다.

둘째로는 오왕시절에 세운 궁전을 가볍게 버릴 수가 없었고 만일 다른 곳에 도읍을 정한다면 막대한 건설비가 필요했다. 셋째는 홍무제 측근의 문무 중신은 모두 강회(江淮) 출신자로 고향을 멀리 떠나는 것을 바라지 않았다.

그러나 국방적 견지로 볼 때 응천은 문제가 있었다. 중국의 동남쪽에 치우쳐 있었기 때문이다.

홍무 원년 변량을 점령했을 때 주원장은 몸소 변량의 지리를 세밀히 시찰했다.

"변량은 위치로선 알맞지만 군사적으로 수비하기가 어렵다. 사방에서 적이 내습할 때에는 응천보다 불리하다."

변량은 북송의 도읍이었던 곳이다. 당시는 서북이 평정되지 않아 군량 수송과 병력 보충의 필요성이 있었다. 그래서 고대의 양경제(兩京

制＝당나라는 장안과 낙양의 두 곳을 도읍으로 썼다)를 본받아 응천을 남경(南京), 변량을 북경(北京)이라고 정했다.

이듬해 8월 섬서를 평정하여 북쪽 전부가 판도로 들어왔다. 전쟁도 어느 정도 일단락되어 다시 도읍문제가 논의되었다. 신하들 중에는 의견이 구구했다.

"관중이야말로 험준한 요해로 둘러싸여 금성천부(金城天府)의 곳입니다. 그러므로 한고조도 이곳에 도읍을 정하지 않았사옵니까."

"아니오. 낙양이야말로 전국의 중심이고 사방에서 조공하는 데 등거리(等距離)라 도읍으로 안성마춤입니다."

"변량은 송나라의 옛도읍이고 조운(漕運)이 편리한 곳이오."

"북평이 적당합니다. 그곳엔 궁궐이 완비돼 있어 도읍을 정하더라도 비용이 별로 들지 않습니다."

그러나 주원장은 이를 반박했다.

"장안, 낙양, 개봉(변량)은 지나간 옛날의 주·진·한·위·당송이 세운 도읍이긴 하지만 오늘날의 상황을 볼 때 전쟁이 수십 년 계속되어 백성들이 쉬지를 못하고 있소. 만일 이같은 곳에 도읍을 새로이 건설한다면 노동력의 공급은 강남에 모두 의지해야 하므로 백성이 부담을 견뎌내지 못하오. 북평 역시 원조의 구궁궐이 있다고는 하나 결국은 개조해야 하니 귀찮은 일이오. 그러므로 지금대로 응천을 도읍으로 하는 게 좋소. 응천은 군사적으로 유리한 땅이고 장강이 천연적 해자가 되며, 범이 엎드린 지형이라 도읍이 될 만한 곳이오. 이것 다음인 곳이 임호(臨濠＝호주)인데 임호는 앞에 장강, 뒤에 회수가 있고 지세도 험준할 뿐 아니라 운수에 편리하오."

이리하여 임호가 중도(中都)로 결정되고 새로이 궁궐과 성벽을 쌓게 되었다. 공사는 홍무 2년 9월부터 착공되었으며 홍무 8년 9월이 되었지만 아직 완성을 보지 못했다.

중신들, 유기는 이를 반대했고 공사는 중지되었다. 그러다가 주원장은 마침내 홍무 11년(1378) 응천을 도읍으로 결정한다고 단을 내렸다.

수도가 결정되자 국방문제가 또 논의대상이 되었다. 이때 동북지방은 아직 평정되고 있지 않았지만, 요동반도부터 광주(廣州)까지 긴 해안선이 있고 왜구(倭寇)에게 침범될 위험성이 있었다. 왜구는 이미 고려의 연안을 약탈하고 중국의 동해안에도 출몰하고 있었다. 또 동북, 북방, 서북방의 장성 밖은 북원의 세력권이며, 만일 험요(險要)한 곳에 주둔하는 대군이 없어 일단 북원의 날랜 기마군단이 남하한다면 황하 이북은 단번에 유린되고 말 것이다.

변경 방어엔 대군이 필요하고, 변경의 군권(軍權)을 이민족 손에 뺏기면 반드시 실패한다는 것도 역사의 교훈이 가르쳐 주고 있었다.

"또 변경의 장군이 너무 많은 병력을 갖게 되고 잘라 버릴 수 없는 꼬리를 가지게 되면 번진(藩鎭) 발호의 전철을 밟을 염려가 있다. 또 어떠한 장군이라도 때로는 황제를 배반할 수 있다는 것은 소영(邵榮), 사재흥(謝再興)의 교훈이 이를 가르치고 있다."

당나라는 전국을 10도로 나누었다. 현재의 중국 행정단위가 27개의 성(省)으로 나누어져 있음을 생각할 때 도가 얼마나 큰 지역인지 상상되고도 남음이 있으리라.

너무나 넓어 순찰사를 도에 파견했다. 전한의 자사(刺史)와 같은 것으로, 이름 그대로 각지를 돌아다니며 정치가 잘되고 있는지 감독하는 관리였다. 그것을 예종 때 안찰사(按察使)로 바꾸었고 다시 절도사(節度使)로 이름을 고쳤다. 당나라는 이 절도사의 세력이 강대해져 중앙의 명령이 전달되지 않고 마침내 멸망했던 것이다.

주원장은 「당서」를 정독하고 역사적 교훈을 배웠기 때문에 그런 전철은 다시 밟지 않겠다고 결심했다.

"일선의 장군에 당의 절도사처럼 큰 세력을 주지 않으려면 대군을 조정에 직속시켜야 한다. 그러자면 도읍을 국방전선 가까이 두어야 한다. 그렇게 생각할 때 응천은 북변의 전선에서 너무나 멀다. 응천은 전국 경제의 중심이지만 변경방위의 안전을 위해 북방에도 군사 중심지를 만들어야 한다. 이런 문제를 해결하는 방법은 무엇인가?"

그것은 역시 황자를 분봉하는 번병제도 밖엔 없었다. 도읍은 동남의 풍부한 곳에 두고 아들들을 북방의 요지에 봉한다. 이렇게 하면 경제적으로도 군사적으로도 주씨 왕조의 통치권은 영원히 유지되고 도읍 선정과 제도라는 두 가지 문제는 해결될 터이다.

홍무제는 드디어 여러 황자를 왕으로 봉했다.

제2자 상(爽)은 진왕(秦王)에 봉해 서안(西安)에 두었다.

제3자 강(岡)은 진왕(晉王)에 봉해 태원(太原)에 두었다.

제4자 체(棣)는 연왕(燕王)에 봉해 북평(北平 = 대도)에 두었다.

제5자 숙(肅)은 주왕(周王)에 봉해 개봉(開封 = 변량)에 두었다.

제6자 진(眞)은 초왕(楚王)에 봉해 무창(武昌)에 두었다.

제7자 전(專)은 제왕(齊王)에 봉해 익도(益都)에 두었다.

제8자 신(辛)은 오왕(吳王)에 봉해 강서(江西)에 두었다.

제10자 기(己)는 노왕(魯王)에 봉해 연주(兗州)에 두었다.

제11자 담(亶)은 담왕(亶王)에 봉해 장사(長沙)에 두었다.

봉왕 가운데 진왕은 서안에 주둔하고, 진왕(晉王)은 태원, 연왕은 북평에 도성을 정했다. 이 세 곳은 장성을 끼고 있는 북방방위의 요지이다. 그 뒤 다른 어린 황자들도 성장함에 따라 차례로 왕에 봉해졌고 임지로 부임하여 전국의 각 군사요지를 지켰다.

군사적으로 볼 때 제왕의 분봉은 제1선과 제2선, 바꾸어 말한다면 전방과 후방으로 나눌 수 있었다.

제1선의 제왕 임무는 북원의 진공을 막는 데 있고, 이들 왕은 험준한 지형을 살려 요새를 건설하고 있어 새왕(塞王)이라 불렸다. 또 장성선을 따라 봉해진 제왕도 안팎에 따라 제1선과 제2선으로 나누어졌다. 그러나 이것은 나중 일이다.

제왕은 봉해진 땅에 왕부(王府)를 세우고 관청을 설치했다. 진왕의 면복(冕服)·거기(車旗)는 천자보다 1등급 아래로 공후(公侯) 대신이 진왕을 배알할 때에는 고개를 조아리며 예를 올려야 했다.

이렇듯 친왕의 지위는 극히 높고 존귀했으나 영토를 갖지 못하고 백성을 통치할 수 없으며 인정에 관여하지도 못했다. 왕부를 제외하고선 조정에서 임명한 관리가 있어 통치하고 있는 것이다. 그런 반면 제왕은 군을 통솔하고 지휘하는 병마권을 가지고 있었다.

어느 왕부이든 친왕 호위 지휘사사(指揮使司)라는 것이 있고 삼군이 있었다. 병력은 적은 것이라도 3천, 많은 것은 1만 9천에 도달했다. 새왕 중 병력이 가장 많은 영국(寧國 = 大寧을 중심으로 한 장성 밖의 나라)의 왕은 무장병 8만, 병거를 3천이나 가졌다.

진·진·연의 세 왕 병력은 특별히 조정에서 보충된 최강의 정예였다. 「황병조훈」은 이렇게 규정하고 있다.

"무릇 왕국은 수진(守鎭)의 병을 가지며 호위병을 갖는다. 그 수진의 병은 지휘하는 자를 늘 선정하여 이를 장악한다. 그 호위병은 왕의 지휘를 받는다. 만일 그 나라 험요지에서 위급한 일이 있다면 수진의 병과 호위병은 왕이 지휘한다."

더욱이 수진병의 이동에는 황제의 어보문서 외에 친왕의 영이 있어야 비로소 병력을 움직일 수 있다는 까다로운 것이었다. 「황명조훈」은 다음과 같이 규정하고 있다.

'무릇 조정이 병을 움직이자면 반드시 어보문서를 왕에게 주고, 아울러 어보문서를 수진의 장에게 주어야 한다. 수진장은 어보문서를 얻고 난 뒤에 왕의 영지를 받아야만 병을 출동할 수 있다. 왕의 영지가 없다면 병을 움직이지 못한다.'

이것은 친왕이 지방수비군의 감시자이고 지방에서의 황제 군사권 대표였다는 것을 의미했다. 평시엔 호위군이 그 지방 수비군을 감시하고 단독으로 변고에 대응할 수 있지만, 전시에는 호위군과 수진군의 양군을 지휘하여 적과 싸우는 것이었다. 홍무제는 병마권을 자기 아들들에게 주고서야 비로소 안심했다.

제왕은 매년 가을 병력을 이끌고 국경을 순시하고 멀리 새외(塞外)까지 나가 군사훈련을 했다. 그중에서도 진(晉), 연의 두 왕은 몇 번이고 명령을 받아 새외로 출병했고 성을 쌓고서 둔전했다. 송국공 풍승, 영국공 부우덕조차도 그 지휘 아래 있었다.

새왕들은 군중의 작은 일은 직접 처리하고 큰 문제만을 조정에 보고하면 되었다. 그중에서도 진(晉), 연 두 왕의 군사권은 뛰어나게 컸고 전공도 많았다.

친왕은 변경을 수호하고 주로 군무를 결정했다. 이 때문에 수도가 아득한 동남쪽에 있어도 아무런 문제가 발생하지 않았다.

홍무제는 이와 같은 배치를 만족하게 여겼다. 그가 역사를 창조하고 머리를 쥐어짜 만들어 낸 제도다. 그러나 아들들에게 지나친 군권을 주었기 때문에 왕조의 내부 대립이 생겼다.

그리고 그가 힘써 가꾸었던 제도는 물거품처럼 사라질 운명에 놓여 있었다.

정(政)

　주랑을 얻은 황무제는 대단히 만족한 모양이었다. 변함없이 남옥을 신임했다. 적어도 남옥은 그렇게 믿고 있었다.

　"그런데 남옥！"

　"네！"

　"그대는 올해 몇 살이지？ 서른은 되었을 테지."

　"서른은 되지 않았지만 그에 가깝습니다."

　남옥은 28세였다.

　"그런데 어째서 아내를 맞지 않나？ 짐이 짝지워 주기를 기다리고 있나？"

　오늘의 황제는 질문을 던지고 자기쪽에서 해답을 내놓는 이상한 화법을 쓰고 있다.

　"네, 폐하께서 지워 주신 짝이라면 기꺼이……."

　남옥은 이때 황제의 수많은 공주를 머리 속에 차례로 떠올리고 있었다.

　"물론 규수로는 훌륭한 가문의 미녀를 바라고 있을 테지？ 마침 마땅한 사람이 있다. 한때는 하국(夏國)의 황태후까지 지냈던 여인이지. 명승의 생모로 금년 서른여섯 살이든가……."

　남옥은 몸이 떨리고 있었다.

　명승의 생모 팽씨는 나라가 멸망한 뒤 홍무제의 후궁이 되었던 것이다. 그런 후궁을 자기의 정실부인으로 주겠다는 말이었다.

　남옥은 진땀을 흘렸다.

　"어째 싫으냐? 그러나 좋은 인연이다. 아마도 그런 여인은 대명 천
지에 둘도 없겠지！"
　"화, 황공하옵니다."
　이리하여 남옥은 그 며칠 뒤 팽씨를 아내로 맞았다.
　팽씨는 과연 미녀였다. 그리고 36세의 한창 때라서인지 몹시 다음
(多淫)했다. 거의 매일처럼 남옥을 졸랐다. 이날도 마치 찰떡 같은 농
후한 규방이었는데, 비바람이 지나고서도 팔과 다리를 감은 채 사내를
놓아 주지 않았다.
　"저, 서방님."
　팽씨의 목소리는 꿀처럼 젖어 달콤했다.
　남옥은 요즘 곰곰 생각하고 있었다. 어째서 홍무제가 이런 여인을

자기에게 하사했는지 까닭을 알 수가 없었던 것이다.

'신임의 표시일까? 아니면?'

"듣고 계셔요?"

"음. 말씀하시구료."

"이곳이……."

팽씨는 남옥의 손을 자기 배에 끌어다가 밀어붙이면서 속삭였다.

"저의 이곳이…… 커진답니다."

"뭐라고 하셨소?"

"이런 나이가 되어 구멍이라도 있다면 기어들어가고 싶을 만큼 부끄러워요."

"무슨 말인지 모르겠소!"

"아무래도 당신의 아기를 가진 모양이에요."

"뭐라구요?"

"왜 놀라셔요? 기쁘지 않으세요!"

"아니 기쁘기는 하오만 놀란 것은 사실이오."

"호호호. 벌써 두 달째인 걸요. 매달 볼 수 있는 것을 볼 수 없답니다."

남옥은 다시 심각하게 생각하지 않을 수 없었다. 하기야 팽씨가 시집 온 지도 두 달이 되었다.

그러나 임신을 하다니! 다음한 여자는 임신이 잘 되지 않는다고 했는데…….

팽씨는 남옥의 손가락을 입에 물고 빨면서 소근거렸다.

"난 당신의 아기를 낳고 싶어요."

남옥은 당황하고 있었다. 그가 황제의 후궁을 아내로 맞은 것조차도 은밀히 손가락질하는 자가 있는 것을 알고 있다. 그런데 그런 여인이 아이를 낳는다면 또 한 번 웃음거리가 될 것이 아닌가?

남옥은 침착해야 한다고 생각했다. 그리고 조심스럽게 말을 꺼냈다.

"임신했다면 낳는 것이 당연하지만……."

"당신은 내가 아기를 갖는 것이 싫은가요?"

팽씨는 마침내 흐느끼기 시작했다. 남옥은 아내의 등을 쓰다듬어 주며 달랬다.

"이는 모두 당신을 위해서요. 당신이 아기를 낳는다면 세상 사람들이 뭐라 하겠소! 천하 영웅 명옥진의 황후였던 사람이 나이 마흔이 가까워 아기를 낳았다고 한다면 당신을 비웃을 것이오. 그리고 명옥진과 나에게도 손가락질하겠지!"

"호호호."

울던 여인이 금방 웃었다.

"왜 웃소?"

"서방님, 너무 걱정 마셔요. 다 방법이 있어요."

"방법이라니?"

"제 말씀을 잘 듣도록 하셔요. 제가 데리고 온 몸종 연연(戀戀)을 어떻게 생각하시죠?"

"아름답소."

"정신차리세요."

팽씨는 느닷없이 남옥을 꼬집었다.

"아, 아야!"

"제정신이죠?"

"정신은 말짱하오!"

"그럼 말씀드리는 것을 잘 판단하도록 하셔요."

"말해 보오."

"그 연연을 품도록 하셔요. 싫지 않으시죠?"

"별안간 무슨 말을 하는 거요?"

그러나 남옥은 아직 16세쯤의 촉나라 태생 연연의 홀쭉한 모습을 머리 속에 떠올리고 있었다.

"그애를 총애하시고 이윽고 제가 낳는 아기를 연연이 낳았다고 세상에 알리는 것이죠."

"음, 과연!"

남옥은 신음하며 감탄했다. 역시 일국의 황후였던 여자라 보통 머리는 아니었다.

홍무제는 훨씬 옛날로 거슬러 올라가 국가 통치 역사를 실제적 교훈으로 배우고, 90년에 걸친 원조 통치의 성공과 실패를 산교훈으로 생각했다. 그리하여 그것들을 종합하여 연구나 토론을 거듭했으며 몇 번이고 개혁을 했다.

그는 먼저 당나라의 행정기구를 조사했다.

측천무후는 후대에 온갖 이야깃거리를 남겼지만 인재를 찾아내고 양성하는 능력이 있었다. 그러나 인재가 있다고 정치가 잘되는 것은 아니었다. 뛰어난 인물이 재능을 효과적으로 발휘할 수 있는 조직, 기구가 필요하다.

당은 율령(律令)국가로 수의 제도를 거의 그대로 답습했다. 이것은 중국인이 발명한 정치제도는 아니다. 분산된 집단을 유기적으로 움직이게 한 유목민족의 지혜였다.

당 정치의 중추는 삼성육부(三省六部)였다. 중서성(中書省), 문하성(門下省), 상서성(尙書省)이 삼성이고, 육부는 상서성 아래 속했다.

중서성은 천자의 조칙(詔勅)을 기안하는 곳으로 그 장관은 중서령이었다. 정치는 천자의 뜻으로 이루어졌기 때문에 그 의사를 전하는 조칙 작성이 정치의 출발이었다. 조칙 초안이 완성되면 문하성에 보내졌다.

문하성은 조칙 초안을 심의하는 곳으로 장관은 문하시중. 여기서 누락된 곳이 없나, 보완될 곳이 없나 검토되어 경정된 성안이 상서성에 보내어졌고 집행되었다.

상서성은 행정부이고 장관은 상서령. 육부는 그 아래 있고 병부(兵部), 형부(刑部), 공부(工部), 이부(吏部), 호부(戶部), 예부(禮部)가 있었다.

이상의 삼성육부는 정무 관료들이 운영했고 실제는 사무관료가 따로 있었다. 이 때문에 일대(一臺), 구사(九寺), 오감(五監)이 있었다.

일대는 어사대(御史臺). 관리를 감사 탄핵하는 관청으로 장관은 대부였다. 이것은 임무상 독립된 기관이었고 직무는 이부와 중복되는 부분도 있었다.

구사는 절이 아니고 관청의 명칭이다.

태상사(太常寺) : 예악, 제사, 의정, 의무

광록사(光祿寺) : 술, 제물

위위사(衛尉寺) : 병기 관리

종정사(宗正寺) : 황실 관계

사농사(司農寺) : 식량, 비축

태복사(太僕寺) : 목축, 수레, 가마

대리사(大理寺) : 형옥(刑獄)

홍로사(鴻臚寺) : 빈객 접대

태부사(太府寺) : 재무, 창고, 시장 관리

오감은 다음의 다섯 가지였다.

국자감(國子監) : 유학 훈도, 태학 관장

소부감(少府監) : 온갖 공예

군기감(軍器監) : 갑옷, 투구, 궁시 제작

장작감(將作監) : 토목, 공장(工匠) 관리

도수감(都水監) : 하천, 교량

이 밖에 전중성(殿中省=내궁의 식사, 의복, 의약, 숙소, 가마 등을 담당), 내시성(內侍省=환관 관계), 비서성(秘書省=궁중의 도서·비록 등을 관리하는 기관)이 있었다.

이상이 중앙 관서이고 지방관이 있었음은 물론이다.

홍무제는 토지제도에 대해서도 연구했다. 당나라에선 토지가 전부 황제 소유라는 관념 아래 균전제(均田制)가 확립되어 있었다. 호 단위의 전답이 황제로부터 하사되고 있었던 것이다. 이것을 다시 세분하면 구분전(口分田)과 영업전(永業田)이 있다.

구분전은 그 사람이 늙어 경작할 수 없든가 혹은 사망 또는 불구가 되었을 때 국가에 반납하는 전답이다. 영업전은 그럴 필요성이 없고 상속할 수 있었다.

특히 당에선 관리를 우대하여 관직에 따라 주는 직분전(職分田)과 영업전이 주어졌다. 당이 멸망하고 오대십국(五代十國) 시대를 거쳐 송나라가 천하를 통일했다.

송태조 조광윤도 절도사 출신이었으나 그는 절도사의 권한을 축소시키고 문신을 우대하는 정책을 썼다.

송나라 역시 당의 관제를 그대로 답습했다. 명칭이 바뀌거나 몇몇 신설 관서가 있었지만 대동소이했다.

크게 다른 점이 있다면 삼공(태사·태부·태보)이 있고 그 아래 중서성(中書省)이 있어 육부를 거느리고 실제의 정치를 하였다는 점이다. 원조도 이런 송제를 이어받았다.

홍무제는 여러 가지로 생각한 결과 고도로 중앙 집권화된 중앙 정부와 지방의 정부가 필요하다고 생각했다.

먼저 지방 기구부터 살펴 보면, 원조에선 행중서성(行中書省)이라는 게 있었다. 이것은 중앙의 중서성에서 갈라진 것으로 중서성의 임무와 같았다.

중서성이 중앙에서의 군정·민정·재정을 통할했던 것처럼 행중서성도 지방에서의 군정·민정·재정을 통할했었다. 일종의 이원(二元) 정부 제도인데 중앙의 중서성에 감독권이 있었다.

원말이 되자 지방의 발언권이 강해졌다. 각지에서 반란이 일어나자 지방의 행중서성은 저마다의 지방에서 자립하여 싸우게 되었고 조정은 이를 통제할 힘을 잃었던 것이다.

홍건당의 정권 역시 원나라의 관제를 그대로 흉내내고 있었다. 주원장은 명왕의 임명으로 평장(平章) 또는 승상이라는 관직을 받았다. 그래서 황제가 되고 조정을 설치했지만 처음에는 원나라 제도를 그대로 따르고 있었다. 그러나 홍무 9년 다년간의 조사와 연구를 토대로 대대적인 개혁을 단행했다.

모든 대권을 조정에 집중시키고 행중서성을 승선포정사사(承宣布政使司)로 고치고 좌우의 포정사를 각 1명씩 두기로 했다.

포정사는 중앙정부가 지방에 파견하여 주재시키는 사신이고 그 지방의 최고관리였으나 그 내용은 재정과 민정을 관할하는 데 지나지 않았다. 조정이 결정한 정책, 법령, 행정 등은 포정사를 통해 부·주·현의 지방관에 전달되고 집행된다. 홍무제는 전국을 절강(浙江), 강서(江西), 복건(福建), 북평(北平), 광서(廣西), 사천(四川), 산동(山東), 하남(河南), 섬서(陝西), 호광(湖廣), 산서(山西)의 11개 포정사사로 나누었는데 운남을 정복하자 그곳에도 포정사사를 두었다.

포정사사의 지리구분은 원조의 행중서성 구분을 답습했는데 포정사사의 권한은 단지 재정과 민정을 관할할 뿐이라는 점에서 원의 행성과 달랐다. 군정전만 빠진 것이다.

행중서성의 약칭이 행성이고 이것을 다시 성(省)이라고 부르며 오늘까지 이르고 있다. 그리고 명의 포정사사는 원의 행성과는 달리 중앙의 지시를 따르는 중앙집권제였다.

이 밖에 각 포정사사엔 사법·감옥 기구를 관장하는 제형안찰사사(提刑按察使司)가 있고, 군정을 관장하는 도지휘사사(都指揮使司)가 있었다. 이것을 합쳐 삼사라 했고, 지방에서의 세 정부 기관이었다.

이렇듯 민정·세무, 법정, 상비군의 세 기관은 각각 독립되며 직접 조정의 지휘감독을 받았다.

"중앙 집권을 하자면 세 기관이 상호 견제하는 게 좋고 직접 통치하기에 편리하다."

포정사 밑의 지방 행정 기구는 두 등급으로 나누어져 있었다. 제1급은 부(府)로 그 장관은 지부(知府)였고 또 포정사사에 직속하는 주(州)라는 것이 있었는데 그 장관은 지주(知州)였다. 지주와 지부는 동격이었다.

제2급은 현(縣)과 주(州)로 현의 장관은 지현(知縣)이었고, 주의 장관은 지주(知州)였다. 1급지인 주가 있고, 2급지인 주가 있었던 셈이다. 지위는 지현과 지주가 같았다. 주현은 직접 백성을 다스리는 정치기관으로 그 우두머리는 친민관(親民官)이라 하였다.

이 개혁 역시 원나라의 로(路)·부(府)·주(州)의 3급지를 간소화시킨 것이며 명령 하달의 과정을 하나 없앴기 때문에 지휘는 보다 편리

266

하고 신속해졌다.

조정의 정치기구 개혁은 지방보다 늦었다. 지방의 민정, 재정, 법무 감옥, 상비군의 통제 및 지휘권을 모두 중서성에 집중시켜 중서성의 권한이 더욱더 커졌다. 이 때문에 홍무제와 중서성의 충돌이나 대립이 날로 커져 마침내 폭발했던 것이다.

／주원장이나 부하 장군들이나 모두 가난뱅이 둘째, 셋째아들이었으므로 배를 곯았었다. 그러나 장강을 건너면서 원장의 군은 살인과 노략질을 하지 않음으로써 유산층의 호응을 받았다. 그리하여 선비로 대두되는 유산층의 무장세력이 원장에게 가담했고, 빈곤한 농민출신 장군들도 많은 노비와 토지를 소유하는 지주층으로 탈바꿈했다.

원말의 홍건당 봉기(蜂起)는 구지주층을 도태시키는 사회적 변동을 일으켰다. 특히 황하 이북의 중원(中原)에서는 많은 지주들이 몰락하고 임자 없는 땅이 다수 발생했다.

이 때문에 원말의 정치·사회문제였던 토지의 지나친 과점화(寡占化)가 자연히 해소되고 임자 없는 땅은 빈민들이 차지하여 경작하게 되었다. 또 강남지역에서는 일부 지주들이 전쟁과 혼란으로 더 한층 부유해져 새로운 지주 계층이 출현했다.

중국에서는 토지의 과점화와 농민의 빈곤화가 정치문제로 왕조교체의 결정적 요인으로 등장하고 있다. 주원장은 이에 관심을 갖고 많은 연구를 했다.

토지 문제를 해결하려면 송나라의 왕안석과 그의 신법(新法)을 알지 않으면 안된다. 농업 정책의 해결이야말로 통치의 기본인 것이다.

북송시대 왕안석(1021~1088)이 등장한다.

송태조 조광윤의 뒤를 이은 태종은 천자가 몸소 궁중에서 과거를 보이는 전시(殿試)를 시작하여 문관 우위의 관리 등용제도를 강화했고 신하에 대한 황제 권력의 강화를 꾀했다. 애당초 과거는 황제의 뜻대로 움직이는 유능한 관리를 양성하는 데 있었다.

그러나 지나친 문관 우위로 말미암아 문관이 남아돌고, 북송 중기

인종(仁宗) 때에는 북쪽의 서하(西夏)와의 전쟁으로 병력이 82만에 도달하여 국가 재정의 8할이 지출될 형편이었다.

서하와의 전쟁이 끝났을 때 이것은 군축, 서하에의 배상금 지불로 나타나 국가의 큰 부담이 되었다. 더구나 관리는 신흥지주 계층으로 부상과 결탁했고 그 바람에 전인구의 거의 대부분을 차지하는 농민은 징세나 부역으로 인해 도탄에 빠졌다.

왕안석은 이런 재정 위기를 구하는 인물로 부각되었던 것이다. 왕안석은 재상이 되기 전 강녕부(江寧府) 지사로 있었는데 신종(神宗)에게 불려가 통치에 대한 질문을 받았다.

"명군으로 당태종을 본받으라고 지금의 학자들은 주장하고 있습니다. 그러나 당태종은 지식이 좁고 정치는 법제(法制)에 일치돼 있지도 않았으며 수나라 혼란을 이용한 점과 자손이 암우(暗愚)했기 때문에 후세의 칭찬을 받았을 뿐입니다."

"그럼 누구를 본받으라는 것이냐?"

"옛날로 돌아가십시오. 모든 것을 고대의 요순을 모범으로 삼으셔야 합니다."

"그것은 너무 막연하다. 좀더 구체적으로 말해다오."

"선대이신 인종은 뛰어나신 분이셨습니다. 형벌이 공평했고 공적에는 후하게 상을 내리셨습니다. 하오나 잘못된 점도 있었습니다. 형명(刑名), 다시 말씀드려 명목(名目)과 실체가 일치되지 않은 점이 옥의 티였습니다."

사람은 먼 옛날에서 모범을 찾기보다 가까운 데서 본보기를 찾아야 실감이 나는 법이다. 먼 일보다는 가까운 일은 실제로 경험했거나 그 여파가 남아 있었기 때문이다.

신종은 고개를 끄덕이고 왕안석을 재상으로 발탁했다.

이리하여 안석의 신법 개혁이 시작되었다. 그는 앞에 나온 농민 문제, 생산력의 제고(提高), 재정난의 타개를 꾀하는 한편 병농일치(兵農一致)와 교육의 쇄신에도 힘썼다.

안석은 공자가 이상으로 삼은 주공단(周公旦)의 「주례(周禮)」를 표방

하면서 유가의 전통적인 억상중농 정책(抑商重農政策)을 폈다. 억상중농 정책은 법가의 전통적인 정책이다.

상앙은 변법개혁(變法改革)을 실시하기 전에,

"백성이란 일의 시작에서 함께 생각케 하는 대상이 아니고, 일이 이루어진 뒤 함께 즐길 수 있는 대상입니다."

고 말하여 유가의 이상을 논파(論破)했다. 그런 뒤 법을 정했던 것이다.

안석도 급격한 개혁에 반대할 관료의 저항을 예상하여 점진적으로 신법을 추진했다.

우선 그는 균수법(均輸法)에 이어 청묘법(青苗法)을 시행했다.

균수법은 일명 균수평균법이라 하여 한무제가 이미 시행했던 법이다. 편준관을 두고 가격이 싼 지방의 물자를 비싼 지방에 옮겨 팔고, 값이 싼 지방의 물자를 비축해 두었다가 비쌀 때 내다 파는 일종의 물가 조절법이다.

당시 현금도 벼도 갖지 못한 농민은 단경기(端境期)에 지주로부터 현금이나 벼를 빌렸다가 수확기에 갚았는데 이자 부담이 컸다. 따라서 정부가 싼 이자로 농민에 융자하고 고리 대금으로부터 그들을 구제하겠다는 것이 청묘법이었다.

청묘법은 관료나 지주에게 타격을 주었기 때문에 맹렬한 반대가 일어났지만 안석은 이를 과감히 추진했다.

안석은 다시 영세상인을 대상인으로부터 보호하는 시역법(市易法)을 시행했다. 그러나 거상(巨商)들의 반격이 있었고 후궁의 여자들마저 몰려들어 규탄했다. 안석의 신법은 예로부터의 조상들의 관습을 깨는 것이며, 세상을 어지럽히고 인심을 불안케 만드는 것이라 했다. 이런 논법을 내세운 것이 구법파인데「자치통감」의 저자 사마광이 그 우두머리였다. 그는 '백성의 빈부는 부지런과 게으름이 같지 않기 때문에 생긴다. 게으른 자는 언제나 가난하기 마련'이라고 하여 신법을 반대했다.

시역법에 반대하는 세력이 강했기 때문에 안석은 한때 중단했지만 다시 재상이 되어 차례로 신법을 시행했다.

송나라는 바로 신법파와 구법파의 파벌 싸움에 의해 국력이 쇠약해
졌고 마침내 멸망했다.

주원장도 이런 지주층의 반발에 부딪쳤다. 그와 동향인이고 심복이
었던 회서인들이 모두 새로운 지주가 되어 그의 앞을 가로막는 존재가
되었다.

남송 이후, 집중개발되면서 인구도 조밀해진 강남에는 신흥지도 생
겼지만 토지를 갖지 못한 농민은 더욱더 늘었다. 그래서 홍건당이 강
남에서 처음 결성되었던 것이고, 홍무제가 명나라를 시작한 초기에도
농민들의 폭동이 잦았다.

그리하여 홍건당들은 몽고족과 한인들로 이루어진 지주 계층과 대립
했고 원나라를 뒤엎었다. 그들은 무지몽매했기 때문에 지주 재산의 약
탈, 부녀 폭행, 살인을 일삼았다. 그래서 지주들은 자신을 지키기 위
해 무장 세력을 가졌고 농민군과 맞서게 되었다.

이 지주들은 주원장의 부대에 협력했다. 지금까지 보아온 것처럼 그
의 군대는 비교적 질서가 있고 살인·약탈을 삼가했기 때문이었다. 원
장은 이런 세력을 흡수했기 때문에 최후까지 살아 남았고 나라를 세울
수 있었다.

원장은 지주를 보호했고 또 그들을 이용했다. 예를 들어 1358년 금
화(金華)를 점령했는데 이때 금화의 일곱 고을의 부유한 사람들의 자
제를 등용하여 숙위(宿衛)로 삼았고 어중군(御中軍)이라 불렀다. 이것
은 지주층에 대한 신뢰와 존중을 의미하는 것이었으나 전술적인 측면
도 없지 않았다. 지주들의 자제를 징발하여 금위군(禁衛軍)으로 쓰는
한편 종군시키는 것은 볼모를 잡아 둔 것이나 같아 그들 부형의 반발
을 억제하는 효과가 있었기 때문이다.

원장은 이렇게 말했다.

"맹자는 항산(恒産)이 있으면 항심(恒心)이 있다고 말했다. 재산이
있는 자는 현 정권을 옹호하고 정권의 힘을 빌려 입신 출세하려고 한

다. 또 이들 가운데에는 행정에 밝은 인물이나 재능 있고 행실이 깨끗한 자도 있었다. 그러나 그 반면 부민(富民)은 세력을 가진 자가 많고 그 때문에 서민을 속이거나 방자한 행동을 하여 백성을 괴롭히는 자도 있었다."

주원장은 자주 이와 같은 계층의 이면성(二面性)을 파악하고 그에 따른 대응책을 마련하기도 했었다. 첫째는 지주를 등용하여 관료를 만들어 통치의 기초로 삼았고, 둘째는 지주를 경사(京師＝도읍)에 이주시켜 수도를 번영시킴과 동시에 지방세력을 약화시켰다.

과거법이 제정되기 전 고계 등 문인이 등용된 것도 이런 까닭이며 그들을 세호인재(稅戶人材)라 불렀다. 이들 가운데 지현・지주・지부가 된 자도 있고 포정사사나 조정의 대신이 된 자도 있었다. 절강 오정(烏程) 사람 엄진직(嚴震直)이 세호인재에서 공부상서에까지 발탁된 것도 그 본보기였다.

홍무 원년, 주원장은 주주(周鑄) 등 164명을 절서(浙西) 지방에 보내어 전답을 실지로 조사하고 그 세금을 정했다. 또 홍무 5년에도 사신을 사천에 파견하여 전답을 조사하고 부역 황책(호적부), 어린 도책(지적부) 따위를 만들었다.

전답 측량 방법은 사신을 각 주현에 파견하여 세량(稅糧)의 많고 적음에 따라 몇 개의 구를 정하고 각 구에 양장(糧長)을 두었다.

지방관은 모두 타지방 사람이라 그 지방 사정에 어둡다. 그러므로 그 고장 출신 지주를 양장으로 임명하여 빈틈 없는 세수와 높은 성적을 올렸다.

홍무 4년 호부에 명하여 토지의 조세를 계산케 했고, 양곡 1만 석을 바칠 수 있는 땅을 1구로 정했으며, 많은 토지를 소유하여 양곡 납입량이 가장 많은 지주를 양장에 임명했던 것이다.

양장은 세금, 양곡의 징수와 독촉 및 운송 책임을 졌다.

양장 아래 지수(知數＝회계) 1명. 두급(斗級＝계량기의 관리) 20명, 운반 인부 1천 명을 두었다. 아울러 양장에 대한 우대조치도 규정했다. 다만 양장으로 범죄 행위를 한 자는 사형, 도형(徒刑), 유형

(流刑)에 처했는데 유형은 돈을 납부하여 속죄시키는 방법이다.

양장은 이갑(里甲)의 장로들을 모으고 저마다의 전답 넓이를 계측한 뒤 간략한 도면을 만들었으며, 그것에 번호를 매기고 전답 소유자 성명과 면적을 기록하고는 종류별로 엮어 책을 만들었다. 그려진 전답 모양이 고기 비늘 같아 어린 도책이라 불리기도 했다.

인구 조사 결과 부역 황책을 작성했다. 호적은 이갑에 따라 편성했다. 110호를 1리(里)라 했고 지주 10호를 이장으로 임명했으며 나머지 백 호를 10갑(甲)으로 나누었다. 각 갑은 10호, 갑마다 갑수(甲首) 하나가 있었다. 매년 이장 1명, 갑수 1명을 뽑아 1리, 1갑의 일을 관리·운용케 했다. 그리고 양곡의 납입 순서에 따라 부역 차례를 정했다.

성안의 리는 방(坊)으로 불렀고 성에 가까운 것은 상(廂)이라 했으며 농촌의 것은 모두 리라고 불렀다. 리마다 책을 한 권씩 엮고, 과부·고아·불구자 등은 110호에서 제외시켜 따로 관리하고 그것을 기령(畸零)이라 불렀다. 10년마다 지방관은 납입 곡물의 다소에 따라 부역의 순서를 새로이 정했다. 책의 표지가 누렇기 때문에 부역 황책이라 했던 것이다.

어린 도책은 과세의 근거가 되는 것이고 부역 황책은 부역을 과하는 근거가 된다. 이 두 가지 문서의 제정으로 조세와 요역(徭役)의 제도가 확립되었다. 이것에 의해 명조는 과거의 어느 왕조보다 강대하고 집중되고 안정된 정권을 유지할 수 있었던 것이다.

이와 같이 하여 주원장은 도시와 농촌 주민에 대해 전국규모의 전답 측량을 통해 조세를 정했다. 어린 도책에는 전답의 세밀한 구분도 있었다. 원야(原野), 경사지, 묘지, 평지, 하지(下地), 습지, 비옥지(肥沃地), 척지(瘠地), 모래 땅, 알칼리성 땅으로 구분되어 있었다.

전답을 팔 때에는 관청에 가서 등기하여 세금을 면제받아야 했다. 이것은 빈민들에게 있어 토지는 잃고 세금은 남는다는 폐단을 없앰과 동시에 국가재정을 확보한다는 취지였다. 또 10년에 한 번 있는 부역 뒤에는 백성이 차례로 쉴 수 있는 기회를 주었다.

이러한 조치는 전 왕조보다 진보적인 것이었고 백성의 부담이 전보다 줄어들어 종민의 생산의욕이 높아졌으며 생산도 증대되었던 것이다.

주원장은 대지주에게 타격을 주었다. 명나라의 기반은 중소지주와 농민이었다. 즉, 그는 유방이 천하의 부호를 관중에 옮긴 정책을 본받았던 것이다.

홍무 3년 강남의 부호 14만 호를 봉양(鳳陽)에 이주시켰다. 이때는 봉양이 중도였다. 홍무 24년엔 천하의 부민(富民) 5천 3백호를 남경(응천)에 옮겼다. 홍무 30년에 다시 부민 1만 4천 3백호를 남경에 옮겼고 이를 부호(富戶)라 불렀다.

원장은 호부의 관리에게 말했다.

"전에는 한고조의 방식이 짐에게도 납득이 가지 않았다. 그러나 지금에서야 안 일이지만 경사는 전국의 뿌리이니, 확실히 이 방식이 아니면 안된다."

강남의 소주, 송강, 항주, 가흥, 호주 일대의 대지주는 강제적으로 봉양에 옮겨졌고 마음대로 향리에 돌아가는 것이 금지되었다.

이런 강제 이주는 강남의 지주 계층에게 커다란 타격을 주었다. 땅을 잃는다는 것은 사회적 지위와 정치적 지위를 송두리째 잃는 것이기 때문이다.

도읍에 강제 이주된 사람들은 걸인을 가장하고 흉년을 피한다는 구실로 남녀노소가 떼를 지어 강남의 고향에 돌아가 성묘도 하고 친척도 만났다. 그리고 이듬해 2, 3월경 봉양으로 다시 돌아왔다. 이런 일이 해가 지나면서 관습이 되었던 것이다.

이런 사회 현상을 아이들이나 여자들이 노래로 불렀다.

집은 노주하고도 봉양일세
봉양은 참 살기 좋은 곳
주천자님이 세상에 나오시자

10년에 9년은 흉년이라오

주원장은 온갖 수단을 써가며 지주층을 움켜쥐려고 했지만 그들은
온갖 수단을 다 써서 조정에 대한 납세나 부역에서 빠져 나갔다.
지주들은 자기 땅을 친척이나 이웃 사람의 명의로 거짓 등기를 했
다. 이것을 향리가 옹호했고 지방관리는 뇌물을 받아가며 눈감아 주었
다. 주원장은 이런 사람들을 가차없이 처형했고 개탄했다.
"아침에 10명을 죽이면 저녁에 백 명의 같은 범법자가 생긴다."
원장은 두 가지 방법을 써서 이들과 대항했다. 하나는 엄한 법으로
이들을 다스리는 일이었고, 다른 하나는 지적과 호적정리였다. 당시의
문인 패경(貝瓊)은 이렇게 기록했다.
'소주, 상주, 호주의 호족들은 농민 덕분에 스스로 땀흘리는 일이
없었다. 그러나 달도 차면 기운다는 속담처럼 수년도 지나기 전에 어
떤 자는 죽고 어떤 자는 옮겨가 일가로서 남는 자가 없었다.'
지주뿐 아니라 농업 생산을 저해하는 관리에 대해선 가차없는 철퇴
를 가했다.
예를 들어 송강 한 고을의 방과 상에서 장사도 않고 관청 사람들과
한 통속이 되어 있는 자 1천 3백 50명, 소주의 방과 상에선 1천 5백
21명이 한꺼번에 처형되었다. 이들은 도시 유민(遊民)으로 관청에 빌
붙어 살던 자였다.
지방 구실아치도 정리(正吏), 주문(土文), 사발(寫發)이 있었다. 조
예(早隷 = 관청의 사령)로선 정조예(正早隷), 소궁병(小弓兵), 직사(直
司)가 있었다. 옥지기로는 정뇌자(正牢子), 소뇌자(小牢子), 야뇌자(野
牢子)가 있었다. 또 소관(小官), 방호(幇虎)라고 자칭하는 자도 있었
다.
이들은 이른바 놀고 먹는 자들이다. 그들은 농민이 바쁜 때를 모르
고 농촌에 가서 술이나 마시고, 시골 처녀들이나 희롱했다.
농민이 파종이나 모내기로 바쁜데 이들은 관청의 공문서를 가지고
간다. 그들은 관의 위엄을 빌려 농민들로부터 술값이나 용돈을 뜯어낸

다.

주원장은 영을 내려 관청에 꼭 필요한 자만 남기고 그 밖에는 모두 없애 버렸다. 송강 한 고을만 해도 이렇게 정리된 자가 9백여 명이었다. 이것을 전국적으로 계산한다면 엄청난 숫자였다.

이들의 정리로 농민의 생산성이 올랐다.

주원장은 우수한 관리 확보에도 힘썼다. 그는 관리 등용 제도로 천거, 학교, 과거의 세 가지 방법을 썼다. 그는 홍무 6년 대명률(大明律)을 공포했다. 대명률은 명나라의 기본적 형법전이다. 여기에는 이율(吏律), 호율(戶律), 병률(兵律), 형률(刑律) 등이 포함되어 있다.

천거는 지주를 등용하여 관리로 쓰는 방법이었다. 지주는 곧 문인이고 문화와 역사 지식을 가졌으며, 시무능력이 있었다. 처음 응천을 점령했을 때 하욱(夏煜), 손염(孫炎), 양헌(楊憲) 등 10여 명이 발탁되고 중용되었다. 이어 원장은 민간의 수재로 25세 이상의 자를 추천케 했다. 이에 따라 각 주현은 매년 인재를 중서성에 추천했다.

원장은 또 사신을 각지에 파견하여 인재를 구했다.

하지만 천거는 으레 한도가 있는 법이다. 새로운 통치를 위해선 인재를 양성할 학교가 필요했다. 그래서 국자감(國子監)을 두었다.

국자감의 교직원은 이부에 의해 임명되었다. 학생은 두 종류로 관생(官生)과 민생(民生)이 있었다. 관생에도 두 종류가 있어 하나는 조정의 품관(品官) 자제이고 또 하나는 외국 유학생이었다.

관생은 조정에 의해 선발된 자이고 민생은 지방관이 보증하여 보내진 부와 주현의 생원(生員)이었다.

국자감에서 배우는 교재는 사서오경, 유향(劉向)의 설원(說苑), 대명률, 그리고 대고(大誥)가 있었다. 이 가운데 가장 중시된 것은 대고였다.

'대고'는 주원장 자신이 쓴 것으로 모두 4권이나 되었다. 주요 내용은 처형된 관리나 백성의 죄, 관민에 대한 경고, 백성이 지켜야 할 본분, 납세와 부역 의무가 있는 백성이 선량하게 생활하기 위한 훈화(訓話)가 열거되어 있었다.

홍무 19년 '대고'를 국자감생에게 하사했다. "앞으로 과거는 대고에서 출제하라"는 시달도 있었다. 예부의 행문국자감(行文國子監) 정관은 모든 학생이 대고를 숙독하고 이해할 수 있도록 엄격히 감독하며 여기에 따르지 않는 자는 엄벌에 처하도록 명령을 내렸다.

'대명률'도 중요한 교육자료였다. 학생은 장차 관리가 되고 정사를 심리해야 하므로 대명률은 필독서였다. 사서오경도 유교의 경전이라 중요 과목이었다.

"오로지 공자가 정한 경서로써 여러 학생에게 가르치고 깨우치도록 하라."

고 홍무제는 유시를 내린 일이 있다. 그러나 맹자에 대한 인식에는 우여곡절이 많았다. 원장이 맹자를 읽고 화를 낸 적이 있다.

"맹자에는 군주에 대한 불경스런 말이 많다. 이 늙은이가 지금 세상에 살아 있다면 엄벌감이다."

그는 즉시 공자묘에 있는 맹자의 위패를 철거시켰다. 어떤 문신이 맹자의 가르침은 기본적으로 천자의 지위를 지키는 데 있다고 상주하여, 겨우 맹자의 합사(合祀)가 부활되었다. 그러나 홍무 24년 유삼오(劉三吾)를 시켜 「맹자절문」을 엮게 했는데 자기 마음에 들지 않는 부분 85개 항은 삭제했다.

지방의 부주, 현학(縣學)도 국자감과 마찬가지로 일정한 생원(학생)과 시험제도가 있었다. 지방학교 외에도 홍무 8년 조서를 내려 사학(社學＝향촌의 국민학교)을 설립했다. 이 밖에 시골의 문인이 자영하는 글방이 있었다.

지방학교와 사학도 대고와 대명률이 주요한 필수과목이었다.

사학 이외에도 각지에 교사를 파견하여 가르치게 했다. 특히 북방은 장기에 걸친 전쟁과 파괴로 학문을 닦은 인사가 적어, 특별히 국자감생을 북부의 각 주, 현의 학교에 파견했다. 결론적으로 홍무연간 각급 학교가 널리 설립되고 교육사업이 발전했다. 이것은 과거의 어느 왕조보다도 두드러진 현상이었다.

그것은 인쇄기술의 진보나 서적 면세령, 과거 제도의 정기적 실시에 힘입어 독서와 과거는 일부 귀족층에만 국한된 것이 아니고 일부의 중농, 수공업자, 영세 상인의 자제도 참가했다.

국자감 외의 관료 공급원은 과거제도였다. 국자감생은 과거를 거치지 않고 직접 임관되었으나, 과거 출신자들은 반드시 학교의 생원이 아니면 안되었다.

부주, 현학의 생원(수재라고 불렀음)은 3년마다 성의 중심 도시에서 1차 시험을 치렀다. 이를 향시(郷試)라 했으며, 이 시험에 합격한 자를 거인(擧人)이라 불렀다.

향시 다음에 전국의 거인을 모아 경사에서 시험을 실시했다. 회시(會詩)였다. 회시에 합격하면 또 한 번 시험이 있다. 황제 참석하에 실시되며 정시(廷試) 또는 전시(殿試)라 했다.

선발 결과 1, 2, 3갑이 발표되었다. 1갑은 3명으로 장원(狀元), 방안(榜眼), 탐화(探花)라는 진사 급제의 칭호를 하사했다. 2, 3갑도 약간 명으로 1갑과 마찬가지로 진사 급제의 칭호를 내렸다.

과거 각급 시험은 주로 「사서오경」에서 출제되었다. 문제는 송나라 경의(經義)를 본받았지만 옛 성현의 사상으로 문장을 써야 했다. 더욱이 몇 개의 지정된 주소(注疏)에 바탕을 두어 써야 하고, 개인적 견해를 삽입하는 일은 절대로 허용되지 않았다. 문장 격식은 배우(排偶)이고 제의(制義)라고 불렀다.

이 제도는 주원장과 유기가 만든 것이다. 子, 卯, 午, 酉 해에 향시를 보이고 丑, 辰, 未, 戌 해에 회시를 본다고 정해져 있었다. 향시는 8월에, 회시는 2월에 실시했다. 각 시험은 삼장으로 나눠지고 초장에선 4서 뜻풀이가 셋, 5경 뜻풀이가 넷 있었다. 이장에선 논(論)이 하나, 판결문이 넷, 조(詔)·고(誥)·표(表)·내(內)가 하나이다. 삼장은 경(經)·사(史)·시무(時務)·책(策)이 다섯씩 있었다.

학교는 과거와 병행되고 있었다. 학교는 과거의 한 과정이었고, 과거는 생원의 등용문이었다. 생원은 과거에 합격하여 관리가 된 뒤 평생을 두고 제의를 사용하는 일이 없거니와 책을 읽는 일도 없었다. 학습 내용이 실제 생활에서 너무나 유리돼 있었기 때문이다. 이와 같은 방법으로 양성된 인재에 대해 송렴은 비판했다.

"과거제가 실시되자 학자는 경전 일부를 끄집어 내어 시험문제로 삼는 일에만 열중하고 있다. 그들이 가장 주력하는 것은 「사서오경」의 주석이지만, 그것들은 자질구레한 것에 불과하다. 더욱이 생원은 그 밖의 연구는 거들떠보려고도 하지 않는다. 이런 무리와 이야기를 하면 「사서오경」밖엔 아는 게 없어 전문 명청이라 두 눈을 크게 부릅뜨고 혓바닥이 굳어져 있어 나의 간단한 물음에도 대답하지 못한다."

특무망(特務網)

남옥은 아내 팽씨의 요구대로 연연을 품었다. 썩 감동한 것도 아니고 그저 덤덤한 심정이었다. 그런데 연연과 동침한 날일수록 팽씨의 욕구는 처절할 정도였다.

지금 팽씨는 남옥에게 안겨 있다. 아내가 졸라 남편은 의무적으로 품고 있었다.

팽씨는 자기의 임신과 분만을 위장하기 위해 몸종 연연을 남옥에게 권했던 것인데, 이것은 어디까지나 그녀의 영악한 계산이었으며, 임신했다 하여 남옥의 애무를 거부한 것은 아니었다. 거부는 커녕 오히려 그 요구가 탐욕스럽기까지 했다.

여자 나이 30대 중반이면 성욕면에서도 농익은 절정기다. 게다가 또 임신중인 여인의 성욕은 평소보다 몇 갑절인 듯싶다. 지금의 팽씨는 아름다운 한 마리 암컷으로 변해 있었다.

그는 남편과의 포옹중 신음하듯 외쳤다.

"난 죽어요, 죽을 거예요!"

자식을 낳고 싶다는 본능과 죽고 싶다는 본능, 두 개의 서로 상반되는 소망이 한 마리의 암컷 체내에선 결코 상극되지 않고 하나로 합쳐져 부르짖고 있었다.

임신중 성교의 격렬한 연소(燃燒)와 비등(沸騰)의 결과가 어떤 현상을 보이느냐 하면, 그것은 필연적으로 유산이고, 모체의 파손이다. 팽씨는 그 밖에 하나의 에고이즘으로 불타고 있었다. 그것은 남옥을 다른 여자에게 뺏긴 데서 나온 고통과 아쉬움이었다.

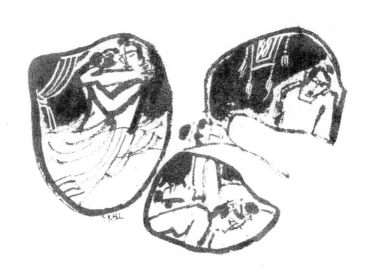

　연연은 팽씨의 대용물로 그녀 자신에 대한 세상의 비판을 막는 바람막이 병풍으로서 남옥에게 선물했던 것인데, 여기서도 인간의 독점욕이 빚어내는 새암이 강렬한 불길을 내뿜고 있었던 것이다.

　자기가 아끼고 있는 몸종이지만…… 그리하여 또한 자기 쪽에서 던져준 맛있는 고기였으나 그것을 남김없이 주기란 아무래도 아깝다. 참을 수 없다. 체념하다니 당치도 않다.

　하지만 연연은 필요한 방벽이다. 남편에게 안겨 주어야 할 도구이다. 아무래도 주어야만 할 존재다. 그렇다면 하다못해 자기가 실컷 파먹고 난 미식의 찌꺼기, 단물을 몽땅 빨아먹고 난 뼈다귀로 충분하다. 그 이상의 자양(滋養)은 줄 필요도 없고 또한 절대적으로 아깝다.

　그래서 본디 다음한 이 여인은 요즘은 마치 발광한 암소처럼 탐욕스런 치태(痴態)를 보여 마지않았다.

오늘 밤도 고귀한 암소의 규방은 뭐라 형용하기 어려운 난잡을 연출했다.

"오늘뿐의 잠자리인걸요, 뭐."

팽씨는 언제까지나 탐욕스런 암컷으로 남옥의 살갗을 파고들었다. 오늘 밤뿐이라는 것은 남옥이 황제의 명으로 검교(檢校)가 되어 집을 며칠 비우게 되었기 때문이다.

"오늘 밤뿐이라니 과장된 말이오."

남옥은 쓴웃음을 짓고 집요한 팽씨의 살갗을 밀어내려고 애썼다.

"연연과의 잠자리가 그렇게도 좋으셨어요!"

팽씨는 화제를 바꾸며 젊은 여자처럼 토라져 보였다.

"그러면 이제부터는 연연의 방에 가지 않겠소. 당신한테만 오리다."

그것은 안된다. 억지로라도 연연은 임신을 해야 한다.

"아녜요, 연연이 기다리고 있을 테니 저는 양보하겠어요."

한편 연연은 팽씨의 허락으로 서방님의 수청을 들고 단단하고도 푸릇푸릇한 여인의 꽃봉오리를 피웠던 것인데, 그뒤 세 번…… 다섯 번 사내와의 베개를 나란히 베고 난 지금은 그녀의 여체도 이미 단단한 파란 꽃봉오리는 아니었다.

봄을 키우는 부드럽고 따뜻한 비가 촉촉히 내려줌으로써, 꽃봉오리는 부풀고 탁 튕겨져 부끄러운 듯이 꽃잎을 벌렸다. 꽃술의 이슬도 달콤한 꿀로 익어 향기를 뿜었다.

남옥은 무릇 여인을 다루는 데는 천재 기사였다. 여자의 꽃을 피게하는 명인이었다. 그리하여 연연은 밤마다 살랑거리는 바람을 기다리며 지고 싶어하는 활짝 핀 꽃이 되어 있었다.

연연은 잠을 자다가 문득 요의(尿意)를 느껴 자기 방에서 살며시 나왔다. 그리고 측간에 갔다 돌아오다가 두런거리는 남녀의 목소리에 이끌려 마님의 침실 앞으로 다가갔다.

"자, 그만 가도록 하셔요. 당신의 귀여운 소실한테로."

"뭐, 아직 오줌냄새가 나는 아이야!"

그러면서도 남옥은 침상에서 슬며시 빠져나왔다. 암소가 된 팽씨의 시달림을 빨리 벗어나고 싶은 그의 마음이었다.

연연은 남녀의 수작을 엿듣자 온몸이 붉어졌다. 오기만 해봐라! 말 대꾸도 안해 드리겠어. 파고들어와도 꽃문은 절대 열어주지 않겠어. 이를 갈고 싶은 연연이었다.

남옥이 방에서 나왔다. 거기, 유귀(幽鬼)처럼 서 있는 연연을 보더니 깜짝 놀란 모양이었다.

"아니?"

연연은 대꾸도 않고 휙 몸을 돌려 자기 방으로 뛰어갔다. 우람한 체격의 남옥은 큰 걸음으로 따라갔다.

연연은 의자에 앉아 고개를 수그리고 있었다.

"목이 마르다."

남옥은 그렇게 말했으나 연연은 잠자코 있었다. 남옥은 탁자에 있는 물병에서 물을 따라 마셨다.

"어, 시원하다. 살 것만 같다."

그래도 연연은 몸을 굳히고 있었다. 남옥은 좀 겸연쩍은 모양이었다.

"이리 오너라."

하고 일어섰다.

"네."

대답을 안 하려고 했지만 입이 먼저 움직였다. 침상으로 간 사내를 따라 연연도 무의식적으로 따라갔다. 화려한 침상의 젊은 측실의 규방이다. 연연은 여느 때처럼 남옥의 옷 벗는 것을 도왔다. 그것이 끝나자 남옥은 침상에 앉아 연연이 벗는 것을 기다렸다.

"서두르도록 해라."

"네."

연연도 벗었다. 그리하여 새빨간 천 하나만 걸친 모습으로 침상에 올라왔다. 남옥은 몸을 쓰러뜨리며 연연을 포옹했다.

연연은 얼굴마저 외면할 수는 없어 사내 가슴에 숨듯이 얼굴을 파묻었다. 입술을 도둑맞지 않으려는 생각이었다. 서로 맛보는 자리였지만 연연의 몸은 돌처럼 딱딱했다. 여느 때처럼 교태도 부끄러움도 보이지 않는다.

익숙한 남옥은 연연이 토라져 있다는 이유를 잘 알고 있었다. 무엇에 토라졌는지도 안다. 너무나 팽씨한테 들러붙어 있었던 것이다.

화는 나지 않는다. 오히려 귀엽다고 생각되었으며, 말 없이 반항하는 여인을 다루는 것도 재미있었다. 남옥으로선 백전연마의 자신이 있었다.

오른팔을 잡아 옆구리 아래 깔아 버리고 자기의 왼팔을 베개 아래로 집어 넣어 그녀의 왼팔을 꽉 잡았다. 이것으로 연연의 두 팔은 제압된 셈이었다. 남옥의 오른손이 자유롭게 움직이고 있다. 그 오른손이 연연의 온갖 여성 관능을 주명(奏鳴)하는 데는 별로 시간이 걸리지 않았다.

홍무제는 백성에게 요역(遙役)에 따라 납세하고 백성의 본분을 지키라는 제도를 정했지만 관리에 대해서도 법을 지키고 공(公)을 위해 헌신하라고 강조했다.

그러나 관리는 법을 지키기는커녕 차례로 부정을 저질렀다. 엄벌을 더했지만 효과가 없었다.

"일찍이 짐은 민간에 있을 때 주현의 관리들이 무육(撫育)하지 않고 왕왕 재물이나 탐내고 색을 즐기고 술에 빠져 있음을 보았다. 백성의 고통을 보고도 모른다는 식이라 짐은 내심 몹시 원망했었다. 이제 엄하게 벌을 만들고 부정을 범하여 백성을 해치는 관리는 결코 용서하지 않으리라."

주원장의 사고방식을 엿볼 수 있는 말이다.

"이런 폐단을 뿌리 뽑지 않고선 선정(善政)을 하지 못한다."

홍무제는 성빈간요록(醒貧簡要錄)이라는 것을 엮고 관리에게 나누어 주었다. 관리가 64량 이상의 부정을 저지르면 효수하여 본보기로 삼고 게다가 살가죽을 벗기는 형에 처한다고 했다. 부나 주현 관청 왼쪽

엔 토지신을 모신 토지묘가 있다. 이곳이 박피형(剝皮刑)을 실시하는 형장이 되어 버려 피장묘(皮場廟)라 불렀다. 관청은 관청대로 공좌(公座) 곁에 짚으로 속을 넣은 인간 가죽을 비치토록 하여 관리에게 경고로 삼았다.

그런데도 부정은 근절되지 않았다.

"죽일 놈들! 절서(浙西)의 양곡 한 섬을 남경까지 운송시켰더니 넉 섬의 운송비가 들었다는 거야. 그래서 그것을 초(鈔＝통화)로 배상시켰다. 그런데도 불구하고 징세관은 운송비다 포장비다 하고 백성에게서 9백 문(文)이나 징수했어. 이러니 백성의 부담이 가벼워질 게 뭐냐!"

홍무제는 이런 관리를 적발하는 대로 가차없이 처형했다. '홍무 연간은 언제고 불변의 법이 없고 하루도 죄짓지 않는 날이 없었다.' 이런 기록으로 알 수 있듯이 부정 관리를 죽이는 일이 가장 많았던 시기였다.

부정관리는 걸리면 죽는 줄을 알면서도 부정을 일삼았다. 주원장도 비장한 결의를 하고 있었다.

그뿐만 아니라 비밀 종교 신자, 소수 민족, 그리고 농민의 반란도 계속 발생했다. 규모가 큰 것으로는 홍무 14년 광주에서 발생한 해구(海寇)였다.

조진(曹眞), 소문경(蘇文卿)이 산구(山寇)의 두목 단지도(單支道), 이문(李文), 이평척(李平尺) 등과 손잡고 난을 일으켰던 것이다.

이들은 험준한 곳에 본거지를 두고 동완(東莞), 옹원(翁源) 등 여러 현을 점령했다. 관군에 진압되어 참살된 자가 5천, 포로 2만, 그들의 가족 8천이나 생포되었다. 이듬해에도 남웅후(南雄侯) 조용이 광동지방의 반란을 진압했다. 이때도 참수자가 8천 8백, 포로 1만 8천이었다.

홍무제는 정권 유지의 방패로 상비군과 특무망(特務網)을 조직했다.

명의 상비군은 농업 생산과 연결되어 서서히 틀을 잡아 나갔다. 집경(응천) 공략 이후 둔전제를 장려했고 양식을 널리 저장하여 군수물자로 공급했다. 주원장과 유기는 고대의 병제(兵制)를 연구했고 역사의 경험을 가미했다. 징병제는 전국 개병이라 유사시엔 소집하고 끝나면 귀농시켰기 때문에 평시의 군비 지출이 없다는 장점이 있다. 병사의 소질도 비교적 우수하고 잘 싸운다. 한편 병사가 모두 농촌 출신이라 장기전이 되면 농업 생산에 영향을 미치는 결점이 있다.

또 모병제는 병력수와 복무기간에 의해 농업 생산이 제한을 받지 않는다는 장점이 있다. 그 반면 대량의 군대를 유지시켜야 하고 모집된 병의 소질이 일정치 않아 도망이나 반란을 일으킬 염려가 있었다. 그래서 양자를 절충시켜 저마다의 장점을 취하기로 했다. 군사력과 생산력을 결합시켜 신속히 지휘할 수 있게 하고 재정상의 과중한 부담을 피하는 것을 원칙으로 했다. 이런 원칙 아래 유기가 꾸며 낸 것이 위소(衛所)제도였다.

위소의 구성 성분은 네 가지였다. 종정(從征), 일단 유사시 지휘하는 부대다. 이것은 곽자홍의 기본 부대와 주원장이 그 뒤 규합한 각지 지주 세력의 무장군이었다.

귀부(歸附), 군웅을 평정했을 때 항복한 부대와 원군의 투항병이었다. 적발(摘發), 범죄자를 벌로써 군적에 편입시킨 자이고 은군(恩軍)이라 불렸다.

타집(垛集), 징병 군졸인데 인구비에 따라 징집되었다.

앞의 두 가지는 영제 성립 전에 이미 있었던 군대이고 뒤의 두 가지는 보충적 성격을 가졌다. 그러나 이들은 모두 세습이었고 정원수를 채우기 위해 군인은 아내를 맞고 자식을 낳아 대대로 군직을 계승해야만 되었다. 만일 계승할 자손이 없다면 핏줄이 같은 가족의 장정으로 보충하게끔 법으로 정해져 있었다.

군은 특수한 사회적 신분을 가졌다. 명나라 호적은 군적(軍籍), 민적(民籍), 장적(匠籍)의 세 가지가 있다. 군적은 도독부(都督府)에 속하고 민적은 호부, 장적은 공부에 속했다.

따라서 군인은 지방관의 관할 밖이었고 신분, 법률, 경제적 지위는 민호와 같지 않으며 엄연한 구분이 있었다.

군영이 곧 그들의 집단 사회였고 한가족처럼 조직돼 있었다. 군졸이 임지에 갈 때에는 일족이 군장(軍裝)을 갖추어 준다. 위소의 군인은 본인이 정군(正軍)이 되는 외에도 그 자제는 여정(餘丁)이라 불렸고 장교의 자제라면 사인(舍人)이었다. 그리고 이들 군졸의 생활비는 둔전에서 얻은 곡물로 지급되었다.

처음에 지휘관들 명칭도 가지각색이었다. 그래서 부오법(部伍法)이란 것을 만들어 병력 5천을 가진 자는 지휘, 천 이상을 가진 자는 천호, 백 명은 백호, 50명은 총기(總旗), 10명은 소기(小旗)라고 정했다.

이것을 바탕으로 위와 소로 부대 편성을 했었다. 약 5천 6백을 1위라 했고 그런 위가 다섯 개로 나뉘어 천호소가 되었다.

그리하여 작은 거점에 소를 두고, 몇 개의 거점이 연결되어 위가 되었다. 다시 몇 개의 위를 모아 군구(軍區)를 설치하고 도지휘사사를 두었다.

홍무 25년 통계로 전국에 17개의 도지휘사사가 있었고 병력은 120만이었다. 17개의 도지휘사사는 또한 조정의 오군도독부에 속했었다.

군의 식량은 둔전에서 생산하고 자급되었다. 그런데 군둔(軍屯) 외에 상둔(商屯)이라는 것이 있었다.

변경의 수비군이 뜻밖의 사태를 만나 양식에 곤란을 받게 되었을 때에는 개중법(開中法)이란 것을 이용했다. 개중법은 상인의 책임 아래 일정량의 양식을 변경에 운반케 하고, 그 영수증을 가지고 소금 산지로 가서 같은 가격의 소금을 받아 자유롭게 판매하는 방법이었다.

군작전은 대장군을 파견하여 통수로 삼았지만 주원장이 실질적인 결정을 내렸다. 그것은 가장 신뢰했던 서달이나 이문충에 대해서도 마찬가지였다.

홍무 원년 북벌군이 출발했을 때 주원장은 몸소 진도(陣圖)를 그려서 서달에게 보냈다. 자기 의견을 전선 사령관에게 전해 참고로 하라는 것이었고 만일에 군중의 실정에 맞지 않는다면 변경해도 좋다고 하였다.

그러나 군의 원칙적인 문제에 있어서는 내려진 명령이 단호하게 시행되었고 변경할 수 없었다. 예를 들어 투항한 장군에 대한 원칙이었다.

1365년의 명령서로 다음과 같은 내용이었다.

'오왕 친필. 내사인 주명(朱明)을 보내어 대장군 좌상국 서달, 부장군 평장 상우춘에게 명하노라. 11월 4일, 첩보가 경사에 이르렀다. 아군이 사로잡은 적병 및 적장이 6만의 다수에 이르렀음을 알았다. 포로의 수가 심히 많아 구금하기가 매우 어려우리라. 만일 쓸모가 없는 무리가 있다면 군중에서 은밀히 죽이는 방책을 강구하고, 특히 적장들은 풀어주어선 안된다. 다만 우두머리만은 풀어 주어라.'

이듬해 3월 서달이 적군의 장수들을 살해하지 않는 것을 엄중히 질책하고 다음과 같은 영지를 보냈다.

'오왕 영지. 총병관 서달에게 고한다. 고우를 파했을 때 성안에서 졸개는 많이 죽이고서도 두목은 하나도 죽이지 않았다. 군은 지금 회남에 이르고 있다. 만일 투항한다면, 그것은 사주(泗州)의 두목이 왕의 청번황기(淸旛黃旗)를 가지고 투항을 권했기 때문이므로 장군의 공은 아니다. 만일에 3월 중 회안을 함락시키지 못한다면 장군이 두목을 죽이지 않았던 탓이다. 앞으로는 명령을 받들어 시행하도록 하라!'

원조의 항장 처리에 대해선 더욱 조심하라고 재삼재사 지시하고 있었다.

1367년 12월 세 차례에 걸쳐 연거푸 서달과 상우춘의 진에 사자를 보내어 유시를 전하고 있다. 원조의 항장은 기회를 엿보아 반란을 일으킬 염려가 있으니 충분히 경계하며 응천에 보내라는 내용이었다.

홍무제는 전쟁에 승리하자면 무엇보다도 군의 규율이 중요하다고 생각했다.

그래서 그는 누차 군기확립을 명하는 지시를 했는데, 그를 크게 노엽게 하는 사건이 발생했다. 명군이 장사성 군을 크게 무찔렀을 때의 일이다.

 "장사성 군의 아내 다수가 고우에서 생포되었다. 총병관이여, 어째서 모여든 가족에게 여자들을 인도해 주지 않았는가? 이것은 살인과 비교하여 어느 쪽이 더 중대한가. 성을 공략한 날 두목되는 장군을 단숨에 죽여 버리는 것은 문제가 되지 않는다. 하지만 아내들을 사로잡고 정병을 딸려 짐에게 보내다니 무슨 짓인가. 여자들에겐 의복과 양식을 주고 경비하는 데도 비용이 들었다. 도저히 먹여 살릴 수 없는 것이다. 사내를 죽이고 처자를 잡는다는 것을 적이 안다면 완강하게 저항하리라. 밤사이 사자를 풍승의 진에 보내어 지휘, 천호, 백호 및 병관 중 생포한 부녀를 데리고 있는 자는 그 목을 베겠다. 총병관의 죄는 귀환 후 차분히 이야기하기로 하자."

 주원장은 이를 통해 알 수 있듯 생포한 적 장교의 처첩을 부장들이 자기 것으로 만드는 것을 용서하지 않았다.

 풍승이 고우에서 군기 위반을 한 데는 이런 내막이 있었다. 총병관 서달이 고우를 포위중 후방의 선흥(宣興)을 구원할 필요성이 있어 부장군인 풍승에게 고우 공격을 맡기고 갔다.

 그 사이 고우 수비의 적장이 거짓으로 투항했고, 입성한 풍승의 부하를 몰살해 버렸다. 이 때문에 복수심에 불탄 풍승의 부하들은 고우 수비군의 여자들을 약탈했다. 이때 풍승은 볼기 10대를 맞는 처벌을 받았다.

 주원장의 명군은 군웅들 중에서 압도적으로 군기가 엄정한 군대였었다. 그러나 전쟁의 승리가 계속되고 영토가 날로 넓어지자 군기를 위반하는 사건도 또한 끊임없이 발생했던 것이다.

 특무망은 특무기관이다.

 역사적으로 특무 조직은 어느 시대고 있었다. 한무제 때는 조옥(詔獄)이 있었다. 전한의 무제 조옥에는 항상 6, 7만의 죄인이 있었다고 한다. 조옥은 황제의 특명을 받아 죄인을 취조하는 것이고 그 대상은 국사범이었다.

당나라 때는 여경문(麗景門)과 불양인(不良人)이라는 특무기관이 있었다. 송나라도 조옥과 내군순원(內軍巡院)이 있었다. 홍무제의 특무로는 동창(東廠)과 서창(西廠)의 두 곳이 있었다. 나중에 금의위(錦衣衛)라는 것이 설치되는데 이는 홍무 15년 때의 일이다.

남옥이 임명된 검교란 직무는,

'경사의 대소, 관아의 부정을 탐색하여 풍문도 모두 귀에 넣는다.'고 되어 있다. 즉, 관리의 부정을 내사하고 정보도 수집하는 임무였다.

가장 널리 알려진 검교 두목은 고견현(高見賢), 그리고 하욱, 양헌, 능설(凌說)이었다. 이들은 음모를 적발하고 탐색, 포박의 권한도 가졌다. 병마지휘사사의 정광안(丁光眼)이 응천의 시내를 순찰하면서 통행증을 갖지 않은 자를 모두 체포하여 군영의 감옥에 수감했다. 홍무제는 정광안을 곧잘 이렇게 평했다.

"이런 사내가 있다는 것은 집에 사나운 개를 기르는 것과 같다. 그래서 사람들이 무서워하지."

그러자 고견현이 건의했다.

"부정을 저지르고 처벌된 재경의 관리치고 원한을 품지 않은 자가 없습니다. 이런 자들을 천자 측근에 두시면 위험합니다. 외지(外地)의 부정 관리와 더불어 장강 북쪽 화주(和州)에 집단 거주케 하십시오. 그 곳은 황무지가 많아 한 사람에 20무(畝)를 주어 개간도록 하는 것입니다."

홍무제는 이 의견을 받아들였다. 그러나 권세를 자랑하던 고견현도 양헌에게 탄핵되어 화주로 보내졌고 황무지를 개간하는 신세가 되었다.

이미 화주에서 농부가 되어 고생하던 전직 관리들은,

"우리를 이꼴로 만들더니 꼴 좋다."

하고 고견현을 죽여 버렸다. 이윽고 하욱, 정광안도 화주로 보내져 살해되었다.

이런 특무는 나는 새도 떨어뜨린다는 이선장도 겁내고 있었다. 이선장은 호유용에게 승상직을 물려주면서 당부했다.

"우리는 같은 동향인일세. 무슨 일이 있어도 권력이 회서인 손에서 타지방 사람에게 넘어가지 않도록 조심하게."

"염려 마십시오."

호유용은 유기를 독살한 인물이다. 권력 유지를 위해서라면 무슨 짓이라도 서슴지 않고 실행할 사람이었다.

이런 이선장이나 호유용도 특무인 검교를 겁내고 있었다.

검교는 문관, 무장 외에도 승려가 주원장의 특명을 받아 임명되었다. 오인(吳印), 화주근(華克勤)은 승려였으나 특무 활동에 공이 있다 하여 환속이 되고 조정의 대관이 되었다.

급사중(給事中)인 진문휘(陳汝輝)는 분개하며 황제에게 상소를 올렸다.

"옛날의 성왕이래 진신(縉紳 = 벼슬아치)과 화상(승려) 무리가 손잡고 일을 처리한다는 일은 들어 보지도 못했습니다. 지금 개국 공신, 장로들은 폐하의 은혜에 감동하며 벼슬을 내놓고 향리에 돌아가 있습니다만 화상과 간신의 무리가 참언을 일삼고 있습니다. 유기님은 이미 세상을 떠났고 서달, 이선장과 주덕홍 같은 분들도 의심받아 헐뜯음을 당하고 있습니다. 한의 소하, 한신의 고사와 비교하여 다를 게 없지 않습니까?"

검교가 된 화상들에 의해 유기, 서달, 이선장, 주덕홍 등이 의심받고 비방되었다는 이야기로 큰 옥사(獄事)가 발생할 조짐이었다.

검교가 탐색하지 않는 것이란 없었다. 홍무제는 검교를 시켜 장군의 가족을 탐색했다. 어떤 여승이 화고(華高)와 호대해(胡大海)의 아내를 꾀어 서역에서 들어온 금천교(金天敎)를 신앙한다 보고받고 홍무제는 양가의 부인과 여승을 장강에 던져 죽였다. 또 북평 성안에 있는 흑상자(黑尙子)라는 자가 어떤 고관의 집을 자주 드나들고 있다든가 회교도가 두 사람 있다는 일까지 홍무제는 세밀히 파악하고 있었다.

검교의 조사는 아주 철저했다. 매우 고지식한 선비인 송렴이 하루는 손님을 초대하여 술을 마셨다.

이튿날 송렴은 황제에게 소환되어 질문을 받았다.

"어제 송선생은 손님을 불러 술을 마셨다고 하오. 그래 어떤 손님을 초대하여 어떤 술과 어떤 요리를 자셨소. 그리고 언제 헤어지셨소?"

송렴이 사실대로 말하자 홍무제는 크게 웃었다.

"모두 맞소. 짐을 속이지 않는구료."

또 어느 날 국자감 우두머리인 제주(祭酒) 송눌(宋訥)이 집에서 몹시 화를 냈었다. 이튿날 조회 때 황제는 넌지시 물었다.

"어제 송제주는 무엇 때문에 그리 화를 내셨소?"

송눌은 깜짝 놀랐으나 사실대로 말했다. 사실대로 말하는 게 가장 안전한 것이다. 그것을 들은 홍무제는 웃고 신하를 시켜 화상(畫像)을 하나 가져오게 했다. 그 그림은 송눌이 화내고 있는 모습을 그린 것이었다.

공신에겐 112명의 호위병이 딸리고 천자로부터 '자자손손 작위를 잇는다'는 철책(鐵冊)이 하사되고 있었다. 그러나 이 호위병에게는 공신을 감시하는 비밀 임무가 주어져 있었던 것이다.

주원장은 검교를 풀어 관민을 정찰시켰을 뿐 아니라 몸소 탐색하기도 했다.

나복인(羅復仁)은 진무량 부하였는데 투항후 홍문관 학사로 있었다. 그는 강서 사투리를 심하게 쓰고 인품이 실직(實直)했으므로 황제도 그를 신임했다.

그러나 하루는 정말로 실직한 인물인지 확인하고자 황제 자신이 복인의 집에 느닷없이 나타났다. 복인의 집은 성 밖 빈민굴에 있고 다 쓰러져가는 움막이었다. 복인은 마침 사다리에 올라 벽에 칠을 하고 있었다.

"폐하께서 어인 일로 이곳까지 납시었습니까?"

복인은 즉시 딸을 시켜 의자를 가져오게 했다. 의자는 팔걸이도 없는 보잘것없는 서민용의 긴 의자였다.

홍무제는 그가 너무도 가난함을 딱하게 여기고 말했다.

"훌륭한 수재가 어째서 이런 움막에서 사시오?"

그는 즉시 성안의 대저택을 그에게 하사했다. 검교의 직무는 임시직으로 다만 탐지만 할 뿐 범인을 체포하고 처형할 권한은 이때는 아직 없었다.

지방의 치안을 위해 홍무제는 순검사(巡檢司)를 각 부·주·현의 관문, 항구와 나루터와 같은 요지에 배치했다. 순검과 부순검이 있고 차역(差役)과 궁병(弓兵)을 이끌고서 변고에 대비하며 경계했다.

직무 권한은 도둑의 체포와 수상한 자의 탐색이었다. 교통 요소에 근무하며 첩자, 소금 밀매자, 탈옥수, 인(引)이 없는 낯선자를 심문하고 조사했다.

인은 노인(路引)인데 오늘날의 통행증, 신분증명서였다.

"무릇 군민으로 백리 밖에 나갈 때에는 문인(文引)을 검사한다. 만일 문인이 없다면 반드시 체포하여 관아에 보낸다. 만일 주민이 이를 고발하고 그게 사실이었다면 상을 주고, 그것을 눈감아 준 자는 처벌한다."

처벌 규정도 정해져 있었다.

"무릇 문인 없이 몰래 관문, 나루를 넘은 자는 곤장 80대, 만일 관문을 지나지 않고 나루를 함부로 건넌 자는 곤장 90대, 만일 변경의 관문을 무당 통과한 자는 곤장 백 대 및 도형 3년, 국경을 넘은 자는 교수(絞首)한다."

홍무 13년(1380), 주원장은 53살이었다. 이 해 정월 승상 호유용이 체포되는 사건이 발생했다. 이 옥사는 홍무 12년 12월 중승(中丞) 도절(塗節)의 고발로 시작되었다.

"성의백 유기는 승상 호유용에게 독살되었습니다."

주원장으로선 이런 고변(告變)이 새삼스런 것도 아니었다. 그는 이미 알고 있었다. 알고 있었지만 이런 고발을 구실삼아 호유용 일당을 제거하기로 결심한 것이다.

홍무제는 중앙 집권제의 중서성에 권력이 너무 집중되는 것을 불안하게 여기고 있었다. 아니, 그는 의심이 많아 장군들을 누구나 할 것

없이 경계했다.

주원장을 따라 귀의한 회서인은 모두 고관 대작이 되어 있었다. 그들은 정치, 군사, 경제 각 분야에서 요직을 차지하고 서로 인척이 되며 파벌을 이루고 있다. 또 엄청난 토지를 소유하며 재산도 모았다.

물론 처음엔 주원장도 교묘한 분할 정책을 썼다. 자기와 동향인 회서인에게 중직을 주는 대신 비회서인에게 그들을 감시시켰던 것이다. 그 결과 유기는 호유용에게 독살되었다.

그러나 황제는 회서인이라도 너무 세력이 강대해지는 것을 원치 않았다. 서달과 상우춘 앞에서 이런 말까지 하며 그들에게 경고했다.

"제군들은 짐이 몸을 일으킨 이래 가난을 함께 하며 이와 같은 공적을 세웠다. 그것은 결코 하루 아침에 이루어진 것은 아니다. 하지만 듣건대 요즘 여러분들 가운데 가동(家僮 = 사유노예)을 수백 명씩 거느리고 권세를 휘두르며 오만 불손하게 행동하는 자가 있다고 한다. 그런 괘씸한 무리를 빨리 제거하지 않는다면 백성과의 사이에 틈이 벌어지고 말리라."

주원장은 그런 본보기를 보이고자 백성의 땅을 빼앗은 탕화의 숙부를 처형했다. 또 조중중(趙仲中)이 성을 잃자 처형하려 했다. 서달이 옛날의 공적을 들어 그를 옹호했지만 홍무제는 활 시윗줄을 그에게 내렸다. 조중중에게 그것으로 목을 매어 자결하라는 뜻이었다.

홍무제에게는 신념이 있었다.

"오랑캐인 원은 너그러움으로 나라를 잃었다. 짐은 맹(猛)으로써 중화를 평정하겠다."

오랑캐라 멸시되는 원도 유교의 이상인 덕과 인으로 정치를 했다. 그러나 자기는 법가의 엄격한 법으로써 나라를 다스리겠다는 말이다. 인덕(仁德)으로 나라를 잃는 것보다는 가혹한 법치로 왕조를 지키겠다는 신념이다.

그가 특무망을 조직하고 장군을 감시한 것도 이런 맥락에서 파악된다. 장군들에 대한 경계심은 사재흥의 배반, 소영의 사건으로 강박관념처럼 굳어졌다.

이때부터 홍무제는 제장에 대해 더욱 의심을 가졌고 검교를 시켜 그들의 신변을 끊임없이 감시했다.

이 때문에 장군들은 전전긍긍했다. 서달과 탕화는 세심하고 조심성 많은 성격이었으나, 그런데도 의심받았다. 그러니 다른 장군들은 말할 필요도 없었다. 조신들 사이에는 온갖 풍문이 나돌았고 늘 긴장감이 돌았다.

호유용은 주원장이 화주에 있었을 무렵 한낱 관원이었다. 하지만 그는 이선장의 친척이었고 그 천거를 받아 벼슬이 올라갔다. 선장이 승상으로 있었을 때, 선장 역시 세심한 성격이라 황제와 충돌하지 않았다. 이어 선장의 뒤를 이어 고우인 왕광양(汪廣洋)이 승상이 되었다. 광양은 비회서인으로 유기파다. 그는 문인으로 술을 좋아했고 뚜렷한 개성이 없었다. 그러나 호유용의 탄핵을 받아 조정에서 쫓겨났고 유배지에서 살해되었다. 유용의 탄핵 이유는 이렇다.

"광양은 일찍이 강서에 있었을 때 주문정의 악을 옹호했고 양헌의 간악함을 고발하지 않은 죄가 있습니다."

양헌 또한 유기파로 동창의 장관을 역임했다. 황제의 손발이 되어 수많은 사람을 고발했으나, 결국 실각하여 화주로 쫓겨났고 그곳에서 타살되었던 것이다.

여하튼 호유용은 이선장의 도움을 받아 홍무 6년 우승상이 되었고, 10년에는 좌승상에 올랐다. 이리하여 그의 권세는 오를 대로 올랐다. 관리가 되려는 자, 좌천된 군인들이 그를 찾아와 금은, 비단, 명마, 골동품, 그리고 미녀를 바쳐 가며 그의 비위를 맞추었다. 그는 우승상부터 따져 7년이나 조정의 최고 위치에 앉아 있었으므로 절로 파벌을 형성하여 무시 못할 세력으로 등장하고 있었던 것이다.

도절의 고발은 계속되었다.

"호유용은 권력을 남용했고 폐하의 죄인 길안후 육중형, 평량후 비취와도 내왕하고 있습니다. 이는 그들이 자기 파벌이기 때문입니다."

주원장은 즉시 남옥에게 호유용의 체포를 명했다. 그리고 몸소 국문을 했다.

"짐이 너를 신임했는데 죄인과 왕래하고 수많은 미녀를 집에 두며 부정한 수단으로 재물을 모았다. 네 죄 네가 알렸다!"

유용은 황제의 국문을 받자 이미 자기의 운명을 각오했다.

"폐하의 말씀처럼 모반을 모의했습니다."

"뭣이라고! 그 반역의 무리가 누구냐?"

"어사대부 진녕(陣寧), 그리고 도절입니다."

호유용은 어차피 죽을 바이니 밀고자인 도절까지 끌고 들어가 버린 것이다. 홍무제는 즉시 호유용, 진녕, 도절의 가산을 몰수하고 그 삼족을 멸해 버렸다.

이때 호유용의 죄목으로 외국 세력과 결탁했다는 것이 있었다. 유용이 모반을 계획하고 사자를 북원과 왜국에 보내어 그들의 원조를 청했다는 내용이다.

죄인을 죽일 때에는 되도록 많은 죄를 나열하는 것이 하나의 상투적 수단이다. 죄인으로 죽기는 마찬가지지만 처형자로선 그렇게 해야만 대외적인 효과가 있기 때문이다. 홍무제는 이 사건을 처리하자 아예 중서성을 없애 버렸다.

여성(女誡)

"역시 당신과의 이 시간이 나로선 마음 편하오."

남옥은 팽씨를 포옹하고 있었다. 그들은 이미 일전을 끝내고 정담을 나누고 있다. 팽씨는 얼마 전 사산(死産)했다. 그리고 20일쯤은 남편과의 잠자리를 사양했는데 다시금 맹렬한 성욕을 불태우며 안겨 왔다.

그런 팽씨가 남옥으로선 귀찮기도 했지만 차츰 이 여인의 정열에 동화되어 그것에 오히려 만족감을 느꼈다. 여인이 자기의 몸을 그렇게도 목말라 하며 조르는 것이 싫지 않았던 것이다.

"간지러워요！"

팽씨는 간드러지게 웃으면서 몸을 꼬았다. 남옥은 그런 아내의 풍만한 젖가슴을 빨았다. 팽씨는 남옥의 머리를 쓰다듬으며 말했다.

"그러나 당신 마음이 제 몸으로 포근해 진다면 실컷 차지하도록 하셔요."

"물론 포근하고말고. 요즘 며칠 동안 끔찍한 일만 보았기 때문에 당신의 살이 더욱 정답소."

"어떤 일이 있었는데요？"

"역적 호유용의 가족만 하더라도 80여 명이나 되었지. 그 가운데 유용의 애첩이 낳았다는 한 달도 안 된 갓난애가 있었는데⋯⋯."

팽씨의 젖꼭지가 꿈틀하며 딱딱해졌다. 남옥은 말을 끊었다가 다시 이었다.

"그 갓난애를 누구도 죽이려 하지 않았어. 그래서 내가 땅바닥에 내동댕이쳐 버렸지. 탁 하며 골이 터졌는데⋯⋯."

298

순간 팽씨가 무섭게 비명을 지르며 남옥을 밀어냈다.

"왜 그래?"

"가요! 연연한테나 가요. 당신은 사람도 아녜요!"

"사람도 아니라니?"

팽씨는 침상에 엎드려 소리내어 울고 있었다. 남옥은 어안이 벙벙했다. 대체 종잡을 수 없는 여인의 마음이었다.

"당신이 그렇기 때문에 내 아이가 죽었어요!"

"당신 아기라니?"

"우리들의 아이 말예요. 당신의 그 짓 때문에 하느님의 벌을 받아 우리 귀여운 딸이 죽어서 태어난 거예요!"

"그것과 이것이 무슨 상관이요. 더욱이 당신의 출산은 한 달이나 전이었고 내가 역적의 자식을 죽인 것은 오늘 아침의 일인데……."

"싫어요! 당신은 악마예요."

팽씨는 더욱 큰 목소리로 울부짖었다. 미신이 판치는 시대인데다 그렇게 듣고 보니 죄악감마저 느끼는 남옥이었다.

이때 밖에서 조심스럽게 부르는 목소리가 들렸다.

"대감님?"

연연의 목소리였다. 연연도 임신하고 있어 배가 남산만큼이나 불러 있었다.

"궁중에서 급사가 오셨는데, 입궐하라는 분부이십니다."

이 무렵 아직도 명나라에 적대하는 세력이 둘 있었다. 하나는 운남의 양왕이었고, 또 하나는 동북지방의 납합출(納哈出)이었다.

이날 홍무제의 갑작스런 부름을 받은 남옥은 장군에 임명되었고 출전 명령을 받았다. 조정에선 부우덕을 정남대원수에 임명했고 목영을 부원수로 임명했다.

이들은 호광 땅에 이르러 작전을 의논했다. 목영이 의견을 내놓았다.

"지금 운남을 진공하자면 두 개의 길이 있습니다. 하나는 진원(辰沅)을 지나는 길이고, 또 하나는 영녕(永寧)을 지나는 길입니다. 대원수는 병력 10만을 이끌고 영녕길로 들어가 오돈(烏敦)을 공격하십시오. 소장은 역시 병력 10만으로 진원길로 나아가 귀주(貴州), 보안(普安), 곡정(曲靖) 등지를 공략하겠습니다. 그리고 다시 백석강에서 합류하여 곤명(昆明)을 치도록 하는 것입니다."

남옥은 목영군에 딸렸다. 목영은 진원을 바라며 진군했고 귀주 경계에 이르러 진을 치고 진환을 남겨 진을 지키게 했다. 그리고 목영, 곽영, 남옥 등은 귀주성을 공격했다.

성에서는 안찬(安瓚)이란 장군이 나왔고 남옥과 어우러져 싸웠는데 승부가 나지 않았다. 목영이 이를 보고 달려나가 남옥을 도왔고 철편을 내려쳐 안찬을 말에서 떨어뜨렸다. 적장이 생포되자 성병은 사방으로 흩어져 달아났다.

목영은 안찬의 결박을 풀어 주고 귀순을 권고하자 안찬도 감격하여 항복을 맹세했고 귀주성은 그의 인도로 쉽게 점령되었다.

귀주에서 며칠 쉬고 남으로 3일을 행군하자 보안이 나타났다. 명군은 성 밖 5리 지점에 진을 쳤다. 이곳 성장은 용명이 높은 단세웅(段世雄)이었는데 목영의 꾀에 빠져 창에 찔려 죽었다. 목영과 남옥은 달아나는 적병을 쫓아 성안에 돌입했고 이를 점령했다.

그곳에서 며칠을 쉬고 다시 며칠을 갔는데 북쪽에 먼지가 일며 일대의 군대가 달려왔다.

"적이냐?"

목영 등은 긴장하고 부대를 산재시켰는데 연락장교가 기를 들고 달려왔다. 그들은 부우덕의 북로군으로 이미 영녕과 오돈을 점령하고 달려왔던 것이다.

양왕 파잘와르미는 명군이 몇 군데의 성을 격파하고 진격해 온다는 급보를 받자 제장들을 모으고 방어책을 논의했다. 그리고 달리마에게 10만 대군을 주어 곡정 땅 백석강 남안을 지키게 했다.

이때 앞을 분간할 수 없을 정도로 짙은 안개가 끼었다. 부우덕은 견고히 진지를 지키고 안개가 개기를 기다리자고 말했으나 목영이 건의했다.

"대원수께서 병력을 머무르게 하시다니 까닭을 알 수 없습니다. 이 짙은 안개는 하늘이 우리를 돕는 것으로 강을 건너갈 수 있는 좋은 기회입니다. 적은 안심하고 있을 것이므로 기습하여 무찔러야 합니다."

부우덕도 이에 찬성하고 안개 속을 은밀하게 움직여 강을 건넜다. 강을 건너고 나자 거짓말처럼 안개가 걷혔으므로 명군의 사기는 하늘을 찌를 듯이 높아졌다. 곧 달리마의 진을 급습했고 크게 승리했다. 이때 남옥은 난군 중에서 달리마를 발견하고 한 창에 찔러 말 아래 떨어뜨렸다.

명군은 이튿날 곤명에 이르러 성을 포위했다. 파잘와르미는 리스만, 랑스리에게 병력 3만과 큰 코끼리 50마리를 주고 성 밖에 나가 싸우도록 했다. 목영과 남옥이 여기에 맞서 싸웠는데 패하여 20리나 군을 물리지 않을 수 없었다.

이때 목영은 한 가지 꾀를 냈다. 사자나 호랑이 같은 맹수를 그린 방패를 만들어 부하들에게 나누어 주었다.

강렬한 색채의 방패로 코끼리를 위협하겠다는 전술이다. 리스만과 랑스리는 전번의 승리에 기고 만장하여 코끼리를 앞세우고 공격해 왔지만, 이번에는 전처럼 되지 않았다. 코끼리들이 겁을 먹고 나아가지를 않는다. 마침내는 코를 높이 들면서 울부짖고 육중한 몸을 돌려 달아났다.

명군은 이틈을 노려 돌격했다. 리스만과 랑스리는 성안으로 쫓겨 들어갔고 성문을 굳게 닫은 채 며칠을 꼼짝도 하지 않았다.

부우덕은 이상히 여기고 첩자를 보내어 성안의 동정을 탐색했다. 첩자가 돌아와서 보고했다.

"지금 성안에선 장창을 만들기에 정신이 없습니다. 창자루가 12자는 되어 보통의 것보다 두 배는 됩니다."

"적이 장창으로 공격한다면 아군은 방패와 짧은 칼로 적을 맞을 수밖에!"

우덕은 급히 방패와 짧은 칼을 준비하게 했다. 그리고 만일을 위해 활부대를 방패대 뒤에 배치하고 다시 석포대를 매복시켰다.

이튿날 성병은 장창 부대를 앞세우고 쳐나왔다. 명병은 각자 방패로써 창을 막으며 접근하여 짧은 칼로 적을 찔러 죽이는 백병전을 벌였다. 또 거리가 멀 때에는 활부대가 일제히 활을 쏘아 적을 쓰러뜨렸다.

그러자 성문이 열리며 수십 마리의 코끼리가 몰려나왔다. 코끼리는 웬만큼 화살을 맞아도 끄떡도 하지 않았다. 칼이 매어져 있었고 그들이 지나가는 곳에 명군은 수없이 짓밟히거나 칼에 스쳐 쓰러졌다.

이런 위급을 구해 준 것이 만일을 위해 매복시킨 석포대였다.

석포가 굉음을 울려가며 연거푸 발사되자 맹위를 떨치던 코끼리들도 갈팡질팡했다. 그 틈을 노려 명군이 총반격을 하자 성병은 괴멸되었고 코끼리 47마리를 사로잡았다.

명군은 이 승리의 여세를 몰아 성을 겹겹이 에워쌌다. 그리고 석포로 성벽과 성문을 맹타했다. 양왕은 성의 운명이 멀지 않았음을 알고 측근에게 말했다.

"싸움은 이미 졌고 이제는 달아날 길도 없다. 적병의 손에 잡혀 죽기보다는 차라리 자결하리라."

그러자 리스만이 말했다.

"전하는 잠시 자결을 늦추십시오. 저희들 성안에 있는 군병이 일제히 쳐나가 적과의 마지막 결전을 하겠습니다. 전하는 망루에서 보시다가 저희들 마지막 하나까지 죽는 것을 확인하시고 그때 자결토록 하십시오."

이날 곤명의 성병은 결사적인 공격을 하며 성에서 나왔다. 그 무서운 기백에 명군도 5리 정도 밀렸으나, 대군 앞에 소병력이라 그들은 하나 둘 죽어갔다. 양왕은 이것을 망루 위에서 보고 있다가 길게 탄식하며 칼로 목을 찌르고 망루에서 몸을 던졌다.

부우덕과 목영은 군을 이끌고 곤명에 입성하여 성안 주민들을 안심시켰다.

곤명은 함락되었으나 부근의 소수 민족 소탕이 남아 있었다.

그 모든 것이 끝난 것은 홍무 15년(1382) 윤 2월이었다. 홍무제는 이곳에 운남 도지휘사사를 설치하고 목영을 시켜 진수(鎭守)케 했다.

소수 민족의 자주적 기구는 토사(土司)라고 불렸는데 일정한 공물을 명나라에 바쳤다. 그대신 토사에는 그 부족을 통치하는 족장이 있고 그들 내정에 대해선 명나라도 간섭하지 않았다.

토사 내부에서 다툼이 생기거나 조정에 반란하든가 하면 유관(流官)이란 관리를 보내어 다스리게 했다.

이 무렵의 소수 민족 분포를 하면 호광·사천·귀주 삼성의 경계인 산악지대는 묘족의 영역이었고 그들은 남쪽인 귀주로 차츰 밀려갔다. 광서성엔 요족(瑤族), 당족(僮族)이 있었다.

또 사천·운남·귀주 삼성의 경계 지대는 이족(彝族)의 거주구역이고 사천의 서부와 운남의 서북부엔 마사족(摩些族)이 있었다. 또 사천의 북부와 청해·감숙·영하엔 강족(羌族)과 회족(回族)이 있었고 티벳족이 사천 서부에 있었다.

이 가운데 서북의 강족은 특히 강대했다. 그래서 회유책을 썼다.

부족의 족장을 위소의 장관에 임명하고 대대로 세습케 하여 그들의 환심을 샀다. 또 그들의 풍속을 보호해 주고 사원을 지어 주어 종교적으로 그들을 달랬다. 이 때문에 강족의 힘은 약화되었고 병력은 분열되어 서변의 변경 방위에는 아무런 문제점도 발생하지 않았다.

현재의 티벳과 사천 서부는 당시 오사장(烏斯藏), 타감(朶甘)이라 불렀고, 그곳 주민은 라마교를 믿었으며 승려가 정치도 맡고 있었다.

명조는 원조의 제도를 계승하여 군사 통치의 기구를 두었다. 그리고 그들의 장로를 국사(國師), 법왕(法王)에 봉하고 백성을 다스리도록 하였으며 정기적인 조공을 시켰다. 또 서역의 각 부족은 특히 차를 애용했기 때문에 다과사(茶課司)를 설치하고 차잎을 그들의 말과 교환시켰다. 입공시(入貢時)엔 차잎과 포목을 주어 그들을 달랬다. 때문에 서역 일대는 명나라 시대를 통해 조용했었다.

몽고인과 색목인에 대해서도 회유책을 썼다. 군대 안엔 몽고인과 색목인이 다수 있었다. 이들에게는 적극적으로 중국 여인과 결혼케 하여 동화정책을 펴나갔다.

다만 주원장은 몽고풍을 금지시키고 백성의 의관을 당나라 때 풍속으로 돌렸다. 몽고족이 남긴 풍속인 변발, 추계(椎髻), 호복, 남자의 승마바지와 소매가 좁은 셔츠와 허리의 띠끈, 여자의 소매 없는 셔츠와 짧은 치마, 몽고말, 몽고성은 모두 금지했다. 장례식 때 음악을 연주하며 망자를 위로하던 것, 석차에 있어 우측을 상석으로 하던 것도 폐지시켰다. 이것을 위반하면 처벌했다.

홍무 15년(1382) 8월 마황후가 병사했다. 마황후는 병석에 눕자 일체의 약을 거부했다. 황후는 자기가 죽게 되었을 때 담당 의사들이 그 책임을 추궁받아 처벌되는 것을 원치 않았기 때문이다. 마황후만큼 현

명하고 자비로운 여인도 없었으리라. 그는 수많은 사람을 황제께 탄원하여 살려 주었다.

앞서 호유용 사건이 발생했을 때 송렴의 손자인 송신(宋愼)도 관련되었다. 그래서 송렴도 사형 판결이 내렸다. 황후는 이것을 알고 황제께 탄원했지만 황제는 들어주지 않았다.

"왜 식사를 하지 않으시오?"

황제가 마황후에게 물었다.

"저는 도저히 식사를 할 수가 없습니다. 송렴이 황태자를 비롯한 황자들 교육에 얼마나 힘을 썼습니까? 그런 송렴이 죽는다 생각하니 가슴이 아파 먹을 수가 없습니다."

어지간한 주원장도 이렇듯 신하를 걱정하는 마황후를 보고 감동했으며 송렴의 죄를 용서해 주었다.

황후가 죽자 주원장은 소리내어 통곡했다. 그리하여 그는 죽기까지 황후를 새로 받아들이지 않았던 것이다.

홍무 15년 또 큰 사건이 발생했다. 공인(空印) 사건이라 불리는 것이었다.

매년 각 포정사사와 부·주·현은 규정에 의해 호부로 경리 담당자를 보내어 지방 재정의 수지 명세를 보고하기로 되어 있었다. 전량(錢糧), 군수(軍需) 등 항목의 예산을 짜기 위해 부는 포정사사에게, 포정사사는 호부에 보고해야 하는 것이다. 이렇듯 단계를 거쳐 상부에 보고되고 그 숫자가 계산되고 완전히 들어맞는다면 수지장부를 인정하고 그 수속이 비로소 완료된다. 돈과 곡물의 숫자는 비록 한 됫박만 틀리더라도 모든 수지 장부가 각하되고 새로이 작성해야 한다. 거리가 먼 포정사사는 남경에서 7천 리나 떨어져 있고 가까운 곳이라도 천 리는 된다. 다시 장부를 만들기란 어렵지가 않지만, 문제는 새로이 만든 장부에 본래의 관청 관인을 찍어야 된다는 점이었다.

이 관인을 새로 찍자면 거리 관계로 한 달에서 몇 달씩 걸린다. 그래서 경리 담당자는 호부의 질책을 피하고 왕래의 번거로움을 덜기 위해 각 관의 인장이 찍혀 있는 공란의 장부를 사전에 준비해 두고, 호부로부터 각하되면 즉시 그것에 기입하도록 준비했다. 이런 방법은 공공연한 비밀이고 누구나가 이치에 맞는 일이고 편리하며 시간 낭비를 없애는 것이라 믿었다.

그런데 홍무 15년 황제가 이것을 알고 벼락을 내리쳤다. 공인의 습관은 중대한 폐단이니 엄벌에 처해야 한다고 했다. 그리하여 전국의 관아에 명령을 내려 관인을 관리하는 자는 모두 사형에 처해 버리고 그 보좌관은 곤장 백 대를 치고서 변경의 군사로 내쫓았다.

공인의 장부는 할인(割印)을 찍는 것이기 때문에 다른 용도에 쓸 수도 없고 준비했다고 반드시 사용하는 것도 아니었다.

그런데 일률적으로 모두 죽였던 것이다. 당시의 가장 유능하고 청백리로 알려진 방극근(方克勤＝방효유의 아버지)도 이 사건으로 죽었다.

홍무 17년 조국공 이문충이 독살되었다. 문충은 바로 홍무제의 생질이다.

이어 홍무 18년(1385) 곽환(郭桓) 사건이 발생했다. 곽환의 관직은 호부 시랑이었다. 고발자가 있어 북평의 관리와 곽환이 공모하여 부정을 저지르고 있다는 것이다. 이리하여 호부의 좌우 시랑 이하 모두 처형되었다.

공표된 죄상은 이러했다.

'호부의 관리 곽환 등은 절서의 가을 곡식을 징수하여 창고에 넣어야 할 것이 450만 석이었다. 그런데 곽환 등은 고작 60만 석을 거두어 창고에 넣고 초(鈔) 80만 정을 국고에 넣었을 뿐이었다. 그 나머지는 모두 횡령했다.'

즉 곽환 등이 소주, 상주, 호주 일대의 지방관과 공모하여 관곡을 횡령했고 이를 지주에게 팔았다는 것이었다. 이 때문에 관리는 물론이고 장물을 산 지주까지 모두 수만 명을 처형했다. 앞서의 공인 사건과 곽환 사건으로 7, 8만의 사람들이 살해되었던 것이다.

관리들은 공포 상태에 빠졌다. 죄를 짓건 짓지 않건 연좌되어 언제 목이 달아날지 모른다. 「초목자」는 이 시대의 사람이 남긴 야사다.

그 야사에 의하면 조정 관리는 매일 아침 출근할 때 냉수를 처자와

나누어 마시고 집을 나섰다. 생이별이 될지도 모르므로 작별의 물잔을
나누었던 것이다. 그리고 저녁에 귀가하면 서로 얼싸안고 기뻐했다.

"아, 오늘 하루도 무사히 넘겼구나."

그렇다면 사임하면 될 것이 아니냐고 말할 사람이 있을는지 모른다.
그러나 이 시대의 벼슬아치는 마음대로 사임하지도 못했다.

주원장의 저작인 「대고」에 의하면 형벌의 종류가 무지무지하게 열거
되어 있다.

능지(凌遲), 몸을 산 채로 찢어 죽이거나 저며 죽이는 것.

효수(梟首), 목을 잘라 장대에 매달고 널리 보이게 하는 것.

종주(鍾誅), 일족을 모두 죽여 없애는 것.

이상의 것이 수천 건에 달했다.

기시(棄市), 목을 잘라 저잣거리에 버려두는 것은 1만여 건이었다.
이밖에 추장(抽腸), 창자를 도려내는 것. 박피, 살가죽을 벗기는 잔혹
한 형이 있어 관리들은 극도의 공포감에 떨었고 나날이 살얼음을 디디
는 느낌이었다.

홍무제는 대고삼편(大誥三篇)이라는 것을 다시 써서 공포했다. 이것
은 대고보다 형벌이 완화된 것이었다. 관리를 너무나 많이 죽여 행정
이 마비되었기 때문이다. 그것을 보면 홍무제는 새로운 방편을 썼다.
어사로 사형 판결이 내려진 자도 족쇄를 단 채 재판을 시켰다. 80대의
곤장을 맞은 자라도 다시 관청에 복귀시켜 사무를 보게 했다. 그리하
여 재범, 삼범을 하게 되면 처형을 했던 것이다.

홍무제가 시행한 가혹한 형벌과 숱한 사람을 죽인 예는 역사상 좀처
럼 예를 찾아볼 수 없으리라.

조회에 참석한 관인들은 황제의 표정이나 복장을 보면 그날의 피비
린내를 미리 맡을 수 있었다. 만일 황제가 그날 옥으로 장식된 띠를
배아래에 늘어뜨리고 있으면 대폭풍이 불 전조였다. 반대로 옥띠가 높
게 가슴 위까지 올라가 있으면 아마도 사람을 죽이는 일은 없을 거라
고 안심했다.

그러나 홍무제가 아무리 중형으로써 부정 관리를 처벌하고 아무리

308

수만 명을 죽여도 그 효과는 별 소득이 없었다. 홍무 18년 그는 개탄했다.

"짐은 즉위 이래 옛것을 본받으라고 관에게 명했다. 화(한인)·이(외국인)로 임용된 자가 처음에는 충정(忠貞)을 다했지만 임용되어 오래됨에 따라 모두 부정을 저질렀다. 짐은 헌장으로써 부정을 명시했고 형벌에 사정을 두지 않았다. 그런데도 내외의 관료직을 굳게 지키고 끝을 완전케 한 자가 적어 그 몸을 비롯해 가족이 모살된 예가 많았다."

홍무제는 법치주의를 지키려고 했던 셈이지만, 이는 그의 힘으로 되지 않는 일이었다. 그것은 중국사를 관통하는 유별난 특징, 즉 엄청난 판도와 인구로 말미암아 생긴 뿌리 깊은 고질이었다. 그 고질은 21세기를 바라보는 오늘의 중국에 있어서도 마찬가지다.

홍무 20년(1387), 동북 지방 평정에 나섰다. 동북의 지배자 납합출은 원조의 세습 장군이었다. 그는 금산(金山 = 요하 북쪽)에 본거지를 두고 정예 병력을 거느리고 있었다.

동북에는 이밖에 요양(遼陽), 심양(瀋陽), 개원(開元) 일대에 원군의 잔당이 있었다. 홍무 4년에 요양의 유익(劉益)이 투항해 왔다. 그리하여 홍무제는 요동에 도지휘사사를 두고 요동의 군마를 통할시켰다.

고려와의 첫접촉은 홍무 2년 끽사(喫斯)가 명사로 왔다고 기록돼 있다. 공민왕 18년으로 고려에선 재빨리 원의 연호를 폐지하고 사신을 보냈다.

이듬해 5월 명의 책봉사가 왔고 7월부터 명의 연호를 사용하기로 했다. 약소국 고려도 이성계 이전에 이미 사대정책을 썼다고 보아야 한다. 이성계는 홍무 4년(1371) 7월 비로소 지문하부사(知門下府事)라는 직에 임명되고 있는 것이다. 고려사를 보면 다음해 정월 납합출, 고가노(高家奴) 등이 니성(泥城), 강계 등지를 침범하고 있다. 이것은 명과 가까워진 고려를 견제하기 위한 침공이었다고 생각된다.

그 뒤 공민왕이 살해되면서 친원, 친명의 파벌싸움이 시작되었다(홍무 7년). 이어 우왕(禑王) 2년(홍무 9년), 고려는 요양에 있는 명나라 정료위(定遼衛)에 사신을 보냈다. 그러자 이에 대항하듯 북원이 책봉사를 보내 왔고 정료위를 협공하자고 제의했다. 고려는 이를 거절했다. 북원은 이를 보복할 힘도 없었다. 오히려 우왕 4년 고가노가 무리 4만을 이끌고 투항해 왔다.

이때부터 고려는 북쪽의 정세를 관망하며 북원과 대명의 외교전 무대가 되고 있었다.

홍무제는 풍승, 부우덕, 남옥을 장군으로 하여 납합출을 공격했다. 명군은 장성의 송정관(松亭關)을 나가 대녕(大寧), 관하(寬河), 회주(會州), 부곡(富峪＝이상 모두 하북성에 있음)의 네 성을 쌓고 전진 보급기지로 사용했다. 또한 북원군과 연락을 끊는 임무도 부여했다.

이어 명군은 전진하여 금산을 포위했고 납합출은 고립무원이 되어 항복했다. 이때 남옥은 풍승이 죄를 짓고 직위가 박탈되자 대장군으로 승진했다. 그는 홍무 21년 병력 15만을 이끌고 몽고로 진격했다. 그리하여 보이르에서 북원군을 크게 무찔렀고 토쿠스테무르의 아들 티포느를 생포하는 대전과를 올려 양국공(涼國公)에 봉해졌다. 이리하여 토쿠스테무르는 살해되고 북원은 내란이 발생하여 명나라로서는 이미 위협의 대상이 아닌 상태가 되었던 것이다.

홍무제는 동북지방을 평정하자 한왕(韓王)을 개원에 봉하고, 영왕(寧王)을 대녕에 봉했으며 요왕(遼王)을 광녕(廣寧)에 봉했다. 물론 이들은 왕조의 번병으로 황자들이었고 몽고족과 여진족에 대비하는 군사적 포석이었다.

그리고 여진족에 대해서도 회유책을 썼다. 여진 부족에게 사자를 보내어 금과 포목으로 그들을 달랬고 위와 소를 만들어 그들을 분할시켜 통치했다. 부족장을 위소의 장관에 임명하고 세습을 허락했다.

한편 고려에선 홍무 21년 5월 이성계의 위화도 회군이 있었다. 이것은 당시의 국제 정세를 명확히 읽은 이성계의 결단이었다. 성계는 전격적으로 회군하여 창왕(昌王)과 최영 등을 죽이고 병마권을 손에 거머쥐었으며 허수아비 공양왕을 세웠던 것이다. 그리고 정도전 등을 명에 보내어 쿠테타를 합리화했다.

정도전이 남경에 갔을 때 피비린내나는 찬바람이 불고 있었으리라.

홍무제는 황제가 되었을 때 군과 통수권을 어떻게 하느냐에 대해 가장 신경을 많이 썼다.

"당나라는 절도사의 세력이 강해져 멸망했다. 나라를 지키고 왕조를 유지하자면 황제가 군에 대한 효과적인 통수권을 가져야 한다."

그는 원조의 추밀원(樞密院)을 대도독부로 개편하여 안팎의 군사권을 통할시켰고 그 장관으로 조카인 주문정을 앉혔다. 그러나 홍무 13년의 호유용 옥사가 발생하자 그는 이것도 안심이 되지 않았다. 그래서 중서성을 폐지하는 기회에 대도독부의 기구를 중·좌·우·전·후의 다섯 도독부로 나누어 권한을 축소시켰다. 권력의 분산이다. 하나의 대도독부를 다섯 개로 쪼개고 도독부에 좌우의 도독을 두어 다시 권한을 분할시켰다.

도독부는 저마다 소속된 도지휘사사와 위소를 관할하고 병부와 서로 견제했다. 병부는 군령과 군관을 선고(選考)하는 권한은 있었지만 부대 지휘권은 없다. 도독부는 군적(軍籍)과 군정(軍政)은 관할할 수 있지만 직접 군대는 통솔하지 못했다.

전시에 결정을 내릴 수 있는 것은 황제였다. 황제 명을 받아 병부는 그 명령을 도독부에 전달한다. 도독부는 비로소 이 명령을 받들어 동원된 군대를 거느리고 작전을 지휘한다. 거기에 또 황제가 파견한 어사와 급사 중 감군(監軍)이란 것이 있어 군중의 정보는 황제에게 보고되었다. 전쟁이 끝나면 장군은 통수의 인끈을 반납하고 병력은 본래의 위소로 돌아간다.

홍무제는 두 계통의 정치, 군사 관리 기관만으로도 부족해서 또 하나의 감찰 기구를 만들었다. 이것은 원조의 어사대에 해당되는 것으로 홍무 15년 도찰원(都察院)으로 개편되었다. 도찰원 소속 감찰어사가 각 포정사사의 백관을 감찰하고 그 부정을 적발하거나 억울한 죄를 규명했다.

이렇듯 행정, 군사, 감찰 기관이 각각 독립적으로 황제를 보좌했다.

이렇게 함으로써 권한이 황제에 집중되었고 왕조 유지의 원동력이 되었다.

홍무제는 통치를 견고히 하기 위해 법은 간명하고도 엄정해야 한다고 생각했다. 그래서 「대명률」이 생긴 것인데 그 조례는 「당률」보다 간명하고 그 정신은 「송률」보다 엄격한 것이었다. 황제는 대명률을 완성시키자 국민의 생활과 관계되는 부분은 구어(口語)로 번역시켰다. 그것은 직해(直解)라 불렸고 각 주현에 배포되었다. 국민이 법령의 내용을 알기 쉽게 이해하고 준수시키려는 것이 목적이었다.

주원장은 역사에서 많은 것을 배웠는데 특히 환관과 외척에 대해선 대단히 엄격했다.

"내시는 궁중에서 없어서는 안되는 것이지만 그들은 청소나 심부름을 시킬 정도면 족하다. 그리고 그들을 부리는 최선의 방법은 법을 지키게 하며 공을 세우게 하지 않아야 한다. 한 번 공을 세웠다 하면 인간이 오만해져 이를 다스리기 힘들다. 따라서 내시에겐 일체 책읽는 것을 금하고 글자를 알게 해선 안된다."

홍무제는 공부에 명하여 철패를 만들게 했다. 그것을 궁 문에 걸고 '내신은 정치에 관여하지 못하며 독서를 금한다. 이를 어기는 자는 참형에 처한다'고 했다.

또 홍무제는 외척이 정치에 관여하는 것을 금하고자 후비가 정치에 참견하는 것을 엄금했다. 황제가 되자 유신을 시켜 곧 바로 「여성(女誡)」을 편찬토록 했다. 옛날의 현숙한 여성과 후비의 이야기를 모은 책이었다. 이것으로 후궁의 여인들을 교육시켰다. 황후는 단지 궁중의 여관을 관리하는 데 그치고 궁전 밖의 일은 관여하지 못했다.

여관은 바깥 세계와 편지 왕래도 못하며 이를 어기면 죽음이 내려졌다. 신하의 명부(命婦=황제가 칭호를 내린 벼슬아치 부인)는 매달 초하루와 보름날 황후를 문안했고, 그 밖에는 특별한 사유가 없는 한 궁중에 출입하지 못했다. 황제라도 이런 명부들과는 만나지 못했다. 혹시 만났다가 미색을 보고 어떤 일이 발생할까 염려했기 때문이다.

주원장의 외가와 처족은 자손이 끊어져 외척 발호의 염려는 없었지만 후대 황제를 경계하기 위해 「황조조훈」을 만들어 이를 특별히 훈계했다. 이리하여 후비는 반드시 서민 중에서 고르도록 했다. 외척은 높은 작위와 전답을 하사할망정 정무에는 관여시키지 말라고 강조했다.

천심인심(天心人心)

주원장에 대한 평가는 사람에 따라 다르리라.

홍무제는 요동 평정에 의해 명실공히 천하 통일을 이루었다. 그에게
는 이제 남은 문제로 내치(內治)의 강화와 왕조의 수호만이 있었다.

그는 호유용의 사건이 있은 뒤 특무 기구를 하나 두어 전문적으로
법정과 감옥을 관리하도록 했다. 금의위(錦衣衛)라는 것이다.

금의위의 전신은 이미 홍무 원년에 설치된 공위사(拱衛司)까지 거슬
러 올라갈 수 있다. 그 뒤 홍무 3년 친군도위부(親軍都衛府)로 개편되
었고 주로 군관계의 특무를 맡았다. 이것이 금의위로 개편되면서 엄청
난 권력을 가졌다.

금의위에 경력사(經歷司)가 두어져 문서의 이동을 관장했다. 또 진
무사(鎭撫司)라는 게 있어 형사 관계를 관장했고 군인과 장인을 관할
했다. 홍무 15년 이후 홍무제는 금의위의 특무·법정·감옥 기구를
이용하여 전국의 모든 국사범을 재판하고 처형했다.

금의위는 한무제의 조옥을 본뜬 것이고 죄인을 곤장으로 때리며 취
조했다. 홍무제의 친조카 주문정은 금의위에서 곤장을 맞아 타살되었
고 공신 중에서도 영가후(永嘉侯) 주양조 부자는 여기서 맞아 죽었다.
조정 대관으로 공부상서 설상(薛祥)이 있었고 여태소(茹太素)가 있었
다. 그들이 무슨 죄목으로 장살되었는지 기록이 말살되어 알 길이 없
다. 그러나 분명한 것은 왕조 유지를 위해 공신과 장군들을 차례로 제
거해 나갔던 것이다.

주원장은 체제 유지를 위해 이미 앞에서도 말했지만 이갑제(里甲制)

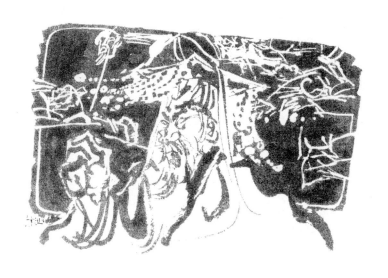

라는 것을 전국에 걸쳐 조직했다. 이갑은 향리의 행정조직인데 놀고 먹는 유민(遊民), 즉 일부(逸夫)를 체포할 책임이 있었고 만일 이를 방임하면 연좌제로 연대책임을 졌다.

'10리 안, 백 호 중에서 일부가 있는 데도 불구하고 이갑이 이를 버려 두고 이웃 마을의 친척이 그를 체포하지 않는다면, 또는 일부가 성안과 고을 내에서 비위(非爲)를 범했을 경우 이갑과 이웃 리의 친척은 모두 체포되어 관아에 보내진다. 일부는 사형에 처하며 이갑, 사방의 이웃 마을은 화외(化外)의 땅으로 옮긴다. 이 법은 조금도 어김이 없어야 한다.'

'일체의 주민은 조석으로 반드시 장정을 살피도록 하라. 나그네가 있다면 그의 생리(生理)를 조사하고 그의 인목(引目)을 조사하라. 생리는 그의 생업이고 인목은 노인에 기재된 사항이다. 노인의 기재와 일치되더라도 생업을 속이고 은밀히 타위(他爲)를 꾀할 염려가 있다. 생업과 노인이 일치되어도 경중(輕重)·대소(大小)·귀천(貴賤)의 구별을 하고, 만일 경중이 그것에 어울리지 않고 소지품이 지나치게 적다면 반드시 거짓을 꾸며 타고(他故)를 하려는 자이다. 양민들아, 이것을 잘 살펴라.'

이위, 비위, 타고는 모두 홍무제가 새로이 정한 법률 용어였다. 이위나 비위는 역적 음모, 불법의 뜻이다. 타위, 타고는 요컨대 숨기는 일이 있고 문제성이 있다는 의미.

홍무제는 이런 포고문을 통해 양민의 거동이 수상하면 조사, 검문하는 요령까지 제시하고 있었다.

앞의 포고문은 집안에서 빈둥거리며 놀고 먹는 자를 없애는 데 목적이 있었고, 뒤의 포고문은 유동인구, 특히 행상을 경계하는 것이었다.

홍무제는 노인제과 이갑제를 하나로 묶어 빈틈 없는 통치 기반을 구축했다.

그리고 관리, 장군 등 통치 내부의 대관들 숙청에는 금의위가 동원되었다. 앞에서 나온 주양조 부자는 홍무 13년, 17년엔 호미(胡美), 18년엔 공신 제1호인 서달도 독살되었다. 서달은 등에 종기가 나서 집에서 치료하고 있었는데 황제가 보낸 거위요리를 먹고 갑자기 죽었다. 조신들 사이에선 그가 독살되었다는 귓속말이 오고 갔다.

그러나 탕화는 운이 좋았다. 그도 숙청 대상이었으나 마침 중풍에 걸려 반신불수가 되었다. 그래서 그는 숙청에서 제외되었던 것이다.

홍무제는 이렇듯 왕조 유지를 위해 공포정치를 계속 펴나가고 있었는데 황태자 주표는 어머니 마황후를 닮아 너그러웠다. 그는 송렴의 감화를 받아 법치보다는 유교의 인의정치를 더욱 신봉했다. 홍무제는 후계자로 태자에게 정치 실습을 시켰다.

그래서 정사는 일단 태자의 결재를 받고 그 뒤 황제에게 상주하라는 명을 6부에 내리기도 했다. 그는 태자에게 이런 훈계를 했다.

'자고로 왕조를 연 군주는 숱한 어려움을 경험하고 인정에도 통달했

316

고 세상 일도 익숙히 알아 매사를 자연 이치대로 순조롭게 처리했다. 그러나 그 업적을 이어받는 2대, 3대 째의 군주는 고귀한 신분으로 태어나 비단 옷을 입고 고기 반찬을 먹는다는 풍부한 환경에서 자란다. 만일 평소에 열심히 면학하여 숙달하지 않는다면 매사를 처리하기가 힘들리라. 그러므로 짐은 태자에게 매일 군신을 보게 하고 각 관아로부터 보고된 내용을 검열시키고 있는 것이다. 사무를 집행하는 데는 몇 가지 원칙을 명심해야 한다.

첫째 원칙은 인(仁)이다. 인이라야 비로소 소략조포(疏略粗暴)에 빠지지 않게 된다. 둘째는 명(明)이다. 밝아야만 비로소 간사한 것에 휩쓸리거나 하지 않는다. 셋째는 근(勤)이다. 부지런해야 비로소 안일에 빠지지 않는다. 그리고 마지막 하나는 단(斷)이다. 결단력이 있다면 쉽게 교언(巧言)에 영향되지 않고 이끌리지도 않는다. 인·명·근·단의 네 가지 원칙을 지키도록 하는 것이었다.

"짐은 황제가 된 이래 나태(懶怠)를 탐한 일이 없다. 오로지 일체의 사무에 있어 타당성을 결여하지 않을까, 하늘이 맡겨주신 일을 어기지 않을까 두려워했다. 새벽 캄캄할 때 일어나 밤중이 지나서야 비로소 안식을 얻는 생활을 해왔다. 이것은 태자도 보아 알 수 있으리라. 그대는 짐을 본받고 짐이 하듯이 비로소 천하를 유지할 수 있으리라."

주원장은 태자뿐 아니라 다른 황자들에게도 훈계를 했고 열심히 교육했기 때문에 그들은 대부분 유능했고 재능을 가진 젊은이로 성장했다.

군사적 재능을 가진 것은 제2황자 진왕(秦王) 상(爽), 제3황자 진왕(晋王) 강(棡), 제4황자 연왕 체(棣) 등이었다. 이 밖에 봉해진 황자들도 형들을 좇아 병을 이끌고 사막을 순찰·정찰했으며 사냥 등을 했었다.

문학에 뛰어난 황자도 있었다. 제5황자 주왕 숙(肅)은 학문을 좋아했고 시부(詩賦)에 능하여 원궁사(元宮詞) 백장을 지었다. 또한 초목류를 연구하고 많은 풀 중에서 흉년 때 먹을 수 있는 4백여 종을 가려내어 그림에 해설까지 곁들인 「구황본초(救荒本草)」라는 책을 저술했다.

제 17 황자 영왕(寧王)은 한당비사(漢唐秘史), 사단(史斷), 문보(文譜), 시보(詩譜) 등 수십 종의 저작을 남겼다. 개중에서도 제 12 황자 상왕(湘王) 백(柏)은 문·무 양면에서 뛰어나게 우수했고 늘 밤중까지 독서했다. 완력도 남보다 세었고 장창을 잘 썼으며 말을 달리는 모습은 하늘을 나는 것만 같았다.

우수한 황자가 있는가 하면 무능한 황자도 있다. 제 13 황자 대왕(代王) 계(桂)는 어려서부터 바보짓만 하여 머리가 희어질 때까지 고쳐지지 않았다. 몇 명의 깡패를 데리고 다니며 민간에게 행패를 부리든가 쓸데 없는 일로 서민을 칼로 해치거나 했다.

또 막내 아들 이왕(伊王)은 낙양에 봉해졌는데 봉술·검술을 즐긴 것까지는 좋았으나 칼을 뽑아들고 말을 달리며 놀라 달아나는 백성을 이유 없이 베어 버렸다. 또 백성을 거리에서 발가벗겨 그들이 당황하는 모습을 손뼉치며 구경했었다.

홍무제는 태자에게 훈계한 것처럼 새벽부터 일어나 밤중까지 정사를 직접 처리했다. 성격 탓이었던 것 같다. 그는 문서의 문장이 미사여구로 꾸며져 있거나 지루하게 쓰여져 있으면 화를 냈다. 간단하고 명확한 문장을 요구했다.

원조는 그 법령이 아주 번잡했다. 관리들이 이것을 읽고 해석하는 데는 전문 기술이 필요했고 그것을 빌미로 관리들은 부정을 저질렀던 것이다.

홍무제는 그런 번거로움을 배척했다. 공문은 되도록 간단하고 알기 쉬어야 한다고 지시했다. 복잡한 문서 형식을 구실로 관리가 부정을 하지 못하도록 하기 위해서였다.

공문을 간단히 하는 데 있어 문장 격식 문제가 있었다. 당·송 이래 정부의 문장은 황제부터는 제고(制誥), 신하부터는 표(表), 주(奏)가 올려지고 습관으로 사륙병려체(四六騈麗體)가 사용되었다. 이것은 문장이 아름다울 뿐이지 알맹이가 없는 것이었다.

홍무제는 사륙병려체의 사용을 금했고 정부 문서를 알기 쉬운 것으

318

로 개혁했다. 그것은 구어로 쓰여졌고 직해(直解)라 불렸다.

이런 직해를 쓰게 했는데도 관리들은 쓸데없는 문장 수식을 하고 있었다.

홍무 9년 형부 주사(主事)인 여태소(茹太素)가 1만어 이상의 문서를 황제에게 제출했다. 황제는 다른 사람을 시켜 낭독케 했는데 6천 3백 70자가 지나도록 구체적인 의견이 나오지 않자 격노하여 그를 장살해 버렸던 것이다.

태자 주표는 이런 아버지의 가혹한 정치를 가슴 아프게 생각했다.

아버지와 아들은 성장한 환경이 다르다. 받은 교육도 다르고 생활 환경도 달랐다.

한쪽은 가난과 멸시 속에서 잡초처럼 자랐고 한쪽은 고귀한 신분으로 태어나 아무런 불편함 없이 자랐다. 노황제는 나라를 통치하는 데 맹(猛)으로 하라 질타하고 가차없는 처형과 특무망으로 공포 정치를 펴고 있었다.

한편 태자는 주공과 공자의 가르침을 신봉하여 인정(仁政)과 자애를 주장했고, 사람을 죽이는 일이 적으면 적을수록 좋다고 생각했다.

홍무 13년 송렴에게 사형 판결이 내려지자 태자는 스승을 위해 울며불며 구명을 탄원했다. 홍무제는 소리 질렀다.

"이 바보야, 모두 너를 위해 하는 짓이다. 네가 황제가 되거든 그놈을 구해 주렴!"

그러자 태자가 슬퍼하여 투신 자살을 기도한데다 마황후도 간하여 송렴을 살렸던 것이다. 태자는 언젠가 이렇게 말했다.

"폐하는 너무나도 사람을 죽이십니다. 이러다가 화(和)를 깨뜨릴까 걱정됩니다."

홍무제는 이 간언에 아무 말도 하지 않았다. 이튿날 태자가 문안을 드리는데 그 앞에 가시 몽둥이가 있었다. 황제는 가시몽둥이를 손으로 잡아 보라고 했다. 태자가 난색을 표하자 황제는 말했다.

"태자는 가시가 있어 손으로 잡으려 하지 않는다. 짐이 몽둥이의 가시를 모두 뽑고서 태자에게 주었으면 좋겠지? 내가 죽인 자는 모두 천하의 악당이다. 내부를 깨끗이 청소한다면 그대도 주인 노릇을 할 수 있을 것이다."

그러자 태자는 대답했다.

"위에 요순 같은 인군이 있다면 아래에는 요순의 백성이 있습니다."

홍무제는 이 대답에 격노하여 의자를 태자에게 던졌다. 황제의 사람됨에 따라 백성도 결정된다는 의미였기 때문이다.

문자의 옥은 계속되고 있었다. 홍무 17년부터 29년까지 13년 동안만 하여도 이 때문에 처형된 자가 10만 여에 이르렀다.

어사로 원개(袁凱)라는 자가 있었다. 하루는 황제가 많은 사람을 처형하려고 기록 서류를 원개에게 주며 태자에게 가서 의견을 물어보고 오라고 했다.

태자는 물론 너그럽게 처리해야 한다고 말했다. 원개는 돌아와 그대로 보고했다. 그런데 홍무제는 짓궂게 물었다.

"짐은 사람을 죽이려 하는데 태자는 감형하여 너그럽게 처리하라고 주장한다. 너는 어느 쪽이 옳다고 생각하느냐?"

신하로서 이보다 대답하기 어려운 문제는 없다. 어느 쪽도 옳지 않다고 말할 수가 없는 것이다. 원개는 필사적으로 지혜를 쥐어짜 가까스로 대답했다.

"폐하께서 죽이시는 것은 법을 위해서입니다. 그러나 태자께서 용서하라고 말씀하시는 것은 자애의 마음에서입니다."

홍무제는 격노했다. 간에 붙고 쓸개에 붙는 교활한 놈이라 생각했다. 원개는 이것을 알자 까무러치도록 놀랐고 미치광이 흉내를 내었다.

"흥, 목숨만은 살려고 꾀까지 부리는구나. 진짜 미치광이라면 아픔을 느끼지 않을 것이다."

황제는 신하를 시켜 송곳으로 찌르게 했다. 원개는 필사적으로 참았으나 피투성이가 되며 마침내 비명을 질렀다. 그는 집으로 떠메어져 나갔다.

황제는 다시 검교를 불러 명령을 내렸다.

320

"원개라는 놈이 갑자기 미쳐 버렸는데 아무래도 거짓인 것 같다. 가서 살피고 오라."

원개는 이것을 미리 예측하고 있었다. 그는 아들에게 쇠사슬로 자기 목을 매어 개처럼 기둥에 붙들어 매고 개와 함께 있도록 했다.

검교가 가서 보았더니 원개는 개사슬에 매어 개똥을 핥아먹고 있었다. 그는 황제에게 이 사실을 보고했고 홍무제는 원개를 죽이는 것만은 단념했다.

그러나 이것은 원개의 속임수였다. 그는 밀가루를 물엿으로 개어 개똥처럼 가장했던 것이다.

홍무 23년(1290) 한국공 이선장에게 죽음을 명했다. 선장은 이때 77살로 아내, 딸, 조카 등 일족 70여 명과 함께 처형되었다. 홍무제는 선장을 죽이는 이유로 호유용의 일당이었다고 공표했다.

"또 일관(日官)의 상주에 의하면 제왕성이 침범을 받고 있다고 한다. 이는 역적의 무리가 다시 준동하는 조짐이다."

이선장 일족의 주멸과 함께 육중형, 비휘 등도 살해되었다. 연좌되어 일족과 함께 주멸된 사람이 놀랍게도 3만여 명에 이르렀다.

홍무 25년 주덕홍이 여자 관계로 사사되었다. 이해 4월 태자가 병사했다. 홍무제는 이 무렵 수도를 옮길 계획을 세우고 있었다. 남경의 궁전은 본디 호수였던 곳을 매립하여 건물을 지었기 때문에 풍수 지리적으로 불길하다고 말하는 자가 있었기 때문이다. 그래서 홍무 24년 8월, 태자 주표를 시켜 장안과 낙양을 시찰케 했다. 그러나 태자가 돌아와 변사했으므로 천도문제는 유야무야가 되어 버렸다. 이때 홍무제는 65세였는데, 태자의 죽음은 그에게 큰 타격을 주었다.

황제는 궁터가 나빠 태자가 일찍 죽었다고 생각했다. 그는 몸소 부뚜막 신에 바치는 제문을 짓고 제사를 지내게 했다.

'짐은 천하를 경영하기를 수십 년, 모든 것을 옛날 성왕의 일을 본받아 시행했습니다. 다만 궁성(宮城)은 앞쪽이 높고 뒷쪽이 움푹하여 그 지형이 궁성에 어울리는 것은 아니었습니다. 물론 천도의 뜻이 있었습니다만 짐은 이제 나이 늙고 정력도 쇠약해져 있습니다. 또 새로운 도성을 정하기 위해 백성을 사역(使役)하고 싶지는 않습니다. 흥망에는 정해진 천명이 있는 법, 다만 하늘의 뜻에 귀를 기울이고 싶습니다. 청컨대 짐의 이런 마음을 가엾이 여기고 자손에게 복을 주십시오.'

황제는 이때부터 몸이 하루하루 쇠약해지고 머리도 수염도 새하얘졌다.

그는 태자가 죽자 황태손 윤문(允炆)을 태자로 책봉했지만 아직 16세였다.

윤문 역시 아버지를 닮아 너그러웠다. 나쁘게 말해서 우유부단하고 결단력이 없었던 것이다. 주원장은 남은 생애 동안 이 문약(文弱)한 손자를 위해 얼마 남지 않은 가시를 모두 뽑아 버리는 데 온힘을 기울였다.

정도전이 성계의 사신으로 남경에 온 것은 바로 이 무렵이다. 주원장은 조선에 대해 매우 강경했고 가혹한 요구를 많이 하고 있었다. 말과 여자를 바치라는 등 자못 딱딱거렸다.

그러나 그는 「황명조훈」을 통해 외교 방침을 확고하게 정하고 있었다. 그는 명나라 주변국을 두 가지로 규정했다. 하나는 결코 전쟁을 해선 안될 나라와 또 하나는 전쟁에 대비하여 경계할 나라였다. 정도전은 홍무제의 가혹한 조건에 떨었지만 그것은 동갈(恫喝)이었으리라.

홍무 25년(1392), 고려에서 정변이 일어나고 이성계가 정권을 잡았다. 그러나 조선은 홍무제가 볼 때 전쟁을 해서는 결코 안될 나라였다. 수양제와 당태종의 역사를 아는 그로서 그런 모험을 할 수 없었다. 홍무제는 살아있을 때 조선에 대해 고압적인 태도를 취했지만 조선과 친린관계를 계속했다. 그리고 왜국과는 왕래를 단절했다. 이것은 그 뒤의 역사가 증명한다.

홍무 26년(1393), 홍무제는 마지막 가시를 뽑는 옥사를 일으켰다.

이번에는 대상이 남옥이었다. 남옥은 급격히 출세하여 옛날의 상우춘, 서달과 같은 위치에 있었다. 그는 차츰 출세하자 교만해졌고 안하

무인이 되었다.

"괘씸한 놈, 그놈은 일찍이 나를 속인 일이 있었어."

자기의 몸종 주랑을 바쳤는데 그 여인은 처녀가 아니었다. 그래서 분풀이로 실컷 우려먹은 뼈다귀와도 같은 팽씨를 그의 아내로 하사했었다.

"그런 놈이 지금은 장노(莊奴＝장원의 노예), 의자(義子) 수천 명을 거느리고 떵떵거리고 있다. 군관의 임명과 파면을 멋대로 하고 황제인 짐의 명령도 듣지 않는다……."

남옥의 반역은 금의위 검교에 의해 고발되었다. 천자가 몸소 모를 심고 하늘에 제사지내는 기회를 이용하여 정변을 일으킬 음모가 있었다는 것이었다.

주모자는 남옥과 경천후(景川侯) 조진(曹震) 등이었다. 남옥은 체포되어 남경 성내 저잣거리에서 책형(磔刑)되었다. 책형은 기둥을 세우고 그것에 달아매어 창으로 찔러 죽이는 형이다. 남옥의 옥사로 1만 5천이 연좌되어 모조리 처형되었다.

홍무제는 죽을 때까지 중신을 죽였다. 홍무 27년에는 부우덕과 왕필이 주살되었고, 28년에는 송국공인 풍승이 살해되었다. 이리하여 기병 이래의 장군들은 거의 전부 가족과 함께 주멸되었다.

경병문, 목영 등 몇 사람만이 겨우 천수를 다할 수 있었다. 그들은 검소한 생활을 지켰고 권세를 부리지 않았기 때문이다.

홍무 31년(1398) 주원장은 71세가 되어 있었다. 5월 그는 병석에 눕게 되었다. 시신이 들어와 아뢰었다.

"폐하, 황각사의 노승 법소라는 인물이 알현을 청하고 있습니다."

황각사란 말에 주원장은 벌떡 일어났다. 법소와는 50년 전의 형제요 제자였다.

"곧 들게 하도록 하라."

이윽고 법소가 어전에 안내되어 왔다. 옛날 그대로인 파의파립(破衣破笠)의 걸인 중이었다.

"가까이, 가까이 오시오. 어서……."

주원장은 옛날로 돌아가 법소의 모습을 바라보았다. 피골(皮骨)이 상접(相接)했다는 표현이 있지만 이는 숫제 뼈다귀에 옷을 걸친 몰골이었다.

"황공하옵니다."

법소는 홍무제가 거듭 말하자 가까이 다가왔다. 황제는 그의 손을 덥썩 잡으며 말했다.

"반갑소, 정말 잘 왔소."

황제의 눈에서는 뜨거운 눈물이 흐르고 있었다. 50년 전의 배고프고 천대받던 동자승 시대로 돌아가고 있었던 것이다.

"그래, 어쩐 일로 죄 많은 이 늙은이를 찾아오셨소? 그대는 옛날에도 총명했고 지금은 이미 보살이 되셨을 테지?"

"황공하옵니다. 빈도는 부처님 부르심을 받을 날이 멀지 않아 빚을 갚으러 왔사옵니다."

"빚?"

영문을 몰라 홍무제는 고개를 갸웃거렸다. 그러자 법소는 침착히 말했다.

"폐하께선 50년 전 큰 보시를 하신 것을 설마 잊고 계시지는 않겠지요? 법해라는 스님이시던 폐하는 그때 백은 50냥을 내놓고 황각사를 재건하라 하셨습니다."

홍무제는 옛추억을 더듬으며 중얼거렸다.

"그런 일도 있었던가?"

"나무관세음 보살. 분명히 큰 보시를 하셨습니다. 빈도는 그때, 그 돈 일부로 철궤를 마련하고 장차 필요한 물건을 장만해 두었습니다. 그것을 돌려 드리려고 이렇게 찾아온 것입니다."

"철궤?"

그런 일이 있었던 것 같다. 법소는 합장하며 말을 이었다.

"다만 철궤는 엄중히 봉인돼 있습니다. 폐하께서 천수하신 뒤 비로소 개봉해야 합니다. 즉, 폐하로선 필요 없는 물건입니다. 폐하께서 그것이 필요하다고 생각되는 자손께 개봉하라고 유조(遺詔)를 내리도

록 하십시오."

법소는 철궤를 홍무제에게 바치자 호주로 돌아갔다. 홍무제는 철궤의 봉인을 뜯고 안에 든 것을 보고 싶었다. 하지만 법소의 말이 생각나서 그것을 참았다.

주원장은 윤 5월 그믐날 세상을 떠났다. 그는 유조로 이런 말을 남겼다.

'짐이 천명을 받은 지 31년, 위기를 염려하며 마음을 다 바쳤고 나날이 힘써 게을리하지 않았으며 백성에 도움이 있기만을 바랐다. 그러나 어찌하랴. 가난한 자로서 몸을 일으켜 옛 사람의 박식을 갖지 못했고, 다만 선을 즐기고 악을 미워했을 뿐이었는데, 그래도 옛사람에는 멀리 미치지를 못했다.'

그리고 태자인 황태손 윤문만을 따로 불러 말했다.

"서궁 재실(齋室)에 작은 방이 있다. 그곳에 철궤가 하나 있으니 필요할 때 개봉하도록 하라. 그것이 네 유명이니 그것을 따르도록 하라."

이 말을 이르고 나자 평온하게 운명했다. 시호를 고황제, 태조라 했고 남경 성 밖의 경산(鏡山) 기슭에 장례지냈다.

황태손 윤문이 제위를 계승했고 건문제(建文帝)라 불렀다. 즉위했을 때 22 세였다.

건문제는 재태(齊泰)를 상서로 임명했고 황자징(黃子澄)을 태사경에 임명했으며 방효유를 한림원 시강으로 임명했다. 건문제는 학문을 좋아했고, 이 세 사람은 정치가라기보다 황제의 학문 동료였다.

이들은 홍무제가 정한 가혹한 법률을 완화시켰고, 각지 군영의 군사도 외아들은 제대시켰으며 죄인에겐 대사령을 내리는 등 백성과 관리에게 한숨 돌릴 수 있는 여유를 주었다.

재태와 황자징은 정치의 현황을 전한 초기와 비슷하다고 진단했다. 전한 경제(景帝)때 오초 7왕의 난이 일어났다. 황실의 번병이어야 할 제왕이 반란을 일으켰던 것이다.

"제왕의 힘을 꺾어야 합니다. 그래야만 황실이 안전해집니다."

이때 주원장의 제2황자인 진왕(秦王)과 제3자인 진왕(晋王)은 이미 홍무제보다 먼저 죽고 없었다. 따라서 건문제에게 가장 위험스러운 인물은 연왕 주체였다.

"연왕 주체의 세력을 꺾어야 하지만, 그보다 먼저 그 날개부터 분지르는 것이 순서입니다."

이리하여 주왕 주숙이 폐위되어 서인으로 강등되었다. 주숙은 마황후가 낳은 다섯 황자 중의 막내였다. 홍무 31년(1398) 5월 홍무제가 죽고 8월에 주왕이 폐위되었으므로 이는 너무나 조급한 행동이었다고 하겠다. 국경 경비의 명목으로 이경융(李景隆)이 병을 이끌고 개봉에 나타나 왕궁을 포위하고 주왕을 체포했던 것이다.

아버지를 닮아 마음이 착한 건문제는 주왕을 석방하려 했지만 재태의 뜻대로 운남으로 귀양을 보냈다.

대하소설 주원장(3) (전3권)

2007년 4월 15일 인쇄
2007년 4월 20일 발행
2010년 11월 20일 재판
2016년 3월 15일 3판 발행
2021년 5월 20일 4판 발행
2022년 8월   1일 5판 발행
2023년 10월 31일 6판 발행

지은이 / 오   함
옮긴이 / 정   철
펴낸이 / 김 용 성
펴낸곳 / 지성문화사
등   록 / 제5-14호 (1976. 10. 21)
주   소 / 서울시 동대문구 신설동 117-8 예일빌딩
전   화 / 02)2236-0654
팩   스 / 02)2236-0655
정   가 / 15,000원

아니, 침착을 잃고 있는 것 같다.

　"민은 노끼에 발등 찍힌 격이군!"

　주인장의 중얼거림은 또 비아냥댔다. 그러나 이원후는 이미 놀라지 않고 있다.

　서쪽의 진우냥은 이미 멸망했거만 동쪽의 잠사성은 아직도 건재하다. 그런 사성이 제2의 진공 목표로 등장했다. 그런데 모든 것이 순조롭다 생각되었을 때 뜻밖의 사태가 일어났던 것이다.

　원장은 그 사태에 대한 보고를 받았을 때 격노했다. 그런 격노가 안으로 맺혀지면서 매화나무를 바라보게 한 것이다.

　마침내 그는 이를 으드득 갈며 신음했다.

　"빌어먹을 ! 시재흥(施梓興)놈 ! "